KB194286

도리언 그레이의 초상

도리언 그레이의 초상
The Picture of Dorian Gray

오스카 와일드 장편소설 윤희기 옮김

THE PICTURE OF DORIAN GRAY
by OSCAR WILDE (1891)

이 책은 실로 꿰매어 제본하는 정통적인 사철 방식으로 만들어졌습니다.
사철 방식으로 제본된 책은 오랫동안 보관해도 손상되지 않습니다.

머리말

7

도리언 그레이의 초상

11

머리말

예술가는 아름다운 것을 창조하는 사람이다. 예술은 드러
내고 예술가는 감추는 것이 예술의 목적이다.

비평가는 아름다운 것에 대한 자신의 인상을 다른 방식으
로, 혹은 새로운 논거(論據)로 옮길 수 있는 사람이다. 따라
서 가장 저급한 형식의 비평에서와 같이 비평이 추구하는 최
고의 형식 역시 자서전의 양식이 될 수밖에 없다.

아름다운 것에서 추한 의미를 찾아내는 사람은 즐거움을
주지 못하는 타락한 사람이다. 이건 잘못이다. 아름다운 것
에서 아름다운 의미를 찾아내는 사람은 교양 있는 사람이다.
이런 사람들에게는 희망이 있다. 그들은 선택받은 사람들로,
그들에게 아름다운 것들은 오롯이 아름다움만을 의미한다.

도덕적인 책이나 부도덕한 책은 없다. 잘 쓴 책, 혹은 잘
쓰지 못한 책, 이 둘 중 하나다. 그뿐이다.

리얼리즘에 대한 19세기의 반감은 캘리번[1]이 거울에 비친
자신의 얼굴을 보고 길길이 날뛰는 것과 같다. 반면에 낭만
주의에 대한 19세기의 반감은 캘리번이 거울에 비친 자신의

---

1 셰익스피어의 『폭풍우』에서 프로스페로를 섬기는 무지하고 잔인한 노예.

얼굴을 보지 못해 화가 나서 미친 듯이 날뛰는 것과 같다.

인간의 도덕적 삶은 예술가가 다루는 주제 가운데 한 부분이다. 그러나 예술의 도덕성은 불완전한 매개 수단을 어떻게 완벽하게 사용하느냐의 여부에 달려 있다.

어떤 예술가도 무엇을 입증하고 싶어 하지 않는다. 실제로 입증할 수 있는 것조차 굳이 입증하려 하지 않는다. 어떤 예술가도 윤리적인 동정심을 지니지 않는다. 예술가에게서 찾을 수 있는 윤리적인 동정심이란 용납될 수 없는 문체상의 버릇이다.

병적으로 우울한 예술가는 없다. 예술가는 무엇이든 표현할 수 있다.

예술가에게 사고와 언어는 예술의 도구다.

예술가에게 악과 선은 예술의 질료다. 형식의 관점에서 보면 모든 예술의 모범은 음악가가 내보이는 예술이다. 감정의 관점에서 보면 예술가의 기교가 바로 유형이 된다.

모든 예술은 표면적인 동시에 상징적이다.

표면 아래로 내려가는 사람은 위험을 무릅쓰고 그렇게 한다.

상징을 읽는 사람도 위험을 무릅쓰고 그렇게 한다. 진정으로 예술이 반영하는 것은 관객이지 삶 자체는 아니다.

한 예술 작품에 대해 의견이 분분하다는 것은 그 작품이 새롭고, 복합적인 성격을 지니고 있고, 살아 있는 작품이라는 것을 보여 준다.

비평가가 예술가의 견해와 일치하지 않을 때는 예술가가 자기 자신에게 빠져 있을 때다.

어느 한 사람이 자신은 좋아하지도 않으면서 어떤 유용한 물건을 만들었다면 우리는 그를 용서할 수 있다. 쓸모없는 것을 만들었을 때 그에 대한 유일한 변명은 그것을 지독하게 좋아한다고 말하는 것이다.
　모든 예술은 정말 쓸모없는 것이다.

오스카 와일드

제1장

짙은 장미꽃 향기가 코를 찌르는 화실이었다. 가벼운 여름 바람이 정원의 나무 사이에서 작은 소요를 일으킬 때면 열린 문을 통해 진한 라일락 향이 들어오기도 하고, 분홍색 꽃을 틔운 산사나무의 은은한 향기가 스며들기도 한다.

늘 그렇듯이, 안장 자루를 만드는 데 쓰는 페르시아산 융단으로 겉감을 댄 소파에 드러누워 연방 담배를 빨아 대는 헨리 워튼 경(卿)의 눈에는 달콤하니 향긋한 냄새를 피우는 금사슬나무의 금빛 꽃송이들만이 언뜻언뜻 비칠 뿐이었다. 불꽃 같은 제 아름다움의 무게를 지탱해 내지 못할 것 같은 금사슬나무 가지들이 주저주저 바스락거렸다. 이따금 커다란 창유리 앞으로 쭉 드리운, 참나무산누에 고치에서 뽑은 비단으로 만든 긴 커튼에 날아가는 새들이 환상적인 그림자를 그리면, 그 순간엔 마치 일본화를 보는 것 같은 느낌이 든다. 그럴 때면 워튼 경의 머릿속에는 핏기 없는 비취 빛 얼굴의 도쿄의 화가들이 떠오른다. 그들은 예술, 어쩔 수 없이 고정된 모습을 내보일 수밖에 없는 그 예술을 통해 날렵한 움직임의 느낌을 전달하려는 예술가들이다. 깎지 않아 길게 자란 잔디 사이를 헤집고 날아다니거나 우거져 퍼진 담쟁이덩굴의 흐릿한 금빛 덩굴손 주위를 아무런 변화 없이 집요하게 맴도는 벌들. 그 벌들이 내는 나지막한 윙윙거림 때문인지 사방을 감도는 정적이 더욱 숨 막히는 고요함으로 내려앉는 것 같았다. 런던 시의 소음이 어느 먼 곳의 오르간에서 울려 나오는 묵직한 저음인 양 어렴풋이 들려왔다.

방 한가운데, 반듯하게 선 이젤에 좀처럼 찾아보기 힘들 정도로 빼어난 아름다움을 지닌 어느 젊은이의 전신 초상화가 세워져 있었고, 그 초상화 앞쪽으로 약간 떨어진 곳에 초상화를 그린 화가인 바질 홀워드가 앉아 있다. 그는 몇 년 전에 갑자기 자취를 감추는 바람에 많은 사람들의 호기심을 불러일으켰고, 그 때문에 온갖 기묘한 억측만 난무하게 만들었던 인물이다.

자신의 작품 속에, 거울로 비추듯 솜씨 있게 있는 그대로 그려 낸 우아하고 아름다운 청년의 모습을 바라보는 화가의 얼굴에 기쁨의 미소가 흘렀다. 그 미소가 금방 사라지지 않고 그냥 얼굴에 머물 것 같은 느낌이다. 그런데 갑자기 그가 자리에서 벌떡 일어섰다. 그러고는 눈을 감고 눈꺼풀 위에 손가락을 갖다 대었다. 깨지 않고 계속 꾸었으면 싶은 어떤 진기한 꿈을 자기 뇌 속에 꼭꼭 붙잡아 두려고 애쓰는 것 같은 모습이었다.

「가장 멋진 작품이야, 바질. 네가 그린 작품 가운데 단연 최고야.」 헨리 경이 느른한 목소리로 말했다. 「이 작품을 내년엔 반드시 그로브너 갤러리에 보내야 해. 왕립 미술원은 규모가 너무 크고 너무 세속적이야. 거기 갈 때마다 사람이 어찌나 많던지 그림을 볼 수가 있어야지. 끔찍해. 어떤 경우엔 전시된 그림이 너무 많아 사람을 볼 수 없을 때가 있어. 그건 더 끔찍한 일이지. 그로브너 갤러리가 딱 안성맞춤이야. 거기밖에 없다고.」

「아무 데도 안 보낼 거야.」그는 고개를 뒤로 던지듯 젖혔다. 옥스퍼드 대학교에 다닐 때 고개를 젖히는 그의 이 별난 행동을 볼 때마다 친구들은 재미있다며 웃음을 터뜨리곤 했다. 「안 보내. 어디가 됐든 안 보내.」

헨리 경은 눈썹을 치켜뜨며 놀란 눈으로 그를 바라보았다. 그들 사이로 아편 맛을 넣은 독한 담배에서 아련한 소용돌이를 그리며 느직이 휘감아 올라가던 연기가 파르스름한 동그라미를 그려 내고 있었다. 「어디에도 안 보낸다고? 이봐, 친구. 이유가 뭔가? 무슨 특별한 이유가 있는 거야? 참으로 자네 같은 화가들은 알다가도 모르겠군! 명성을 얻으려고 기를 쓰다가 일단 이름을 얻으면 그걸 내던지고 싶어 하니. 바보 같은 짓이야. 사람 입에 오르내리는 것보다 더 나쁜 것이 이 세상에 딱 하나 있어. 그게 뭐냐면, 사람들이 거론조차 하지 않는다는 거야. 이 초상화 한 점으로 넌 영국의 어느 젊은이들보다 뛰어나다는 것을 보여 줄 수 있어. 늙은이들은 부러움과 질시로 안절부절못할 테지. 그 늙은 양반들이 감정을 표출할 능력이나 있을지는 모르겠지만.」

「알아. 너는 나를 비웃고도 남을 친구지.」그가 대답했다. 「하지만 전시하지 않을 거야. 이 그림 속에 나 자신을 너무 많이 집어넣어서 그래.」

헨리 경은 소파에서 몸을 쭉 펴면서 웃음을 터뜨렸다.

「그럴 줄 알았어. 하지만 어쨌든 사실이네.」

「네 자신을 너무 많이 투사했다! 이거야 원. 바질, 그 우툴두툴한 험한 얼굴에 새까만 머리카락을 지닌 너와 상아와 장미 잎으로 만든 것 같은 이 젊은 아도니스[2] 사이에 비슷한 구석이 어디 있어? 하나도 없어. 바질, 그 초상화의 인물은 나

2 그리스 신화에서 여신 아프로디테의 사랑을 받은 미모의 젊은이로, 멧돼지와 싸우다 죽지만 자주색 꽃으로 다시 태어났다고 한다.

르키소스[3]와 같은 젊은이지만 너는, 그래, 물론 너한테서는 지적인 표정을 읽을 수가 있지. 하지만 그것뿐이야. 그런데 문제는 지적인 표정이 시작되면 아름다움, 진정한 아름다움은 끝나고 말아. 지성은 본질적으로 과장된 표정으로 나타나기에 어느 얼굴에서든 그 얼굴의 조화를 무너뜨리는 법이지. 사람이 앉아서 생각하는 그 순간, 그 사람은 온통 코가 된다든지, 온통 이마가 된다든지, 아니면, 하여간 섬뜩한 모습으로 바뀐단 말이야. 학식을 바탕으로 지적인 직업에 종사하며 성공했다는 자들을 봐. 그 작자들, 소름끼치는 작자들이야! 물론 교회에 있는 사람들은 예외야. 교회 사람들은 생각을 안 해. 어느 주교는 자기가 열여덟 살 때 들었던 얘기를 여든이 되어서도 계속 말하고 있어. 당연한 결과지만 자연히 그 주교는 늘 유쾌한 표정을 짓고 있다고. 네 친구라는 신비의 젊은이, 네가 이름이 뭔지 말해 주지도 않은 그 젊은이의 초상이 나는 정말 마음에 들어. 생각하는 기미가 전혀 없잖아. 확실해. 그 친구는 머리를 쓰지 않는 아름다운 젊은이야. 겨울에 바라볼 꽃이 없어도 늘 이곳에 있을 테고, 우리가 우리의 지성을 서늘하게 하고 싶은 여름에도 이곳에 그대로 있을 테지. 괜히 우쭐해하지 말아, 바질. 넌 저 젊은이와 하나도 안 닮았어.」

「해리, 그렇게 내 말을 이해하지 못하겠어?」 바질이 말했다. 「물론 그 친구와 나는 생긴 건 달라. 나도 잘 알아. 그래, 그 친구와 내가 닮았다고 한 것은 미안하네. 왜? 어이가 없나? 진실을 말해 줄게. 모든 신체적, 지적 특성에는 숙명이라는 게 있어. 역사 속에서 비틀거리는 왕의 발걸음에 붙어 다

3 그리스 신화에서 자신을 사랑하는 사람을 경멸한 죄로, 물에 비친 자신의 모습이 자기 모습인 줄 모르고 사랑해서 그 자리를 뜨지 못하고 시름시름 앓다 죽어 수선화로 변했다는 미모의 젊은이.

니는 불행과도 같은 그런 종류의 숙명이랄까. 주변 사람과 다르지 않은 것이 복 받은 일이긴 해. 이 세상에선 추한 사람들과 우둔한 사람들이 행복한 사람들이지. 그들은 연극을 볼 때면 그냥 편하게 앉아 멍하니 보고 있어. 승리라는 게 뭔지 모르더라도 적어도 패배가 어떤 것인지는 아는 사람들이야. 그들은, 우리가 추구해야 할 삶의 방식으로 삶을 사는 사람들이네. 방해받지 않고 무덤덤하게, 소란스러움 없이 살아가는 사람들. 그들은 다른 사람들에게 파멸을 가져다주지 않는 사람들이면서, 한편으론 낯선 무리의 손에 몰락해 가는 사람들도 아니야. 해리, 자네의 신분과 부, 변변치 못하지만 내 두뇌, 무슨 가치가 있을지 모르지만 그래도 내 예술, 그리고 도리언 그레이의 준수한 모습. 우리는 신이 우리에게 부여한 이런 것들로 인해 고통을 당하는 거라고. 심한 고통을 겪고 있단 말이야.」

「도리언 그레이? 그 젊은이 이름인가?」 헨리 경은 바질에게 다가가며 물었다.

「그래, 그 친구 이름이야. 너한테는 말하지 않으려고 했는데…….」

「왜?」

「딱히 무슨 이유가 있는 건 아니야. 난 어떤 사람을 굉장히 좋아하면 그 사람의 이름을 절대 다른 사람에게 말하지 않아. 그 사람의 한 부분을 내주는 것 같아서 그래. 살아오면서 난 점점 더 비밀을 좋아하게 되었어. 그게 오늘날의 우리 삶을 신비스럽고 경이롭게 만들 수 있는 유일한 방법이지. 아무리 흔해 빠진 것이라도 우리가 그것을 감추기만 한다면 즐거움을 줄 수 있어. 가령, 마을을 떠날 때면 난 주변 사람들한테 어디로 가는지 말하지 않아. 행선지를 말하면 여행의 즐거움이 다 사라지기 때문이지. 아마 습관도 참 어이없는 습관이라고 생각할지 모르겠지만, 이게 그래도 내 삶에 많은 로맨스를 가져다주는 것 같거든. 어때, 내가 정말 바보 같은가?」

「아니야.」 헨리 경이 대답했다. 「절대 안 그래, 바질. 근데 내가 결혼했다는 사실을 잊은 것 같군. 결혼의 매력이 어디에 있는지 아나? 그건 말이야, 양쪽 모두에게 기만적인 삶이 필요하도록 해준다는 거야. 내 마누라가 어디에 있는지, 난 몰라. 마누라는 내가 뭘 하고 돌아다니는지 모르고. 그러다가 만나서는 — 같이 식사를 할 때나 공작의 집을 방문할 때, 뭐 이럴 때 이따금 만나거든 — 정말 진지한 얼굴을 하고 우리가 하는 얘기가 뭔지 아나? 정말 말도 안 되는, 얼빠진 얘기만 한다고. 마누라가 그런 데는 도사야. 실제로 나보다 훨씬 잘 해. 날짜 같은 것은 절대 안 잊어버려. 난 늘 까먹고 틀리고 하는데 말이야. 그런데 내가 날짜를 혼동해서 틀리게 말해도 전혀 난리 치지 않아. 가끔 난리 치고 덤벼들었으면 좋겠는데, 그냥 비웃기만 하니, 원.」

「결혼 생활에 대해 너처럼 그렇게 말하는 게 난 싫어, 해리.」 바질 홀워드는 정원으로 이어지는 문 쪽으로 천천히 걸음을 옮기며 말했다. 「난 네가 정말 훌륭한 남편이라고 생각해. 그런데도 그런 장점을 대단히 부끄러워하니, 참 별난 친구로군. 너는 도덕이다 뭐다 말하지 않지만, 그렇다고 나쁜 짓을 하는 것도 아니잖아. 네 그 비꼬는 버릇은 그냥 꾸며 낸 것에 불과하다고.」

「자연스러운 것도 꾸며 낸 태도이긴 마찬가지지. 내 생각엔 그게 상대방을 가장 속 터지게 만드는 태도인 것 같은데.」 헨리 경은 웃음을 터뜨리며 큰 소리로 떠들었다. 두 사람은 함께 정원으로 나가 키 큰 월계수 아래에 놓인 길쭉한 대나무 의자에 편안한 자세로 앉았다. 밝은 햇살이 반들반들한 잎사귀 위로 미끄러져 내렸고, 풀밭에선 하얀 데이지 꽃이 파르르 떨고 있었다.

잠시 후, 헨리 경이 시계를 꺼냈다. 「이젠 가봐야 할 것 같아, 바질.」 중얼거리듯 작은 목소리였다. 「근데 가기 전에 좀 전에 내가 던진 질문에 대한 대답은 꼭 들어야겠다.」

「무슨 질문이었지?」 화가는 땅바닥에 시선을 고정시킨 채 되물었다.

「잘 알면서.」

「모르겠어, 해리.」

「그럼 얘기해 주지. 너한테 듣고 싶은 말이 있어. 왜 도리언 그레이의 초상을 전시하지 않으려고 하는지, 그 진짜 이유가 뭔지 듣고 싶다고.」

「말했잖아.」

「아냐, 말하지 않았어. 자네 자신의 많은 부분이 그 그림 속에 들어갔기 때문이라고 했는데, 그건 좀 유치한 대답 아, 닌가?」

「해리.」 바질 홀워드는 헨리 경의 얼굴을 똑바로 쳐다보며 말했다. 「감정을 실어 그린 모든 초상화는 그 그림을 그린 화가의 초상화지 화가 앞에 앉아 있는 사람의 초상화가 아니야. 모델이 된 그 사람은 단순히 하나의 우연이고 계기가 될 뿐이지. 화가의 손에 의해 드러나는 사람은 그가 아니야. 색칠한 캔버스 위에 화가 자신이 드러나는 것이라고. 내가 그 그림을 전시하지 않으려는 이유는 혹여 내가 그 그림 속에 내 영혼의 비밀을 드러낸 것이 아닌가, 겁이 나기 때문이야.」

이 말을 들은 헨리 경은 웃음을 터뜨리며 물었다. 「그래, 그 비밀이라는 게 뭔데?」

「말해 줄게.」 바질 홀워드는 이렇게 말은 했지만 얼굴엔 당혹한 표정이 역력했다.

「기대가 된다, 바질.」 친구인 헨리 경이 바질을 바라보며 재촉하는 투로 말했다.

「아냐, 사실은 별로 할 말은 없어, 해리.」화가가 대답했다. 「그런 데다 네가 이해나 할 수 있을까 걱정도 되고. 아마 넌 믿지 못할 거야.」

헨리 경은 미소를 지으며 몸을 굽히더니 풀밭에 피어난 분홍색 꽃잎의 데이지를 꺾어서는 자세히, 요모조모 뜯어보기 시작했다. 「나, 이해할 수 있어.」그는 하얀 깃털로 장식된 것 같은 황금색의 작고 둥근 표면을 유심히 들여다보며 말했다. 「그리고 믿는 문제라면 말이야, 난 아무리 믿기 어려운 것이라도 믿으려면 믿을 수 있는 사람이야.」

바람이 나무에 매달린 꽃송이들을 흔들었다. 덩어리를 이룬 별 모양 꽃잎으로 만개한 라일락이 그 무게를 못 이기는지 나른한 공기를 타고 이리저리 떠다녔다. 담장 주변에선 여치 한 마리가 날개를 비비대고, 푸른 실오라기처럼 가늘고 긴 잠자리 한 마리는 엷은 갈색 날개를 편 채 주위를 스쳐 날고 있었다. 헨리 경은 바질 홀워드의 심장 박동 소리가 들리는 것 같은 착각이 들었다. 바질의 입에서 무슨 얘기가 나올까 궁금했다.

「잘 들어. 단순한 이야기야.」잠시 뜸을 들이더니 드디어 화가가 입을 열었다. 「두 달 전에 브랜든 부인 집에서 열린 어느 환영회에 간 적이 있어. 너도 잘 알지만 우리같이 가난한 예술가들은 이따금씩 사교 모임에 얼굴을 내밀어야 해. 우리가 그렇게 미개한 존재가 아니라는 사실을 대중에게 상기시켜야 하거든. 언젠가 네가 말했듯이, 이브닝 코트에 하얀 넥타이만 메도 누구든지, 증권 중개인이라도, 개화한 사람이라는 평판을 받을 수 있잖아. 방에서 화려하게 치장한 귀족 미망인, 그리고 짜증나는 왕립 미술원 사람들과 얘기를 나누며 한 10분을 보냈을까? 그런데 한순간 갑자기 누군가가 나를 바라보고 있다는 느낌을 받은 거야. 누군가 싶어 몸을 반쯤 돌려 봤어. 그때 처음으로 도리언 그레이를 보게 되었지. 서로 눈이 마주쳤을 때 얼굴에서 피가 빠져나가는 듯 내가 하얗게 질리고 있다는 느낌이 들더군. 야릇한 공포감이 내 온몸을 휘감았어. 순간적으로 깨달은 거야. 나와 얼굴을 마주 보며 대면하고 있는 사람이 그 개성만으로도 너무나 매력적이어서 그냥 내버려두면 나의 온 본질과 영혼, 바로 내 예술마저도 모조리 다 빨아들일 것 같다고 말이야. 너도 알 잖아, 해리. 태생적으로 내가 독립적인 사람이라는 걸. 늘 나는 내가 나 자신의 주인이라는 사실을 명심하며 행동했어. 항상 그래 왔지. 적어도 도리언 그레이를 만나기 전까지는 말이야. 그런데 그때, 뭐라고 설명해야 할지 모르겠다, 아무튼 그때 무엇인가가 나한테 이렇게 얘기해 주는 것 같았어. 너는 지금 네 삶에서 아주 중대한 위기의 순간에 직면해 있다고 말이야. 운명의 신이 나에게 격렬한 쾌감과 격심한 슬픔을 예비해 놓은 것 같은 묘한 느낌이 들더군. 점점 겁이 났어. 그래서 방을 나서려고 돌아섰지 뭐. 양심 때문이 아니라 뭐랄까, 그래 비겁함이겠지. 도망가려고 한 것에 대해서는 변명의 여지가 없어.」

「양심과 비겁함은 실제로는 같은 것이야, 바질. 양심이라는 것은 갖다 붙이기 나름이라고. 그것 말고 뭐가 있겠어?」

「난 그렇게 생각하지 않아, 해리. 너도 그렇게 생각하지 않을 거라고 믿어. 어쨌든 동기가 무엇이었든 — 자존심일 수도 있겠지. 늘 그랬으니까 — 분명한 것은 내가 문가로 나가려고 했던 거지. 그런데 거기서 브랜든 부인과 마주치고 말았어. 〈벌써 도망치려고 그러시는 건 아니겠죠, 홀워드 씨?〉 부인이 비명에 가까운 소리를 지르더군. 그 부인의 목소리, 너도 알잖아 왜. 째질 것 같은 목소리 말이야.」

「그래, 알아. 아름답지도 않으면서 오만 멋은 다 부리는 여자지.」 헨리 경은 가늘고 긴 손가락을 조심스럽게 놀려 데이지 꽃잎을 하나씩 뜯어내었다.

「부인을 뿌리칠 수가 없었어. 부인이 나를 왕족들, 기사 휘장을 단 사람들, 그리고 보석 박힌 커다란 관을 쓰고 앵무새 코를 한 늙은 부인들에게 데려갔지. 그러더니 나를 자기가 가장 아끼는 친구라고 소개하더군. 전에 딱 한 번밖에 본 적이 없는데, 아마 나를 추어올리려고 그랬던 것 같아. 그때는 내가 그린 그림 중 일부가 큰 성공을 거둔 때고, 싸구려 신문이긴 하지만 몇몇 신문에서 거론되기도 했던 시점이야. 물론 그게 19세기식 불멸의 기준이긴 하지만 말이야. 그러다 순간적으로 나는 아까 그 젊은 친구, 매력적인 모습이 이상하게 나를 자극하던 그 젊은 친구와 얼굴을 마주하게 된 거야. 거의 몸이 닿을 정도로 아주 가까이서 맞닥뜨렸어. 눈도 다시 마주치고. 분별없는 짓이긴 하지만 난 브랜든 부인에게 나를 그 젊은이에게 소개 좀 시켜 달라고 했네. 뭐 따지고 보면 그렇게 분별없는 부탁은 아니었던 것 같아. 피할 수 없는 일이었을 테니까. 우린 누가 소개시켜 주지 않아도 서로 이야기를 나누었을 거야. 진짜야. 나중에 도리언도 그렇게 얘기하더군. 그도 우리가 서로를 알게 될 운명이었다고 느꼈다는 거야.」

「그래, 브랜든 부인이 그 훌륭한 젊은이를 어떻게 소개하던데?」 헨리 경이 물었다. 「그 부인은 모든 손님을 대충 중요한 것은 죄다 요약해서 개략적으로 소개하는 걸 좋아하는데, 한번은 그 부인이 상기된 얼굴에 아주 사나워 보이는 늙은 신사에게 데려간 적이 있어. 온몸에 훈장을 더덕더덕 붙이고 다니는 양반이었지. 그런데 부인이 내 귀에 대고 그 특유의 쉿소리를 내면서 듣기 민망할 정도로 깜짝 놀랄 사실들을 죄다 쏟아 내는 거였어. 딴에는 비통한 목소리로 작게 얘기한 다고 했지만 아마 그 방에 있던 모든 사람이 다 들었을 거라 고. 난 그냥 도망치고 말았어. 나는 내가 알아서 사람들을 사 귀고 싶거든. 그런데 브랜든 부인은 경매인이 상품 다루듯 손님들을 다룬다니까. 손님들 전부에게 죄다 말해 버리든지, 아니면 한 사람에게 그 사람이 듣고 싶은 얘기는 빼고 다른 손님들에 관한 모든 이야기를 들려주든지, 둘 중 하나야.」

「브랜든 부인이 안됐군! 너무 심하게 말한다, 해리!」홀워 드는 냉담한 목소리로 질책했다.

「이봐, 친구. 그 부인은 살롱을 차리려고 했던 여자야. 그 런데 겨우 식당을 열었다고. 나보고 그 부인을 존중해 주라 고? 그건 됐고. 그래, 부인이 도리언 그레이에 대해 뭐라고 했어?」

「응, 이런 식이었어. 〈매력적인 청년이지 — 불쌍한 재 엄 마하고 나하고는 떨어지려 해도 떨어질 수 없는 사이지. 무슨 일을 하는지, 까먹었네, 아니, 아무 일도 안 하던가? 오, 맞아, 피아노를 쳤지, 아니야, 바이올린이었나, 그레이 씨?〉 우리 둘은 웃지 않을 수 없었어. 그러다 금방 친구가 되었지.」

「우정의 출발치곤 웃음이 나쁜 게 아니지. 하나 우정을 끝 낼 때 웃는 게 훨씬 더 좋지 않나?」젊은 신사인 헨리 경이 데이지 한 송이를 또 꺾으며 말했다.

홀워드는 고개를 가로저었다. 「너는 우정이 뭔지 몰라, 해 리.」그는 나지막한 목소리로 말했다. 「그러니 증오가 뭔지도 모르지. 넌 모든 사람을 좋아하잖아. 그 말은 모든 사람에게 무관심하다는 뜻이기도 해.」

「야, 어떻게 네가 그런 말을 할 수가 있어!」헨리 경은 이 렇게 소리치더니 모자를 뒤로 젖혀 하늘의 작은 구름들을 바 라보았다. 반들반들한 하얀 비단에서 풀어져 나온 실타래처럼 구름이 텅 빈 청록 빛 여름 하늘 위를 너울대고 있었다.

「나한테 정말 너무 모질구나. 난 사람을 구분해서 대한다고. 잘생긴 사람은 친구로 대하고 성격 좋은 사람은 아는 사람으로 취급하고 똑똑한 친구들은 적으로 간주하지. 누굴 적으로 삼을 때는 정말 조심해야 하지. 지나치다 싶을 정도로 신중해야 해. 난 바보 같은 사람은 몰라. 내가 아는 사람들은 모두가 다 어느 정도 지성을 가진 사람들이야. 그래서 모두가 또 나를 인정하는 편이고. 내가 너무 허황된 생각을 하고 있나? 좀 그렇긴 하다.」

「내 생각도 그렇다, 해리. 네 기준에 따르면 나는 그냥 아는 사람 축에 속하겠군.」

「아냐, 바질. 넌 아는 사람 이상이지.」

「그렇더라도 친구보다는 훨씬 못하겠지. 그럼, 형젠가?」

「아, 형제! 난 형제가 마음에 안 들어. 형은 죽지 않으려고 하는 사람이고, 동생은 무슨 일도 하지 않을 것 같은 녀석이니까.」

「해리!」 홀워드는 얼굴을 잔뜩 찌푸리며 소리쳤다.

「친구야, 장난으로 한 말이야. 하지만 친척을 싫어하는 건 사실이야. 우리는 다른 사람들이 우리와 똑같은 결점을 지니고 있으면 그걸 못 참잖아. 그런 이유 때문에. 그래. 나는 사람들이 말하는 상류층의 부도덕함에 대해 영국 민주주의가 내보이는 분노의 감정에 절대적으로 공감한다. 대중은 말이야, 술에 취하는 것, 어리석음, 부도덕함을 그들만의 속성이라고 생각해. 그래서 우리 같은 사람이 바보짓을 해서 웃음거리가 되면 그게 자신들의 영역을 침범하는 것이라고 생각하거든. 가난한 서더크 사람이 이혼 법정에 들어섰을 때 그들의 분개가 대단했지. 그래도 난 노동자 계급 중 바르게 사는 사람들은 10퍼센트도 안 될 거라고 봐.」

「네가 하는 말은 단 한마디도 믿을 수 없어. 아니, 해리, 너도 네 말을 믿지 않잖아.」

헨리 경은 뾰족한 갈색 수염을 매만지더니 장식 술이 달린 까만 지팡이로 검은색 에나멜 부츠의 발가락 부분을 톡톡 두드렸다. 「넌 정말 진정한 영국인이야, 바질. 네가 이런 식으로 말한 게 이번이 두 번째거든. 만일에 누군가가 어느 영국인에게 자기 의견을 개진한다면 — 영국인에게 어떤 의견을 제기하는 게 가만히 보면 늘 무모한 일이긴 해 — 영국인은 그 의견이 옳은 것이냐 그른 것이냐를 전혀 고려하지 않아. 영국인이 중요하게 생각하는 게 하나 있다면, 그건 그 의견을 제기한 사람 자신이 그걸 믿느냐 안 믿느냐의 여부지. 그렇기 때문에 어떤 의견의 가치는 그 의견을 표출한 사람의 진실성과는 아무 상관이 없다는 거야. 실제로 그 사람이 진실하지 않으면 않을수록 그 의견이 순전히 더 지적일 수가 있어. 왜냐하면 그런 경우 그의 의견이 그의 바람이나 욕망이나 편견에 의해 채색되지 않을 것이기 때문이야. 그렇다고 지금 너와 정치학이나 사회학이나 형이상학을 논의하자는 것은 아니야. 나는 원칙보다는 사람을 더 좋아해. 이 세상 다른 무엇보다 원칙이 없는 사람을 훨씬 더 좋아하거든. 자, 도리언 그레이에 대해서 더 말해 줘. 자주 만나나?」

「매일 만나지. 하루라도 보지 못하면 불행해질 것 같아. 나에게 절대적으로 필요한 존재거든.」

「이거 뜻밖이로군! 난 네가 좋아하는 예술 이외엔 다른 어떤 것에도 신경 안 쓰는 줄 알았는데 말이야.」

「지금 나에겐 그 친구가 내 예술의 전부야.」 화가가 심각한 표정으로 말했다. 「해리, 난 가끔 이런 생각을 해. 세계 역사에서 중요한 시기는 딱 두 차례 있었다고. 첫 번째는 예술을 위해 새로운 매체, 새로운 재료가 등장했던 시기야. 그리고 두 번째는 예술을 위해 새로운 개성이 등장했던 시기지. 유화의 발명이 베네치아의 화가들에게 갖는 의미, 안티노우스[4]의 얼굴이 후기 그리스 조각가들에게 갖는 의미가 바로 그런 것이야. 마찬가지로 도리언 그레이의 얼굴이 언젠가는 나에게 그와 비슷한 의미를 지닐 것 같거든. 내가 그를 보고 색칠하고 묘사하고 스케치하는 것이 전부는 아니야. 물론 그렇게는 해. 하지만 그는 나에게 모델이나 앞에 앉아 있는 사람, 그 이상의 존재야. 그렇다고 내가 그 친구의 모습을 담아 낸 것에 불만이 있다거나 그의 아름다움이 너무 눈부셔 예술이 표현할 수 없을 정도라는 말은 아니야. 예술이 표현할 수 없는 것은 아무것도 없네. 그리고 도리언 그레이를 만난 뒤로 내가 만든 작품은 모두가 훌륭한 작품이야. 내 생애에서 가장 뛰어난 작품이지. 그런데 참 이상하게도 — 네가 내 말을 이해할 수 있을지 모르겠다 — 그의 개성을 보고 예술에서 완전히 새로운 양식이, 완전히 새로운 양식의 스타일이 나에게 떠올랐거든. 나는 사물을 다르게 보기 시작했고, 다르게 생각하기 시작했지. 그래서 전에는 몰랐던 새로운 방식으로 삶을 재창조할 수 있게 된 거야. 〈사상의 시대에 꾸는 형식에 대한 꿈.〉 이 말, 누가 했는지 알아? 잘 기억이 안 나. 아무튼 도리언 그레이가 나에게는 바로 그와 같았어. 내 눈앞에 보인 이 소년의 모습, 사실은 스무 살이 넘었지만 나에게는 소년의 모습, 그것이었어. 그가 내 눈앞에 있다는 사실. 아! 이게 무슨 의미인지, 자네 알 수 있겠나. 그 친구는 나도 모르는 사이에 나에게 새로운 학파에 대한 윤곽을 잡아 주었어. 낭만적 정신의 그 모든 열정, 그리스적 정신의 극치를 구현하는 학파 말이야. 영혼과 육체의 조화, 바로 이것이었지! 광기

---

4 로마 황제였던 하드리아누스의 총애를 한 몸에 받았던 시종으로, 나일강에 빠져 죽은 뒤 황제에 의해 신격화되었다.

에 휘둘린 우리는 그 둘을 분리시켜 한편으론 속된 리얼리즘을 만들어 내고, 다른 한편으론 공허한 이상주의를 내세웠어. 해리! 정말 자네가 도리언 그레이가 나에게 어떤 존재인지 알 수만 있다면 얼마나 좋을까! 아마 기억할 거야, 내가 그린 풍경화 말이야. 애그뉴가 엄청난 가격을 제시했지만 내놓지 않은 그 그림, 기억나나? 그 그림은 내가 그린 그림에서 최고에 속하지. 그런데 그 이유가 뭔지 아나? 그건 말이야, 그 그림을 그리는 동안 도리언 그레이가 내 옆에 앉아 있었기 때문이라네. 알 수 없는 어떤 미묘한 힘 같은 것이 나한테 전해졌어. 그래서 난생 처음으로 난 그동안 계속 찾으려 했으나 찾지 못했던 경이를 찾아낼 수 있었던 거야. 정말 별 볼일 없는 삼림지 풍경 속에서 말이야.」

「바질, 이건 정말 희한한 얘기다! 도리언 그레이를 만나야겠어.」

홀워드는 자리에서 일어나 정원을 거닐었다. 잠시 후 다시 자리로 돌아온 그는 이렇게 말했다. 「해리, 나에게는 도리언 그레이가 예술에서의 한 모티브야. 네가 만나 봤자 소용이 없어. 아무것도 보지 못할 테니. 난 그에게서 모든 것을 보지만 말이야. 그 친구가 내 작품 속에 없다는 것은 그의 이미지가 그곳에 없다는 거야. 아까 말했듯이 그는 새로운 양식의 암시였지. 몇몇 선들이 곡선을 이루는 곳에서, 몇몇 색의 아름다움과 그 세밀한 차이에서 나는 그를 발견한 거야. 그게 전부야.」

「그런데 그의 초상화를 전시하지 않겠다는 이유가 뭔가?」 헨리 경이 물었다.

「왜냐하면, 그럴 의도는 아니었는데, 내가 그 초상화 속에 이 이상한 예술적 숭배를 표현했기 때문이야. 물론 그 사실을 그에게 얘기하고 싶지 않았고. 그는 아무것도 몰라. 알아서도 안 되고. 하지만 세상은 온갖 추측을 하겠지. 난 뭘 캐려고 유심히 살피는 세상 사람들의 경박한 눈길에 내 영혼을 드러내고 싶지 않아. 그들의 현미경 아래 내 심장을 놓이게 하고 싶지 않다고. 해리, 그 안에 너무나 많은 나 자신이 들어 있어. 나 자신의 거의 모든 것이!」

「시인들은 너처럼 그렇게 양심적이지 않아. 그들은 열정이라는 것이 시를 출판하는 데 얼마나 유용한지 안다고. 그리고 요즘은 많은 시집이 주로 다루는 것이 바로 비탄과 슬픔이지.」

「바로 그런 게 싫은 거라고.」 홀워드가 소리쳤다. 「예술가는 아름다운 것을 창조해야지 자기 삶을 조금이라도 작품 속에 개입시켜서는 안 돼. 우리는 예술을 자서전의 한 형태를 의미하는 것으로 취급하는 그런 시대에 살고 있어. 미(美)의 추상적인 의미를 상실했다고. 언젠가는 내가 세상에 그것이 무엇인지 보여 줄 거야. 바로 이런 이유로 세상이 내가 그린 도리언 그레이의 초상을 봐서는 안 된단 말이야.」

「네가 틀린 것 같다, 바질. 하나 너와 말싸움 하기는 싫어. 말싸움 한다는 것은 지적인 면에서 패배했다는 것을 뜻하니까. 그럼 도리언 그레이가 너를 좋아하긴 하니?」

화가는 잠시 생각을 하더니 말문을 열었다. 「좋아해. 분명히 나를 좋아해. 물론 내가 그 친구의 환심을 사려고 할 짓 못할 짓 다 하긴 하지. 나중에 괜한 말 했나 싶어 후회가 되는 그런 말을 그에게 할 때면 야릇한 쾌감 같은 것을 느끼기도 해. 아무튼 대체로 그는 나에게 매혹적인 매력을 발산하는 친구고, 그래서 우리는 화실에서 같이 많은 이야기를 주고받는 편이야. 그러나 이따금은 아무 생각도 없는 것 같아, 그 친구가. 나를 고통스럽게 만드는 일이 마냥 즐겁기만 한 것 같은 인상이야. 해리, 그럴 때면 어떤 느낌을 받는 줄 알아? 내가 내 온 영혼을, 그것을 마치 코트에 꽂을 꽃 한 송이나 자기 허영심을 내보일 조그만 장신구나 어느 여름날 달고 다니는 장식처럼 취급하는 사람에게 그냥 내줘 버린 것 같은 느낌이 었어.」

「그 여름날이 질질 늘어지는 경향은 있어, 바질.」 헨리 경은 혼잣말을 하듯 중얼거렸다. 「어쩌면 네가 그 친구보다 금방 지칠지도 몰라. 뭘 생각한다는 게 슬픈 일이긴 해. 그러나 정신이 아름다움보다는 더 오래 지속된다는 것은 틀림없는 사실이야. 그렇기 때문에 우리가 애써 많이 공부 하는 것 아니겠어? 격렬한 생존 경쟁 속에서 우리는 오래 견딜 수 있는 무언가를 원한다네. 그러기에 우리 자리를 지키겠다는 어리석은 희망을 가지고 우리 마음속에 부질없는 온갖 생각과 사실들을 채워 넣는 거야. 나무랄 데 없이 완전한 지식을 갖춘 사람. 이게 현대의 이상이야. 그리고 완전한 지식을 갖춘 사람의 정신은 무시무시한 공간이기도 해. 골동품 가게 같지. 온갖 괴물과 먼지가 가득한, 모든 것이 그것의 온당한 가치 이상으로 가격이 매겨진 잡동사니로 가득한 골동품 가게 말이야. 여하간 네가 먼저 지치고 말 것 같아. 언젠가 네가 그 친구를 보게 되면 그 친구는 그릴 가치가 없어 보이는 존재가 되어 있을지도 모르고, 그의 색감이 마음에 안 들지도 몰라. 그러면 너는 비통한 일이지만 가슴속으로 그를 비난하게 될 테고, 그가 너한테 정말 버릇없이 굴었다는 생각도 하게 될 거야. 그가 찾아와도 너는 아주 냉담하게, 아무 관심이 없는 듯 대하게 될 거고. 참으로 슬픈 일이지. 그의 존재가 너를 다른 사람으로 만들어 버렸으니. 네가 지금까지 나한테 한 말, 그건 낭만이야. 굳이 이름 붙이자면 예술의 낭만. 어떤 종류든 공상과도 같은 그런 낭만에서 가장 나쁜 점은 그것이 사람을 아주 낭만적이지 못한 사람으로 만들어 버린다는 거지.」

「해리, 그런 식으로 얘기하지 마라. 내가 살아 있는 한, 도리언 그레이의 개성이 나를 지배하게 될 거야. 내 감정을 자네는 느낄 수가 없어. 자네는 너무 자주 바뀌잖아, 사람이 말이야.」

「이런, 바질. 바로 그렇기 때문에 내가 느낄 수 있는 거야. 사랑에 충실한 사람은 사랑의 사소한 면밖에 알지 못해. 사랑에 충실하지 않은 사람이라야 사랑의 비극이 무엇인지 아는 거라고.」 헨리 경은 예쁜 은색 케이스에 성냥을 그어 불을 붙여서는 담배를 피우기 시작했다. 단 한 줄에 세상사를 다 요약해 버린 듯 적이나 멋쩍으면서도 만족스러워하는 것 같은 표정이었다. 옻을 칠한 것 같은 반질반질한 담쟁이덩굴의 초록색 잎사귀 사이에서 참새들이 지저귀며 바스락거리는 소리가 들렸고, 구름들은 날랜 제비처럼 풀밭 위에서 푸른 그림자로 변해 서로 추격전을 벌이는 듯했다. 정원에 있는 것이 얼마나 즐거운 일인가! 다른 사람들의 감정은 또한 얼마나 유쾌한가! 적어도 헨리 경은 다른 사람들의 사상보다는 감정을 느끼는 것이 훨씬 즐겁고 기분 좋은 것 같았다. 자기 자신의 영혼, 그리고 친구의 열정. 인생에서 우리 마음을 사로잡는 것이 이런 것들 아니던가. 혼자 말없이 미소를 지으며 그는 바질 홀워드와 함께 있는 시간이 길었던 탓에 놓쳐 버린, 분명 따분했을 점심 식사를 머릿속에 떠올려 보았다. 숙모 집에 갔더라면 분명 그는 그곳에서 굿바디 경을 만났을 것이고, 그러면 둘이 나눴을 대화는 온통 가난한 사람들을 먹여 살리는 문제와 모범적인 하숙집의 필요성에 관한 이야기를 중심으로 이루어졌을 것이 분명했다. 각 계급은 저마다 기회가 되면 그들의 삶에서는 굳이 필요치 않은 덕목을 실천하는 것이 얼마나 중요한지를 설파하는 것이 보통이다. 부자들은 검소함의 가치를 떠들어 댈 것이고, 게으른 자들은 노동의 고귀함에 대해 열변을 토할 것이다. 그런 자리를 피했다는 것이 참으로 다행이 아닌가! 그가 숙모를 떠올리는 중에 문득 한 가지 생각이 번뜩 스치고 지나갔다. 그는 홀워드를 향해 몸을 돌리며 말했다. 「이봐 친구. 방금 기억이 났어.」

「뭐가?」

「도리언 그레이라는 이름을 어디서 들었는지 기억이 났어.」

「어디서 들었는데?」 홀워드는 슬쩍 미간을 찡그리며 물었다.

「그렇게 골난 표정 짓지 마라, 바질. 숙모님 댁에서야, 애거서 숙모. 숙모님이 이스트엔드[5]에서 당신을 도와줄, 훌륭한 젊은이를 찾았다고 했는데, 그 젊은이의 이름이 도리언 그레이라고 했어. 그런데 내가 분명히 말하지만 숙모님은 그 친구가 잘생겼다는 말은 하지 않았거든. 여자들이 잘생긴 용모는 별로 좋게 보지 않지. 특히 훌륭한 여성들이 그래. 숙모님 말씀에 따르면, 그 친구는 아주 성실하고 아름다운 본성을 지녔다고 하더군. 그때 순간적으로 나는 고수머리가 아닌 미끈한 머리칼에 주근깨는 잔뜩 나고 큰 발로 성큼성큼 걷는 안경 낀 젊은이를 머릿속에 그렸지. 그때 그 젊은이가 네 친구라는 걸 알았더라면 좋았을 텐데 말이야.」

「몰랐다니 다행이다, 해리.」

「무슨 소리야?」

「난 네가 그 친구를 안 만났으면 한다.」

「내가 만나는 게 싫다고?」

「그래.」

「도리언 그레이 씨가 화실에 와 계십니다.」 집사가 정원으로 들어서며 말했다.

5 런던 동부의 옛 빈민가.

「이젠 소개시켜 주지 않을 도리가 없겠군.」 헨리 경이 웃으며 말했다.

화가는 햇빛 아래 눈을 깜빡이며 서 있는 하인에게로 고개를 돌렸다. 「파커, 그레이 씨에게 잠시 기다리시라고 하게. 곧 간다고 말이야.」 하인은 허리를 굽히고는 총총히 사라졌다.

그러자 홀워드는 헨리 경을 바라보며 말했다. 「도리언 그레이는 내 친구야. 그는 아주 소박하고 아름다운 성품을 지닌 사람이야. 네 숙모님이 하신 말, 다 맞는 말이다. 그 친구, 괜히 우쭐거리게 만들지 마. 뭘 주입시키려고 하지도 말고. 네가 누군가에게 끼치는 영향이 썩 좋은 것은 아니잖아. 세상은 넓고, 이 넓은 세상에 훌륭한 사람이 아주 많아. 나의 예술에 자기가 가지고 있는 모든 매력을 다 내주는 사람을 나에게서 빼앗지 마. 예술가로서 내 삶은 그에게 달려 있어. 명심하게, 해리. 너만 믿는다.」 그는 아주 천천히 말했다. 단어 하나하나가 그의 의지에 반해서 억지로, 겨우겨우 그의 입에서 나오는 것 같은 느낌이었다.

「무슨 말도 안 되는 소리야!」 미소를 지으며 헨리 경이 말했다. 그러면서 그는 홀워드의 팔을 잡고는 자기가 주인인 양 그를 끌고 집 안으로 향했다.

제2장

집 안으로 들어선 그들의 눈에 도리언 그레이의 모습이 보였다. 그는 등을 돌린 채 피아노 앞에 앉아 슈만의 피아노곡인 「숲의 정경」 악보를 뒤적이고 있었다. 「바질, 이거 좀 빌려 줘요.」 그가 소리쳤다. 「이 곡 좀 배워야겠어요. 아주 아름다운 곡이네요.」

「그건 오늘 자네가 어떻게 앉아 있느냐에 달려 있어, 도리언.」

「아, 이젠 앉아 있는 것도 지긋지긋해요. 실물 크기의 내 초상화, 난 원치 않는데.」 이렇게 대답한 젊은 친구는 피아노 의자에서 몸을 빙 돌려 앉았다. 의도적으로 기분 나쁘다는 표시를 하는 것 같았다. 그러다 헨리 경을 보자 순간적으로 뺨이 살짝 빨개지면서 그는 얼른 자리에서 일어섰다. 「미안해요, 바질. 손님이 계신 줄 몰랐어요.」

「도리언, 이쪽은 헨리 워튼 경이야. 옥스퍼드 대학 동창이지. 자네가 얼마나 훌륭한 모델인지 얘기하고 오던 참인데 자네가 다 망쳐 놨군.」

「아니요. 오히려 만나서 기쁩니다. 그레이 씨.」 헨리 경은 앞으로 나서며 손을 내밀었다. 「우리 숙모가 당신 얘기를 자주 했소. 숙모님이 총애하는 분이더군요. 그러다 괜히 억울한 피해자가 되지 않을까 걱정이 되기도 합니다만.」

「지금은 애거서 부인이 절 미워할 겁니다.」 도리언이 뭔가를 뉘우치는 것 같은 별난 표정을 지으며 말했다. 「지난 화요일에 화이트채플에 있는 어느 클럽에 같이 가기로 약속했는데 제가 그만 잊어버리는 바람에. 같이 듀엣을 하기로 했거든요. 듀엣 세 개 조가 나서기로 한 걸로 알고 있는데. 저를 뭐라고 할지. 겁이 나서 연락도 못 하겠어요.」

「오, 그 문제라면 내가 해결해 드리죠. 숙모가 당신에게 푹 빠져 있어서 괜찮을 겁니다. 클럽에 가지 못한 것, 그건 아무 문제도 안 됩니다. 아마 청중도 듀엣으로 노래한다고 생각했을 겁니다. 애거서 숙모는 피아노 앞에 앉으면 두 사람이 내는 목소리를 충분히 낼 수 있을 정도로 시끄러운 분이니까.」

「그분한테는 아주 불쾌한 일이었을 겁니다. 저도 기분이 별로 안 좋은데.」 도리언은 웃으며 대답했다.

헨리 경은 그를 바라보았다. 정말 들은 대로 감탄을 금치 못할 만큼 잘생긴 젊은이였다. 고운 곡선을 그리고 있는 주홍색 입술, 솔직함이 묻어나는 푸른 눈, 곱슬곱슬 생기가 넘쳐 보이는 금발. 그의 얼굴엔 누구라도 단번에 그를 신뢰하게 만드는 그 무엇인가가 있었다. 젊음의 솔직함과 열정에 넘치는 순수함이 그의 얼굴에 있었다. 누구라도 그는 세속의 때가 묻지 않은 사람이라고 느낄 만했다. 바질 홀워드가 그를 숭배한다는 사실이 놀랄 일은 아니었다.

「그레이 씨, 당신은 너무 매력적으로 생겨 박애하고는 거리가 멀 것 같군요. 정말 너무 잘생겼어.」 헨리 경은 소파에 몸을 던지더니 담배 케이스를 열었다.

화가는 물감을 섞고 붓을 준비하느라 정신이 없었다. 계속 걱정스러운 표정을 하고 있던 그는 헨리 경의 마지막 말을 듣고는 흘끗 그를 쳐다보았다. 그리고 잠시 머뭇하다 입을 열었다. 「해리, 이 그림 오늘 끝내야 해. 이제 그만 가달라고 하면 너무 무례한 요군가?」

헨리 경은 살짝 웃음을 내보이며 도리언 그레이를 바라보았다. 「그레이 씨, 내가 가야 합니까?」

「아, 아닙니다, 헨리 경. 제가 보기엔 바질이 심사가 좀 불편한 모양입니다. 그럴 땐 저도 견디기 힘들어요. 그리고 왜 제가 박애와는 거리가 먼지, 전 그 얘길 듣고 싶은데요.」

「그걸 얘기해도 될지 모르겠군. 너무 장황한 주제라 얘길 하려면 진지하고 심각해지는데. 아무튼 당신이 가지 말라고 하니까 도망은 안 가겠소. 바질, 너도 괜찮지? 왜, 자주 말했잖아, 네 모델이 같이 잡담이라도 나눌 사람이 있으면 좋겠다고 말이야.」

홀워드는 입술을 살짝 깨물었다. 「도리언이 원한다면 당연히 가지 말고 있어야지. 종잡을 수 없는 도리언의 생각, 그건 누구라도 따라야 하는 법이야. 저 친구를 제외하고는 모두가 따라야 할 법.」

헨리 경은 모자와 장갑을 집어 들었다. 「너무 몰아치지 마라, 바질. 아무래도 난 가야겠다. 올린스에서 누굴 만나기로 했거든. 잘 있으시오, 그레이 씨. 언제 오후에 커즌 스트리트에 한 번 오시죠. 오후 5시에는 거의 항상 집에 있으니까. 오실 때 연락주세요. 안 보면 섭섭할 것 같군요.」

「바질.」 도리언 그레이가 소리쳤다. 「헨리 워튼 경이 가시면 저도 갈 겁니다. 그림 그리는 동안에는 입 한 번 벙긋하지 않는 당신 앞에서 내내 즐거운 표정을 지으며 단 위에 서 있는 게 얼마나 끔찍한 일인지 알아요? 헨리 경보고 더 계시라고 하시죠. 제발요.」

「가지 마라, 해리. 도리언의 소원 좀 들어주라. 내 입장도 좀 봐주고.」 홀워드는 그림을 뚫어지게 바라보며 말했다.「사실이 그래. 난 작업하는 동안엔 말을 하지 않거든. 누가 무슨 말을 해도 듣지도 않아. 그러니 저 불행한 나의 모델이 지겨워 죽을 맛일 거야. 부탁하네.」

「올린스에서 만나기로 한 사람은 어떡하고?」

화가는 웃음을 터뜨렸다.「그거야 네가 잘 알아서 하고. 어려운 일 아니잖아. 자, 앉게, 해리. 그리고 도리언은 저 단 위에 서봐. 너무 많이 움직이지는 말고. 헨리 경이 무슨 말을 하든지 정신 바싹 차리게. 저 친구, 주변의 모든 친구한테 아주 나쁜 영향을 끼치는 친구야. 물론 나는 안 넘어가지만.」

도리언 그레이는 단 위로 올라섰다. 그리스의 젊은 순교자와 같은 비장한 태도였다. 단 위에 올라선 그는 뭔가 불만인 듯 헨리 경을 향해 약간 찡그린 표정을 지어 보였다. 도리언은 헨리 경을 처음 보는 순간부터 그가 마음에 들었던 터였다. 바질과는 딴판이라고 생각했다. 그렇게 보니 두 사람은 아주 대조적인 데가 있어 같이 놓고 보면 재미있는 구석이 드러났다. 헨리 경은 목소리도 아름다웠다. 잠시 후 그레이는 그에게 물었다.「헨리 경, 정말 주변 사람들에게 나쁜 영향을 미칩니까? 바질이 말한 대로요?」

「그레이 씨, 좋은 영향이란 건 없어요. 모든 영향이란 부도덕한 겁니다. 과학적인 관점에서 보면 다 부도덕한 것이오.」

「이유가 뭐죠?」

「어떤 사람에게 영향을 미친다는 것은 그 사람에게 자신의 영혼을 주는 것이오. 그렇게 되면 그 사람은 자신의 생각을 생각하는 게 아니고, 자신의 정열로 타오르는 게 아닌 겁니다. 그의 덕목도 그에게는 실감나게 다가오지도 않을 것이고, 죄악이라는 게 있다면 그의 죄악도 사실은 그의 것이 아니라 빌려 온 셈이 되는 거지요. 그는 다른 누군가가 부르는 노래의 메아리가 될 뿐이고, 본디 자신이 맡아야 할 역할이 아닌 엉뚱한 역할을 하는 배우가 될 뿐이지요. 인생의 목적은 자기 발전이오. 자신의 본성을 완벽하게 실현시키는 것, 그것이 이 곳에 있는 우리들의 존재 목적이지요. 요즘 사람들은 자기 자신을 두려워해요. 모든 임무 가운데 최고의 임무인 자기 자신에 대한 임무를 망각하고 있기 때문이오. 물론 사람들이 자비심이 있기는 해요. 굶주린 사람들에게 먹을 것을 주고, 거지들에게 옷을 입혀 주니까. 하지만 그들 자신의 영혼은 굶주리고 벌거벗은 채로 있어요. 우리 인간이라는 족속에게는 용기가 사라진 지 오래요. 어쩌면 애초부터 그런 게 없었는지도 모르지. 사회에 대한 두려움, 그것이 도덕의 근간이고 하느님에 대한 두려움, 그것이 종교의 비밀인데 — 이 두 가지가 우리를 지배하는 것인데, 그런데 —」

「머리를 약간 오른쪽으로 돌려 보게, 도리언. 착한 소년의 표정을 지으며.」 화가는 자신의 작품에 깊이 몰두한 상태에서 입을 열었다. 다만 도리언의 얼굴에 전에는 보지 못했던 표정이 나타나고 있다는 사실만은 감지할 수 있었다.

「그런데 —」 헨리 경은 이튼 학교 시절부터 그의 전매 특허처럼 되어 버린 우아한 손놀림과 함께 아름다운 목소리를 나지막이 울리며 말을 이었다. 「사람이 자신의 삶을 충만하고 온전하게 살려면 모든 감정에 형태를 부여해야 하고, 모든 생각을 표현할 수 있어야 하고, 모든 꿈을 실현시킬 수 있어야 한다고 나는 믿어요. 세상이 그와 같은 아주 신선한 환희의 자극을 받게 된다면 우리는 중세주의의 그 모든 해악을 잊고 그리스적인 이상으로 되돌아갈 수 있다고 믿는 거지요. 아니 어쩌면 그리스적인 이상보다 더 훌륭하고 더 풍요로운 이상으로. 그런데 우리들 가운데 가장 용맹하다는 사람들조차 자기 자신을 두려워하고 있으니. 야만인의 사지 절단 풍

습이 우리의 삶을 훼손하는 자기 부정의 풍토 속에 살아 있
다니 비극이지, 비극이야. 우리는 우리 자신의 거부 행위로
벌을 받고 있는 겁니다. 우리가 억제하려는 모든 충동이 우
리 정신 속에 둥지를 틀어 우리를 독살시키고 있는 셈이오.
육체가 일단 죄를 지으면 그 죄와 더불어 육체는 끝장이 나
요. 행동이, 실천이 정화의 한 양식이기 때문에 그런 거요. 남
는 것은 아무것도 없고, 그저 어떤 쾌락에 대한 회상, 호사스
러운 어떤 후회만이 남을 뿐이죠. 유혹을 없애는 유일한 길
은 그 유혹에 굴복하는 겁니다. 유혹에 저항해 보시오. 그러
면 당신의 영혼은 그 스스로가 금지시킨 것에 대한 갈망과
기괴한 영혼의 법칙에 의해 불법의 흉측스러운 것이 되어 버
린 것에 대한 욕망으로 병들어 버릴 것이오. 세상의 위대한
사건은 인간의 뇌에서 일어난다고들 합니다. 그러나 세상의
큰 죄악 역시 뇌에서, 아니 뇌에서만 일어나죠. 그레이 씨. 당
신, 장미 봉오리 같은 청춘과 백장미와 같은 순결한 시기를
보내고 있는 당신. 하지만 당신에게는 당신으로 하여금 두려
워하게 만드는 정열이 있으며, 당신을 두려움으로 가득 차게
만드는 생각들이 있고, 기억하기만 해도 당신의 뺨을 수치심
으로 물들게 하는 백일몽과 꿈이 있을 겁니다 ─」

「그, 그만!」 도리언 그레이가 말을 더듬으며 소리쳤다. 「그
만하세요! 대체 무슨 소리를 하는지 모르겠군요. 혼란스럽기
만 합니다. 당신 말에 대답할 말이 있는데, 어떻게 말해야 할
지 모르겠어요. 이제 그만 말씀하시죠. 생각 좀 해봐야겠습
니다. 아니, 아무 생각도 하지 않을 겁니다.」

거의 10분 동안 도리언은 입은 약간 벌린 채, 눈에서는 전
에 없던 광채를 내비치며 단 위에 꼼짝 않고 서 있었다. 전에
는 느끼지 못한 어떤 새로운 힘이 자신의 내면에서 꿈틀대는
것을 어렴풋이 의식할 수 있었다. 그러면서도 그는 그 힘이

자기 자신에게서 나오는 것이라고 느꼈다. 바질의 친구가 그에게 했던 말 가운데 몇 마디 — 틀림없이 우연히 한 말일 테고, 일부러 역설을 담아 내뱉은 것이 분명한 말 — 가 전에 한 번도 켜본 적이 없는 비밀의 현(絃)을 건드린 셈이고, 그래서 현이 진기한 율동에 맞추어 제 스스로 떨며 진동하는 것 같은 느낌을 그는 받았던 것이다.

전에 음악이 그와 같은 식으로 그를 떨게 만든 적이 있었다. 음악은 자주 그를 괴롭혔다. 그러나 음악은 명확히 표현된 정연한 울림이 아니었다. 음악이 우리 안에서 창조해 내는 것은 새로운 세계가 아니라 또 하나의 혼돈일 뿐이었다. 그러나 말이란! 단순한 말! 하지만 말은 얼마나 무서운 것인가! 정말 분명하고, 생생하고, 잔인한 것이 아니던가! 누구도 말을 피해 도망갈 수는 없다. 얼마나 교묘한 마술이 그 안에 담겨 있는가! 말은 형태가 없는 것에 유연한 형태를 부여할 수 있으며, 비올이나 류트와 같이 나름의 아름다운 선율을 지니고 있다. 그저 그 자체일 뿐인 말! 그런데 말만큼 실제적인 것이 어디에 있단 말인가!

그렇다. 어린 시절에는 그가 이해하지 못하는 것들이 있었다. 그러나 지금은 이해한다. 문득 그에게 인생이라는 것이 불처럼 타오르는 빛나는 색채로 다가왔다. 불길 속을 걸어가는 느낌이 들었다. 왜 전에는 이것을 알지 못했을까?

헨리 경은 엷은 미소를 그리며 그를 지켜보고 있었다. 그는 언제 말을 하지 않고 가만히 있어야 하는지, 그 심리적 순간, 그 절묘한 순간을 정확히 알았다. 강렬한 흥미가 생겼다. 자신의 말이 이끌어 낸 갑작스러운 효과에 스스로도 깜짝 놀란 그는 열여섯 살 때 당시까지 모르던 많은 것을 알게 해준 책한 권을 문득 떠올렸다. 도리언 그레이가 혹시 그때 그가 겪었던 것과 똑같은 경험을 하고 있는 게 아닌가 싶었던 것이다. 그냥 공중에 화살을 한 대 날린 셈인데, 그게 과녁에 명중했단 말인가? 이 젊은이는 정말 얼마나 매력적인 친구인가!

홀워드는 경탄스러울 정도로 대담한 일필휘지의 솜씨로 그림을 그려 냈다. 사실에 가까운 정교함과 완벽한 우아함이 묻어나는 솜씨였다. 어쨌든 예술 행위에서 힘이 있어야 그런 솜씨가 나오지 않겠는가. 그는 사방을 감싸고 있는 정적도 의식하지 못했다.

「바질, 이젠 지겨워서 가만히 못 서 있겠어요.」별안간 도리언 그레이가 소리쳤다. 「정원에 나가서 좀 앉아 있어야겠어요. 답답해서 더는 못 있겠단 말입니다.」

「오, 친구. 미안하네. 그림을 그리다 보면 다른 생각이 안 들어서. 하여간 이번에 자넨 정말 최고의 모델이었네. 완벽했어. 거의 움직이지도 않고 말이야. 덕분에 내가 원하는 효과를 잡아냈지. 살짝 열린 입술, 밝게 빛나는 눈 표정. 해리가 자네한테 무슨 얘기를 했는지 모르겠지만 그렇게 멋진 표정을 짓게 하는 데 일조를 한 것은 분명한 것 같네. 자네를 한참 칭찬했던 모양이야. 하지만 그가 하는 말을 단 한마디도 믿어서는 안 되네.」

「저를 칭찬하는 말 따위는 전혀 없었어요. 그걸 봐도 제가 이분 말을 믿지 않는다는 근거가 되겠죠.」

「그렇지만 스스로는 알걸. 자기가 내 말을 믿는다는 걸.」헨리 경은 잠자다 일어난 것 같은 거슴츠레한 눈으로 도리언 그레이를 바라보며 말했다. 「같이 정원으로 나갑시다. 화실이 푹푹 찐다 쩌. 바질, 얼음 띄운 시원한 음료수 좀 갖다 주게. 딸기가 든 것으로 말이야.」

「알았네, 해리. 그 벨 좀 눌러 줘. 파커가 오면 갖다 주라고 할 테니. 난 이 배경을 마저 끝내야 하니까 좀 있다가 합세하지. 도리언을 너무 오래 붙잡고 있지 마라. 오늘처럼 그림이 잘 될 때가 없었어. 걸작이 될 것 같다. 이 상태로도 최고의 작품이야.」

정원으로 나간 헨리 경은 시원한 라일락 꽃 무덤 속에 얼굴을 파묻고 있는 도리언 그레이를 보았다. 포도주라도 마시는 듯 꽃향기를 열심히 들이마시고 있었다. 헨리 경은 가까이 다가가 그의 어깨에 손을 얹었다. 「아주 잘 하고 계시는군요.」 그는 중얼거리듯 말했다. 「감각을 제외하곤 그 어떤 것도 영혼을 치유할 수가 없지요. 영혼만이 감각을 치유할 수 있는 것과 마찬가지죠.」

젊은 친구는 깜짝 놀라 흠칫, 뒤로 물러섰다. 그는 모자를 쓰지 않고 있었다. 그래서 반항하듯 제멋대로 풀어진 머리칼이 나무 잎사귀에 부딪히며 너풀거렸고, 그러면서 금빛으로 빛나는 머리타래들이 더욱 뒤엉켰다. 잠을 자다 갑자기 깨어난 사람처럼 그의 눈에는 두려움의 표정이 서려 있었다. 섬세하게 깎아 다듬은 것 같은 콧구멍이 흔들렸고, 보이지 않는 어떤 신경 조직이 주홍색 입술을 건드려 파르르 떨게 하는 것 같았다.

「그겁니다.」 헨리 경이 말을 이었다. 「감각으로 영혼을 치유하고, 영혼으로 감각을 치유하는 것. 삶의 엄청난 비밀 가운데 하납니다. 당신은 정말 훌륭한 창조물이오. 당신은 당신이 안다고 생각하는 것보다 더 많이 알고 있어요. 많이 알아서 더 알고 싶은 생각도 없을 겁니다.」

도리언 그레이는 인상을 찡그리며 고개를 돌려 버렸다. 그는 자기 옆에 서 있는, 이 키가 크고 품위 있어 보이는 젊은 사람을 좋아하지 않을 수가 없었다. 헨리 경의 낭만적인 올리브색 얼굴과 그 얼굴에 그려지는 초췌한 표정이 그의 관심을 끌었다. 느릿느릿 이어지는 낮은 목소리에는 상대방의 마음을 사로잡는 무엇인가가 있었다. 심지어 하얀 피부에 시원해 보이는 꽃과 같이 아름다운 그의 손도 묘한 매력을 지녔다. 그가 말을 할 때면 손도 음악을 연주하듯 움직였고, 그럴 때마다 그의 손은 나름의 언어를 지닌 것이 아닌가 하는 생각이 들었다. 그러나 도리언 그레이는 그가 두려웠고, 동시에 그렇게 겁을 내는 자신이 창피하기도 했다. 어째서 낯선 사람이 처음 만난 자리에서 자기 자신을 다 드러내 놓도록 내버려 두었단 말인가? 바질 홀워드를 알게 된 지는 여러 달이 지났다. 그렇지만 바질과 친구로 지내면서 그 관계로 인해 그 자신이 변한 것은 아무것도 없었다. 그런데 갑자기 어떤 사람이 그의 삶에 들어와 그에게 인생의 신비가 무엇인지 알려 주겠다고 하는 것이 아닌가. 그러나 두려워할 것이 무엇이란 말인가? 자기는 아직 학교에 다니는 어린 학생도 아니고 여자아이도 아니지 않는가. 겁을 낸다는 것 자체가 엉뚱한 일 아닌가.

「우리, 그늘에 가서 좀 앉읍시다.」 헨리 경이 말했다. 「파커가 시원한 음료수를 가져올 거요. 이 뙤약볕에 오래 있다가는 얼굴 망가집니다. 그러면 바질이 당신 얼굴을 그리지 못할 거요. 햇빛에 태워서는 안 되죠. 보기 흉해집니다.」

「그게 그렇게 중요한가요?」 도리언 그레이는 정원 끝자락에 놓인 의자에 앉으면서 웃음이 담긴 큰 목소리로 말했다.

「당신에게는 그게 아주 중요한 것이오, 그레이 씨.」

「왜죠?」

「그건 당신이 가장 멋진 청춘을 지녔기 때문이지요. 청춘이라는 게 우리가 지니고 있을 만한 가치가 있는 단 하나의 것이니까.」

「전 그렇게 생각하지 않는데요, 헨리 경.」

「물론 지금이야 그런 생각이 들지 않겠지요. 그러나 언젠가 당신이 늙어 주름살도 패고 추해지면, 생각이 당신 이마에 주름살로 낙인을 찍고 열정이 당신 입술을 섬뜩한 불길로 지질 때가 되면, 그때가 되면 느끼게 될 거요. 소름 끼치도록 느끼게 될 겁니다. 지금이야 어딜 가더라도 당신의 매력으로 온 세상을 사로잡을 수 있을지 모르겠지만, 그게 앞으로도 계속 그런 식으로 될까요……? 그레이 씨, 당신은 정말 아름다운 얼굴을 지녔소. 그렇게 인상 쓰지 마시오, 그 잘생긴 얼굴에. 미(美)는 천재성의 한 형태지요. 실제로는 천재성보다 더 지고한 것입니다. 미는 설명을 필요로 하지 않으니까요. 미라는 것은 햇빛이나 봄날, 혹은 우리가 달이라 부르는 은빛 조개가 검은 물 위에 반사되어 비치는 것과 같이 세상의 위대한 사실들 가운데 하나요. 의심할 수 없는 분명한 사실. 나름의 신성한 주권을 지닌 것이라 할 수 있지요. 미는 그 미를 지닌 사람을 군주로 만듭니다. 지금 미소 짓고 있습니까? 아! 아름다움을 잃으면 그 미소도 없으리니……. 사람들은 때로 아름다움이 피상적인 것에 불과하다고 말합니다. 그럴지도 모르오. 하나 적어도 사상만큼은 피상적인 것이 아니랍니다. 나는 미가 세상 모든 경이 가운데 최고의 경이라고 생각하오. 외모로 판단하지 않는 사람은 천박한 사람에 지나지 않을 뿐이오. 이 세상의 진정한 신비는 가시적인 것이지, 비가시적인 것이 아니란 말이오……. 그래요, 그레이 씨, 신들이 당신에게 잘해 준 것이오. 하지만 신들이 당신에게 부여한 것을 그 신들은 당장이라도 뺏어 갈 수 있어요. 당신이 진정으로 온전하고 충만한 삶을 살 수 있는 기한이 몇 년밖에 남지 않았어요. 당신의 젊음이 가면 당신의 아름다움도 더불어 사라질 것이고, 그러면 당신은 어느 순간 문득 깨닫게 될 겁니다. 당신에게 남아 있는 위업이 하나도 없다는 사실을. 아니면 당신은 몇몇 시시한 업적에 만족하고 살아야 할 겁니다. 하지만 이 경우엔 과거의 기억 때문에 패배보다도 더 쓰라린 고통만이 남게 될 거요.

한 달, 두 달, 이렇게 세월이 지나면서 당신은 점점 더 무서운 어떤 것에 다가가게 될 거요. 시간이 당신을 질투하게 될 것이고, 당신의 백합과 당신의 장미에 싸움을 걸어 올 것이오. 당신은 천박하게 변할 테고, 볼은 야위고 눈은 침침해질 거요. 끔찍한 고통에 시달리게 될 거고……. 아! 젊을 때 당신의 젊음을 깨달으시오. 쓸데없는 것에 귀 기울이거나 희망 없는 실패를 만회하려 발버둥치거나, 아니면 무지한 사람들, 평범한 사람들, 저속한 사람들에게 당신의 삶을 내주면서 당신의 황금 시절을 헛되이 낭비하지 마시오. 그 모든 것은 다 우리 시대의 감상적인 목적이고 그릇된 이상에 불과하오. 당신의 삶을 사시오! 당신 안에 있는 경이로운 삶을 살란 말이오! 무엇 하나 잃지 마시오. 항상 새로운 감동을 찾아 나서시오. 아무것도 두려워하지 마시오……. 또 하나의 새로운 쾌락주의, 이것이 우리 세기가 원하는 것이지요. 그리고 당신은 그 쾌락주의의 가시적인 상징일지 모릅니다. 당신의 그 매력 있는 인격으로는 못 할 것이 없어요. 한 시기 동안 세상은 당신의 것이오……. 당신을 만나는 순간 나는 당신이 자기가 진정으로 어떤 존재인지, 어떤 존재가 될 것인지 의식하지 못하는 것을 알았지요. 당신에게는 나를 사로잡은 엄청난 것이 있어 당신 자신에 관한 얘기를 해줘야겠다고 느꼈던 거요. 당신이 인생을 그냥 헛되이 보내 버린다면 그것이야말로 비극이 아닌가 생각한 겁니다. 이유는 당신의 젊음이 지속될 시간이 얼마 남지 않았기 때문이오. 정말 얼마 안 남았소. 흔히 찾아볼 수 있는 구릉의 들꽃들도 때가 되면 시듭니다. 그러나 그 꽃들은 다시 피어나죠. 금사슬나무는 내년 6월이면 지금처럼 똑같이 노란 꽃을 틔웁니다. 한 달 정도 지나면 클레머티스가 자주색 별무늬를 지니게 됩니다. 해마다 그 진한 녹색 잎사귀에 자주색 별들이 내려앉는 겁니다. 그러나 우리는 젊은 시절로 되돌아갈 수 없습니다. 스무 살 때 우리 안에서 요동치던 환희의 박동이 시간이 지날수록 느려집니다. 수족은 늘어지고 감각은 무뎌집니다. 우리는 추한 꼭두각시 인형으로 퇴락해 그렇게 두려워했던 열정과 우리가 담대하게 응하지 못했던 멋진 유혹들을 기억하며 안타까움에 몸부림치게 될 겁니다. 젊음! 청춘! 세상에는 젊음 이외에는 단연코 아무것도 없으니!」

도리언 그레이는 눈을 크게 뜨고, 의아한 표정으로 귀를 기울였다. 그가 손에 들었던 라일락 잔가지가 자갈길 위로 떨어졌다. 모피를 걸친 듯 잔털로 제 몸을 감싼 벌 한 마리가 나타나 바닥에 떨어진 가지 위를 잠시 윙윙거리며 선회하더니 이내 별 모양을 이룬 타원형의 둥글고 작은 꽃송이들을 헤집기 시작했다. 그는 그 벌을 지켜보았다. 극히 중요한 어떤 일에 우리가 겁을 낼 때, 혹은 우리가 뭐라 말로 표현할 수 없는 낯선 감정에 휩싸이게 될 때, 아니면 어떤 무서운 생각이 찾아와 우리 뇌를 부추겨 그 생각에 빠져 들도록 신호를 보낼 때 우리가 짐짓 별것 아닌데도 관심이 있는 척하는 것처럼, 그는 그런 태도로 벌을 지켜보았다. 잠시 후 벌이 날아갔다. 날아간 벌이 주근깨처럼 작은 점들이 깨알처럼 박힌, 자줏빛이 나는 나팔꽃의 나팔 속으로 기어 들어갔다. 꽃이 제 몸을 떠는가 싶더니 곧 슬슬 이리저리 흔들리기 시작했다.

그때 화가가 화실 문가에 모습을 나타내더니 탁탁 끊어지는 손짓으로 안으로 들어오라고 신호를 보냈다. 그들은 서로 마주보며 미소를 지었다.

「기다렸잖아.」 그가 소리쳤다. 「빨리 들어오라고. 볕이 완벽해서 그림 그리기에 딱 좋아. 음료수 가지고 들어오라고.」

그들은 자리에서 일어났다. 그리고 함께 천천히 샛길을 따라 걸었다. 초록과 흰색 얼룩이 있는 나비 두 마리가 여린 날갯짓을 하며 그들 옆을 스쳐 지나갔다. 정원 한쪽 구석진 곳의 배나무에서는 개똥지빠귀가 목청을 돋우기 시작했다.

「나를 만난 게 기쁘지 않소, 그레이 씨?」 헨리 경이 그를 바라보며 말했다.

「예, 지금은 그렇습니다. 그런데 앞으로도 항상 기뻐해야 겠지요?」

「〈항상〉이라! 그거 무서운 말이오. 그 〈항상〉이란 소리를 들을 때마다 겁이 나서 떨립니다. 여자들은 그 말을 아주 즐겨 사용하지요. 연애를 할 때마다 그 연애가 영원히 지속되기를 바라는 바람에 일을 그르치지요. 의미 없는 단어입니다. 〈항상〉이란 단어. 일시적인 기분인 변덕과 평생을 가야 하는 열정 사이에 단 한 가지 차이가 있다면 그건 변덕이 좀 더 오래간다는 겁니다.」

화실로 들어서면서 도리언 그레이는 헨리 경의 팔을 잡았다. 「그렇다면 우리 우정이 일시적인 기분이 되도록 해야겠군요.」 이렇게 나직하게 말하던 도리언 그레이는 불쑥 내보인 자신의 대담함이 쑥스러웠는지 얼굴을 붉히며 단 위로 올라 다시 자세를 취했다.

헨리 경은 큼직한 고리버들 팔걸이의자에 몸을 던졌다. 그리고 그를 지켜보기 시작했다. 이따금 홀워드가 멀찍이 떨어져 자신의 작품을 보려고 뒷걸음질하는 발소리를 제외하면 화실의 정적을 무너뜨리는 유일한 소리는 캔버스 위를 빠르게 스치고 지나가는 붓이 내는 소리뿐이었다. 열린 문을 통해 흘러 들어온, 비스듬히 비껴 흐르는 햇살 속에 먼지들이 뿌연 황금빛으로 춤을 추고 있었다. 짙은 장미꽃 향기가 사방의 모든 사물 위에 내려앉은 듯했다.

한 15분쯤 지났을까, 홀워드는 붓을 쥔 손을 멈추고는 한참 도리언 그레이를 바라보더니, 그다음엔 또다시 한참 그림을 바라보았다. 큰 붓의 끄트머리를 물어뜯듯 입에 물고 미간을 찡그리던 그는 마침내 이렇게 소리쳤다. 「다 끝났어.」 허리를 굽힌 그는 캔버스 왼쪽 구석에 긴 주홍색 글씨로 자기 이름을 써 넣었다.

헨리 경이 다가와 그림을 살펴보았다. 정말 훌륭한 예술 작품이었고, 동시에 놀라울 정도로 실물과 꼭 닮은 그림이었다.

「친구, 진심으로 축하하네.」 그가 말했다. 「현대의 초상화 가운데 가장 훌륭한 초상화야. 그레이 씨, 와서 당신 모습 좀 보시오.」

젊은이는 마치 꿈을 꾸다 깨어난 것처럼 깜짝 놀라는 표정을 지었다. 「이젠 끝난 모양이죠?」 그는 단에서 내려오며 중얼거리듯 작은 소리로 물었다.

「완전히 끝났어.」 화가가 말했다. 「자네, 오늘 모델 역을 훌륭하게 잘 했어. 정말 고마워.」

「그건 전적으로 내 덕분이야.」 헨리 경이 끼어들었다. 「안 그래요. 그레이 씨?」

도리언은 아무 대답이 없이 께느른한 모습으로 그림 앞으로 나아가서는 그림을 정면으로 마주 보고 섰다. 그림을 보는 순간 그는 뒤로 물러섰다. 그의 뺨에 잠시 기쁨에 겨운 불그레한 기운이 감돌았다. 마치 난생처음 자기 자신을 인식한 양 그의 눈이 환한 표정을 그려 보였다. 그는 황홀에 겨운 듯 꼼짝 않고 서 있었다. 홀워드가 자기에게 무슨 말을 하고 있다는 것은 어렴풋이 알았지만 그 의미가 귀에 들어오지 않았다. 어떤 계시(啓示)처럼 자신의 아름다움이 그의 감각에 와 닿았다. 전에는 느껴 보지 못한 감정이었다. 바질 홀워드가 찬사를 아끼지 않았지만 그 말이 그에게는 그저 친구 사이니까 듣기 좋으라고 하는 말이 아닌가 싶었다. 그는 전에도 그런 찬사의 말을 듣고 웃었지만, 곧 잊어버리곤 했다. 그런 말로 인해 그의 본질이 어떤 영향을 받은 것도 아니었다. 그런데 헨리 워튼 경이라는 사람이 나타나 젊음에 대해 이상한 칭찬의 말을 늘어놓더니, 이어서 그것이 얼마나 짧은지 경고하는 게 아닌가. 그 말이 그를 흔들어 놓았다. 그래서 지금, 자신의 아름다움이 그대로 드러난 초상을 응시하고 서 있는 지금, 그는 문득 헨리 경의 설명이 얼마나 실감나는 말인지 느끼게 되었다. 맞다. 언젠가는 그의 얼굴이 주름에 덮이고 말라비틀어지며, 눈은 초롱초롱한 생기를 잃고 침침해질 것이며, 우아한 모습도 다 망가져 흉측하게 변해 버릴 것이다. 입술에선 주홍빛 윤기가 떠나고, 머리에선 금빛 너울거림이 사라질 것이다. 그의 영혼을 만들었던 인생이 그의 육체를 망가뜨릴 것이다. 그는 소름끼칠 정도로 흉측하고 기괴한 존재가 될 것이다.

이런 생각을 하자 예리한 칼에 찔린 듯 격심한 통증이 찾아왔고, 그는 자신의 본성을 이루는 섬세한 조직 모두가 파르르 떨리는 것 같은 느낌을 받았다. 그의 눈이 자수정 빛에 묻히면서 눈물이 안개처럼 앞을 가리기 시작했다. 얼음장처럼 차가운 손이 그의 심장을 지긋하게 누르는 것 같았다.

「마음에 안 드나?」 도리언이 왜 아무 말도 안 하는지 알지도 못하면서 그것이 마음에 걸리는지 홀워드가 큰 소리로 물었다.

「무슨 소리야, 당연히 마음에 들겠지.」 헨리 경이 말했다. 「누가 마음에 들어 하지 않겠나? 현대 예술에서 가장 위대한 작품 중 하난데. 자네가 요구하는 대로 다 줄 테니 그 작품, 나한테 주게. 내가 소장해야겠어.」

「이건 내 소유물이 아니야, 해리.」

「그럼 누구 것인데?」

「당연히 도리언 것이지.」 화가가 대답했다.

「정말 운이 좋은 친구로군.」

「얼마나 슬픈 일인가!」도리언 그레이가 자기 초상화에 시선을 고정시킨 채 나지막한 소리로 말했다. 「얼마나 슬픈가! 나는 늙어 무섭고 흉측한 모습으로 변하겠지. 그런데 이 그림은 항상 젊은 상태로 남을 것이 아닌가. 6월의 오늘보다 더 늙지 않을 게 분명한데……. 거꾸로 된다면 얼마나 좋을까! 나는 영원히 젊은 상태로 있고, 그림이 늙어 간다면! 그걸 위해서라면 — 그럴 수만 있다면 — 무엇이든 다 줄 텐데! 내 영혼이라도 내줄 용의가 있는데!」

「바질, 너는 그런 식의 타협은 좋아하지 않을 것 같다.」헨리 경이 큰 소리로 웃으며 말했다. 「네 그림에는 그게 큰 불행일 테니 말이야.」

「절대 반대지.」홀워드가 말했다.

그러자 도리언 그레이가 고개를 돌려 홀워드를 바라보며 말했다. 「그러겠지요, 바질. 당신은 친구들보다는 당신 작품을 더 좋아하니까. 당신한테 저는 그저 푸른빛 청동상에 불과하겠지요. 이런 말을 해도 되는지 모르겠지만 전 그 정도밖에 안 되는 존재라고요.」

화가는 놀란 눈으로 그를 빤히 쳐다보았다. 그런 말을 하다니, 도리언이 딴사람이 된 것 같았다. 대체 무슨 일이 있었던 걸까? 도리언은 굉장히 화가 난 것 같았다. 얼굴이 붉어지고 뺨은 이글거리는 불길처럼 빨갛게 타고 있었다.

「맞아요.」도리언이 말을 이었다. 「전 당신의 그 상앗빛 헤르메스 조각상이나 은빛 목신상보다도 못한 존재니까. 앞으로도 계속 그 조각상들은 좋아하겠죠? 하지만 저는 언제까지 좋아할까요? 아마 첫 번째 주름살이 생기기 전까지는 좋아하겠죠. 이젠 저도 안다고요. 사람이 멋진 모습을 잃으면 그 모습이 어떤 모습이든 간에 모든 것을 다 잃는 거라는 걸. 당신 그림이 가르쳐 준 겁니다. 헨리 워튼 경의 말이 정말 옳아요.

우리가 소유할 가치가 있는 유일한 것은 바로 청춘이라는 것. 제가 늙어 간다는 사실을 알게 되면 전 제 목숨을 스스로 끊을 겁니다.」

얼굴이 하얗게 질린 홀워드가 그의 손을 붙잡으며 외쳤다. 「도리언! 도리언! 그런 식으로 말하지 말게. 자네 같은 친구를 둔 적이 없고 앞으로도 없을 거네. 자네가 물질적인 것에 부러움을 느끼다니, 정말 그런 건가? 그런 것들보다 훨씬 훌륭한 자네가 이러다니!」

「전 사라지지 않는 아름다움을 지닌 것이면 무엇이든 부럽습니다. 제 모습을 그린 당신의 저 초상화도 부럽고요. 제가 잃을 수밖에 없는 것을 왜 저 초상화는 계속 가질 수 있는 거지요? 흘러가는 순간순간이 저에게서 중요한 것을 빼앗아 저것한테 주겠지요. 아, 반대로만 되었어도! 그림이 변하고 나는 지금 모습대로 영원할 수 있다면! 저 그림을 그린 이유가 뭡니까? 언젠가는 저 그림이 저를 비웃을 겁니다. 모골이 송연해지도록 조롱할 거라고요!」 뜨거운 눈물이 그의 눈에서 솟아났다. 홀워드의 손을 뿌리친 그는 소파에 몸을 던지더니 기도라도 하듯 쿠션에 얼굴을 파묻었다.

「자네가 한 짓이지, 해리?」 화가가 비탄에 잠긴 목소리로 말했다. 헨리 경이 어깨를 으쓱였다. 「저게 진짜 도리언 그레이야. 바로 그거라고.」

「아니야.」

「아니라면 나더러 어떻게 하라는 거야?」

「아까 가달라고 했을 때 갔어야지.」 홀워드가 작은 소리로 말했다.

「있으라고 해서 더 있었던 거잖아.」 헨리 경의 대답이었다.

「해리, 난 내가 제일 좋아하는 두 친구와 동시에 말싸움 할 수가 없네. 그런데 자네들 둘이 합심해서 내가 그린 최고의 걸작을 증오하도록 만들고 있으니, 내가 저 그림을 망가뜨리고 말 테니 두고 보라고. 그래 봤자 저거 캔버스하고 물감뿐이잖아? 저게 우리 세 사람 사이에 끼어들어 우리 관계를 흔들어 놓게 할 순 없지.」

도리언 그레이가 쿠션에 파묻었던 금발의 머리를 쳐들었다. 그러고는 파리한 얼굴에 눈물범벅이 된 눈으로 홀워드가 커튼이 드리운 높은 창문 아래 그림 도구가 놓인 전나무 테이블로 걸어가는 모습을 지켜보았다. 뭘 하려고 그러는 걸까? 홀워드는 어지럽게 놓인 주석 물감 튜브와 마른 붓을 뒤적거리며 뭔가를 찾고 있었다. 그렇다. 그가 찾는 것은 나긋나긋하니 얇은 강철 날이 달린 긴 팔레트 나이프였다. 드디어 그가 나이프를 찾았다. 캔버스를 찢어 버릴 작정이었다.

목 메인 흐느낌과 함께 도리언이 소파에서 뛰쳐나와 홀워드에게 달려갔다. 그리고 그의 손에서 나이프를 빼앗아 화실 한쪽 끝, 저 멀리 내던졌다. 「하지 마세요, 바질. 하지 말아요. 이건 살인이라고요!」

「도리언, 자네가 드디어 내 작품을 인정해 주다니 기쁘군.」 화가는 놀란 마음이 진정되었는지 싸늘한 목소리로 말했다. 「그러리라고 생각도 안 했는데 말이야.」

「인정이라뇨? 바질, 전 이 작품을 사랑합니다. 제 분신이잖아요. 전 그렇게 느끼고 있어요.」

「그래, 물감이 마르면 니스를 발라 광택을 내고 액자에 넣어 집으로 보내 주겠네. 그때 자네가 하고 싶은 대로 알아서 해.」 이 말과 함께 홀워드는 화실을 가로질러 반대편으로 가더니 벨을 울렸다. 차를 내오기 위함이었다. 「차 마실 거지, 도리언? 그리고 해리, 너도 마시지? 아니, 그런 단순한 즐거움은 싫은가?」

「단순한 즐거움, 좋지.」 헨리 경이 말했다. 「복잡함의 마지막 피난처가 그런 단순한 도락이지. 하지만 난 무대에서 벌어지는 일이라면 모를까 이런 법석은 싫어. 자네 두 사람, 어찌 그렇게 어리석은가! 누가 인간을 이성적인 동물이라 했는지, 참 말도 안 되는 소리로다. 그렇게 정의 내렸다면 너무 성급한 정의야. 인간에겐 여러 면이 있지만 그래도 이성적이진 않아. 어쨌든 이성적이지 않으니까 마음에는 드는군. 물론 난 자네 둘이 그림을 놓고 쓸데없는 언쟁을 벌이지 않기를 바라네. 바질, 차라리 나한테 그 그림을 넘기는 게 어떤가 싶다. 저 바보 같은 소년은 그림을 원하지 않지만 난 원하니까 말이야.」

「바질, 당신이 그림을 저 말고 다른 사람이 갖도록 한다면 용서하지 않을 겁니다!」 도리언 그레이가 외쳤다. 「그리고 저를 바보 같은 소년이라고 부르면 그냥 듣고 있지 않을 겁니다.」

「도리언, 그림이 자네 것이라는 걸 알잖아. 그리기 전부터 자네한테 준 것이나 다름없어.」

「그레이 씨. 당신은 당신이 바보처럼 살아왔다는 것을 알고 있고, 게다가 당신이 얼마나 젊은지 알려 준 것에 대해 반대하지도 않았소.」

「헨리 경, 제가 오늘 오전에 아주 강하게 반대해야 했는데 그러질 못했군요.」

「아! 오늘 오전이라! 당신은 그때부터 진정한 삶을 살기 시작한 거요.」

그때 노크 소리가 들리더니 집사가 찻잔을 담은 차 접시를 들고 들어와 조그만 일본식 탁자 위에 올려놓았다. 잔과 잔 받침이 달그락거리는 소리, 세로 홈 무늬가 있는 조지 왕조 시대풍 찻주전자에서 증기가 새는 쉿 소리가 들려왔다. 시동이 둥근 자기 접시 두 개를 가져왔다. 탁자로 간 도리언 그레이가 차를 따랐다. 홀워드와 헨리 경, 이 두 사람도 천천히 탁자 쪽으로 가 뭐를 차려 놨는지 살펴보았다.

「오늘 밤에 같이 연극 보러 가자고.」 헨리 경이 말했다. 「분명 괜찮은 공연이 있을 거야. 사실은 화이트[6]에서 옛 친구와 저녁 약속이 있는데 아파서 못 간다고 하든지, 아니면 그 뒤에 무슨 약속이 있는데 아주 중대한 약속이라 준비를 해야 해서 못 갈 것 같다는 전갈을 보내면 되겠지. 근데 아프다고 하는 게 더 좋을 것 같군. 그래야 갑자기 생긴 일이라는 인상을 주어 진짜라고 믿겠지.」

「그런 일은 다른 사람 옷을 입고 다니는 보기 싫은 놈이나 하는 짓이지.」 홀워드가 작은 소리로 구시렁거렸다. 「몸에 맞지 않는 옷 입으면 꼴도 보기 싫어.」

「그렇겠지.」 헨리 경이 잠꼬대 같은 소리로 말했다. 「19세기 의상은 정말 혐오스러워. 거무칙칙하니 사람을 우울하게 만든다고. 현대인의 삶에 남아 있는 유일한 색, 현실적인 색은 죄악밖에 없어.」

「해리, 너 도리언 앞에서 제발 그런 말은 하지 마라.」

「도리언? 어느 도리언? 우리를 위해 차를 따르는 저 도리언? 아니면 그림 속의 도리언?」

「둘 다.」

「헨리 경, 저는 당신과 함께 연극 보러 갈 겁니다.」 도리언이 말했다.

「그럼 당신은 같이 갈 거고, 바질, 너도 갈 거지?」

「못 가. 가지 않는 게 좋겠다. 할 일이 많아서 말이야.」

「그래, 그럼 그레이 씨, 우리 둘이 가면 되겠군요.」

「저도 좋습니다.」

6 세인트 제임스 스트리트에 있는 신사 전용 클럽.

화가는 입술을 깨물더니 잔을 든 채 그림 앞으로 다가갔다. 「난 그럼 진짜 도리언과 함께 있을 거야.」 씁쓸한 목소리로 그가 말했다.

「그게 진짜 도리언이라고요?」 그림의 근원인 도리언이 화가에게 다가서며 큰 소리로 물었다. 「제가 진짜 이 그림하고 닮았어요?」

「그래, 닮았어.」

「바질, 훌륭해요!」

「적어도 외모 상으로는 그렇다는 얘기지. 하나 이 그림은 변하지 않아.」 홀워드가 탄식하듯 말했다. 「그게 대단한 거지.」

「충실함을 놓고 웬 법석들인가!」 헨리 경이 큰 소리로 힐난했다. 「그래, 사랑에서도 충실함은 순전히 생리 기능의 문제에 불과하지. 그거, 우리 의지와 상관없는 문제라고. 젊은 친구들은 충실하려고 하지만 그러지 못하고, 나이 먹은 사람들은 충실하고 싶지 않지만 그러질 못하고. 그뿐 아니겠어?」

「도리언, 오늘 밤에 극장에 가지 말게.」 홀워드가 말했다. 「그냥 나랑 같이 저녁이나 먹자.」

「그건 안 돼요, 바질.」

「왜?」

「헨리 워튼 경이랑 같이 간다고 약속했으니까요.」

「자네가 약속을 지킨다고 더 좋아할 그럴 친구가 아니야. 저 친구는 틈만 나면 약속을 깨는 친구라고. 부탁하네, 가지 말게.」

도리언 그레이는 웃으면서 고개를 가로저었다.

「내 소원 좀 들어주게.」

젊은이는 잠시 멈칫하더니 차 탁자에서 느긋한 미소를 지으며 그들을 바라보는 헨리 경을 쳐다보았다.

「갈 겁니다, 바질.」 그가 대답했다.

「그래, 알았네.」홀워드는 탁자로 가 찻잔을 접시 위에 내려놓았다.「시간이 많이 늦었군. 옷도 갈아입어야 할 테니 늦지 않게 서두르게나. 잘 가게, 해리. 잘 가, 도리언. 곧 다시 만나자고. 내일 다시 와.」

「그러죠.」

「잊지 않겠지?」

「그럼요. 꼭 올게요.」도리언이 큰 소리로 말했다.

「그리고…… 해리!」

「왜, 바질?」

「오늘 아침에 정원에서 내가 한 말 잊지 말게.」

「무슨 말이었지? 기억이 안 나.」

「너만 믿어.」

「나도 나 자신을 믿을 수 있었으면 좋겠다.」헨리 경은 웃으며 말했다.「자, 갑시다, 그레이 씨. 내 마차가 밖에 있어요. 내리는 곳이 어딘지, 그곳까지 바래다주겠소. 잘 있게, 바질. 정말 즐거운 오후였어.」

그들이 나가고 문이 닫히자 화가는 소파에 몸을 던졌다. 그의 얼굴에 괴로운 표정이 깔리기 시작했다.

제3장

다음 날 12시 30분, 헨리 워튼 경은 산책하듯이 천천히 커즌 스트리트를 지나 올버니로 향했다. 숙부인 퍼모 경을 만나러 가는 중이었다. 나이가 들어서도 독신으로 사는 퍼모 경은 몸가짐이 다소 거칠기는 했지만 성품은 온후한 사람이었다. 세상 사람들은 딱히 득볼 것이 없어서인지 그를 이기적인 사람이라고 불렀지만 그래도 그가 자신을 즐겁게 해주는 사람에게는 밥을 사주기 때문에 사교계 사람들은 그를 돈에 인색하지 않은 사람으로 생각했다. 퍼모 경의 부친은 스페인의 이사벨라 여왕이 아직 어리고, 주앙 프림[7]이 아직 반란을 생각하지 않았을 시절에 마드리드 주재 대사였다. 그러다 출생으로나 게으른 태도로 봐서나 공문서에 쓰는 훌륭한 영어 솜씨로 봐서나 물불 안 가리고 도락을 즐기는 열정에서나 자기가 충분히 자격이 된다고 생각했던 파리 주재 대사직을 제의받지 못하자 화가 난다고 제 성질 못 참고 외교계에서 은퇴하고 말았다. 아버지 밑에서 비서로 있던 퍼모 경도

---

7 Juan Prim(1814~1870). 스페인 여왕 이사벨라 2세를 폐위시킨 1868년의 반란을 주도한 장군.

당시로서는 너무 경솔하고 어리석은 생각이었지만 더불어
비서직을 사직했다. 그로부터 몇 개월이 지난 뒤 그는 경(卿)
의 칭호를 받았고, 그러면서 정말 아무것도 하지 않는 위대
한 귀족 예술을 진지하게 연구하게 되었다. 그는 시내에 저
택이 두 채 있었지만 불편함을 덜겠다고 올버니에 있는 독신
자 주택에 살면서 식사는 클럽에서 해결했다. 그가 주로 관
심을 두는 것은 미들랜드 지역의 탄갱(炭坑) 관리였다. 허물
을 뒤집어쓸 수 있음에도 이렇게 산업체에 손을 댄 것을 두
고 그는 석탄을 캐내 다른 곳에서 연료로 써야 신사가 벽난
로에 장작불을 땔 수 있는 품위를 누릴 수 있다는 구실로 자
기 변명을 했다. 정치적으로 그는 토리 당원[8]이었다. 그러나
토리당이 정권을 잡은 기간에는 그들을 아주 과격한 패거리
라며 통렬하게 비난하기도 했다. 그는 자신을 괴롭히는 시종
에게는 영웅이었다. 그리고 친척들에게는 두려움의 대상이
었다. 그가 그들을 괴롭혔기 때문이었다. 오로지 영국이라는
나라만이 그와 같은 인물을 배출할 수 있었다. 그는 항상 나
라가 파멸의 길을 향해 가고 있다고 말했다. 그가 내세우는
원칙이 시대에 뒤떨어지긴 했지만 그래도 그의 편견들에 대
해 우호적으로 평가하는 사람들도 많았다.

　방에 들어선 헨리 경은 투박한 사냥 복장을 한 채 앉아 「더
타임스」를 읽고 있는 숙부를 보았다. 숙부는 뭐가 불만인지
양끝을 자른 엽궐련을 뻑뻑 피워 대며 투덜거리고 있었다.
「오, 해리로구나.」 늙은 신사가 말했다. 「이렇게 일찍 웬일이
냐? 너희 같은 멋쟁이들은 2시가 돼야 일어나고 5시가 지나
야 슬금슬금 거리로 나선다고 생각했는데.」

　「집안 내력 아니겠습니까, 조지 숙부님. 숙부한테 뭘 좀 얻

　8 토리당은 영국의 지주 계급을 배경으로 왕권과 영국 국교회를 지지하
는 보수적 정당으로 진보적인 휘그당과 대립해 왔다.

어 낼 게 있어서요.」

「돈이 필요한 모양이로구나.」 퍼모 경은 얼굴을 찌푸렸다. 「그래, 앉아라. 사정 얘길 들어 보자꾸나. 요즘 젊은이들은 죄다 돈이면 뭐든 다 된다고 생각하니, 이거야 원.」

「그러게요.」 헨리 경은 코트의 단춧구멍을 채우며 나지막한 소리로 말했다. 「나이가 들면 알겠지요. 근데 제가 원하는 게 돈은 아닙니다. 계산을 치르는 사람들은 돈이 필요하겠지만 저는 계산을 하지 않거든요. 어린 자식에게는 신용이 자산이에요. 신용으로도 멋지게 살 수 있으니까요. 게다가 전늘 다트무어의 상인들을 잘 대해 주잖아요. 그랬더니 되레 잘해 주더라고요. 제가 원하는 건 정보예요. 뭐, 중요한 정보가 아니라 쓸데없는 것이긴 한데…….」

「그래, 청서[9]에 들어 있는 것이라면 무엇이든 알려 주마. 요즘엔 말도 안 되는 것을 어찌나 많이 집어넣는지 영 맘에 안 들어. 내가 외교계에 있을 땐 지금보다 훨씬 잘했는데. 내가 듣기론 요즘은 검증을 해서 수록한다는데, 그런다고 잘될까? 검증이라는 거, 그거 처음부터 끝까지 다 가짜야. 신사라면 다 잘 아는 사항이고, 신사가 아니라면 뭘 알든지 무슨 소용이 있을까.」

「도리언 그레이는 그 청서에 수록될 사람이 아니에요, 숙부.」 헨리 경이 심드렁한 목소리로 말했다.

「도리언 그레이? 그자가 누군데?」 퍼모 경이 짙은 하얀 눈썹을 찡그리며 물었다.

「제가 알고 싶은 게 바로 그거예요. 아니, 대충 누군지는 알아요. 켈소 경의 마지막 손자라고 하던데. 어머니는 데버로라는 여자고요. 마거릿 데버로 부인. 숙부한테 이 부인에

9 영국 의회나 왕립 위원회에서 각종 사실과 통계 자료를 담아 발행하는 푸른색 표지의 보고서.

56

관한 얘기를 듣고 싶어서요. 어떤 모습이었는지, 누구랑 결혼했는지. 숙부는 숙부 시대 사람들을 거의 다 아시니까 알고 계시지 않을까 싶었어요. 제가 그레이라는 친구에 대해 굉장히 관심이 많거든요. 만난 지는 얼마 되지 않았지만요.」

「켈소의 손자라!」 늙은 신사는 되풀이해서 말했다. 「켈소의 손자……! 물론이지……. 그 사람 어머니를 내가 잘 알지. 그 여자 세례식에 나도 참석한 것 같은데. 눈부시게 아름다운 여자였어, 마거릿 데버로. 그 여자가 무일푼의 젊은 놈과 눈이 맞아 도피 행각을 벌이는 바람에 모든 남정네들이 미쳐 날뛰며 난리도 아니었지. 그 젊은 놈이 별 볼일 없는 작자였거든. 어느 보병 연대의 소원가 중원가 하는 젊은이였다는데. 이제야 어제 일처럼 모든 게 생생히 기억나는구나. 그런데 그 불쌍한 친구가 결혼하고 몇 달 뒤에 스파[10]에서 결투를 하다 그만 죽고 말았지. 그 일과 관련해서 추악한 얘기가 떠돌았어. 사람들 얘기로는 켈소가 벨기에 출신의 인간 같지 않은 인간, 어느 불한당 같은 모험가를 시켜 대중 앞에서 자기 사위를 모욕하게 했다는구나. 돈을 주고 시킨 일이지, 돈을 주고 말이야. 켈소의 사위가 무슨 비둘기도 아니고, 아니 글쎄 그 작자가 그 사람에게 침을 뱉었다는 거야. 그 사건을 모두가 쉬쉬했지. 그 후로 한동안 켈소는 클럽에서 혼자 밥을 먹었다고 하더군. 들은 얘기에 따르면, 자기 딸을 불러들였다는데, 그 딸이 자기 아버지에게 단 한마디 말도 붙이지 않았다고 하더라. 그래, 참 추잡한 일이지. 그 여자도 죽었어. 남편이 죽고 1년이 지나지 않아 죽었다는구나. 그런데 아들이 있었던 모양이지? 까맣게 잊고 있었다. 그래, 어떤 아이더냐? 자기 어머니를 닮았으면 분명 잘생겼을 테지.」

---

10 벨기에의 소도시. 광천 휴양지로 유명.

「정말 잘생긴 친구랍니다.」 헨리 경도 동의했다.

「누가 잘 보살펴 줘야 하는데.」 늙은 신사가 말을 계속 이었다. 「켈소가 그 젊은이에게 제대로 잘해 준다면 그 친구 돈 좀 갖게 될 텐데. 그 어머니도 돈이 좀 있었을 거다. 아마 그 여자 조부가 그녀에게 셀비[11]에 있는 모든 재산을 넘겨 주었을 거다. 그녀의 조부가 켈소를 미워했지. 아주 쩨쩨한 인간으로 생각했거든. 실제로 켈소는 인간이 잘았어. 내가 마드리드에 있을 때 온 적이 있었다. 얼마나 창피했는지 아니? 늘 마차 삯 때문에 마부와 시비가 붙어 여왕이 그 영국 귀족이 누구냐고 물어보는 통에 골치가 아팠다. 말들이 많았거든. 내가 거의 한 달 동안 궁정에 얼굴을 내밀지 못할 정도였단다. 그 사람이 전세 마차 마부에게 하던 짓을 자기 손자에게 하지는 않겠지. 그러길 바랄 뿐이다.」

「잘은 모르겠어요.」 헨리 경이 대답했다. 「제 생각에 그레이가 돈은 있는 것 같아요. 아직 성년은 되지 않았는데. 셀비에 재산이 좀 있다고 하더군요. 저한테 그렇게 말했어요. 그런데…… 그의 어머니가 대단한 미인이었나요?」

「마거릿 데버로는 내가 본 가장 아름다운 사람 가운데 하나지. 그런데 대체 무슨 이유로 그런 행동을 했는지, 전혀 이해가 되지 않는다. 자기가 선택한 어떤 사람하고든 결혼할 수 있었는데 말이야. 칼링턴이란 남자는 죽고 못 산다며 그 여자를 쫓아다녔어. 한데 낭만적인 데가 있었지, 그 여잔. 그 집안 여자들이 전부 그래. 남자들은 별 볼일 없는데 여자들은 훌륭했지. 칼링턴이 그 여자에게 계속 무릎을 꿇고 구혼을 한 모양이야. 그 남자가 직접 나한테 들려준 얘기야. 근데 그 여자는 콧방귀도 뀌지 않았다는군. 그 당시 런던 아가씨

11 영국 북요크셔의 도시.

치고 칼링턴을 안 쫓아다닌 아가씨가 없었는데도 말이야. 그런데, 해리야. 세상 물정 모르는 그 순진한 결혼 얘기를 하다 보니 생각나서 하는 말인데, 네 부친이 들려주던데 다트무어가 미국 여자랑 결혼하겠다는 그 엉터리 같은 얘기는 뭐냐? 영국 여자는 맘에 안 든데?」

「조지 숙부님, 요즘은 미국 사람이랑 결혼하는 게 유행이잖아요.」

「해리야, 난 어떤 영국 여자든 그 여자가 속된 세상과 맞선다면 뭐든 다 지원해 줄 작정이다.」 퍼모 경은 탁자를 주먹으로 내리치며 말했다.

「미국 사람한테 거세요.」

「그 사람들, 오래가지 못한다고 들었다.」 그의 숙부가 중얼거리듯 말했다.

「미국인들은 약혼 기간이 길면 그냥 지쳐 버리는 모양이에요. 하지만 장애물 경주에는 선수래요. 날아가는 물체도 잡는다잖아요. 다트무어에게 가능성이 있을지 모르겠어요.」

「그 여자 집안 사람들은 누구라더냐?」 늙은 신사가 불퉁한 목소리로 물었다. 「가족이 있기는 해?」

헨리 경은 고개를 가로저었다. 「미국 여자들은 아주 영리하게시리 자기 부모가 누군지 밝히지 않잖아요. 영국 여자들이 자기네 과거를 감추는 것처럼 말예요.」 그는 이렇게 말하면서 가려고 일어섰다.

「혹시 돼지고기 출하 업자들 아니냐?」

「다트무어를 위해서라면 그랬으면 좋겠어요, 조지 숙부님. 미국에서는 정치 다음으로 가장 돈 많이 버는 직업이 돼지고기 도매라고 들었거든요.」

「예쁘다니?」

「예쁜 여자인 것처럼 행동하나 봐요. 대부분의 미국 여자들이 그렇잖아요. 그게 바로 그들 매력의 비밀이랍니다.」

「왜 그 미국 여자들은 자기네 나라에 그냥 있질 못하는 거야? 미국이 여자들에게는 낙원과도 같은 곳이라고 늘 자랑처럼 늘어놓으면서 말이야.」

「그건 그래요. 아마 이브처럼 그곳에서 벗어나고픈 욕망이 강한 모양이지요.」 헨리 경이 대답했다. 「안녕히 계세요, 숙부님. 더 있다가는 점심에 늦겠어요. 원하는 정보를 주셔서 감사해요. 제가 원래 친구를 새로 사귀면 그 친구에 관한 모든 걸 알고 싶어 하잖아요. 그래서 그랬어요. 옛 친구들에 관해선 알고 싶은 게 없는데 말예요.」

「어디서 점심 할 거냐, 해리?」

「애거서 숙모님 댁에서요. 그레이더러 같이 먹자고 했거든요. 가장 최근에 숙모님의 총애를 받고 있는 젊은 남자가 그 친구거든요.」

「흥! 잘해 보라지. 가서 네 애거서 숙모한테 얘기해라. 더는 자선해 달라고 간청하는 일로 나를 괴롭히지 말라고 말이다. 이젠 지겹다, 지겨워. 네 숙모는 내가 자기의 그 우습지도 않은 호기심을 위해 수표에 서명하는 것 말고는 아무것도 할 일이 없는 사람이라고 생각하는 모양이야.」

「알았어요. 얘기할게요. 하지만 아무 소용이 없을 것 같은데요. 박애주의자들은 모든 인간적인 감각을 다 잃어버린 사람들이라니까요. 그게 다른 사람과는 다른 그 사람들만의 특징이잖아요.」

늙은 신사는 그 말이 맞는 얘기라며 투덜거리더니 벨을 눌러 하인을 불렀다. 헨리 경은 높이가 낮은 아케이드를 지나 벌링턴 스트리트로 나서서는 버클리 광장을 향해 발걸음을 옮겼다.

이렇게 해서 도리언 그레이의 부모에 관한 이야기를 알게 되었다. 겉날려 대충 들은 이야기지만 그 이야기가 담고 있는 낯선 현대적 연애 사건에 대한 암시로 그의 마음이 꿈틀거렸다. 무모한 열정에 모든 것을 포기하는 위험을 마다 않은 어느 아름다운 여인. 무시무시하고 비열한 범죄에 의해 중단된 단 몇 주 동안의 거칠 것이 없었던 행복. 여러 달 동안의 숨죽인 고뇌. 그리고 고통 속에 태어난 아이. 죽음이 낚아채 간 어머니의 목숨. 사랑이라고는 손톱만큼도 없는 늙은 남자의 폭정에 맡겨져 혼자만의 고독 속에 남은 소년. 그렇다. 이것이 바로 호기심을 불러일으키는 도리언의 배경이었다. 이것이 그 젊은이를 모델로 세운 것이고, 그를 더 완벽한 존재로 만든 것이다. 더할 나위 없이 아름다운 모든 존재 이면에는 비극적인 그 무엇이 있었다. 누구 하나 눈여겨보지 않는 보잘것없는 꽃 한 송이 피우려고 세상은 그리도 아픈 진통을 겪어야 하는 건가…… 전날 밤 저녁 식사 때 그는 얼마나 매력적이었던가. 낯선 즐거움에 다소 겁이 나는 듯 놀란 눈에 살짝 벌어진 입술로 도리언은 클럽에서 그의 맞은편에 앉아 있었다. 붉은 촛불 그림자는 그의 얼굴에서 깨어나는 경이의 표정을 더욱 짙은 장밋빛으로 물들였다. 그에게 말을 붙이는 것은 섬세한 음의 바이올린을 켜는 것과 같았다. 그는 활이 건드리고 스치고 지날 때마다 그에 응답했다…… 영향력을 행사하는 데 굉장히 황홀한 무엇이 느껴졌다. 그 어떤 행동도 그와 같을 수는 없었다. 우아하고 고상한 어떤 형태에 자신의 영혼을 투영하여 그곳에 잠시 머무르게 하는 것, 자신이 지성을 담아 머릿속에 생각하고 있던 어떤 견해가 정열과 청춘이 더해진 음악이 되어 자신에게 메아리로 울려오는 소리를 듣는 것, 마치 어느 영묘한 액체 아니면 진기한 향기인 양 자신의 기질을 다른 사람에게 흘려보내는 것, 바로 이런 것에 진정한 기쁨이 있었다. 어쩌면 이 기쁨은, 우리가 살고 있는 시대처럼 제한적이고 저속한 시대에, 추구하는 쾌락은 다분히 육욕적이고 목적은 진부하기 이를 데 없는 이런 시대에, 우리에게 남은 가장 흡족한 기쁨일지 모른다……. 게다가 이 젊은이는 불가사의할 정도로 아름다운 모습이 아닌가. 정말 뜻밖에, 우연히 바질의 화실에서 만난 이 젊은이가 말이다. 아니, 어쩌면 굉장히 아름다운 형태로 주조된 것은 아닌지. 그는 우아함 그 자체였다. 그리고 우리를 위해 보존된 청소년기 순백의 정결함과 고대 그리스 조각상과 같은 아름다움. 그러니 그를 어떤 존재로 만들든 만들지 못할 것이 없었다. 타이탄으로 만들 수도 있고 장난감으로 만들 수도 있지 않겠는가. 하나 그런 아름다움이 없어질 운명이라니, 이 어찌 안타까운 일이 아닌가……! 그리고 바질은? 심리학적인 관점에서 보면 그는 얼마나 재미있는 사람인가! 제 모습이 어떤지 알지도 못하는 젊은이를 만나 그 모습에 묘한 영감을 받아 예술의 새로운 양식을 떠올리고, 인생을 새롭게 바라보는 신선한 시각을 지니게 된 그. 어두운 숲 속에 거주하며 확 트인 들녘을 사람들 눈에 띄지 않게 돌아다니던 말없는 영혼이 그를 만나, 숲의 요정처럼 아무 두려움 없이, 돌연 제 모습을 드러낸 것이 아니던가. 그것은 그런 영혼을 찾아다닌 그의 정신 속에 잠들어 있던 놀라운 직관이 눈을 떴기 때문에, 오로지 그 놀라운 직관에만 아름다운 존재가 드러나기 때문에 가능했던 게 아니던가. 사물의 단순한 모양과 무늬는 또 어떤가. 그것들 또한 그의 손에 들어가면 더욱 정교하게 다듬어지며 어떤 상징적 가치를 부여받지 않는가. 마치 그것들이 그림자처럼 실체가 없던 더 완벽한 어떤 다른 형태와 무늬였는데 그의 손에 의해 실제의 것으로 변모하는 것처럼. 참으로 이 모든 것이 기묘한 일이 아니고 무엇인가! 그는 역사 속에서 이 비슷한 사례가 있는지 기억해 보았다. 이상적인 형태의 실재를 최초로 분석했던 사람은 사상의 예술가인 플라톤이 아니었던가? 그 이상적인 형태를 소네트 연작처럼 일련의 화려한 조각상 속에 조각해 넣은 예술가는 부오나로티[12]가 아니던가? 그러나 우리 시대에 이것은 이상하게도…… 그래. 자기도 모르는 사이에 그 젊은이가 아름다운 초상화를 그린 화가에게 어떤 존재로 와 닿았는지 모르지만 그도 도리언 그레이를 그런 존재가 되도록 하고 싶었다. 그는 그 도리언을 지배하고 싶었다. 사실은 이미 반쯤은 그렇게 한 셈이다. 〈사랑과 죽음〉의 아들인 도리언에게는 사람의 혼을 사로잡는 그 무엇이 있었다.

갑자기 발걸음을 멈춘 그는 주변의 집들을 둘러보았다. 숙모 집을 지나쳐 왔다는 사실을 깨달은 그는 혼자 슬쩍 미소를 흘리고는 왔던 길을 되돌아갔다. 조금은 어두컴컴한 홀로 들어서자 집사가 모두 점심을 먹으러 안으로 들어갔다고 알려 주었다. 그는 한 하인에게 모자와 지팡이를 건네주고는 식당으로 향했다.

「또 늦었구나.」숙모가 그를 향해 고개를 가로저으며 큰 소리로 말했다.

그는 익숙하게 적당한 구실을 대고는 숙모 옆 빈자리에 앉아 누가 있는지 주위를 살폈다. 식탁 끝에서 도리언이 양 볼에 기분 좋은 붉은 기운을 슬며시 드러내며 수줍은 듯 고개를 숙여 인사를 했다. 맞은편에는 할리 공작부인이 앉아 있었다. 부인은 그녀를 아는 사람이 모두 좋아할 만큼 착하고 온화한 성품을 지녔으며, 공작부인이 아니었다면 당대의 역사가들이 여성으로서는 억세고 강건한 체격이라고 묘사할 만큼 당당한 풍채에 장대한 골격을 지녔다. 공작부인 바로

12 이탈리아의 조각가이자 화가이자 시인인 미켈란젤로를 말한다.

옆 오른쪽에는 의회의 급진당 당원인 토머스 버든 경이 있었다. 그는 이중적이고 기만적인 게임의 규칙에 맞추어 그때그때 기회를 보아 공적인 삶에서는 자기 당의 지도자를 따르고, 사적인 삶에서는 최고의 요리사를 찾아 다니며 토리 당원들과 식사를 하고, 자유주의자들과 같은 생각을 공유하는 사람이었다. 공작부인 왼편은 트레들리의 어스킨 씨가 차지하고 있었다. 그는 상당한 매력과 교양을 지닌 나이든 신사였지만 한 가지 흠이라면 침묵이라는 좋지 않은 습관이 있다는 점이었다. 언젠가 그는 애거서 숙모에게 자기가 말을 하지 않는 이유는 해야 할 말을 30세 이전에 다 해버려 이제는 할 말이 없기 때문이라고 설명했다고 한다. 헨리의 옆자리엔 그의 숙모의 가장 오랜 친구 가운데 한 사람인 밴들로 부인이 앉아 있었다. 그녀는 여성들 사이에서 거의 성인(聖人)과 다름없는 부인으로 평가받았지만 옷차림이 단정치 못해 제본이 잘못된 성가집을 연상케 하는 여자였다. 다행히도 그녀는 포델 경과 마주하고 있었다. 포델 경은 평범한 중년 남자로 다분히 지적인 데가 있었지만 하원에서 내각이 성명서를 발표할 때처럼 지극히 무미건조한 언사를 구사하는 사람이었다. 벤들로 부인은 포델 경과 아주 진지한 태도로, 진정으로 모든 선한 사람들이 빠져드는, 아니 어느 누구도 피할 수 없는 용서받을 수 없는 잘못이 무엇인지, 그 문제를 놓고 이야기를 나누고 있었다. 헨리 자신이 전에 한 번 언급한 적이 있는 주제였다.

「헨리 경, 우리는 불쌍한 다트무어에 대해서 얘기하는 중이었어요.」 공작부인이 맞은편에 있는 그에게 반갑다는 듯이 고개를 끄덕이며 큰 소리로 말했다. 「어때요? 다트무어가 그 매력적이라는 젊은 여자랑 결혼할 것 같아요?」

「그 여자가 청혼을 하기로 마음을 굳혔나 봐요, 공작부인.」

「어휴, 끔찍해라!」애거서 부인이 탄식을 했다. 「누가 나서서 말려야 하는 것 아닌가요?」

「내가 듣기로는, 이거 아주 신빙성 있는 이야긴데, 그 여자아이의 아버지가 곡물점을 운영한다고 합디다.」토머스 버든 경이 우쭐한 표정을 지으며 말했다.

「토머스 경, 제 숙부님은 돼지고기 출하 업자일 거라고 하던데요.」

「곡물이라! 미국산 곡물에 뭐가 있지?」공작부인이 놀란 듯이 큰 손을 들어 올리며 동사에 힘을 주어 물었다.

「미국 소설이오.」헨리 경이 메추라기 요리를 먹으며 대답했다.

공작부인이 당황한 표정을 지었다.

「쟤 신경 쓰지 마세요.」애거서 부인이 속삭였다. 「입만 벙긋하면 아무 뜻도 없는 말만 하니까요.」

「미국이 발견되었을 때 —」급진당 당원이 입을 열었고, 이어서 그는 지루한 사실들을 늘어놓기 시작했다. 어떤 주제를 철저히 논하려고 애쓰는 사람들과 마찬가지로 그도 듣는 사람들을 지치게 만들었다. 한숨을 내쉬던 공작부인이 자신의 특권을 행사하여 개입하고 나섰다. 「미국이라는 나라가 발견되지 말았어야 해!」그녀가 큰 소리로 외쳤다. 「요즘엔 정말 우리 젊은 아가씨들에게 기회가 주어지지 않는다고. 이건 대단히 불공평한 처사지.」

「따지고 보면 말이죠, 미국은 발견된 것이 아닙니다.」어스킨 씨가 말했다. 「제가 드리고 싶은 말씀은 미국은 그냥 찾아낸 것에 불과하다는 겁니다.」

「오! 어쨌든 내가 그곳에 거주하는 사람들을 봤단 말예요.」공작부인이 분명치 않은 목소리로 말했다. 「솔직히 말하면 그 사람들 대부분이 굉장히 예쁘더군요. 게다가 옷도 잘

입어요. 파리에서 의상을 구입한다고 하던데. 나도 그래 봤으면 좋겠어요.」

「착한 미국인이 죽으면 파리로 간다는 말이 있더군요.」토머스 경이 낄낄대며 말했다. 그는 누가 내다 버린 옷가지를 옷장 가득히 가지고 있는 것처럼 누가 사용하다 내버린 유머를 이것저것 주워 담아 사용하는 사람이었다.

「설마요. 그러면 나쁜 미국인들이 죽으면 어디로 가나요?」공작부인이 물었다.

「미국으로 가죠.」헨리 경이 중얼거렸다.

토머스 경이 얼굴을 찌푸렸다. 「제가 보기엔 부인의 조카가 그 커다란 나라에 대해 반감이 섞인 편견을 지닌 것 같습니다.」그가 애거서 부인에게 말했다. 「제가 미국 전역을 둘러보았거든요. 그곳 기관장들이 제공하는 차량을 타고 말입니다. 그런 일에는 그 사람들이 굉장히 공손하더군요. 분명히 말씀드리면 그 나라를 방문하는 것도 교육의 한 부분입니다.」

「하지만 교육받자고 거길 가서 시카고를 구경해야 하는 건가요?」어스킨 씨가 하소연하는 듯한 목소리로 말했다. 「그런 여행이라면 전 가고 싶지 않습니다.」

토머스 경이 손을 내저었다. 「여기 트레들리의 어스킨 씨는 서가에 온 세상을 다 담아 두고 계신 분입니다. 우리와 같은 실제적인 사람들은 세상을 직접 보고 싶어 하지 그냥 책으로 읽고 마는 사람들이 아닙니다. 미국인들, 지극히 흥미로운 사람들입니다. 대단히 이성적인 사람들이죠. 그게 그들의 별난 특징이라고 봅니다. 어스킨 씨, 정말입니다. 절대적으로 이성적인 사람들입니다. 미국인들에 관해서는 달리 말할 게 없어요. 장담합니다.」

「듣기 지겹군요!」헨리 경이 소리쳤다. 「전 난폭한 힘은 참을 수 있어도 몰인정하고 난폭한 이성은 참을 수가 없습니다. 이성의 사용에 부당한 게 있어요. 지성을 내세우며 뒤통수 때리는 격이라니까요.」

「무슨 말인지 난 이해하지 못하겠네.」 토머스 경의 얼굴이 서서히 달아올랐다.

「난 이해하네, 헨리 경.」 어스킨 씨는 미소를 지으며 작은 소리로 말했다.

「역설이라는 게 그 방식에서는 괜찮지요. 하나…….」 준(准)남작인 토머스 경이 응수했다.

「그게 역설이었나요?」 어스킨 씨가 물었다. 「전 그렇게 생각하지 않았는데. 어쩌면 그럴지도 모르죠. 그래요, 역설이 진리 추구의 방식이니까. 실재를 검증하기 위해선 팽팽한 줄타기 줄에 걸린 실재를 봐야 하죠. 진실이 곡예를 할 때 우리는 그 진실을 판단할 수 있는 겁니다.」

「이런, 이런!」 애거서 부인이 말했다. 「남정네들이 어찌 이리 말들이 많은지! 당신들이 무슨 말을 하는지 난 도통 알아듣지 못하겠네요. 아참! 해리, 나 너 때문에 몹시 화가 났거든. 왜 착한 도리언 그레이를 부추겨 이스트엔드를 포기하게 만든 거니? 젊은 도리언은 아주 써먹을 데가 많은 인물인데. 소중한 존재야, 우리한테는. 사람들도 저 청년의 연주를 얼마나 좋아하는데.」

「전 저 친구가 나한테 연주해 줬으면 하거든요.」 헨리 경은 미소를 지으며 큰 소리로 응수했다. 식탁을 둘러보던 그는 환하게 화답하는 눈길을 보았다.

「그러면 화이트채플에 있는 사람들이 불행해진단다.」 애거서 부인이 말을 이었다.

「전 고통을 제외하곤 다른 모든 것에는 다 공감할 수 있어요.」 헨리 경은 기분이 언짢은 듯 어깨를 움츠리며 말했다. 「그러나 고통은 동정할 수 없어요. 고통은 너무 추잡하고, 너무 무섭고, 너무 기분을 우울하게 해요. 현대가 내보이는 고통에 대한 동정심에는 역겨울 정도로 뭔가 병적인 것이 있단 말입니다. 동정심을 내보이려면 삶의 색채에, 삶의 아름다움에, 삶의 기쁨에 보여야죠. 삶의 상처에 대해서는 얘기를 안 하면 안 할수록 더 좋은 겁니다.」

「그래도 이스트엔드는 굉장히 중요한 문제지요.」 토머스 경이 심각하게 머리를 흔들며 말했다.

「문제긴 문제죠.」 젊은 헨리 경이 대답했다. 「그런데 노예의 문제죠. 그리고 우리는 노예를 즐겁게 해주는 것으로 문제를 해결하려고 하는 게 문제인 거죠.」

정치인인 토머스 경이 날카로운 눈초리로 그를 쏘아보았다. 「그럼, 자네는 어떤 변화가 있어야 한다고 보는가?」

헨리 경이 웃음을 터뜨렸다. 「저는 영국에서 그 어떤 것도 변화시키고자 하는 마음이 없습니다. 날씨만 빼고요.」 그가 대답했다. 「저는 철학적 명상에 지극히 만족하고 있어요. 하지만 19세기가 동정심에 과다 지출하는 바람에 파산을 했으니 이제는 우리가 그걸 바로 잡기 위해 과학에 호소해야 한다고 제안하고 싶습니다. 감성의 강점은 그것이 우리를 잘못된 길로 들어서게 한다는 것이죠. 과학의 강점은 그것이 감성적이지 않다는 데 있습니다.」

「그렇지만 우리에게는 중대한 책임이 있어요.」 밴들로 부인이 다소 쭈뼛거리며 입을 열었다.

「아주 중대한 책임이지.」 애거서 부인이 말을 되받았다.

헨리 경은 어스킨 씨를 쳐다보았다. 「인간은 스스로를 너무 심각하게 생각해요. 그게 이 세상의 원죄랍니다. 석기 시대 동굴에 살던 사람들이 웃는 법을 알았더라면 역사가 달라졌을 겁니다.」

「마음을 아주 편하게 해주는구나.」 공작부인이 새가 지저귀듯 경쾌한 목소리로 말했다. 「내가 이스트엔드에 전혀 관심을 보이지 않은지라 네 숙모님을 만나러 올 때마다 늘 죄의식 같은 게 있었거든. 앞으로는 네 숙모님을 부끄러움 없이, 얼굴 붉히지 않고 똑바로 쳐다볼 수 있을 것 같구나.」

「얼굴이 좀 빨개지는 게 잘 어울리거든요, 공작부인.」헨리 경이 말했다.

「애, 그것도 젊었을 때 얘기지.」공작부인이 대답했다. 「나처럼 나이 들어 얼굴 빨개지면 그건 나쁜 신호야. 아! 헨리 경, 어떻게 하면 다시 젊어지는지 좀 가르쳐 주겠나?」

그는 잠시 생각했다. 「공작부인, 혹시 옛날에 저지른 잘못 가운데 큰 잘못, 뭐 기억나시는 것 없어요?」그는 건너편의 공작부인을 바라보며 물었다.

「너무 많아서 탈이지.」그녀가 큰 소리로 말했다.

「그럼 그 잘못을 다시 저지르세요.」그는 진지한 목소리로 말했다. 「다시 젊어지려면 옛날의 잘못을 반복하는 수밖에 없어요.」

「마음에 쏙 드는 말이로구나!」그녀가 좋다고 소리쳤다. 「실행에 옮겨야겠어.」

「위험한 말이오!」토머스 경의 굳게 다문 입술에서 나온 말이었다. 애거서 부인은 고개를 가로저었지만 내심 즐거워하지 않을 수 없었다. 어스킨 씨는 그냥 듣고만 있었다.

「그럴지 몰라요.」헨리 경이 말을 이었다. 「하지만 그게 삶의 위대한 비밀 가운데 하나랍니다. 요즘은 많은 사람들이 살며시 다가오는 섬뜩한 상식 때문에 죽음을 당해요. 그리고 사람은 유일하게 자신이 저지른 잘못만은 절대 후회하지 않는 법이죠. 그리고 나중에 그걸 깨닫기는 하는데, 그땐 이미 때가 늦었지요.」

웃음이 식탁을 타고 돌았다.

그는 처음에는 생각을 자유롭게 가지고 놀았다. 그러다 점점 더 그 생각을 강퍅하게 밀고 나갔다. 자신의 생각을 공중에 쳐올리고, 그것을 변형시켰다. 그런 다음 그것이 달아나도록 내버려 두었다가 다시 붙잡았다. 그리고 그 생각에 공상(空想)을 더해 아름다운 빛으로 빛나게 한 다음 역설이라는 날개를 달아 주었다. 그가 말을 이어 가는 동안, 잘못이라는 어리석은 행위에 대한 찬사는 철학으로 승화했다. 그리고 철학은 젊어지면서 쾌락이라는 광기의 음악을 붙잡고, 누구나 상상할 수 있듯이, 포도주를 흘린 의상에 담쟁이덩굴로 만든 화관을 쓰고, 인생이라는 언덕에서 바커스의 여사제처럼 춤을 추며 바커스의 양부인 게으른 실레노스가 술에 취하지 않은 맑은 정신으로 있음을 비웃었다. 그 철학 앞에서 사실(事實)은 겁먹은 숲 속의 짐승처럼 달아나 버렸다. 철학의 하얀 발이 현자(賢者) 오마르가 앉아 있는 거대한 압축기를 밟았다. 그러자 끓어오르는 포도즙이 자주색 거품의 물살을 이루며 맨살로 드러난 철학의 사지 주위로 솟아오르기도 하고, 붉은 포말을 이루며 술통 안에서 기어 나오듯 솟아나 통의 검은 옆구리를 타고 흐르는 눈물처럼 떨어지기도 했다.[13] 이런 그의 생각은 즉흥적으로 나온 의외의 생각이었다. 헨리 경은 도리언 그레이의 눈이 자신에게 고정되어 있는 것을 느낄 수 있었다. 자기 말을 듣는 사람들 가운데 오로지 한 사람만을 매료시키면 된다는 의식 때문인지 그의 기지(機智)가 더욱 예리해지고 상상력이 더욱 다채로워지는 것 같았다. 그

---

13 이 부분은, 페르시아 시인 오마르 하이얌의 시를 번역한 에드워드 피츠제럴드의 『오마르 하이얌의 루바이야트』에서 화자가 청자들에게 술병과 시집을 들고 오마르와 함께 앉아 속세의 충고는 저버리고 술병에 술을 채워 오늘이라는 시간에서 지난날의 후회와 미래에 대한 두려움을 지우라고 권하는 장면을 생각하면, 앞에서 헨리 경이 한 말과 관련해서 쉽게 이해할 수 있다.

는 똑똑하고 몽환적이고 무책임한 사람이었다. 그는 주변의 청자들을 매료시켜 혼을 빼놓고, 그의 피리 소리에 따라 그들을 울고 웃게 만드는 재주가 있었다. 도리언 그레이는 그에게서 시선을 떼지 않았다. 입가에 꼬리에 꼬리를 물듯 계속 미소를 흘리면서, 점점 어두워지는 눈에는 놀란 표정을 더욱 깊게 담아 두면서, 마치 무슨 주문에 걸린 듯이, 그렇게 헨리 경을 바라보고만 있었다.

마침내 시대의 복장을 한 〈현실〉이 하인의 모습으로 방 안에 들어섰다. 공작부인에게 마차가 기다리고 있다고 전하려고 하인이 들어온 것이었다. 공작부인은 짐짓 절망에 빠진 듯이 손을 비틀어 꺾었다. 「아유 귀찮아!」 그녀가 큰 소리로 말했다. 「전 가야겠어요. 클럽에 있는 남편을 불러서 윌리스 회관에서 열리는 말 같지도 않은 모임에 가야 하거든요. 남편이 그 모임에서 의장직을 맡을 건가 봐요. 제가 늦으면 남편은 길길이 뛰며 난리도 아닐 거예요. 이 보닛 모자가 엉망이 되면 안 되거든요. 워낙 너무 약한 것이 돼 놔서 험한 말만 해도 찌그러지고 말 거예요. 아니, 이젠 가야 해요, 애거서. 잘 있어요, 헨리 경. 참 재미있는 사람이군. 그러면서도 사람들을 타락시킬 것 같기도 하고. 당신 견해에 대해서 어떻게 말을 해야 할지 잘 모르겠어. 언제 저녁에 와서 같이 식사나 해요. 화요일? 그날 괜찮아?」

「공작부인을 위해서라면 다른 약속 다 버려야지요.」 헨리 경은 이렇게 말하며 꾸벅 고개를 숙였다.

「아! 참 고마우셔라. 그런데 그래도 되나 모르겠네.」 그녀는 큰 소리로 말했다. 「아무튼 오는 거, 잊지 마요.」 그녀는 휙 돌아서서 방을 나섰고, 애거서 부인과 다른 부인들이 그 뒤를 따라 나섰다.

헨리 경이 다시 자리에 앉자 어스킨 씨가 돌아서 오더니 곁에 앉으며 그의 팔을 잡았다.

「말을 들어 보니 책을 써도 되겠군요.」 그가 말했다. 「한 권 써보지 그러세요?」

「책을 쓰고 싶다는 생각이 안 들 정도로 책 읽기를 엄청 좋아해서요, 어스킨 씨. 소설은 쓰고 싶어요. 페르시아 융단처럼 아름답고 비현실적인 소설을 말입니다. 그런데 영국엔 신문이나 무슨 안내서 아니면 백과사전류를 제외하면 문학을 좋아하는 대중이 없지 않습니까. 세상 사람들 가운데 문학의 아름다움에 대한 감각이 제일 떨어지는 사람들이 아마 영국 사람들이 아닌가 싶습니다.」

「안타깝지만 당신 말이 맞는 것 같소.」 어스킨 씨가 맞장구를 쳤다. 「나도 한때는 문학적인 야망이 있던 사람이오. 그런데 오래전에 다 접었지. 당신이 허락한다면 나는 당신을 우리의 멋진 젊은 친구라 하고 싶소. 그런데 젊은 친구, 당신이 오늘 점심 먹으면서 한 얘기가 진심인지 물어봐도 괜찮겠소?」

「무슨 말을 했는지, 다 잊었는데요.」 헨리 경이 미소를 지었다. 「듣기 거북하셨나요?」

「아주 거북했지. 실제로 난 당신을 지극히 위험천만한 젊은이로 생각하오. 우리 공작부인에게 무슨 일이 일어난다면 여기 있는 사람 모두가 당신에게 일차적인 책임이 있다고 생각할 거요. 하나 그래도 당신하고 인생에 관해서 얘기하고 싶은 마음은 있소. 우리 세대는 너무 따분해. 언제 런던이 지겨울 때 트레들리로 오시오. 와서 당신의 그 쾌락의 철학을 설명해 주시오. 내가 운 좋게도 버건디[14] 포도주를 좀 가지고 있으니 그거 마시면서 얘기 좀 합시다.」

「벌써부터 마음이 끌리는데요. 트레들리를 방문하다니 저

14 현재 프랑스의 부르고뉴를 말한다. 영국에서는 버건디라는 명칭을 쓴다.

로선 큰 영광입니다. 완벽한 주인에 흠 잡을 데 없는 서재가 있을 테니.」

「당신이 그 서재를 완결시켜 주시오.」 늙은 신사는 정중하게 고개를 숙였다. 「이젠 내가 당신의 훌륭하신 숙모님과 작별을 고해야 할 것 같소. 아테니움[15]에 가야 하오. 지금쯤 그곳에서 자야 할 시간이 되어서.」

「당신들 모두요, 어스킨 씨?」

「모두가 40명이오. 팔걸이의자가 40개 있지. 그곳에서 영국 학술원을 운영한다고 보면 되오.」

헨리 경은 웃으면서 일어섰다. 그리고 큰 소리로 말했다. 「저는 공원에나 가겠습니다.」

그가 문을 나서자 도리언 그레이가 그의 팔을 잡았다. 「저랑 같이 가시죠.」

「당신은 바질 홀워드를 만나기로 한 것으로 아는데.」 헨리 경이 말했다.

「당신을 따라가는 게 더 나을 것 같아서요. 그래요, 문득 같이 가야겠다는 생각이 들었어요. 괜찮죠? 그리고 계속 얘기해 준다고 약속할 수 있지요? 당신처럼 이렇게 훌륭하게 말하는 사람이 없을 겁니다.」

「이런! 오늘은 말을 너무 많이 해서 그만두고 싶은데.」 헨리 경은 미소를 지으며 말했다. 「지금은 그냥 삶을 바라보고 싶을 뿐이네. 마음이 내키면 같이 가서 세상살이 구경 좀 하세.」

---

15 지식인들과 예술가들이 모이던 엘리트 클럽.

제4장

한 달 뒤 어느 오후, 도리언 그레이는 메이페어[16]에 있는 헨리 경 집의 조그만 서재에서 호사스러워 보이는 팔걸이의자에 앉아 있었다. 서재는 나름대로 굉장히 매력적인 데가 있는 방이었다. 올리브색으로 채색한 참나무로 고급 판자를 만들어 벽면 밑동에서 3분의 1 높이까지 널을 댄 것이나 뒷 벽 둘레를 크림색으로 장식한 것, 천장을 돋을새김한 회반죽으로 처리한 것이나, 긴 가장자리 장식이 달린 페르시아산 비단 융단을 덮어 벽돌 가루를 만지는 것 같은 촉감이 나는 카펫이 인상적이었다. 작은 마호가니 탁자 위에는 클로디옹[17]의 작은 조각상 하나가 세워져 있었고, 그 옆에는 클로비 에브가 발루아 가문 출신의 마르거리트 왕비를 위해 제본해 준, 그리고 왕비가 자신의 문장으로 선택했다는 금박 입힌 데이지가 가득 뿌린 듯 장식된 『100편의 단편 모음집』이 놓여 있었다.[18] 또한 벽난로 선반에는 파란빛이 감도는 커다란 자기 단지 몇

16 런던 하이드파크 동쪽에 있는 고급 주택 지구.
17 Claude Michel Clodion(1738~1814). 프랑스의 조각가로 고대 신화나 풍속을 소재로 조각한 것으로 유명하다.
18 마르거리트 왕비는 프랑스 왕인 앙리 4세의 아내이고, 클로비 에브는

개와 패롯 튤립이 가지런히 놓였고, 납으로 처리된 작은 창틀을 따라 런던 여름날의 부드러운 살구색 햇살이 흘렀다.

헨리 경은 아직 귀가하지 않았다. 시간을 정확히 지키는 것은 시간을 훔치는 것이라는 원칙을 지닌 그는 늘 시간을 지키지 않았다. 그를 기다리던 도리언 그레이는 부루퉁한 표정을 지으며 책장에서 찾아내 꺼낸, 섬세한 삽화가 있는 『마농 레스코』를 게으른 손가락으로 뒤적였다. 정감 없이 단조롭게 째깍거리는 루이콰토즈 시계 소리가 그의 귀에 거슬렸다. 한두 번 그는 그냥 가버릴까, 생각도 했다.

마침내 밖에서 사람 발소리가 들리더니 문이 열렸다. 「해리, 정말 늦었어요!」 그가 투덜댔다.

「어쩌죠, 해리가 아니라서, 그레이 씨.」 날카롭고 높은 목소리가 들려왔다.

그는 얼른 고개를 돌리며 자리에서 벌떡 일어섰다. 「죄송합니다, 저는 헨리 경이 ―」

「남편이 오는 걸로 생각하셨나 보네요. 제가 부인되는 사람이에요. 괜찮으시죠? 댁이 누구인지는 사진을 많이 봐서 잘 알아요. 우리 남편이 사진을 열일곱 장은 가지고 있는 것 같던데요.」

「열일곱 장이 아닐 텐데요, 헨리 부인.」

「그러면 열여덟 장인 모양이군요. 어느 날 밤에는 우리 남편하고 오페라 구경 간 것 봤어요.」 이렇게 말하면서 그녀는 흥분된 웃음소리를 터뜨렸다. 그러고는 약간은 멍한 듯 보이는 물망초 같은 눈으로 그를 바라보았다. 그녀는 별난 여자

프랑스 왕궁에 고용된 제본사이자 삽화가로 오스카 와일드 세대의 심미주의자들이 극찬을 아끼지 않았던 나뭇잎과 가지를 이용한 화려한 제본으로 유명하다. 그리고 『100편의 단편 모음집 *Les Cent Nouvelles*』은 음담패설의 재미있는 이야기를 모은 책으로 프랑스에서 인기가 있었다.

였다. 그녀가 입고 다니는 옷은 늘 극도의 흥분 상태에서 디자인해서 폭풍 속에서 걸쳐 입은 것 같은 모습이었다. 그녀는 또 보통은 누군가와 사랑에 빠져 있었다. 그런데 그 열정이 결코 제자리로 돌아오는 법이 없어 항상 환상 속에 사는 것 같았다. 그리고 그림처럼 아름답게 보이려고 애를 쓰는 것 같은데, 오히려 단정치 못할 때만 그렇게 보였다. 그녀의 이름은 빅토리아였고, 무슨 강박 관념에 빠진 듯이 교회 다니는 일에 정신을 놓고 있는 여자였다.

「〈로엔그린〉[19]을 보러 갔을 때였죠, 헨리 부인?」

「맞아요, 〈로엔그린〉이었어요. 저는 다른 어떤 음악보다도 바그너의 음악을 좋아하거든요. 소리가 쿵쿵 울려서 얘기를 하더라도 상대방이 알아듣지 못하잖아요. 그게 큰 장점이지요. 그렇게 생각하지 않으세요, 그레이 씨?」

그녀의 가느다란 입술에서 아까와 똑같은 흥에 겨운 웃음소리가 딱딱 끊어져 나왔다. 거북딱지 모양의 종이 베는 긴 칼을 든 그녀의 손가락이 가만히 있지를 못했다.

도리언은 미소를 지으며 고개를 저었다. 「저는 그렇게 생각하지 않습니다, 헨리 부인. 음악을 듣는 동안에는 말을 하지 않거든요. 적어도 좋은 음악을 들을 때는 그렇습니다. 물론 음악이 별로라면 대화로 그 음악을 누르는 게 당연한 일이겠지만요.」

「아! 그거 혹시 해리 생각 아니에요? 그렇죠, 그레이 씨? 저는 그 양반 친구들한테서 그 양반 생각을 듣는답니다. 그게 그 양반 생각을 알게 되는 유일한 통로죠. 그렇다고 제가 훌륭한 음악을 좋아하지 않는다고는 생각하지 마세요. 당연히 아주 좋아하죠. 하지만 겁도 나요. 좋은 음악을 들으면 제가

19 독일의 작곡가 리하르트 바그너가 성배 전설을 바탕으로 작곡하고 대본을 쓴 3막 오페라.

너무 낭만적으로 변해서 그래요. 전 단지 그냥 피아니스트를 존경했어요. 해리 말로는 가끔은 제가 동시에 두 사람을 좋아하기도 한다더군요. 뭣 때문에 그런지는 모르겠어요. 어쩌면 그 피아니스트들이 외국인이라서 그런 것인지도 몰라요. 전부가 다 외국인 아닌가요? 심지어 영국에서 태어난 사람도 나중에는 다 외국인이 되었잖아요. 안 그런가요? 현명한 사람들이죠. 그렇게 해서 예술에 경의를 표하는 거죠. 예술을 세계 공통의 것으로 만드는 거죠. 안 그래요? 참, 제 파티에 한 번도 참석한 적이 없으시죠, 그레이 씨? 한 번 오세요. 제가 파티에 난초 꽃 장식은 할 수 없어도 외국 음악가들에게는 돈을 아끼지 않거든요. 그 사람들은 파티 장소를 그림처럼 아름답게 만든답니다. 어머, 해리가 왔어요! 해리, 당신한테 뭐 좀 물어볼 게 있어서 — 그게 뭔지는 잊었어요 — 아무튼 그래서 이 방에 왔는데 그레이 씨가 와 계시더군요. 우리, 음악에 관해서 즐거운 얘기 나눴어요. 생각이 같더라고요. 가만, 그건 아니야. 서로 생각이 아주 달랐던 것 같아요. 하지만 이분, 아주 재미있었어요. 서로 알게 되어서 좋았어요.」

「잘했어, 여보. 나도 기쁘군.」 헨리 경은 초승달 모양의 검은 눈썹을 추켜올리며 흐뭇한 미소로 두 사람을 바라보았다. 「늦어서 미안하네, 도리언. 오래된 능라금수 한 필 구하러 워더 스트리트에 갔는데, 흥정하는 데 한 시간이 걸리는 바람에 그랬네. 요즘 사람들은 온갖 것의 가격은 잘 알면서 진정한 가치는 제대로 알지를 못해.」

「전 그만 가볼게요.」 헨리 부인이 갑자기 실없는 웃음으로 잠시 동안의 어색한 침묵을 깨뜨리더니 큰 소리로 말했다. 「공작부인과 나들이 약속이 있어서요. 놀다 가세요, 그레이 씨. 갔다 올게요, 해리. 참 오늘 밖에서 식사하실 거죠? 저도 그런데. 어쩌면 손버리 부인 댁에서 볼지 모르겠네요.」

「그럴지 모르겠군.」 헨리 경은 이렇게 말하며 마치 밤새 비를 맞고 있었던 천국의 새처럼 아내가 방 안에 은은한 인도 재스민 향을 남기고 훌쩍 방 밖으로 나가자 뒤따라 나서 문을 닫았다. 그러고는 담배에 불을 붙이더니 소파에 털썩 주저앉았다.

「도리언, 밀짚 빛깔 머리칼을 지닌 여자와는 결혼하지 말게.」 헨리 경은 담배를 몇 모금 빨고 난 뒤 심드렁하니 말을 내뱉었다.

「왜요, 해리?」

「그런 여자들은 너무 감상적이야.」

「전 감상적인 사람이 좋던데.」

「절대 결혼하지 말게, 도리언. 남자는 지쳐서 결혼하는 거고, 여자는 호기심 때문에 결혼을 하지. 결국엔 둘 다 실망하게 돼.」

「제가 결혼할 것 같다는 생각은 안 들어요, 해리. 깊은 사랑에 빠졌거든요. 그게 당신의 경구 가운데 하나였지요? 저는 당신이 말하는 대로 하기 때문에 이번에도 제대로 실천해 보려고요.」

「누굴 사랑하는데?」 잠시 뜸을 들인 뒤 헨리 경이 물었다.

「여배우예요.」 도리언 그레이가 얼굴을 붉히며 대답했다.

헨리 경은 어깨를 으쓱였다. 「이거 첫발 내디디는 것치고는 너무 진부한데.」

「그 여자를 보면 그런 말 못 할 겁니다, 해리.」

「누군데?」

「시빌 베인이란 여잡니다.」

「전혀 들어 보지 못한 이름이군.」

「아무도 들어 보지 못했을 겁니다. 하지만 언젠가는 사람들이 알게 될 테죠. 그 여잔 천재니까.」

「오, 이런. 여자들 가운데 천재가 어디 있어? 여자들은 그냥 장식에 지나지 않아. 말하는 걸 들어 보면 내용은 없는데 말은 참 멋지게 한단 말이야. 그러니까 남자가 도덕에 대한 지성의 승리를 상징하는 존재라면 여자는 지성에 대한 물질의 승리를 상징하는 존재지.」

「해리, 어떻게 그런 말을……?」

「이런, 이런, 도리언. 사실이라네. 내가 요즘 여자를 분석 중이라 당연히 알게 되었지. 처음에는 어려운 주제가 아닐까 싶었는데 막상 해보니 그리 어렵지 않았어. 결국 따지고 보면 여자는 딱 두 부류만 존재한다네. 평범한 여자들, 아니면 얼굴에 덕지덕지 화장하는 여자들. 평범한 여자들은 그런대로 쓸모가 있어. 자네가 점잖은 남자라는 평판을 얻고 싶다면 그런 여자들에게 저녁 한 끼 사주면 돼. 반면에 화려하게 치장하는 여자들은 매력적이긴 하지만 한 가지 실수를 저지르지. 그게 뭐고 하면 젊어 보이려고 기를 쓰고 화장을 한다는 것이네. 우리 할머니 세대들은 말을 멋지게 하려고 화장을 했거든. 〈입술연지〉와 〈재치〉가 같이 갔던 거지. 근데 이젠 그런 것이 다 사라지고 없어. 여자들이 자기 딸보다도 열 살이나 더 젊어 보일 수 있다면, 그것으로 끝이네. 그 이상은 없어. 그렇기 때문에 같이 대화할 수 있는 여자를 찾자면, 런던에서 말을 붙일 만한 여자라고 꼽아 봐야 다섯 명 정도? 손가락으로 꼽을 수 있을 정도지. 그중에서도 두 명은 품위 있는 축에 들지도 못해. 그건 그렇고, 자네가 천재라고 생각하는 그 여자 얘기 좀 하세. 안 지는 얼마나 됐나?」

「아! 해리, 정말 그래요? 놀라운데요.」

「그건 그렇고. 언제부터 알게 된 거야?」

「3주 정도 됐어요.」

「어디서 만난 건데?」

「다 말할게요, 해리. 아마 들으면 제 말에 공감할 겁니다. 사실 따지고 보면, 당신을 만나지 않았더라면 그 여자를 만나는 일이 없었을지 모릅니다. 당신이 저한테 삶의 모든 것을 알고자 하는 걷잡을 수 없는 욕망을 잔뜩 심어 주었기 때문이죠. 당신을 만나고 난 뒤로 여러 날 동안 제 혈관 속에서 무엇인가가 계속 요동을 쳤어요. 하이드파크를 어슬렁거릴 때나 피커딜리를 따라 터벅터벅 걸어갈 때도 저는 지나가는 사람들을 유심히 바라보며 저들이 어떤 삶을 살고 있는지 궁금해했죠. 그 호기심을 억누를 수가 없었어요. 어떤 이들은 정말 제 마음을 사로잡기도 했고, 또 어떤 이들은 저를 겁나게 만들었어요. 격한 독 기운이 대기에 가득했지요. 온갖 감정이 격렬하게 요동치는 느낌이었죠. 그러다…… 그래요, 어느 날 저녁 7시쯤인가, 뜻밖에 멋진 경험을 할 수 있지 않을까 싶어 밖에 나가 보기로 했답니다. 우리가 살고 있는 이 흉물스러운 런던이라는 잿빛 도시, 언젠가 당신이 언급했듯이 수많은 사람이 거주하고 탐욕스러운 죄인들이 가득하고 휘황찬란한 죄악이 만연한 런던이란 도시가 저를 위해 분명 뭔가를 예비해 두었을 거라는 생각이 들었던 겁니다. 수많은 것들을 상상했죠. 단순히 어떤 위험한 일에 맞닥뜨리기만 해도 희열을 느낄 정도였으니까요. 우리 두 사람이 처음 저녁을 같이 먹었던 그 멋진 날 저녁에 당신이 저에게 했던 말을 저는 정말 생생하게 기억해 냈죠. 아름다움의 추구가 우리 인생의 진정한 비밀이라는 그 말. 지금 생각해 보면, 제가 뭘 기대하고 나섰는지 잘 모르겠어요. 어쨌든 무작정 밖으로 나가 동쪽으로 방향을 잡았죠. 그러다 지저분한 거리와 거무충충하니 잔디 하나 없는 광장들이 뒤섞인 미로 같은 곳에서 길을 잃고 말았어요. 그러던 중 8시 반 정도 되었을까, 우연히 우스꽝스럽게 생긴 조그만 극장 곁을 지나쳤지요. 가스등

불꽃이 이글거리고 야한 연극 포스터가 덕지덕지 붙은 극장이었어요. 그 입구에는 제가 본 것 중에 가장 꼴사나워 보이는 흉한 조끼를 입은, 정말 야비하게 생긴 유대인이 시가를 피우며 서 있었지요. 시가 냄새가 아주 고약했어요. 기름을 쳐 발라 번드르르한 고수머리에, 땟국 절절 흐르는 셔츠 한가운데에는 보란 듯이 커다란 다이아몬드를 번쩍이고 있는 꼴이 좀 그랬어요. 그 작자가 저를 보고는 〈칸 막은 관람석을 원하십니까, 신사 양반?〉 하더니 모자를 벗으며 허리를 굽혀 인사를 하는데, 호들갑스럽게 굽실거리는 태도가 과공은 비례라고 정말 보기가 그렇더라고요. 그런데 해리, 제 마음에 드는 뭔가가 그 사람한테 있더군요. 극악무도하게 보이는 인상, 그런 게 있더라고요. 당연히 웃으시겠지만, 아무튼 저는 안으로 들어가 칸 막은 좌석을 달라며 1기니를 줬어요. 지금까지도 제가 왜 그랬는지, 제 자신도 이해가 잘 안 가요. 하지만 그렇게 하지 않았다면, 해리, 정말 제가 그렇게 하지 않았더라면 아마 전 제 인생 최고의 로맨스를 놓쳤을 겁니다. 웃으시는군요. 불쾌합니다!」

「아닐세, 도리언. 웃는 게 아니네. 적어도 자네를 비웃지는 않는다네. 하나 내 인생 최고의 로맨스라는 표현은 잘못된 거지. 굳이 말하고 싶으면 내 인생 최초의 로맨스라고 해야 하지 않을까? 자네는 영원히 사랑을 받을 테고, 언제나 사랑과 사랑을 할 텐데 말이야. 〈웅대한 열정〉. 그건 할 일이 없는 사람들의 특권이네. 한 나라의 유한계급이 그나마 쓸모가 있다면 바로 그걸세. 두려워하지 말게. 기가 막히게 멋진 일들이 그대 앞에 준비되어 있을 테니. 이건 그저 시작에 불과할 따름이야.」

「당신은 제 본질이 그렇게 천박하다고 생각하는 모양이죠?」 도리언 그레이가 화가 나서 소리쳤다.

「무슨 소리. 아주 심오하다고 생각한다네.」

「무슨 뜻으로 그런 말을 하시는 거죠?」

「이봐, 친구. 살면서 일생에 딱 한 번 사랑하는 사람들이 진짜 천박하고 세상살이를 겉만 보는 사람들이야. 그들이 말하는 충성심이니 정절이니 하는 것을 난 관습의 무기력 혹은 상상력 결여라 생각한다네. 정서적인 삶에서 충실함을 얘기하는 것은 지성의 삶을 살면서 일관성을 주장하는 것과 같다고. 그건 실패했다고 고백하는 것과 다를 바 없는 거라고. 충실함! 언젠가 내가 그걸 분석하고 말 걸세. 그런 태도 속에는 소유에 대한 강한 애착이 있는 거야. 사실 우리가 다른 사람들이 주워 가도 상관없다고 여긴다면 버릴 물건이 한두 가지가 아니지. 그건 그렇고, 난 자네 말을 끊고 싶지 않네. 계속해 보게.」

「예, 그래서 저는 조그만 특별석에 앉게 되었지요. 배경을 통속적으로 그려 넣은 현수막이 정면에 빤히 보이는 곳이죠. 커튼 뒤에서 빠끔 얼굴을 내밀어 극장 안을 살펴보았어요. 모든 게 싸구려에 겉만 번지르르했어요. 온통 큐피드 인형과 뿔 모양 장식품들로 범벅이었죠. 무슨 싸구려 결혼 케이크도 아니고. 그래도 맨 위층 관람석과 1층 관람석이 꽉 찼더라고요. 그런데 1층 정면 1등석은 두 줄이 텅 비었어요. 그리고 사람들이 특등석이라 부르는 곳에는 한 사람도 없더군요. 여자들은 오렌지와 진저비어를 들고 여기저기 돌아다니는데, 멋쟁이라 할 만한 남자들은 씨가 말랐더라고요.」

「꼭 영국 드라마의 전성 시대와 같은 꼴이었던 모양이군.」

「맞아요, 그랬어요. 아주 우울했답니다. 연극 포스터를 봤을 때 대체 제가 뭘 하고 있는 건지, 기가 막히더라고요. 근데 그 연극이 뭐였을 것 같아요, 해리?」

「글쎄, 〈백치 소년〉 아니면 〈멍청하지만 순진한 아이〉, 뭐 이런 정도 아니었을까? 우리 아버지 세대가 그런 유의 연극들을 좋아했지. 도리언, 내가 살다 보니까 말이야, 아버지 세대에 좋았던 것들이 우리들한테는 죄다 영 아니라는 느낌이 점점 더 강하게 들더라고. 정치에서도 그렇지만 예술에서도 〈les grand-pères ont toujours tort(우리 조부모님이 늘 잘못한 거야)〉지.」

　「아니, 그 연극은 우리 같은 젊은 세대에도 어울리는 연극이었어요. 해리. 〈로미오와 줄리엣〉이었거든요. 제가 화가 났던 것은 지저분한 그런 웅덩이 같은 곳에서 셰익스피어 연극을 본다는 것이었죠. 하지만 어떻게 보면 재미는 있었어요. 어찌 되었든 첫 번째 막이 오르기를 기다렸어요. 오케스트라? 끔찍했지요. 다 깨진 피아노 앞에 앉은 헤브라이 젊은이가 지휘하는 오케스트란데, 머리가 돌겠더라고요. 아무튼 배경 현수막이 오르고 연극이 시작되었어요. 로미오 역은 나이가 든 건장한 신사던데 눈썹은 태운 코르크로 칠했고 굵고 나지막한 목소리가 비극적인 느낌을 주는 배우였어요. 모습은 맥주 통처럼 통통한 게 똥자루, 그런 모습이었죠. 머큐시오도 하나 나을 것 없었지요. 그 역은 삼류 코미디언이 맡았는데, 그 친구가 자기 입담을 내세우면서 1층 관람석 관객들과 금방 친해지더라고요. 두 사람 다 무대 장면처럼 기괴한 모습인 것이 흡사 시골 임시 오두막에서나 볼 수 있는 풍경 같았어요. 하지만 줄리엣! 그녀는 달랐지요. 해리, 한 번 상상해 보세요. 열일곱이 채 안 된 소녀를. 예쁘장한 작은 꽃송이 같은 얼굴, 짙은 갈색 머리칼을 땋아 만 그리스 조각 같은 작은 머리, 열정이 샘솟는 자줏빛 샘물 같은 눈, 장미 꽃잎 같은 입술. 제가 본 모습 가운데 가장 아름다운 모습이었어요. 언젠가 저한테 이런 말 해준 적이 있죠? 비애감은 당신에게 아무런 감흥도 불러일으키지 않지만 아름다움은, 말 그대로 아름다움은 두 눈에 눈물이 가득 고이게 만든다고. 해리, 제가 그랬어요. 나도 모르게 솟아난 눈물이 앞을 가려 그 여자를 제대로 볼 수가 없었어요. 그리고 목소리는, 그런 목소리는 들어 본 적이 없어요. 처음에는 아주 낮은 소리로 시작되더군요. 그윽하고 감미로운 가락이 하나씩 하나씩 귀에 내려앉는 것 같은 느낌이었죠. 그러다 조금씩 소리가 커지면서 플루트나 멀리서 들려오는 오보에 소리처럼 들리더군요. 정원 장면에서는 그 목소리가 동트기 전 나이팅게일이 울어 댈 때 들을 수 있는 그런 황홀에 겨워 떠는 듯 절정의 울림으로 퍼졌지요. 나중에는 미친 듯이 바이올린을 켜대는 것 같은 열정이 뿜어져 나오는 순간들도 있었어요. 사람 목소리가 상대방을 어떻게 자극하는지 잘 아시잖아요. 당신 목소리와 시빌 베인의 목소리는 제가 결코 잊을 수 없는 목소리입니다. 지금도 눈을 감으면 두 목소리가 들려요. 각 목소리가 서로 다른 이야기를 하는군요. 어느 목소리를 따라야 할지 모르겠어요. 왜 그녀를 사랑해서는 안 되는 거죠? 해리, 전 그녀를 사랑해요. 그녀는 제 인생의 전부입니다. 밤이면 밤마다 저는 그녀가 출연하는 연극을 보러 갑니다. 그녀가 어느 날 저녁엔 로절린드[20]가 되고 그다음 날에는 이모젠[21]이 됩니다. 난 그녀가 이탈리아의 어느 어두운 무덤에서 사랑하는 이의 입술에 묻은 독을 핥아 먹으며 죽어 가는 모습을 보았어요. 또 한번은 그녀가 긴 양말에 몸에 꼭 끼는 상의를 걸치고 우미한 모자를 쓴 소년의 모습으로 위장하고 아든의 삼림[22] 속을 배회하는 모습도 지켜보았지요. 제정신이 아닌 그녀가 죄를 저지른 왕 앞에 나타나 회오의 옷을 입히고 쓰디쓴 약초를

20 셰익스피어의 『뜻대로 하세요』에 나오는 재치있고 똑똑한 젊은 여자.
21 셰익스피어의 『심벨린』의 여주인공. 정조(貞操)의 귀감으로 여겨진다.
22 영국 중동부 삼림 지대. 셰익스피어 『뜻대로 하세요』의 무대.

맛보게 했지요. 그녀는 아무 죄가 없었는데 질투의 검은 손들이 갈대처럼 약한 그녀의 목을 짓눌렀어요. 저는 어느 연령층의 연기든 다 소화하고 어느 의상이든 다 어울리는 그녀의 모습을 보았어요. 보통 여자들은 상상력에 아무런 자극을 주지 않아요. 그들은 그들이 사는 시대에 한정되어 있지요. 어떤 황홀한 매력도 그들을 변화시키지 못해요. 우리는 그들이 쓰고 다니는 보닛 모자를 잘 알듯이 그들의 마음도 쉽게 알 수 있어요. 언제나 그들을 찾아낼 수 있어요. 그들에게는 그 어떤 신비도 없거든요. 오전에는 말을 타고 하이드파크에 가고, 오후엔 티파티에서 잡담이나 하고. 판에 박은 것 같은 미소와 유행에 맞춘 태도. 속이 다 들여다보이는, 아주 빤한 사람들. 그러나 그 여배우란! 정말 달라요! 해리! 사랑할 만한 가치가 있는 유일한 존재가 여배우라는 사실을 왜 얘기해주지 않았지요?」

「내가 많은 여배우랑 사랑을 해봤기 때문이야, 도리언.」

「그랬겠지요. 물들인 머리에 화장 쳐 바른 흉측한 사람들.」

「물들인 머리에 화장한 얼굴을 했다고 욕하지 말게. 때론 그런 사람들에게도 이례적인 매력이 돋보일 때가 있다고.」 헨리 경이 말했다.

「시빌 베인 이야기를 하지 말았어야 했네요.」

「말하지 않을 수 없었을 걸세, 도리언. 평생 살면서 자네는 무엇을 하든 나한테 다 얘기하게 될 거네.」

「그래요, 해리. 저도 그렇게 될 거라고 생각해요. 죄다 말하지 않을 수 없겠죠. 당신은 저를 압도하는 신기한 힘을 지니고 있으니까요. 만일 제가 범죄를 저지르면 아마 당신한테 달려가 그대로 고백할 겁니다. 당신은 저를 이해해 줄 테니까요.」

「자네와 같은 사람 — 제멋대로 빛나는 인생의 햇살과도 같은 사람들 — 은 범죄를 저지르지 않는다네, 도리언. 어찌 되었든 그런 칭찬의 말을 해주다니 고맙군. 자, 이제 얘기해 보게. 거기 성냥 좀 집어 주겠나? 고맙네. 그래, 시빌 베인과 자네는 실제로 어떤 관계지?」

도리언 그레이는 이 말을 듣고 볼이 빨개지더니 불타듯 이글거리는 눈빛을 내뿜으며 자리에서 벌떡 일어섰다. 「해리! 시빌 베인은 신성한 여잡니다!」

「도리언, 신성한 것만이 손을 댈 가치가 있는 걸세.」 헨리 경이 말했다. 이상한 연민의 정 같은 것이 녹아 있는 목소리였다. 「자네가 왜 화를 내는지 모르겠군. 언젠가는 그녀가 자네 것이 될 걸세. 사람이 사랑에 빠지면 먼저 늘 자신을 속이는 것부터 시작해서 끝날 땐 다른 사람을 속이는 것으로 끝나지. 그게 바로 이 세상이 로맨스라고 부르는 것일세. 아무튼 자네가 그 여자를 알고 있는 것은 맞지 않나?」

「물론 알지요. 제가 처음 극장에 갔던 날 밤에 공연이 끝난 뒤 그 흉측하게 생긴 늙은 유대인이 제 자리에 오더니 무대 뒤로 가서 그 여자를 소개시켜 주겠다고 하더군요. 저는 화가 치밀어 그 사람한테 말했어요. 줄리엣은 몇백 년 전에 죽었고, 시신이 베로나의 어느 대리석 무덤 속에 놓여 있다고 말예요. 그 사람이 어안이 벙벙한 표정으로 저를 바라보는 모습을 보며 저는 그가 저를 술 취한 사람으로 오해하고 있는 게 아닌가 생각했죠.」

「놀랄 일도 아니구먼.」

「그러자 그 사람이 저더러 혹시 신문에 글을 쓰는 사람이 아니냐고 묻더군요. 전 신문 나부랭이는 읽지도 않는다고 대답했지요. 그 말에 대단히 실망한 표정을 짓더니 저에게 이렇게 털어 놓더군요. 연극 비평가들이 자기를 골탕 먹이려는 음모를 꾸미고 있는데, 사실 그들은 모두 돈만 주면 자기 편으로 끌어 모을 수 있는 작자들이라고요.」

「그 사람, 제정신이 아닌 것 아냐? 하기야 어떤 면에서 보면 그렇지. 겉모습으로 판단하면 그 비평가라는 작자들 전혀 비싸 보이지 않는 사람들이니까.」

「그런데 그 사람은 비평가를 사는 일이 돈이 많이 들어 자기 능력 밖이라고 생각하는 모양이에요.」 도리언이 웃었다. 「그때 극장의 불이 다 꺼지고, 전 그만 나가야 했어요. 그는 자기가 강력하게 추천하는 시가라며 한 번 피워 보라고 했어요. 전 사양했어요. 물론 그다음 날, 다시 그 극장에 갔지요. 저를 보자 그 사람이 굽실거리며 인사를 하고는 저를 손이 큰 예술 후원자라고 치켜세우더군요. 그 사람, 셰익스피어에 대해선 남다른 열정을 갖고 있는 듯한데 그래도 정말 역겨운 사람인 건 분명해요. 한번은 저한테 아주 자랑스럽게 말하더군요. 자기가 다섯 번이나 파산을 했는데 그게 다 그 〈음유 시인〉 때문이라고요. 그 사람은 셰익스피어를 계속 〈음유 시인〉이라고 부르더군요. 그렇게 해야 특별하게 차이가 난다고 생각하는 모양이에요.」

「도리언, 그게 차이야. 아무렴 큰 차이지. 사람들은 대부분 산문 같은 삶에 너무 과도하게 투자하는 바람에 파산하지. 그러나 시로 인해 파멸했다면 그것만으로도 명예로운 일이야. 그렇다 치고, 그래 시빌 베인 양에게는 언제 처음 말을 붙여 봤나?」

「세 번째 밤입니다. 그녀가 로절린드 역을 하고 있을 때였죠. 가만히 있을 수가 없었어요. 그녀에게 꽃을 던져 주었죠. 그녀가 저를 봤어요. 그랬던 것 같아요. 늙은 유대인이 집요하게 물고 늘어지더군요. 저를 무대 뒤로 데리고 가겠다고 단단히 결심한 모양이에요. 그래서 그냥 그러자고 했어요. 제가 그녀를 만나지 않으려고 했던 게 참 이상하지 않아요?」

「아니야, 난 그렇게 생각하지 않네.」

「그래요? 왜죠?」

「나중에 얘기하세. 지금은 그 여자에 대해서 알고 싶을 뿐이네.」

「시빌? 오, 그 여자는 수줍음도 많고 심성이 부드러웠어요. 아직 어린 구석이 있었지요. 그녀에게 그녀의 연기에 대한 제 나름의 생각을 말하자 정말 놀랐는지 눈을 동그랗게 뜨고 바라보더군요. 자신이 힘을 지니고 있다는 사실을 모르는 것 같았어요. 생각해 보면 그때 우리 둘 다 좀 긴장했었나 봐요. 우리가 어린애처럼 서로 마주 보고 서 있는 동안 그 늙은 유대인은 분장실 문가에서 우리 둘에 대해서 이것저것 뭐라고 상세히 설명하면서 씩 웃는 얼굴로 서 있었어요. 그 사람은 저를 계속 〈영주님〉이라고 부르더라고요. 그래서 시빌에게 난 그런 높은 지위에 있는 사람이 아니라고 설명해야 했어요. 그런데 그녀가 저에게 이렇게 말하더군요. 〈왕자님같이 보이는데요 뭘. 저는 《아름다운 왕자님》이라고 불러야겠어요.〉」

「도리언, 시빌은 사람을 어떻게 치켜세우는지 잘 아는 여자야. 야, 대단한데.」

「해리, 당신은 그녀를 이해 못 하고 있어요. 그녀는 저를 그냥 극 속의 한 인물로 보더라고요. 인생을 전혀 모르는 여자였지요. 어머니와 같이 살고 있는데, 글쎄 쇠약해져 지쳐 보이는 그 어머니가 제가 극장에 갔던 첫날 밤, 자홍색 실내복에 더 멋진, 행복한 나날을 꿈꾸는 듯한 표정으로 캐플렛 부인 역을 맡아 연기를 했다는 거예요.」

「그게 어떤 표정인지 알아. 그런 표정 보면 우울해져.」헨리 경이 자기 손에 낀 반지를 살펴보며 작은 소리로 말했다.

「그 유대인이 그 부인의 삶의 내력을 들려주고 싶었던 모양인데, 관심 없다며 뿌리쳤어요.」

「잘했네. 다른 사람의 비극적인 사연엔 언제나 말하기 힘든 부분이 있게 마련이야.」

「저의 온 신경이 시빌에게만 가 있으니까요. 그 여자 출신이 어떤지, 저에게 그게 무슨 상관인가요? 조그만 머리부터 앙증맞은 발에 이르기까지 그녀는 정말, 전적으로 신성한 존재였어요. 평생 매일 밤 저는 그녀의 연기를 보러 갈 것이고, 그녀의 그 경이로운 모습은 언제 보아도 늘 변치 않고 같을 겁니다.」

「자네가 나하고 식사를 같이하지 않는 이유가 거기에 있었군. 자네가 누군가와 사랑에 빠져 있을지 모른다고 생각은 했는데, 과연 그렇군. 하나 내가 예상했던 것 하고는 전혀 딴판이야.」

「해리, 우리는 매일 점심이든 저녁이든 먹잖아요. 그리고 당신 따라서 오페라도 여러 번 보러 갔고요.」 도리언이 놀라서 푸른 눈을 크게 뜨며 말했다.

「늘 늦게 오면서 뭘 그래.」

「그건 시빌이 출연하는 연극을 보러 가지 않을 수 없어서 그래요.」 도리언이 목소리를 높였다. 「단막극이라도 보러 가야 해요. 그녀를 보고 싶어 미치겠어요. 그 조그만 상앗빛 몸뚱이에 경이에 가까운 영혼이 감춰져 있다고 생각하면 한순간 저는 경외감에 사로잡히고 말거든요.」

「도리언, 자네 오늘 저녁에 나랑 같이 식사할 수 있지?」

그는 고개를 가로저었다. 「오늘 밤에 그녀는 이모젠이 됩니다.」 그가 대답했다. 「그리고 내일 밤엔 줄리엣이 될 거고요.」

「그럼 그녀가 시빌 베인이 되는 것은 언젠가?」

「그럴 때는 없을 겁니다.」

「축하하네.」

「정말 무서운 분이군요! 그녀의 몸 안에는 세상의 위대한 여주인공들이 모두 다 들어 있어요. 그녀는 단순히 한 개인이 아니에요. 물론 웃으시겠죠. 하지만 그녀가 비상한 재주를 지녔다는 것은 분명히 말씀드릴 수 있어요. 전 그녀를 사랑합니다. 그리고 그녀가 저를 사랑하도록 만들어야 해요. 당신은 인생의 모든 비밀을 다 안다고 했잖아요. 시빌 베인이 저를 사랑하도록 만들려면 어떻게 해야 하는지 알려 주세요! 로미오가 질투하도록 하고 싶어요. 세상을 떠난 연인들이 우리의 웃음소리를 듣고 자신들의 처지를 슬퍼하도록 하고 싶어요. 우리 열정의 숨결이 재가 되어 버린 그들의 몸에 의식을 불어넣고, 그들의 몸을 깨워 고통에 잠기게 하고 싶어요. 아, 해리! 제가 그녀를 얼마나 숭배하는지, 아세요?」 도리언은 방 안을 왔다 갔다 하며 열변을 토하듯 감정을 쏟아 냈다. 흥분으로 피어난 홍조가 그의 뺨을 불태우고 있었다. 격한 감정에 그는 극도로 흥분한 상태였다.

헨리 경은 묘한 즐거움으로 도리언의 모습을 지켜보았다. 바질 홀워드의 화실에서 처음 봤을 때 수줍어하고 겁에 질린 소년 같던 그가 지금 얼마나 많이 달라졌는가! 그의 개성이 만개한 꽃처럼 활짝 피어올라 주홍색 불꽃의 꽃봉오리를 틔우지 않았는가. 그의 〈영혼〉이 은밀한 은신처에서 슬금슬금 기어 나오고, 그러는 중에 〈욕망〉이 〈영혼〉과 만나게 된 것 아니겠는가.

「그래, 그렇다면 자네는 어떻게 할 건가?」 마침내 헨리 경이 입을 열었다.

「저는 당신하고 바질이 언제 한 번 저랑 같이 극장에 가서 그녀가 연기하는 것을 봤으면 싶어요. 두 사람이 그녀를 어떻게 판단할지, 전 자신이 있다니까요. 분명히 당신도 그녀의 재능을 인정하게 될 테니까요. 그런 다음엔 그 유대인 손아귀에서 그녀를 빼내 와야 해요. 지금부터 따져서도 앞으로

3년 — 적어도 2년 8개월은 되는 것 같던데 — 은 더 그 사람 밑에 있어야 하는 모양인데, 물론 대가는 지불해야겠지요. 그래서 일이 원만하게 해결되면 웨스트엔드에 극장 하나를 인수해서 그녀를 정식으로 소개할 작정이에요. 그녀가 저를 미치게 만들었듯이 온 세상을 미치게 만들 겁니다.」

「여보게, 그건 불가능한 일이야!」

「아닙니다. 가능해요. 그녀가 단순히 기술만을, 더할 나위 없이 원숙한 기술이나 내재된 본능, 뭐 이런 것만 지닌 건 아닙니다. 그녀에게는 매력적인 개성이 있어요. 시대를 움직이는 것은 원칙이 아니라 매력적인 개성이라고 당신이 자주 저한테 말했죠.」

「그래, 언제 갈까?」

「글쎄요……. 오늘이 화요일이니까, 내일 가죠. 내일 그녀가 줄리엣 역을 맡거든요.」

「좋아. 그럼 8시에 브리스톨 호텔에서 봄세. 바질은 내가 알아서 할 테니.」

「해리, 8시는 안 돼요. 6시 반으로 하죠. 막이 오르기 전에는 가 있어야죠. 1막부터 봐야 해요. 그녀가 로미오를 만나는 장면이 1막에 나오니까요.」

「6시 반?! 시간치고는 참! 이거 고기 요리 먹으면서 차 마시라는 거야, 아니면 소설책을 읽으라는 거야? 7시로 하자고. 신사들은 7시 전에 식사하지 않으니까. 그 사이에 바질을 만날 건가? 아니면 내가 편지를 쓸까?」

「아, 우리의 바질! 일주일 동안 전혀 보질 못했어요. 제가 몹쓸 놈이지요. 제 초상화를 자기가 직접 디자인한, 최고로 멋진 액자에 넣어 보내 주기까지 했는데. 지금의 저보다는 꼭 한 달 정도 젊어 보이는 그림 속 모습을 보니 부럽기는 했지만, 어쨌든 기분은 좋았어요. 당신이 연락을 넣는 게 좋을 것 같아요. 혼자서는 그 친구를 보고 싶지 않아요. 그 친구 말을 들으면 화가 나서요. 물론 좋은 충고도 해주긴 하지만.」

헨리 경은 미소를 지었다. 「사람들은 자기 자신이 몹시 필요로 하는 것을 오히려 내버린다니까. 그런 일을 아주 즐기지. 그게 바로 내가 말하는 마음속 깊은 곳에서 우러난 관대함이라고.」

「바질은 정말 최고로 좋은 친구죠. 근데 제가 보기에 약간은 속물적인 데가 있어요. 해리, 제가 당신을 알고부터 그 사람의 그런 점을 보게 되었어요.」

「여보게, 바질은 자기 안에 있는 모든 아름다움을 자기 작품에 쏟아 붓는 사람이네. 그 결과로 그의 인생에는 남은 게 없어. 오로지 편견과 자기만의 원칙과 상식만이 남았을 뿐이지. 내가 아는 예술가 가운데 개인적으로 유쾌하고 즐거운 예술가들은 다 별 볼일 없는 작자들이야. 훌륭한 예술가들은 그저 자신이 만든 작품 속에 존재하는 자들이지. 따라서 그들 자신에게는 흥미롭고 재미있는 것이 전혀 없어. 위대한 시인은, 진정으로 위대한 시인은 모든 피조물 가운데 가장 비시적(非詩的)인 존재야. 반면에 열등한 시인들은 대단히 재미있고 매력적이지. 그들의 시가 나쁘면 나쁠수록 그들의 모습은 더 그림처럼 아름답다고. 이류 소네트를 엮어 출간했다는 사실만으로도 그 사람은 못 견딜 정도로 매력적인 존재가 되는 거네. 이를테면 그 사람은 자신이 쓸 수 없는 시를 삶으로 사는 사람인 셈이지. 다른 사람은 자신이 감히 삶 속에 실현시킬 수 없는, 그런 시를 쓰는 사람이고.」

「그게 정말 그럴까요, 해리?」도리언 그레이는 테이블에 있던 금색 뚜껑을 덮은 병을 열어 자기 손수건에 향수를 뿌리며 물었다. 「당신이 그렇게 말씀하시니 그렇겠죠. 전 지금 가봐야겠어요. 이모젠이 저를 기다리고 있어요. 내일 일은 잊으세요. 그럼, 안녕히 계세요.」

도리언 그레이가 방을 나서자 헨리 경은 무거운 눈썹을 늘어뜨리고 생각하기 시작했다. 분명한 것은, 도리언 그레이만큼 그의 관심을 끄는 사람이 없다는 사실이었다. 그런데 그 젊은이가 다른 누구를 미치도록 흠모하는데도 아무런 불쾌감이나 질투심이 일어나지 않는 까닭은 무엇인가. 오히려 기쁜 마음이 찾아드니. 그래서 더 재미있는 연구를 해야겠다는 마음이 들었으니. 그는 늘 자연 과학의 방법론이 마음에 들어 그것에 사로잡힌 사람이었다. 그러나 보통 자연 과학의 연구 주제는 그가 보기에 별것 아니었으며, 별 의미도 없는 것 같았다. 그래서 그는 자신을 해부하기 시작했으며, 결국엔 다른 사람을 해부하는 것으로 나아갔던 것이다. 인간의 삶, 그로서는 이것이 탐구 가치가 있는 유일한 영역이었다. 그것과 비교하면 다른 것들은 아무런 가치도 없었다. 사람이 고통과 쾌락이 뒤섞인 모진 시련 속에서 삶을 관찰할 때 자기 얼굴에 유리 마스크를 쓸 수도 없고, 유황 가스가 뇌를 고통스럽게 하는 것을, 괴상망측한 환상과 보기 끔찍한 꿈으로 상상력을 혼탁하게 만드는 것을 방지할 수도 없다는 것은 사실이다. 곳곳에 퍼져 있는 독기를 감지하기 힘들기 때문에 그 성분을 알아내려면 그 독에 중독될 수밖에 없다. 만연한 질병도 기이한 것이라 그 본질을 이해하려면 병에 걸려 봐야 한다. 하지만 그렇게 했을 때 얼마나 큰 보상을 받는가! 그에게 온 세상이 얼마나 경이롭게 다가오는가! 사랑이 지닌 열정의 그 기이하면서도 가혹한 논리, 그리고 지성 속에 담긴 화려한 정서적인 삶. 이것을 주시해 보는 일 — 어디서 그 둘이 만나고 어디서 분리되는지, 어떤 지점에서 한데 결합이 되고 어떤 지점에서 불화를 일으켜 등을 돌리게 되는지, 그것을 관찰하는 일 — 그 안에 얼마나 큰 환희가 들어 있는지! 그대가가 무엇이든 무슨 상관이겠는가? 비싼 대가를 치르지 않고서는 어떤 감각이나 기분을 어찌 맛볼 수 있겠는가.

그는 알고 있었다. 도리언 그레이의 영혼이 순수한 그 소녀에게 돌아서고 공손한 태도로 그녀를 숭배하는 일이 벌어진 것이 다 음악처럼 감미롭게 흘러나온 그의 말 때문이라는 사실을, 그는 알고 있었다. 순간 어떤 희열이 느껴지며 마노 같은 그의 갈색 눈에서 광채가 뿜어져 나왔다. 크게 보면 도리언 그레이는 그가 창조한 인물이었다. 그로 인해 그 젊은이가 조숙했다고 할 수 있었다. 그건 상당한 변화였다. 보통 사람들은 인생이 그 비밀을 드러낼 때까지 기다린다. 그러나 소수의 사람들, 몇몇 선택된 사람들에게는 인생의 신비가 그것을 가리고 있던 장막이 열리기 전에 스스로 제 모습을 드러낸다. 이렇게 되는 데에는 때로 우리의 열정과 지성을 직접적으로 다루는 예술, 특히 문학이라는 예술의 영향이 있다. 그러나 가끔은 무엇인가가 얽히고설킨 복잡한 개성이 나타나 예술의 그 역할을 대신하기도 한다. 어떤 의미에서는 실제로 그것이 진정한 예술 작품이라 할 수 있다. 시나 조각이나 회화가 나름대로 공들여 다듬은 걸작을 지니고 있듯이 인생에도 그런 걸작이 있다.

그렇다. 그 젊은이는 일찍 성숙해졌다. 봄이 아직 지나지 않았는데 수확을 거둬들이는 셈이다. 몸속에서는 아직 청춘이 고동치고 정열이 불타오르지만 그는 차츰차츰 자기 자신을 의식하기 시작했다. 그런 그를 지켜보는 일이 즐거웠다. 아름다운 얼굴에 아름다운 영혼을 지닌 그는 경탄하지 않을 수 없는 존재였다. 그 일이 어떻게 끝나든, 어떻게 끝날 운명이든 상관은 없었다. 그는 화려한 행렬이나 연극 속에 등장하는 우아한 인물들과 같은 존재였다. 그가 내보이는 기쁨이야 지켜보는 이와는 아무런 상관이 없을지 모르지만 그의 슬폼은 아름다움에 대한 감각을 흔들어 깨우고 그의 상처는 핏빛으로 물든 것 같은 붉은 장미를 연상시켰다.

영혼과 육체, 육체와 영혼. 얼마나 신비스러운가! 영혼 속에는 수성(獸性), 즉 동물적 성질이 담겨 있고, 육체는 그 나름의 영성(靈性)의 순간을 경험한다. 감각은 풍치를 더할 수 있고, 지성은 퇴화할 수 있다. 어디서 육체적 충동이 끝나고 어디서 시작되는지, 누가 말할 수 있단 말인가? 특출하지 않은 심리학자들의 자의적인 해석은 그 또한 얼마나 얄팍한가! 하지만 여러 학파의 주장에 끼어 결정을 내리기는 또 얼마나 어려운가! 영혼은 죄악의 집에 자리잡고 앉은 그림자인가? 아니면 지오르다노 브루노[23]가 생각했듯이, 육체란 진정으로 영혼 속에 있는 것인가? 물질에서 영혼을 분리하는 것이 하나의 신비라면 영혼과 물질의 결합 또한 신비가 아닌가.

그는 궁금해지기 시작했다. 과연 우리가 심리학을 엄밀하고 확실한 하나의 학문으로 만들어 삶을 이루는 작은 샘물 하나하나를 다 밝힐 수 있는지. 하지만 실상은 다르다. 우리는 늘 우리 자신을 잘못 이해하며, 더욱이 다른 사람을 이해하는 일은 거의 없지 않은가. 경험은 윤리적 가치를 지니고 있지 않다. 그것은 그저 사람들이 자신들이 저지른 실수에 붙인 이름에 불과하다. 대체로 도덕론자들은 경험을 교훈의 양식으로 간주해 왔으며, 인격 형성에 특정한 윤리적 효력을 지닌다고 주장했으며, 우리가 무엇을 따라야 하는지 가르쳐 주고 무엇을 피해야 하는지 보여 주는 것으로 칭송해 왔다. 그러나 경험에는 행동을 유발하는 힘이 없다. 그것은 양심과 마찬가지로 적극적인 계기가 되지 못한다. 경험이 실제로 증

23 Giordano Bruno(1548~1600). 이탈리아의 사상가이며 철학자. 무한 우주론과 같은 정통에서 벗어난 사상과 범신론적인 견해로 결국엔 화형당했다.

명해 보이는 것은 고작해야 우리의 미래가 과거와 똑같은 것이 되리라는 사실이고, 한때 우리가 저지른 죄를 혐오하면서도 그 죄를 거듭하고, 그것도 기꺼이 반복한다는 사실이다.

그에게 분명해지는 것이 있었다. 주체할 수 없는 열정을 과학적으로 분석할 때 우리가 사용할 수 있는 유일한 방법은 실험을 통한 방법이라는 것, 그리고 어쩌다 보니 안성맞춤으로 도리언 그레이가 그의 분석 대상이 되었는데 일단은 풍부하고 유익한 결과를 얻을 수 있을 것 같은 느낌이라는 것, 이것이었다. 그가 시빌 베인이라는 여자에게 갑자기 홀딱 반해 지독한 사랑에 빠진 것, 그것은 별 관심도 없는 심리적인 현상에 지나지 않을 수도 있다. 틀림없이 호기심이, 호기심과 새로운 경험에 대한 욕구가 작동해서 그런 마음이 생겼을 테니까. 그러나 그 열애의 감정은 그렇게 간단한 것이 아니었다. 오히려 아주 복잡한 성격의 감정이었다. 소년 시절에 느끼는 순수한 감각적 본능이 상상력의 작용에 의해 그 젊은이 자신이 보기에는 감각과는 동떨어진 그 무엇으로 변화했으며, 그렇기 때문에 더욱 위험한 상태가 된 것일 수가 있다. 그 열애의 감정은 우리를 강하게 압박하며 우리 위에서 군림하는 것으로, 우리 자신도 그것이 어디서 비롯되었는지 잘 모르는 감정이기도 하다. 행위를 유발하는 동기 가운데 설마 하며 의심하는 가장 미약한 동기가 바로 우리가 그 속성을 가장 잘 아는 동기다. 그러기에 종종 우리는 실제로는 우리 자신을 실험하면서 다른 사람을 실험하는 것처럼 내세우는 게 아니겠는가.

헨리 경이 꿈을 꾸듯 이런 오만 가지 생각에 잠겨 있을 때 문을 두드리는 소리가 들렸다. 시종이 들어오더니 저녁 식사 약속이 있으니 이젠 채비를 해야 한다고 알려 주었다. 그는 자리에서 일어나 거리를 내다보았다. 석양이 맞은편 집 위층 창문에 붉은 황금빛을 세차게 뿌려 대고 있었다. 창틀은 새빨갛게 달궈진 금속판처럼 금방이라도 불꽃이 피어오를 것 같았다. 그 위 하늘은 색 바랜 장미꽃이었다. 그는 친구 격인 그 젊은이의 불꽃처럼 타오르는 청춘을 생각해 보았다. 그의 삶이 어떻게 끝날 것인지.

　밤 12시 반쯤 집에 돌아온 헨리 경은 현관 테이블 위에 놓인 전보 한 통을 보았다. 전보를 펼쳤다. 도리언 그레이가 보낸 전보였다. 도리언이 시빌 베인과 결혼하기로 약속했다는 내용이었다.

제5장

「엄마, 엄마, 나 너무너무 행복해!」젊은 여자가 기력이 쇠
해 많이 지쳐 보이는 여인의 무릎에 얼굴을 파묻으며 속삭였
다. 여인은 집요하게 파고드는 햇살을 피해 등을 돌린 채 누
추한 거실의 팔걸이의자에 앉아 있었다. 「정말 행복해!」젊
은 여자가 반복했다. 「엄마도 행복하지?」

베인 부인은 잠시 주춤하더니 비스무트[24]를 발라 하얗게
된 가녀린 손으로 딸애의 머리를 쓰다듬었다. 「행복이라!」
부인이 메아리 울리듯 따라 말했다. 「시빌, 난 네가 연기하는
것을 볼 때만 행복하단다. 넌 연기 이외에 다른 것을 생각해
선 안 돼. 아이잭스 씨가 우리한테 얼마나 잘해 줬니? 그분한
테 돈도 빌렸잖니. 빚이 있는데.」

젊은 여자가 고개를 들더니 토라진 얼굴로 입을 삐죽거렸
다. 「엄마, 돈 얘기 한 거야?」그녀가 큰 소리로 말했다. 「돈
이 뭐가 중요해? 사랑이 돈보다 더 중요해.」

「아이잭스 씨가 우리한테 50파운드를 선불로 줬어. 그래서
우리가 빚도 갚고 제임스는 여행 채비를 제대로 갖출 수 있었

24 화장용 분으로 사용되는 광석.

던 거다. 시빌, 그 사실을 잊어선 안 된다. 50파운드는 엄청난 돈이야. 아이잭스 씨만큼 너그러우신 분이 어디 있겠니.」

「엄마, 그 사람은 신사도 아니야. 그 사람이 나한테 말하는 투 좀 봐. 난 싫어.」 젊은 여자는 자리에서 벌떡 몸을 일으키더니 창가로 향했다.

「그분이 없으면 우리가 어떻게 연명해 나갈지 모르겠다.」 부인은 불편이 담긴 목소리로 말했다.

시빌 베인은 머리를 쳐들며 웃음을 터뜨렸다. 「엄마, 이제는 그런 사람 필요 없어. 앞으론 〈아름다운 왕자님〉이 우리 삶을 이끌어 줄 테니까.」 여기서 그녀는 말을 멈췄다. 그녀의 핏속에서 장미꽃 한 송이가 쑥 피어오르더니 양 볼을 붉은 그림자로 덮었다. 가쁜 숨결에 꽃잎 같은 그녀의 입술이 살며시 벌어졌다. 입술이 떨고 있었다. 격정을 품은 어느 남풍이 그녀의 온몸을 휘감는가 싶더니 단아하게 접힌 그녀의 치마가 스르르 너울거렸다. 「나 그 사람을 사랑해.」 그녀는 꾸밈없이 말했다.

「바보 같은 애야! 바보 같은 애!」 앵무새 지저귀듯 같은 말이 반복해서 터져 나왔다. 동시에 가짜 보석으로 치장한 갈고리같이 생긴 손가락들이 흔들거리듯 움직이는 바람에 그 말이 더욱 기괴스러운 어감으로 다가왔다.

젊은 여자는 다시 웃음을 터뜨렸다. 새장에 갇힌 새가 기쁨에 겨워 신나게 울어 대는 것 같았다. 그녀의 눈이 그 웃음소리의 가락을 포착하여 빛나는 광채로 반사시켰다. 그런 다음 두 눈은 자신들의 비밀을 감추기라도 하듯 스르르 감겼다. 그러다 다시 두 눈이 열리자 그 두 눈 사이로 한 자락 꿈이 뿌연 안개처럼 아스라한 그림자를 던지며 스쳐 지나갔다.

낡은 의자에 앉은 얇은 입술의 〈지혜〉가 그녀에게 말을 건넸다. 상식이라는 이름을 흉내 내어 갖다 붙여 쓴 소심함을 다룬 책에서 이것저것 인용해 가며, 신중해야 한다는 경고를 넌지시 내비치며 조심스럽게 말을 붙였다. 그러나 그녀는 듣지 않았다. 열정의 감옥에 갇힌 그녀는 오히려 그 안에서 자유로웠다. 그녀의 왕자인 〈아름다운 왕자님〉이 그녀와 함께 있었다. 그녀는 그 왕자를 다시 만나려고 〈기억〉의 땅을 방문했다. 자신의 영혼을 보내 왕자를 찾아내게 했고, 결국 그녀의 영혼은 왕자를 데려왔다. 그녀의 입에서 또다시 왕자의 키스가 불타올랐다. 그리고 그녀의 눈꺼풀은 왕자의 숨결로 후끈거렸다.

그러자 〈지혜〉는 방법을 바꿔 탐색과 전개에 대해 말하기 시작했다. 이 젊은이가 부자일 수도 있다. 그러면 결혼을 생각해 볼 수 있다. 조개껍질처럼 단단한 그녀의 귓등에 세속적인 교묘함의 파도가 세차게 부딪혔다. 간교함의 화살이 그녀 곁을 스치고 지나갔다. 그녀는 얇은 입술이 움직이는 것을 보고 미소를 지었다.

갑자기 그녀는 말을 하고 싶었다. 무언의 말만 무성히 오가는 침묵이 견디기 힘들었다. 「엄마, 엄마.」 그녀가 큰 소리로 말했다. 「왜 그 사람이 나를 그렇게 사랑하는 걸까? 내가 그 사람을 사랑하는 이유는 있어. 그 사람은 사랑 그 자체, 사랑이 이런 것이어야 한다는 걸 그 모습으로 보여 주거든. 그런데 그 사람은 나한테서 뭘 본 걸까? 그 사람한테 내가 어울리는 여자도 아닐 텐데. 하지만, 아, 뭐라고 말해야 하나, 그래, 내가 그 사람보다 지체가 낮긴 해도 나, 비천하다는 느낌이 하나도 안 들어. 오히려 자신 있고 당당한 느낌이 든다고. 엄마, 내가 〈아름다운 왕자님〉을 사랑하듯이 엄마도 아빠를 그렇게 사랑했어?」

싸구려 분을 더덕더덕 칠한 나이 든 여인의 양 볼이 창백해졌고, 마른 입술은 통증이 이는 듯 경련으로 일그러졌다.

시빌은 얼른 달려가 두 팔로 그녀의 몸을 껴안고 키스를 했다. 「미안해 엄마. 아빠 얘기 하면 아파하시는 걸 알면서 왜 그랬는지 몰라. 엄마가 아빠를 그만큼 사랑했기 때문에 그런 거야. 그렇게 슬픈 표정 짓지 마세요. 20년 전에 엄마가 그랬던 것처럼 나도 오늘 참 행복해. 아! 이 행복, 영원히 계속되었으면!」

「얘야, 넌 아직 너무 어려서 사랑에 빠지고 뭐고 하는 생각을 해서는 안 돼. 그리고 네가 그 젊은이에 대해서 뭘 아니? 그 청년 이름도 모르잖니. 아직은 모든 게 불편하고 형편도 어렵고 한데. 게다가 제임스는 오스트레일리아로 떠날 거고, 아무튼 이 어미는 생각할 게 많단다. 이참에 한마디 하면 네가 좀 더 신중하게 행동하고 생각도 더 많이 했어야 했다. 그래도 어쩌겠니? 아까도 말했지만 그 청년이 부자라면……」

「아! 엄마, 엄마, 나 그냥 행복한 대로 놔두면 안 돼?」

베인 부인은 자기 딸을 흘긋 쳐다보았다. 그리고 무대에서는 배우들에게는 종종 제2의 천성이 되어 버리는 그런 거짓된 연극적 제스처를 써가며 딸아이의 양팔을 붙잡았다. 바로 그 순간 문이 열리면서 갈색 머리가 텁수룩한 소년이 방으로 들어섰다. 땅딸막한 체격에 손과 발이 큼직하니 동작이 어딘가 서툴고 굼떠 보였다. 소년은 자기 누나에게서 찾아볼 수 있는 고운 구석이라고는 하나도 없었다. 아마 어느 누구도 둘이 오누이라는 사실을 짐작조차 하지 못할 것이다. 베인 부인은 아들을 빤히 바라보면서 얼굴에 미소를 더욱 진하게 그려 보였다. 머릿속에서 그녀는 자기 아들을 관객의 위치로 끌어올리고 있는지도 몰랐다. 그리고 이 〈장면〉을 아주 인상적인, 재미있는 장면이라고 느끼고 있을 것이 분명했다.

「시빌, 나한테도 키스 좀 남겨 줘야지.」 소년은 악의라고는 하나도 담기지 않은 선한 목소리로 짐짓 투덜거리듯 말했다.

「아! 짐, 근데 너는 키스 받는 거 좋아하지 않잖아.」 그녀
가 목소리 높여 말했다. 「이 흉악한 늙은 곰아.」 그리고 그녀
는 동생에게 달려가 꼭 껴안아 주었다.

제임스 베인은 부드러운 눈길로 자기 누나 얼굴을 빤히 들
여다보았다. 「누나, 나랑 산책하러 나가자. 이 끔찍한 런던을
다시는 못 볼 것 같은 생각이 들어서 말이야. 정말 다시는 보
고 싶지 않을 것 같아.」

「아들아, 말을 그렇게 험하게 하면 못써.」 베인 부인이 나
지막한 목소리로 나무랐다. 그녀는 한숨을 내쉬며 겉만 번지
르르한 싸구려 연극 의상을 집어 올리더니 헝겊을 대어 깁기
시작했다. 그녀로서는 아들이 연극 무대에 합류하지 않은 것
이 조금은 실망스러웠다. 아들이 같이 참여하기만 했어도 이
상황을 연극적으로 더 생생하고 아름답게 꾸밀 수 있었을지
모르는 일 아닌가.

「왜 안 돼, 엄마? 난 진심에서 하는 말인데.」

「너 때문에 속상해. 난 네가 돈 좀 벌면 오스트레일리아에
서 돌아올 거라고 믿는다. 그런 식민지 땅에는 사회라는 게
존재하지 않잖아. 우리가 말하는 사교 모임 같은 것 말이다.
그러니 돈을 벌면 반드시 돌아와서 여기 런던에서 자리를 잡
아야 해.」

「사교라!」 소년이 투덜거렸다. 「난 그런 거 알고 싶지 않아.
그냥 돈을 벌어서 어머니랑 시빌 누나를 무대에서 내려오게
하고 싶을 뿐이라고. 두 사람이 무대에 서는 것, 정말 싫어.」

「오, 짐!」 시빌이 웃으며 말했다. 「너 못됐구나! 아무튼 진
짜로 나랑 산책 갈 거야? 멋질 것 같은데! 그런데 혹시 네 친
구들한테 작별 인사 하려고 나가는 건 아니겠지? 왜 있잖아,
너한테 그 구역질 나는 파이프를 줬던 톰 하디, 그리고 네가
그 파이프 담배를 피운다고 놀려 대던 네드 랭턴. 걔네들 만

나려는 건 아니지? 여기서 보내는 마지막 오후잖아. 내가 같이 지낼 수 있도록 해줘. 그래야 착한 동생이지. 자, 그럼 가볼까? 하이드파크로 가자.」

「내 차림이 좀 그런데.」 그가 상을 찡그리며 대답했다. 「거긴 멋쟁이들만 가는 데잖아.」

「말도 안 되는 소리 하지 마, 짐.」 그녀는 동생의 코트 소매를 쓰다듬으며 작은 소리로 말했다.

그는 잠시 머뭇거렸다. 「좋아.」 마침내 그가 결심을 한 듯 말했다. 「옷 갈아입는 데 시간 많이 걸리면 안 돼.」 그녀는 춤추듯 경쾌한 발걸음으로 방을 나섰다. 위층으로 달려 올라가며 그녀는 신나게 노래를 불렀다. 그녀가 작은 발을 콩콩콩 구르는 소리가 울려 퍼졌다.

두세 차례 방 안을 서성인 제임스가 의자에 꼼짝 않고 앉아 있던 어머니를 향해 고개를 돌렸다. 「엄마, 내 물건 다 준비됐어?」 그가 물었다.

「그래, 다 됐다, 제임스.」 그녀는 하던 일에서 눈을 떼지 않고 대답했다. 지난 몇 개월 동안 그녀는 이 거칠고 고집 센 아들과 단둘이 있을 때면 마음이 영 편치 않았다. 아들과 눈이 마주치기라도 하면 비밀을 잘 감추지 못하는 성격 때문에 어쩔 줄 몰라 쩔쩔매곤 했다. 그녀는 아들이 뭔가를 의심하고 있다는 생각을 떨칠 수가 없었다. 아들이 아무런 말도 하지 않아 침묵이 흐르면 더욱 참기 어려웠다. 그래서 그녀는 불평을 터뜨리기 시작했다. 여자란 뜻밖에 복종하고 굴복하는 자세를 내보이며 상대를 공격하듯이 상대를 공격하면서 자신을 방어하는 게 보통이다. 「제임스, 이 어미는 네가 선원 생활에 만족하기를 바란다. 이게 다 네 자신이 선택한 일이라는 걸 명심해. 너는 사무 변호사 사무실에 취직할 수도 있었어. 사무 변호사라는 사람들이 그래도 굉장히 존중받는 계층 아니냐. 시골에선 명문가 사람들과 자주 식사도 한다고 그러더라.」

「난 사무실에서 일하는 게 싫어. 서기가 되는 것도 싫고.」 그가 대답했다.「그래요, 엄마 말씀이 옳아. 내 인생, 내가 선택한 거야. 다만 말씀드리고 싶은 것은, 시빌 누나를 잘 지켜보시라는 거야. 누나한테 나쁜 일이 생기면 안 돼. 꼭 누나를 잘 지켜 주세요.」

「제임스, 참 이상한 말을 다 하는구나. 당연히 네 누나를 내가 보살피지 누가 보살피겠니?」

「들은 얘기가 있어서 그래. 어느 신사가 매일 밤 극장에 와서는 무대 뒤로 가 누나랑 얘기한다면서. 사실이에요? 어떻게 된 거야?」

「제임스, 넌 알지도 못하면서 말을 함부로 하는구나. 우린 직업상 사람들의 관심을 많이 받는단다. 아주 기분 좋은 일이지. 나만 해도 한 번에 몇 개씩 꽃다발을 받곤 했단다. 관객들이 연기를 제대로 이해할 때 그런 일이 일어나곤 하지. 시빌 얘길 하자면 현재로선 나도 쫓아다니는 남자의 진실성 여부는 모른다. 하지만 문제의 그 젊은이가 제대로 된 신사라는 점은 분명해. 나한테도 항상 예의 바르거든. 그런 데다 용모를 보니 꽤 부자인 것 같더구나. 보내 주는 꽃도 아름답고 말이다.」

「그렇지만 그자 이름도 모르잖아.」 아들이 거친 목소리로 따지고 들었다.

「그래, 모른다.」 그의 어머니는 평온한 표정으로 대답했다.「아직은 자기 진짜 이름을 밝히지 않았지. 근데 오히려 그게 굉장히 낭만적이지 않니? 아마 귀족 집안 자제가 아닌가 싶다.」

제임스 베인은 입술을 깨물었다.「엄마, 하여튼 시빌 누나를 잘 지켜 줘.」아들이 큰 소리로 말했다. 「잘 돌봐 주시라고요.」

「아주 나를 못살게 구는구나. 어련히 내가 알아서 잘할까. 네 누이는 언제든 내가 보살펴. 물론 그 젊은 신사가 돈이 많으면 네 누이가 그 남자랑 결혼 못 할 것도 없지 뭐. 그 젊은 이가 귀족 출신이라는 거, 나 믿는다. 모습을 아무리 뜯어봐도 그래. 시빌에게는 정말 황홀한 결혼이 될 거다. 그렇게만 된다면 두 사람은 아름다운 부부가 될 것 같구나. 그 사람의 용모나 생김새가 아주 출중해. 모든 사람이 다 주목해서 본단다.」

어린 아들은 혼자 뭐라고 중얼거리면서 통통한 손가락으로 창틀을 톡톡톡 두드렸다. 그러다 무슨 말을 하려는 듯 고개를 돌렸는데, 바로 그때 문이 열리면서 시빌이 뛰어 들어왔다.

「모자지간에 뭐가 그리 심각한 거야?」그녀가 외쳤다. 「무슨 문제라도 있니?」

「문제는 무슨.」제임스가 대답했다. 「사람이 때로는 심각할 때도 있지 뭘 그래. 엄마, 갔다 올게. 5시에 저녁 먹을 테니 그리 아세요. 그리고 셔츠 빼놓고 짐은 다 꾸렸으니 괜한 신경 쓰지 말아.」

「그래, 어서 다녀오기나 해.」어머니는 뻣뻣하니 경직된 자세로 고개를 끄덕이며 대답했다. 그녀로서는 아들이 자기와 얘기할 때 던지는 말투가 영 마음에 내키지 않았다. 게다가 아들의 표정 속에는 그녀를 두렵게 만드는 그 무엇이 있었다.

「엄마, 키스해 줘.」딸인 시빌이 말했다. 딸아이의 꽃잎 같은 입술이 다 시든 어머니의 뺨에 닿으면서 차가운 서리 같은 살을 따스하게 만들어 주었다.

「오, 내 새끼! 내 새끼!」베인 부인은 환상 속에 빠져 맨 위층 관람석을 찾기라도 하듯 천장을 바라보며 외쳤다. 「빨리 와, 누나.」 제임스가 안달하며 말했다. 그는 자기 어머니가 짐짓 연극을 하는 것처럼 일부러 꾸며 대는 몸짓이 혐오스러웠다.

오누이는 바람이 휘날리는 햇살 속으로 나왔다. 그들은 음산한 유스턴 로드를 따라 천천히 걸음을 옮겼다. 지나가는 사람들이 누추한 차림에 침울한 표정을 짓고 있는 단단한 체격의 어린 청년을 이상하다는 듯이 흘끗흘끗 쳐다보았다. 그 어린 청년이 자기와는 어울리지 않는 우아하고 세련된 젊은 여자와 같이 길을 걸어가는 것이 신기하다는 뜻이었다. 장미꽃을 들고 걸어가는 초라한 정원사, 그가 바로 그런 꼴이었다.

짐은 이따금 호기심 어린 눈길로 바라보는 낯선 행인들과 눈이 마주칠 때면 인상을 썼다. 그는 마치 인생 후반에 천재성이 나타났는데 아직 그 옛날의 진부함을 벗어나지 못한 사람을 신기하게 바라보듯, 그렇게 자신을 바라보며 주목하는 시선들이 싫었다. 하지만 시빌은 달랐다. 그녀는 자신이 어떤 효과를 연출하는지 전혀 신경을 쓰지 않았다. 그녀의 사랑이 입술에 걸린 웃음 속에서 파르르 떨리고 있었다. 그녀는 〈아름다운 왕자님〉을 생각하고 있었다. 한결 더 그 왕자님의 생각을 깊게 하려고 그녀는 자신의 왕자님에 관해 아무 얘기도 하지 않았다. 대신 짐이 타고 떠날 배에 관해, 그가 틀림없이 찾아낼 금에 관해, 그리고 그가 붉은 셔츠를 입은 사악한 산적 무리에게서 구해 낼 어느 예쁜 상속녀에 관해, 있는 얘기 없는 얘기 만들어 가며 재잘거렸다. 짐은 선원이나 화물 관리인, 혹은 그 어떤 신분이 되든지 그냥 그렇게 배 안에 머물러 있어서는 안 되었다. 오, 안 돼! 뱃사람의 삶은 얼마나 끔찍한가. 곱사등같이 생긴 거친 파도가 집어삼킬 듯

몰려오고, 검은 바람이 돛대를 아래로 기울이며 돛을 갈기갈
기 찢어 긴 비명을 내지르는 천 조각으로 너풀거리게 만드는
바다에서 어찌 아름다운 상상이 날개를 펼 수 있으랴! 그냥
무서워 배 안에서 꼼짝 않고 웅크리고 있을 것이 아닌가! 그
는 멜버른에서 배를 떠나야 한다. 선장에게 정중하게 작별을
고하고 당장 금광지로 떠나야 한다. 일주일이 채 지나기도
전에 그는 땅속에 박혀 있는 커다란 순금 덩어리, 지금까지
세상에서 발견된 금 덩어리 가운데 가장 큰 덩어리의 순금을
발견해야 한다. 그리고 그 금 덩어리를 기마 경찰 여섯 명의
호위 하에 마차에 실어 해안으로 가져와야 한다. 그 사이에
세 차례나 산적들이 공격을 했지만 그들은 무수한 동료의 시
체만 남기고 패주의 길을 가야 한다. 아니, 이게 아니다. 짐은
금광지로 절대 가서는 안 된다. 그곳은 무서운 곳이다. 사람
들이 환각제에 취하고 술집에서 서로 총질을 해대고 욕설이
난무하는 곳이다. 대신 그는 멋진 양치기가 되어야 한다. 그
래서 어느 날 저녁에 집에 돌아오는 길에 아름답게 생긴 어
느 상속녀가 검은 말을 탄 강도에게 잡혀 끌려가는 광경을
보게 되고, 그 뒤를 추적하여 결국엔 그녀를 구해 준다. 물론
목숨을 건진 상속녀는 그를 사랑하게 되고 그 역시 그녀를
사랑하여 둘은 결혼을 해야 한다. 그러고는 고국으로 돌아와
런던의 웅장한 저택에서 행복하게 살아야 한다. 그래, 이렇
게 되어야 한다. 동생인 짐 앞에 이런 신나는 일이 기다리고
있어야 한다. 하지만 그러기 위해선 동생이 우선 착해야 한
다. 성질부리지 말고, 사람들에게 바보 취급받더라도 돈도
되도록 아껴 써야 한다. 그녀가 동생보다 한 살밖에 많지 않
지만 그래도 인생에 대해서는 훨씬 더 많은 것을 알고 있으
니까. 또 한 가지 분명히 해둘 것은, 우편물이 전달될 때마다
반드시 편지를 써야 하고, 잠자기 전에 기도하는 것도 빠뜨

리지 말아야 한다. 하느님은 선한 분이시니 동생을 지켜 줄 것이다. 그녀 역시 동생을 위해 기도를 할 것이며, 몇 년이 지나면 동생은 부자가 되어 행복한 모습으로 돌아와야 한다.

동생인 짐은 시큰둥한 표정으로 누나의 말을 들었지만 아무 대답도 하지 않았다. 집을 떠난다는 생각에 마음이 아팠기 때문이다.

그러나 그가 우울하고 기분이 언짢은 것이 그것 때문만은 아니었다. 비록 그가 경험은 없지만 그래도 시빌에게 시련이 찾아올 것이라는 직감이 강하게 들었고, 그래서 마음이 더욱 무거웠던 것이다. 누나에게 사랑을 안겨 준 그 멋쟁이라는 젊은 친구가 오히려 악의를 품고 있는 것은 아닌지. 그가 신사라고 하지만 짐은 바로 그 점 때문에 더욱 그가 싫었다. 뭐라 꼭 집어서 설명할 수 없는, 그래서 더더욱 마음속에서 지우기 힘든 묘한 계급적 본능 때문이었다. 또한 그는 자기 어머니의 본성에 깃든 천박함과 허영심을 잘 알고 있었다. 바로 그 어머니 때문에 시빌에게, 시빌의 행복에 계속 위험이 찾아오리라는 것을 충분히 예감할 수 있었다. 어린아이들은 자기 부모를 사랑함으로 삶을 시작한다. 그러다 점점 자라면서는 부모를 판단하게 되고, 때로는 부모를 용서하는 일도 생기게 된다.

어머니! 그는 어머니에게 물어볼 것이 있었다. 침묵으로 지낸 몇 개월 동안 늘 마음속에 품고 있던 생각이었다. 극장에서 그가 우연히 들은 말들, 어느 날 밤엔가 무대 출입구에서 기다리던 그의 귀에 들려온 속삭이는 조롱의 말들이 무서운 생각들을 줄줄이 엮어 놓았다. 그때의 그 일을 그는 생생히 기억했다. 사냥용 채찍으로 얼굴을 맞은 듯 도무지 지울 수 없는 기억이었다. 그의 양 눈썹이 한데 모이면서 양미간이 깊게 패었고, 폐부를 찌르는 통증에 그는 아랫입술을 깨물었다.

「짐, 너 내가 하는 말 하나도 안 듣고 있지.」 시빌이 큰 소리로 말했다. 「네 미래를 위해 아주 신나고 멋진 계획을 세우고 있는데 말이야. 얘, 뭐라고 말 좀 해봐.」

「내가 무슨 말 하기를 원하는데?」

「오! 왜 있잖니, 누나 말 잘 들을 거고, 엄마와 누나를 잊지 않을 거라는, 뭐 그런 말.」 그녀는 미소를 지어 보이며 대답했다.

짐이 어깨를 움츠리며 말했다. 「내가 잊기보다는 누나가 나를 잊을 것 같은데.」

그녀의 얼굴이 빨개졌다. 「그게 무슨 말이니?」 그녀가 물었다.

「다 들었어. 새 친구 생겼다며. 누구야? 왜 나한테는 말하지 않았어? 누나한테 하나 좋을 게 없는 사람이야.」

「그만해, 짐!」 그녀가 소리쳤다. 「그 사람을 나쁘게 얘기해서는 안 돼. 내가 사랑하는 사람이란 말이야.」

「그 사람 이름도 모른다면서.」 짐이 말했다. 「대체 누구야? 나도 알 권리가 있어.」

「〈아름다운 왕자님〉으로 불려. 너는 그 이름이 싫은 모양인데, 제발 얘! 절대로 잊어버릴 이름은 아니잖니. 네가 일단 그 사람을 보면 분명히 이 세상에서 가장 멋진 사람이라고 생각할걸. 언젠가는 보게 되겠지. 그래, 네가 오스트레일리아에서 돌아오면 볼 수 있겠다. 아마 푹 빠져들 거야. 모든 사람들이 다 좋아해. 나는…… 그 사람을 사랑하고. 오늘 밤에 너도 극장에 오면 좋을 텐데. 그 사람이 올 거거든. 내가 줄리엣 역을 맡을 거야. 아! 어떻게 연기를 하지! 짐, 상상해 봐. 사랑에 빠져 있으면서 동시에 줄리엣 역을 맡는다니! 더욱이 그 사람 앞에서! 연기를 잘 해서 그 사람을 기쁘게 해야 하는

데! 동석한 사람들을 놀라게 하지나 않을까 겁이 나. 놀라게 하거나 완전히 매료시키거나 하겠지. 누굴 사랑한다는 것은 자기 자신을 넘어서야 하는 거야. 아주 지독한 아이잭스 씨도 아마 술집에서 같이 빈둥거리는 친구들에게 〈천재〉라고 소리치게 될걸. 그 사람은 나를 〈독선〉이라고 귀가 따갑도록 얘기했는데, 오늘 밤엔 〈의외〉라고 할 거야. 그런 느낌이 들어. 이게 다 그 사람 때문이야. 오로지 그 사람, 〈아름다운 왕자님〉, 내가 사랑하는 멋진 사람, 은혜로운 나의 신 덕택이야. 물론 그 사람에 비하면 나는 가난하지. 그렇지만 가난? 그게 뭐가 중요해? 가난이 문틈으로 기어 들어올 때 사랑은 창문으로 날아 들어온다고.[25] 속담을 다시 써야 해. 모두가 다 겨울에 쓴 속담들이야. 지금은 여름이잖아. 나한테는 봄날 같아. 푸른 하늘에 꽃송이 날아다니는 봄날.」

「그 사람, 신사라며.」 짐이 불퉁한 목소리로 말했다.

「왕자님이라니까!」 그녀가 노래를 부르듯 외쳤다. 「대체 하고 싶은 얘기가 뭐니?」

「그 사람은 누나를 노예처럼 묶어 두려고 할걸.」

「난 자유로워진다는 생각만 해도 겁이 나는데.」

「그 사람을 조심했으면 좋겠어.」

「그 사람을 보면 그 사람을 숭배하게 되고, 그 사람을 알면 신뢰할 수밖에 없어.」

「시빌 누나, 누나는 그 사람한테 완전히 미쳤어.」

그녀는 웃으면서 짐의 팔을 잡았다. 「사랑하는 짐, 너 마치 나이 백 살이나 먹은 사람처럼 얘기하는구나. 언젠가 네가 너 자신을 사랑하게 되면 다 알게 된단다. 그렇게 뿌루퉁한

25 원래는 사랑으로 맺어진 부부라도 가난해지면 멀어진다는 뜻의 〈가난이 문틈으로 들어오면 사랑이 창문으로 달아난다〉는 속담인데 시빌이 고쳐서 말한 것이다.

110

표정 짓지 마. 네가 비록 집을 떠나도 예전보다 더 행복해하는 누나를 두고 떠난다고 생각하면 아마 너도 기쁠 거야. 우리 둘 다 정말 힘들게 살아왔잖니. 끔찍스러울 정도로 힘들고 어려웠어. 하지만 이제부턴 달라질 거야. 너도 새로운 세계를 찾아 떠나고, 나는 이미 새로운 세계를 찾았으니. 저기 의자가 두 개 있네. 우리 앉아서 지나가는 사람들 구경이나 하자.」

그들은 지나가며 쳐다보는 사람들 사이에 자리를 찾아 앉았다. 도로 건너편 튤립 꽃밭이 둥그런 원을 그리며 요동치는 불길처럼 타오르고 있었다. 숨 막히는 대기에는 흰 붓꽃의 밑뿌리가 흩날려 이루는 운무인 듯 하얀 가루들이 떠 있었다. 바람을 받은 밝은색의 파라솔들이 거대한 나비처럼 위로 춤을 추듯 올랐다가 다시 가라앉았다.

그녀는 동생에게 본인 얘기를 해보라고 했다. 어떤 희망과 전망을 지니고 있는지 말해 보라고 했다. 짐은 어렵게, 천천히 어렵사리 입을 열기 시작했다. 그들은 시합에서 카운터펀치를 주고받는 선수들처럼 이야기를 주고받았다. 시빌은 무엇이 무겁게 내리누르는 느낌을 받았다. 자신의 기쁨을 어떻게 말로 전달할 수가 없었다. 짐의 침울한 입가에 흐르는 엷은 미소가 그녀가 얻어 낼 수 있는 반응의 전부였다. 시간이 좀 흐른 뒤 그녀는 입을 다물었다. 그때 갑자기 금발의 머리와 웃음기 어린 입술이 언뜻 그녀의 눈에 들어왔다. 그리고 도리언 그레이가 두 숙녀와 함께 무개 마차를 타고 지나가는 모습이 보였다.

그녀는 자리에서 벌떡 일어섰다. 「저 사람이야!」 그녀가 외쳤다.

「누구?」 짐 베인이 물었다.

「〈아름다운 왕자님〉.」 그녀가 사륜마차를 따라 눈길을 돌리며 대답했다.

짐도 벌떡 일어나 누나의 팔을 꽉 붙잡았다. 「누군지 알려 줘. 어느 쪽이야? 가리켜 봐. 꼭 봐야겠어!」 그가 큰 소리로 말했다. 그런데 바로 그 순간 베릭의 공작이 탄 사두마차가 그 사이를 지나갔고, 그 마차가 지나가고 나서 보니 도리언의 마차는 이미 공원을 빠져나가고 있었다.

「지나갔어.」 시빌이 슬픈 목소리로 중얼거렸다. 「네가 봤으면 좋았을 텐데.」

「나도 그래. 하늘에 계신 하느님께 맹세코, 그 사람이 누나에게 어떤 불행이라도 안긴다면 가만 안 놔둘 거야. 죽이고 말 거야.」

시빌은 공포에 질린 얼굴로 짐을 바라보았다. 짐은 자신이 내뱉은 말을 되뇌었다. 그의 말이 단검처럼 주변 공기를 매섭게 갈랐다. 주위에 있던 사람들도 어이가 없다는 듯이 입을 벌리며 바라보았다. 시빌 가까이에 서 있던 한 여자는 킥킥 웃기도 했다.

「가자, 짐. 가자고.」 시빌이 작은 소리로 말했다. 그녀가 앞장서서 사람들을 헤치고 앞으로 나아갔고, 짐은 마지못해 쭈뼛쭈뼛 따라 나섰다. 어찌 되었든 그는 자신이 말을 잘 했다며 내심 만족스러워했다.

그들이 아킬레우스 동상[26]에 다다랐을 때 시빌이 돌아섰다. 그녀의 눈에는 연민의 빛이 서려 있었지만 그 빛이 그녀 입술에서는 웃음으로 바뀌었다. 그녀는 동생을 바라보며 고개를 절레절레 흔들었다. 「참 바보 같구나, 짐. 정말 바보야. 아무리 봐주려고 해도 넌 정말 심술궂은 애로구나. 어떻게 그렇게 끔찍한 소리를 할 수 있니? 너는 네가 무슨 말을 하고

26 웰링턴 공작과 그의 병사들의 전공을 기념하여, 그리스 영웅인 아킬레우스의 모습을 조각하여 1822년 파크레인에 세운 6미터가 넘는 청동상.

있는지도 모를 거야. 정말 질투도 많고 매정한 아이로구나. 아! 너도 사랑에 빠져 봐야 해. 사랑을 하면 사람이 선해지거든. 아까 네가 한 말은 참으로 역겹고 불쾌한 말이었어.」

「나 벌써 열여섯이야.」 그가 대답했다. 「난 내가 무슨 말을 하는지 다 안다고. 엄마는 누나한테 도움이 안 돼. 누나를 어떻게 돌봐야 하는지 엄마는 모른단 말이야. 지금 심정 같으면 나 오스트레일리아에 안 가고 싶어. 모든 걸 다 그만두고 싶은 마음이라고. 계약만 하지 않았어도 그렇게 했을 거야.」

「오, 너무 그렇게 심각하게 생각하지 마, 짐. 그러니까 네가 꼭 엄마가 옛날에 정말 좋아하며 연기했던 그 우스꽝스러운 멜로드라마에 나오는 주인공 같잖니. 너랑 말싸움하지 않을 거야. 내가 그 사람을 봤잖아. 오! 그 사람을 보는 게 제일 행복해. 괜한 언쟁 하지 말자. 내가 사랑하는 사람을 동생인 네가 해치지 않을 거라는 걸 다 알아. 그렇지?」

「누나가 그 사람을 사랑하지 않는다면.」 불퉁한 대답이었다.

「난 그 사람을 영원히 사랑한단 말이야!」 그녀가 큰 소리로 말했다.

「그럼, 그 사람은?」

「그 사람도 영원히 나를 사랑하지!」

「어련하시겠어.」

그녀는 짐에게서 움찔 물러섰다. 그러고는 곧 웃음을 터뜨리며 동생의 팔을 잡았다. 동생은 아직 소년티를 벗어 버리지 못한 아이였다.

마블 아치에서 그들은 손을 흔들어 합승 마차를 세웠다. 마차는 유스턴 로드에 있는 그들의 누추한 집 근처에 그들을 내려 주고 떠났다. 5시가 넘은 시각이었다. 시빌은 무대에 서기 전에 두세 시간 누워서 쉬어야 했다. 짐이 그래야 한다고 고집을 부렸다. 그는 차라리 엄마가 없는 상태에서 누나와 작별

하는 게 좋겠다고 했다. 엄마가 있으면 울고불고 난리도 아닐 테고, 자기는 그런 광경을 보기 싫다는 것이었다.

시빌의 방에서 그들은 작별을 했다. 소년의 가슴속에는 질투심이 불타고 있었다. 그 낯선 사람에 대해 끓어오르는, 살의마저 느껴지는 격심한 증오감이 꿈틀거렸다. 그가 보기에는 그 사람은 자기와 누나 사이에 끼어들어 오누이 정을 갈라 놓으려는 사람에 불과했다. 그러나 시빌이 두 팔로 그의 목을 껴안고 손가락으로 머리를 쓰다듬어 주자 마음이 누그러졌는지 짐은 진정한 애정을 담아 누나에게 키스를 했다. 아래층으로 발걸음을 옮기는 짐의 눈에는 눈물이 그렁그렁했다.

아래층에서는 어머니가 그를 기다리고 있었다. 아들이 들어오자 그녀는 시간을 제대로 지키지 않는다고 투덜거렸다. 그는 아무 대꾸도 하지 않았다. 그냥 자리에 앉아 밥을 뜨는 둥 마는 둥 했다. 식탁 주위로 파리들이 날아다니고 얼룩이 묻은 식탁보 위를 기어 다니기도 했다. 천둥 같은 소리를 내며 달리는 합승 마차와 딸그락거리며 지나가는 소형 마차의 소음 속에서 그는 자신에게 남아 있는 얼마 안 되는 시간을 집어삼키며 윙윙거리는 단조로운 소리를 들을 수 있었다.

얼마 후 짐은 접시를 앞으로 밀어낸 다음 두 손으로 머리를 감쌌다. 그는 자신에게 알 권리가 있다고 생각했다. 만일 그렇다면 누나가 사랑하는 사람이 있다고 그에게 진작 말해 줬어야 하는 게 아닌가. 그의 어머니는 두려움이 무겁게 내리누르는 가슴을 안고 아들을 지켜보았다. 그녀의 입술에서 아무 감정도 실리지 않은 몇 마디 말이 뚝뚝 떨어졌다. 그녀의 손가락 사이에선 너덜너덜한 레이스 손수건이 구겨지고 있었다. 시계가 6시를 울리자 짐은 자리에서 일어나 문으로 향했다. 그러다 휙 돌아서서 어머니를 바라보았다. 그들의 눈이 마주쳤다. 짐은 어머니의 눈에서 자비를 바라는 호소의 눈빛을 보았다. 그는 더욱 화가 치밀었다.

「엄마, 엄마한테 물어볼 게 있어.」그가 말했다. 「사실대로 얘기해 줘. 나한테도 알 권리가 있으니까. 엄마, 우리 아버지 하고 결혼한 거 맞아?」

그녀는 깊은 한숨을 내쉬었다. 안도의 한숨이었다. 여러 주, 여러 달 동안 밤낮으로 그녀가 혹시 닥치지 않을까 겁을 냈던 순간이, 그 두려운 순간이 마침내 찾아왔던 것이다. 그런데 의외로 그녀는 전혀 겁이 나지 않았다. 사실 어떤 면에서 보면 실망스러웠다. 이렇게 버릇없이 노골적으로 물어보면 대답도 노골적으로 할 수밖에 없는 것이 아닌가. 그동안 쌓이고 쌓인 게 많아 이런 식의 질문을 던질 상황으로 발전된 것은 아니지 않는가. 정말 버릇없는 태도였다. 기분 나쁜 리허설을 상기시키는 그런 상황이었다.

「안 했다.」그녀가 대답했다. 인생이 어찌 이렇게 가혹하다 싶을 정도로 단순한 것이란 말인가.

「그러면 우리 아버지가 불한당 같은 사람이었군!」짐이 주먹을 꽉 쥐며 소리쳤다.

그녀는 고개를 가로저었다. 「그분이 그렇게 자유롭지 못했단다. 우린 서로 많이 사랑했어. 네 아버지가 살아 계셨다면 우릴 충분히 먹고살게 해주셨을 텐데. 아들아, 아버지를 너무 나쁘게 얘기하지 마라. 어쨌든 그분이 아버지이시잖아. 그리고 신사이시고. 실제로 친척들이 다 좋은 분들이었단다.」

짐의 입에서 맹세와 같은 말이 쏟아져 나왔다. 「나는 아무래도 상관없어.」그가 큰 소리로 말했다. 「하지만 시빌 누나는…… 누나를 사랑하는 사람이 신사라고 했지? 아닌가? 그냥 그 사람이 한 말인가? 물론 지체 높은 가문 출신이겠지.」

잠시 구역질 나는 굴욕감이 그녀의 온몸을 휘감았다. 그녀는 고개를 숙였다. 그리고 떨리는 손으로 눈물을 닦았다.「시빌에게는 엄마가 있지만……. 」그녀가 속삭이듯 말했다.「나한테는 엄마가 없잖니.」

짐은 가슴이 뭉클했다. 그는 어머니에게 다가가 몸을 굽혀 어머니에게 키스를 했다.「괜히 아버지 얘기 해서 엄마 마음이 아프다면 죄송해요.」그가 말했다.「하지만 어쩔 수 없었어. 아무튼 난 지금 가야 해. 안녕히 계세요. 엄마, 이젠 엄마가 돌봐야 할 자식이 딱 하나뿐이라는 사실을 잊지 마. 그리고 날 믿어. 만일 그 사람이 누나에게 나쁜 짓을 하면 그 자가 누군지 찾아내어, 어디에 있든지 끝까지 찾아내서 개 잡듯이 죽이고 말 거야. 정말이야.」

어리석은 생각에서 지나치게 떠벌린 위협, 그것에 뒤따른 격정적인 제스처, 몹시 감상적인 어조로 열을 내며 내뱉은 말들. 이런 것으로 인해 그녀에게는 인생이 더욱 생생한 것으로 다가오는 듯했다. 그녀는 이런 분위기에 익숙한 여자였다. 그녀는 편하게 숨을 내쉬었다. 그리고 여러 달 만에 처음으로 아들이 그렇게 자랑스러울 수가 없었다. 그녀는 똑같은 감정 수준에서 이 장면이 계속되었으면 싶었다. 그러나 아들이 이 장면을 불쑥 끊어 버렸다. 트렁크를 나르고 머플러를 찾는 소리가 들렸다. 하숙집 일꾼이 부산하게 드나들었다. 마부와 흥정하는 소리도 들렸다. 그 무서웠던 순간이 자잘한 세상살이 속에 묻히고 말았다. 아들이 마차를 타고 떠나 갈 때 창가에서 다 해진 레이스 손수건을 흔들던 그녀에게 다시금 실망의 감정이 머리를 쑥 내밀었다. 좋은 기회를 그냥 헛되이 보내 버렸다는 생각이 들었다. 그녀는 시빌에게 보살필 자식이 하나밖에 남지 않아 자신의 인생이 얼마나 쓸쓸한지, 그 얘기를 하면서 섭섭한 마음을 달랬다. 그 말, 보살필 자식이 하나밖에 남지 않았다는 그 말을 들었을 때 그녀는 기쁘지 않았던가. 짐이 내뱉은 위협의 말을 그녀는 시빌에게 들려주지 않았다. 사실은 아주 실감나게, 극적으로 표현된 말이었는데. 언젠가 그 말을 떠올리며 모두가 웃을 날이 있을 거라고 그녀는 생각했던 것이다.

제6장

「소식 들었지, 바질?」 3인분 저녁 식사가 마련된 브리스톨 호텔의 조그만 방에 홀워드가 나타난 그날 저녁, 헨리 경이 물었다.

「뭔 소식, 해리?」 홀워드는 모자와 코트를 고개 숙인 웨이터에게 건네며 대답했다. 「무슨 소식? 설마 정치에 관한 것은 아니겠지? 정치엔 흥미가 없어서 말이야. 하원 의원 가운데는 초상화를 그려 줄 만한 사람이 단 한 사람도 없어. 살짝 화장을 하면 많은 사람들이 좀 나아지기는 하겠지만 말이야.」

「도리언 그레이가 약혼을 한다더군.」 헨리 경은 홀워드의 모습을 살피며 말했다.

홀워드는 깜짝 놀라더니 이어서 얼굴을 찌푸렸다. 「도리언이 약혼을 하다니!」 그가 큰 소리로 외쳤다. 「말도 안 돼!」

「사실이야.」

「누구랑?」

「천한 신분의 여배우라나 뭐라나.」

「믿을 수 없어. 도리언 그 친구 대단히 지각 있는 친군데 그럴 리가.」

「너무 똑똑해서 가끔 바보 같은 짓을 저지를 수 있어, 바질.」

「해리, 결혼이라는 게 가끔 하는 그런 성격의 일이 아니 잖나.」

「미국이 아닌 다른 곳에서는 그렇겠지.」헨리 경은 별 관심 없다는 투로 대답했다. 「결혼한다고 말한 건 아니잖아. 약혼을 한다고 했지. 결혼과 약혼은 다르다고. 큰 차이가 있지. 나는 말이야, 결혼에 대한 기억은 아주 생생한데 약혼에 대한 기억은 전혀 없어. 차라리 약혼을 한 적이 없다고 생각하는 게 마음 편하지.」

「하지만 도리언 집안과 지위와 부를 생각해 봐. 그 친구가 자기 신분보다 훨씬 낮은 신분의 사람과 결혼한다는 건 말도 안 돼.」

「바질, 네가 그런 식으로 얘기하면 도리언이 아마 그 여자와 결혼하고 말걸. 그 친구, 분명히 그러고도 남지. 사람이 누가 봐도 바보 같은 짓으로 보이는 걸 행할 때는 언제나 지극히 고귀한 동기가 있는 법이거든.」

「그 여자가 착한 여자이길 바랄 뿐이네, 해리. 도리언이 자신의 본성을 타락시키고 지성을 망가뜨릴 수 있는 그런 사악한 여자에게 엮이는 것을 보고 싶지 않아.」

「아냐, 그 여자는 착한 것 이상이야. 아름다운 여자라고.」 헨리 경이 오렌지 비터즈를 탄 베르무트를 홀짝이며 작은 소리로 말했다. 「도리언 말로는 아름다운 여자래. 그 친구가 그런 부분에서는 거의 정확하잖아. 네가 그 친구의 초상화를 그리는 바람에 다른 사람의 외모를 감식하는 그 친구의 눈이 되살아난 것인지도 모르지. 무엇보다 그 초상화가 멋진 영향을 미친 거라고. 그 젊은 친구가 약속을 잊지 않았다면 오늘 밤 우리는 그 여자를 볼 수 있을 거야.」

「진심에서 하는 말이야?」

「당연하지. 지금 이 순간 내가 거짓으로, 건성으로 아무렇게나 말을 하는 거라면 천벌을 받아야지.」

「그러면 해리, 너는 인정한다는 뜻이야?」 화가는 초조한 듯 방 안을 오가며 입술을 깨물었다. 「인정할 수 없을걸. 이건 참으로 어리석은, 맹목적인 정열에 불과한 거라고.」

「난 지금 그 어떤 것도 인정한다, 인정 못 한다, 이렇게 말할 수 없어. 그건 인생에 대해 취해야 할 올바른 태도가 아니거든. 우리가 지닌 도덕적 편견을 내세우자고 우리가 이 세상에 태어난 것은 아니잖나. 나는 보통 사람들이 무슨 말을 하든 결코 마음에 두지 않아. 그리고 아름다운 사람들이 무슨 행동을 하든 간섭하지도 않지. 내가 어떤 한 인물에 매료된다면 그 인물이 어떤 표현 양식을 선택하든 난 당연히 그것에서 온전한 기쁨을 느끼고 싶어. 도리언 그레이가 줄리엣을 연기하는 젊은 여자와 사랑에 빠져 결혼하자고 한 거야. 왜, 안 되나? 그 친구는 메살리나[27]와 결혼한다고 해도 아마 굉장히 재미있어 할걸. 너도 알지만 난 결혼 제도를 옹호하는 사람이 아니야. 결혼의 현실적인 결점이 뭐고 하니 그게 사람을 이기적이 아닌 사람으로 만든다는 거야. 그런데 이기적이지 않은 사람은 색깔이 없거든. 개성이 없다는 말이야. 물론 결혼을 하면서 더 복잡해지는 기질을 지닌 사람들도 있긴 해. 그런 사람들은 자신의 이기심을 그대로 유지하면서 거기에 다른 많은 자아들을 더하게 되지. 그래서 어쩔 수 없이 여러 삶을 살게 되고, 점점 더 고도로 조직적이고 유기적인 사람이 되는 거야. 고도로 조직적이 된다는 것이 내 생각에는 인간 존재의 목적이 아닌가 싶어. 더 덧붙이자면, 모든 경험은 다 나름의 가치를 지니고 있다는 거야. 누가 결혼에 반대하는 말을 했다면 그 말이 무슨 말이든 그것 자체가 하

27 로마의 황제였던 클라우디우스 1세의 세 번째 아내. 고대 로마 시대의 타락한 성의 상징이자 허영과 물욕의 화신.

나의 경험이지. 나는 도리언 그레이가 그 여자를 자기 아내로 삼아 6개월 정도는 그녀를 열정적으로 사랑하다가 갑자기 또 다른 사람에게 푹 빠져 버리게 되기를 바라. 그러면 그 친구는 아주 훌륭한 본보기가 될 거야.」

「해리, 네가 한 말, 단 한마디도 진심에서 나온 말이 아니길 바란다. 진심으로 하는 말이 아니라는 것 알아. 만일 도리언 그레이의 삶이 망가진다면 누구보다도 네가 가장 슬퍼할 것 아니겠나. 괜히 그런 척하지 마라.」

헨리 경은 웃음을 터뜨렸다. 「우리가 다른 사람을 좋게 여기고 싶어 하는 이유는 우리가 우리 자신을 두려워하기 때문이야. 낙관주의의 바탕은 다른 게 아니라 바로 공포라고. 우리는 우리 이웃이 우리에게 이익이 되는 미덕을 지니고 있다고 믿기 때문에 관대해질 수 있는 거야. 우리가 은행가에게 찬사를 보내는 것은 당좌 차월을 받아 낼 속셈이고, 노상강도에게서 좋은 점을 찾아내는 것은 우리 주머니가 털리지 않기를 바라는 마음에서 그러는 거라고. 내가 한 말, 하나도 빼놓지 않고 전부 다 진심에서 우러나온 말이야. 나는 낙관주의를 대단히 경멸해. 망가진 삶? 어느 삶이든 성장이 멈출 수는 있지만 망가지지는 않지. 자연을 훼손하고 싶으면 대대적으로 자연에 손을 대면 되는 거야. 결혼, 정말 바보 같은 짓이지. 세상에는 결혼보다 더 재미있고 흥미진진한 남녀 간의 결합이 많거든. 나는 그런 결합을 기꺼이 장려하겠네. 사람들의 인기를 끌 만한 그런 매력을 지닌 결합들이지. 이제야 도리언이 오는군. 저 친구가 더 자세한 얘기를 들려주겠지.」

「오, 해리, 바질, 두 분 다 저를 축하해 주세요!」 도리언이 안으로 들어와 양쪽 어깨 부분에 공단으로 박은 줄무늬가 있는 어깨 망토를 벗어던지고 두 사람에게 차례로 악수를 청하며 말했다. 「오늘처럼 행복한 때가 없었어요. 갑작스럽게 벌어진 일이지만 정말 기분 좋은 일이죠. 하지만 이게 지금까지 제가 찾던 바로 그것이 아닌가 싶네요.」그는 흥분과 기쁨으로 얼굴이 상기되어 있었고, 그 때문인지 전에 없이 멋진 모습이었다.

「늘 그렇게 행복하길 바라네, 도리언.」홀워드가 말했다. 「그런데 자네 약혼 소식을 나에게 알리지 않은 것은 용서할 수가 없네. 해리에게만 알리고 말이야.」

「그리고 난 자네가 저녁 식사에 늦은 것을 용서할 수 없네.」헨리 경이 미소 띤 얼굴로 도리언의 어깨에 손을 얹으며 말했다.「자, 우리 앉지. 새로 왔다는 주방장 솜씨가 어떤지 보자고. 그리고 자넨 어떻게 된 일인지 얘기해 주고.」

「말씀드릴 게 별로 없어요.」조그만 둥근 테이블에 각자 자리잡고 앉자 도리언이 큰 소리로 말했다.「일이 이렇게 된 거예요. 해리, 어제저녁에 우리가 헤어지고 나서 저는 옷을 갈아입고 당신이 소개해 준 루퍼트 스트리트의 조그만 이탈리아식 식당에서 저녁을 먹었어요. 그런 다음 8시가 되어 극장으로 갔죠. 시빌이 로절린드 역을 맡았더라고요. 물론 무대 배경은 형편없고, 올랜도 역도 우스꽝스러웠죠. 하지만 시빌은! 그녀를 보셨으면 좋았을 텐데! 그녀가 시동(侍童) 옷을 입고 나왔을 때 정말 완벽에 가까울 정도로 훌륭했어요. 황갈색 소매가 달린 이끼 색 벨벳 상의, 열십자 모양으로 대님을 동인 가늘고 긴 갈색 양말, 보석으로 박아 고정시킨 매의 깃털이 달린 조그맣고 우미한 초록색 모자, 붉은색 줄무늬가 흐릿하게 나 있는 모자 달린 망토. 지금까지 본 모습 가운데 가장 멋진 모습이었어요. 바질, 당신 화실에 있는 그 타나그라 조각상[28]이 지닌 섬세한 우아함을 바로 그녀가 내보였다니까

28 아테네 북서쪽의 보이오티아 지방에 있던 고대 도시인 타나그라의 무덤에서 나온 붉은 진흙으로 만든 작은 조각상.

122

요. 가냘픈 장미꽃을 감싸고 있는 검은 잎사귀처럼 그녀의 머리칼이 얼굴을 곱게 감싸고 있었고요. 연기는, 맞아요, 오늘 밤에 보시면 알게 될 겁니다. 그녀는 정말 타고난 예술가예요. 그녀에게 완전히 매료된 채 전 음침한 객석에 앉아 있었지요. 제가 19세기 런던에 있다는 사실조차 잊을 정도였어요. 이를테면 아무도 보지 못한 숲 속으로 내 사랑과 함께 들어간 느낌, 바로 그랬어요. 공연이 끝난 뒤 전 무대 뒤로 가서 그녀와 얘기를 했어요. 그렇게 함께 앉아 있는데 글쎄, 그녀 눈에 전에는 보지 못했던 표정이 피어나는 거예요. 제 입술이 그녀를 향해 움직였어요. 우리는 키스를 했어요. 그 순간의 느낌을 뭐라고 표현할 수가 없네요. 지금까지 살아온 제 인생이 장밋빛 환희로 물든 완전무결한 어느 한순간으로 집중되는 것 같았어요. 그녀는 온몸을 떨었고요. 하얀 수선화처럼 그렇게 떨었지요. 그러더니 그녀가 무릎을 꿇고는 제 손에 입을 맞추는 거예요. 이런 것까지 말씀드리려고 한 것은 아닌데, 어쩔 수가 없네요. 물론 우리가 결혼을 약속했다는 사실은 절대 비밀입니다. 그녀도 자기 엄마한테도 아직 얘기하지 못했거든요. 제 후견인들이 뭐라고 말할지, 잘 모르겠어요. 래들리 경은 분명 펄펄 뛰고 난리도 아니시겠지요. 상관없어요. 저도 이제 1년 좀 못 지나 성인이 되는데요, 뭘. 그러면 제가 하고 싶은 대로 할 수 있잖아요. 바질, 저에게도 권리가 있지 않나요? 시에서 제 사랑을 취하고, 셰익스피어 연극에서 제 아내를 찾을 수 있는 권리 말예요. 셰익스피어에게서 말하는 법을 배운 입술들이 제 귀에 그들의 비밀을 속삭였어요. 저는 로절린드의 팔이 제 몸을 감싸 안도록 했고, 줄리엣의 입에는 키스를 했답니다.」

　「그래, 도리언, 자네 말이 맞는 것 같군.」 홀워드가 천천히 말을 꺼냈다.

「그래, 오늘 그 아가씨를 봤는가?」헨리 경이 물었다.

도리언 그레이는 고개를 절레절레 흔들었다. 「그녀를 아든 숲에 남겨 뒀어요. 하지만 베로나의 과수원에서 다시 찾을 겁니다.」

헨리 경은 묵상을 하는 것 같은 모습으로 샴페인을 입술에 갖다 대었다. 「도리언, 그래 어느 시점에서 결혼이라는 말을 언급했어? 그녀는 뭐라 하던가? 잘 기억이 안 날지도 모르겠지만 말해 보게.」

「오, 해리, 전 이 일을 사업 거래하듯 그렇게 생각하고 싶지 않아요. 물론 정식으로 청혼을 하지는 않았어요. 그냥 그녀를 사랑한다고 말했어요. 그랬더니 그녀는 제 아내가 될 자격이 없다고 하더군요. 자격이 없다니! 그녀와 비교하면 온 세상도 저에게는 아무것도 아니거든요.」

「여자들은 본디 놀라우리만치 실질적이지.」헨리 경이 중얼거리듯 말했다. 「우리보다 훨씬 실질적인 데가 있다고. 그런 상황에서 남자들은 종종 결혼 얘기를 잊곤 하지만 여자들은 항상 우리에게 상기시켜 주거든.」

홀워드가 헨리 경의 팔을 잡았다. 「그러지 마라, 해리. 그러다 도리언이 화를 내겠어. 이 친구는 다른 사람과 달라. 누구에게도 해를 끼칠 사람이 아니잖아. 심성이 너무 고와서 그러질 못해.」

헨리 경은 테이블 너머로 도리언을 바라보았다. 「도리언이 나 때문에 화를 낼 사람은 아니지.」그가 대답했다. 「충분한 이유가 있어서 물어본 거라고. 뭘 물어볼 때 그럴 수 있겠다고 너그러이 봐줄 수 있는 유일한 이유, 단순한 호기심 때문이라고. 난 나름대로 이런 생각을 가지고 있어. 먼저 청혼을 하는 쪽이 늘 여자지 남자는 아니라는 생각. 물론 중산층의 경우는 예외겠지. 하지만 중산층이 현대식 사고를 지니고 있는 것은 아니니까.」

도리언 그레이는 웃음을 터뜨렸다. 그리고 고개를 쳐들었
다. 「해리, 당신은 정말 어쩔 수 없는 분이군요. 하지만 상관
없어요. 당신한테 화를 낼 수는 없으니까요. 어쨌든 당신이
시빌 베인을 보면 그녀에게 나쁘게 하는 사람은 짐승과도 같
은 존재라는 것을 알게 되실 겁니다. 따뜻한 가슴이 없는 짐
승 말예요. 어떻게 자신이 사랑하는 것을 더럽힐 수 있는지
전 이해가 안 돼요. 전 시빌 베인을 사랑합니다. 그녀를 황금
으로 된 단 위에 올려놓고 싶어요. 그래서 온 세상이 내 여자
인 그녀를 숭배하는 것을 보고 싶어요. 결혼이 뭔가요? 돌이
킬 수 없는 서약이죠. 바로 그 점 때문에 당신은 결혼을 조롱
하고 있어요. 아! 비웃지 마세요. 저는 그 돌이킬 수 없는 서
약을 하고 싶으니까요. 그녀의 신뢰가 저를 더욱 충실한 사
람으로 만들고, 그녀의 믿음이 저를 더욱 선한 사람으로 만
들고 있어요. 그녀와 함께 있으면 전 당신이 가르쳐 주는 것
을 귀담아 들었다는 것이 후회스러워요. 전 당신이 생각하는
예전의 제가 아닙니다. 변했어요. 시빌 베인의 손이 살짝 닿
기만 해도 전 당신과 당신이 들려주는 잘못된, 매력적이긴
하지만 독이 들어 있는, 유쾌한 듯 보이는 그 모든 이론을 잊
어버리거든요.」

「그런데 그 이론이라는 게 어떤……?」 헨리 경이 샐러드를
집어 먹으며 물었다.

「오, 그거요? 인생에 관한 것, 사랑에 관한 것, 그리고 쾌
락에 관한 것. 사실 당신이 내세우는 모든 이론이나 생각을
말하는 겁니다, 해리.」

「이론이라고 이름 붙일 수 있는 것은 쾌락뿐이지.」 헨리 경
은 노래하듯 느릿느릿한 목소리로 대답했다. 「하지만 내 이
론을 내 것이라 주장할 수 없어서 유감이군. 자연에 속하는

이론이지 내 것이 아닐세. 쾌락은 자연의 시험이고 자연이 승인했다는 표시지. 우리가 행복하면 늘 선할 수 있지만 반대로 우리가 선하다고 늘 행복하다고는 할 수 없어.」

「그래? 그런데 네가 한 말 가운데 그 선하다는 게 무슨 뜻인가?」 바질 홀워드가 큰 소리로 물었다.

「맞아요.」 의자 등받이에 몸을 기댄 채 맞장구를 치면서 도리언은 테이블 중앙에 놓인 자주색 입술 모양의 꽃잎을 피운 붓꽃 다발 너머로 헨리 경을 바라보았다. 「그 선하다는 의미가 뭔가요, 해리?」

「선하다는 것은 자기 자신과 조화를 이룬다는 것이네.」 그가 끝이 뾰족하니 여린 손가락으로 잔의 가는 굽을 잡으며 대답했다. 「부조화란 억지로 다른 사람과 조화를 이루려는 것이지. 자기 자신의 삶, 중요한 것은 그것 아니겠나? 도덕가연하는 사람이나 청교도가 되고자 한다면 이웃의 삶에 관해서 자신의 도덕적 견해를 과시하고 내세울 수 있겠지. 하나 그렇다고 그런 사람이 이웃의 삶에 신경이나 쓸까? 게다가 현대의 개인주의는 실제로 더 높은 목표를 두고 있다니까. 현대의 도덕이란 자기 시대의 기준을 받아들이는 데 있는 것이지. 그런데 나는 교양 있는 사람에게는 자기 시대의 기준을 받아들인다는 것이 가장 상스러운 부도덕이 아닐까 생각하네.」

「하지만 해리, 사람이 자기 자신만을 위해서 살면 엄청난 대가를 치르지 않을까? 분명히 그럴 것 같은데 말이야.」 화가가 말했다.

「맞아. 요즘 모든 게 너무 비싸. 우리가 값을 과도하게 치르고 있다고. 가난한 사람들의 진짜 비극은 그들이 자기 부정을 하는 일 말고는 그 어떤 것도 감당할 능력이 없다는 사실이야. 아름다운 것들도 마찬가지지만 아름다운 죄악은 부유한 사람들의 특권인 셈이지.」

「돈이 아닌 다른 식으로 대가를 치를 걸세.」

「어떤 식으로 말인가, 바질?」

「오! 회한이나 고통 그리고…… 그래, 타락에 대한 자각, 뭐 이런 것이 아닐까?」

헨리 경은 어깨를 움츠렸다. 「이보게 친구. 중세 예술은 매력적인 데가 있어. 하지만 그런 식의 중세적인 감정은 이젠 구태의연하잖아. 물론 그런 감정을 소설을 쓸 때 써먹을 수는 있겠지. 하나 소설에 써먹을 수 있는 것들도 이젠 사람들이 더는 사용하지 않는 것뿐이라고. 내 말을 믿어. 개화한 사람들은 쾌락을 결코 후회하지 않아. 그런데 개화하지 못한 사람들은 쾌락이 무엇인지 전혀 모르거든.」

「전 쾌락이 무엇인지 압니다.」 도리언 그레이가 큰 소리로 외쳤다. 「그건 누군가를 숭배하는 겁니다.」

「그게 숭배받는 것보단 분명 더 낫지.」 그는 과일을 만지작거리며 대답했다. 「숭배받는 것, 그거 성가신 일이야. 그런데 여자들은 인간이 신을 대하듯 우리를 대한다고. 우리를 숭배하지. 그러면서 우리더러 자기네들을 위해 뭔가를 해달라고 늘 우리를 귀찮게 만들잖아.」

「제가 이렇게 말했어야 했나요? 여자들이 무엇을 요구하든 사실은 그것을 우리에게 먼저 줬기 때문에 요구하는 거라고.」 도리언이 차분한 목소리로 나지막이 말했다. 「여자들은 우리 본성에 사랑을 창조해 주었죠. 그러니 그걸 되돌려 달라고 요구할 권리가 있는 겁니다.」

「지당하신 말씀.」 홀워드가 큰 소리로 말했다.

「지당할 것 하나도 없어.」 헨리 경이 말했다.

「사실입니다.」 도리언이 끼어들었다. 「해리, 여자들이 그들 삶에서 가장 중요한 황금을 남자에게 주는 것이라는 사실을 인정하셔야 합니다.」

「그럴 수 있겠지.」 헨리 경은 탄식하듯 말을 내뱉었다. 「문제는 여자들이 언제나 푼돈으로 되돌려 받고 싶어 한다는 거야. 그게 걱정이지. 어느 재치 있는 프랑스 사람이 말했듯이 여자들은 우리에게 걸작을 만들어 내는 욕망을 불어넣으면서 다른 한편으론 그래서 우리가 걸작을 만들라치면 늘 못하게 방해한다고.」

「해리, 정말 불쾌합니다. 제가 당신을 좋아할 이유가 뭔지 모르겠군요.」

「도리언, 자넨 언제나 나를 좋아하게 되어 있어.」 그가 대답했다. 「어때 자네들 커피 좀 하겠나? 웨이터, 커피 좀 가져오게. 핀 샹파뉴 브랜디하고 담배 좀 갖다 주게. 아냐, 담배는 됐네. 나한테 몇 개비 있구먼. 바질, 너는 시가를 피워선 안 돼. 궐련을 피우라고. 궐련이 쾌락을 추구할 수 있는 완벽한 형태야. 절묘한 거야. 궐련은 사람을 만족하지 못한 상태로 남겨 두거든. 그 이상 뭐가 필요하겠나? 그리고 도리언, 다시 말하지만 자네는 항상 나를 좋아하게 될 걸세. 난 자네가 용기가 없어 저지르지 못하는 모든 죄악을 다 자네한테 보여 줄 걸세.」

「해리, 무슨 말도 안 되는 소릴 하십니까!」 도리언이 웨이터가 테이블 위에 올려놓은 붉은색 용 장식이 내뿜는 불로 담뱃불을 붙이며 큰 소리로 되받았다. 「자, 이제 극장에 가보죠. 일단 무대에 올라서는 시빌을 보면 당신이 삶의 새로운 이상을 품을 수 있을 겁니다. 당신이 알지 못했던 새로운 것을 그녀가 당신에게 보여 줄 겁니다.」

「난 모르는 게 없어.」 헨리 경이 눈가에 피로한 기색을 내보이며 말했다. 「하지만 새로운 감정을 받아들일 준비는 되어 있지. 그런데 안타까운 것은 그런 게 어디 있냐는 거야. 없거든. 자네가 말한 그 멋진 아가씨가 나를 매료시키기는 하겠지. 나도 연기를 좋아하니까 말이야. 어떤 때는 연기가 실제 삶보다도 훨씬 더 진짜처럼 보이거든. 아무튼 자, 가자고. 도리언, 자네는 나랑 같이 가세. 미안하네, 바질. 사륜마차에 자리가 둘밖에 없어서 그래. 자넨 이륜마차로 따라오게나.」

그들은 자리에서 일어나 코트를 입고, 서서 커피를 마셨다. 화가는 아무 말 없이 뭔가 골똘히 생각하는 것 같았다. 어두운 기운에 휩싸인 듯 보였다. 그로서는 이 결혼을 받아들일 수가 없었다. 하지만 어쩌면 다른 일이 발생하는 것보다는 이게 더 나을지도 모른다는 생각도 들었다. 잠시 후 그들은 아래층을 지났다. 헨리 경이 말한 대로 그는 혼자 마차를 타고 가면서 앞서 떠나는 조그만 사륜마차의 불빛을 지켜보았다. 야릇한 상실감 같은 게 확 밀려오는 느낌이었다. 다시는 도리언 그레이가 예전처럼 자신을 대해 주지 않을 것 같다는 느낌이 들었다. 그들 사이에 이젠 삶이 끼어든 것이다……. 그의 눈이 어두워졌다. 사람들로 북적이는 화려한 거리들이 그의 눈에 흐릿하게 다가왔다. 마차가 극장 앞에 멈출 때쯤 그는 몇 년을 더 늙은 게 아닌가 싶었다.

제7장

무슨 연유인지 그날 밤 극장에 사람들이 꽉 들어찼다. 문가에서 그들을 맞이하는 뚱뚱한 유대인 지배인의 얼굴이 양쪽 귀까지 걸린 능글능글한 웃음으로 환하게 빛나고 있었다. 그는 과하다 싶을 정도로 연방 굽실거리고 보석을 주렁주렁 끼운 우람한 손을 흔들면서 목소리 높여 말을 붙이며 그들을 객석으로 안내했다. 그날따라 도리언 그레이는 더더욱 그가 싫었다. 미란다를 찾으러 왔다가 캘리번을 만난 격이었다.[29] 반면에 헨리 경은 그 유대인이 마음에 들었다. 하여간 그는 그렇다고 선언했다. 그리고 계속 그의 손을 잡고 흔들었으며, 진정한 천재인데 한 시인으로 인해 파산한 그런 유의 사람을 만나 자랑스럽기까지 하다고 두둔해 주었다. 홀워드는 흐뭇한 마음으로 1층 객석에 앉은 사람들의 얼굴을 쭉 훑어보았다. 숨이 턱턱 막힐 정도로 무더웠다. 거대한 태양이 노란 불꽃을 꽃잎으로 달고 있는 엄청나게 큰 달리아 꽃처럼 이글거렸다. 맨 위층 객석에 앉은 젊은이들은 코트와 조끼를 벗어

---

29 미란다와 캘리번은 셰익스피어의 『폭풍우』에 나오는 인물로, 미란다는 마법사인 프로스페로의 아름다운 딸이며 캘리번은 기이하게 생긴 무지한 노예다.

옆에 걸쳐 놓았다. 그들은 건너편의 아는 친구들과 말을 주고 받았으며, 옆에 앉은 야하게 생긴 아가씨들과 오렌지를 나눠 먹기도 했다. 아래층 객석에 앉은 어떤 여자들이 웃음을 터뜨렸다. 목소리가 소름이 끼칠 정도로 날카롭고 시끄러웠다. 바에서 펑 하고 코르크 마개 따는 소리가 들려오기도 했다.

「인간의 신성함을 찾을 수 있는 멋진 곳이로군!」헨리 경이 말했다.

「맞습니다.」도리언 그레이가 대답했다. 「여기서 그녀를 발견했으니까요. 그녀는 살아 있는 그 어느 존재보다도 더 신성하죠. 그녀가 연기하는 것을 지켜보다 보면 당신은 모든 것을 다 잊어버리게 됩니다. 그녀가 무대에 설 때면 얼굴도 험상궂고 몸짓도 우악스러운 여기 이 거칠게 생긴 보통 사람들이 딴 사람으로 바뀐답니다. 얌전히 앉아 그냥 계속 지켜보면서 그녀 연기에 따라 울고 웃거든요. 말하자면 그녀가 그들을 바이올린처럼 반응하게 만드는 겁니다. 그녀가 사람들을 영적으로 정화시켜, 누구든 다른 사람들을 자기와 똑같은 육신과 피를 지닌 사람으로 여겨 일체감을 느끼게 되는 거지요.」

「자기 자신과 똑같은 육신과 피라! 오, 난 그러고 싶지 않네!」헨리 경이 오페라 안경으로 맨 위층 객석을 쑥 훑어보며 외쳤다.

「저 친구한테 신경 쓰지 말게, 도리언.」화가가 말했다. 「자네가 한 말을 난 이해하네. 그리고 그 아가씨도 믿어. 자네가 사랑하는 사람이라면 분명 뛰어난 사람이겠지. 그리고 자네 말대로 그런 영향을 줄 수 있는 여자라면 아름답고 고귀한 사람일 걸세. 자기 시대를 영적으로 정화시키는 일, 가치 있는 일이네. 이 아가씨가 영혼 없이 사는 사람들에게 영혼을 불어넣는다면, 지저분하고 추한 삶을 사는 사람들에게 아름다움의 의식을 심어 준다면, 사람들이 지닌 이기심을 벗어 버리게 하고 자신의 슬픔이 아닌 다른 이들의 슬픔에 눈물짓게 할 수 있다면, 그녀는 자네 숭배를 받을 자격이 있네. 온 세상의 숭배를 받을 자격이 있는 거지. 자네가 말한 결혼, 옳은 결정이야. 처음에는 반대했지만 지금은 인정하네. 자네를 위해 신들이 시빌 베인을 창조한 셈이군. 그녀가 없으면 자네도 완벽해질 수가 없을 걸세.」

「고맙습니다, 바질.」 도리언이 그의 손을 꼭 잡으며 말했다. 「제 말 뜻을 이해하셨군요. 해리는 너무 냉소적이에요. 저를 겁에 질리게 만들어요. 저기 오케스트라가 보이네요. 형편없긴 한데 한 5분 정도만 참으면 연주가 끝나니까요. 그다음에 커튼이 오르고, 그러면 제가 온 삶을 다 바치려고 하는, 저에게 모든 좋은 것을 다 주었던 여자를 보게 될 겁니다.」

약 15분이 흐른 뒤 우레와 같은 박수를 받으며 시빌 베인이 무대에 올랐다. 정말 그녀는 볼수록 아름다웠다. 헨리 경은 그동안 자신이 보았던 사람 가운데 가장 아름다운 사람이라고 생각했다. 수줍은 듯 우아하면서 흠칫 놀란 표정을 지은 그녀 눈이 어린 사슴의 놀란 눈과 같았다. 사람들이 꽉 들어찬, 분위기가 열광적인 객석을 둘러보던 그녀의 뺨에 은빛 거울에 비친 장미꽃 영상처럼 여린 홍조가 피어올랐다. 그녀는 몇 발 뒤로 물러섰고, 그녀 입술은 파르르 떨리는 것 같았다. 순간 바질 홀워드가 자리에서 벌떡 일어나 박수를 치기 시작했다. 도리언 그레이는 꿈에 빠진 사람처럼 꼼짝 않고 앉아 그녀를 응시했다. 헨리 경은 안경을 통해 그녀 모습을 보며 중얼거렸다. 「매력적이야! 너무 멋져!」

무대 배경은 캐플렛가 저택의 홀이었고, 순례자 복장을 한 로미오가 머큐시오와 다른 친구들과 함께 홀로 들어서고 있었다. 변변치는 않지만 밴드가 몇 소절 음악을 연주하고 춤이 시작되었다. 몰골스럽고 남루한 의상을 입은 배우들 사이로 시빌 베인이 더 멋진 세상에서 출현한 존재인 양 사르르 움직였다. 춤을 추는 동안 그녀의 몸이 물속 수초가 물살에 흔들리듯 너울거렸다. 그녀 목덜미의 곡선은 하얀 백합화의 그것이었다. 그리고 그녀의 손은 서늘한 느낌의 상아로 만든 것처럼 산뜻해 보였다.

그러나 이상하게도 그녀는 활기가 없었다. 그녀의 눈이 로미오에게 가 있을 때에도 전혀 기쁨의 표정이 나타나지 않았다. 그녀가 해야 하는 몇 마디 대사와 그 뒤에 이어지는 짤막한 대화에서도 그녀의 말은 정말이지 억지로 꾸며 낸 말에 불과했다.

선한 순례자인 그대, 손이 몹시 상하셨군요.
그 손을 보니 얼마나 정중히 헌신하셨는지 알 것 같습니다.
순례자들의 손이 성자의 손을 잡았을 테고,
종려나무마다 성스러운 순례자들이 입을 맞추었을 테니.[30]

목소리는 절묘했다. 그러나 어투의 관점에서 보자면 이건 완전히 다 거짓이었다. 음색도 틀렸다. 오히려 시의 생명을 다 빼앗아 가는 느낌이었다. 마음의 격정을 진실이 아니게끔 만드는 어조였다.

그녀의 연기를 지켜보던 도리언 그레이의 얼굴이 하얗게 질리고 있었다. 그는 불안한 마음에 어쩔 줄 몰랐다. 그의 친구 두 사람도 그런 그에게 아무 말 붙이지 못했다. 그들에게 그녀는 무능한 연기자일 뿐이었다. 그들이 대단히 실망한 것

30 셰익스피어의 『로미오와 줄리엣』 1막 5장에서.

은 당연지사였다.

그래도 그들은 줄리엣 역의 진정한 시험대는 2막에 나오는 발코니 장면이라고 생각했다. 그들은 기다렸다. 그 장면에서도 그녀가 실패한다면 더 두고 볼 게 없었다.

달빛을 받으며 무대로 들어선 그녀의 모습은 황홀했다. 부인할 수 없는 사실이었다. 그러나 무대 위에서의 연기는 더는 눈 뜨고 못 볼 지경이었다. 시간이 흐를수록 더 형편없었다. 동작도 어처구니가 없을 정도로 작위적이었다. 대사도 너무 지나치다 싶을 정도로 힘을 주어 말했다. 아름다운 다음 대사를 보자.

제 얼굴이 밤의 가면으로 가려진 걸 그대는 아실 거예요.
그렇지 않으면 제 볼이 수줍은 처녀의 볼처럼 붉게 칠해졌을 거예요
오늘 밤 제가 그대에게 들려 드린 말 때문에.[31]

이 아름다운 대사가 이류 화법 교수에게 낭독을 배운 여학생이 정확하게 기억해 내려고 무던 애를 쓰며 암송하는 것처럼 그렇게 낭독되었다. 그녀가 발코니에 기대 다음 멋진 대사를 할 때는 또 어땠는가.

그대와 함께 있으면 기쁘긴 해도
오늘 밤의 이런 식의 약속은 기쁘지 않아요.
이건 너무 성급하고, 너무 경솔하고, 너무 갑작스럽답니다.
〈번개가 친다〉는 말이 채 입가에 떨어지기도 전에 사라

31 셰익스피어의 『로미오와 줄리엣』, 2막 2장에서.

지고 마는 번개처럼 너무 빨라요. 사랑하는 이여, 안녕!

여름날 훈훈히 퍼지는 미풍에 톡 솟아난 사랑의 꽃봉오리가 다음에 우리 다시 만날 때 아름다운 꽃으로 황홀하게 피어날 겁니다.[32]

그녀는 이 대사가 자신에게는 아무런 의미로 와 닿지 않는 것처럼 외워 말했다. 불안함이나 초조함은 아니었다. 실제로 그녀는 초조한 것이 결코 아니라 철저하게 자신을 드러내지 않고 있었다. 서투른 예술이었다. 완전한 실패였다.

심지어 1층이나 맨 위층 객석에 앉은 교육받지 못한 보통 관객들조차 이젠 연극에 흥미를 잃고 말았다. 그들은 몸을 비틀기 시작하면서 큰 소리로 떠들고 휘파람을 불기도 했다. 2층 특등석 뒤쪽에 서 있던 유대인 지배인은 화가 치미는지 발을 쿵쿵 구르며 욕을 해댔다. 움직이지 않고 가만히 있는 사람은 그녀 자신뿐이었다.

2막이 끝나자 야유 소리가 거세게 일었다. 자리에서 일어선 헨리 경은 코트를 입기 시작했다. 「정말 아름다운 아가씨야, 도리언.」 그가 말했다. 「하지만 연기는 안 돼. 우리 가자고.」

「전 끝까지 다 보겠습니다.」 도리언은 딱딱하게 굳은 비통한 목소리로 대답했다. 「하루 저녁을 헛되이 보내게 했다면 정말 죄송합니다, 해리. 두 분께 사과드립니다.」

「도리언, 내가 생각하기엔 베인 양이 오늘 어디 아픈 것 같은데.」 홀워드가 끼어들었다. 「다른 날 봐서 다시 오자고.」

「차라리 아픈 거라면 저도 좋겠어요.」 그가 대답했다. 「하지만 제가 보기엔 그녀가 그냥 싸늘하게 굳은 것 같아요. 완전히 딴사람이 된 것 같아요. 어젯밤에는 정말 뛰어난 예술

32 셰익스피어의 『로미오와 줄리엣』 2막 2장에서.

가로 보였거든요. 그런데 오늘 저녁엔 그저 평범한 이류 여배우에 지나지 않군요.」

「도리언, 자네가 사랑하는 사람한테 그렇게 얘기하는 게 아닐세. 사랑은 예술보다 훨씬 훌륭한 일이야.」

「둘 다 모방의 형식에 불과할 뿐이네.」 헨리 경이 말을 꺼냈다. 「아무튼 우리 가자. 도리언, 자네도 여기 더 있어서는 안 되네. 서툰 연기를 보는 것이 사람의 품행에는 좋지 않아. 더군다나 난 자네가 아내 될 사람의 연기를 보길 원하지 않네. 설혹 그녀가 목각 인형처럼 뻣뻣하게 줄리엣 연기를 한다 한들 무슨 상관이겠나? 그녀는 굉장히 아름다운 아가씨일세. 그녀가 연기만큼 인생에 대해서도 잘 모르는 여자라면 아마 자네한테는 매우 즐거운 경험이 될 걸세. 정말 매혹적인 사람들은 딱 두 부류야. 모든 것을 철저하게 다 아는 사람하고 전혀 아무것도 모르는 사람, 이렇게 딱 두 부류라고. 저런, 저런, 그렇게 비극적인 표정 짓지 말게! 젊음을 유지하는 비결은 절대 격에 어울리지 않는 감정을 품지 않는 데 있다네. 자, 바질과 나랑 같이 클럽에 가세. 가서 담배도 피우고 시빌 베인의 아름다움을 위해 건배도 하자고. 아름다운 여자 잖아. 그 이상 뭘 원하는 건가?」

「가고 싶으면 가세요.」 도리언이 소리쳤다. 「전 혼자 있고 싶습니다. 바질, 당신도 가세요. 아! 제 가슴이 찢어지는 거 모르세요?」 그의 눈에 뜨거운 눈물이 솟았다. 그의 입술이 떨리는가 싶더니 객석 뒤로 달려간 그는 얼굴을 두 손에 파묻고 벽에 기대어 섰다.

「가자, 바질.」 뜻밖에 부드러운 목소리로 헨리 경이 말했다. 두 사람은 함께 극장을 나섰다.

잠시 뒤 각광이 환하게 켜지고 커튼이 오르면서 3막이 시작되었다. 도리언 그레이는 다시 자리로 돌아갔다. 얼굴은 창백했지만 당당하고 냉담한 표정이었다. 연극이 질질 오래 끌리는 느낌을 주면서 도무지 끝이 날 것 같지 않았다. 관객의 반은 묵직한 구두 소리를 쿵쿵 울리며 비웃듯 웃고 떠들면서 나가 버렸다. 모든 게 대 실패였다. 마지막 장을 연기할 때쯤에는 객석이 거의 텅 비어 있었다. 킥킥거리는 웃음소리와 함께 커튼이 내려갔다. 어떤 사람들은 신음에 가까운 소리를 내기도 했다.

연극이 끝나자마자 도리언 그레이는 무대 뒤를 돌아 배우 휴게실로 달려갔다. 그곳에 그녀가 의기양양한 표정으로 혼자 서 있었다. 활활 타오르는 불길이 담긴 듯 그녀의 눈이 격정으로 타올랐다. 광채가 그녀의 몸을 감싸고 있었다. 살짝 벌어진 그녀의 입술에 어떤 비밀을 감추려는 듯 미소가 그려졌다.

그가 휴게실에 들어섰을 때 그녀는 그를 바라보았다. 영원히 이어질 것 같은 기쁨이 그녀를 휘감았다. 「저 오늘 정말 연기 못 했어요, 도리언!」 그녀가 큰 소리로 말했다.

「최악이었어!」 그는 어이가 없다는 표정으로 그녀를 응시하며 대답했다. 「끔찍했다고! 몹시 불쾌했어. 어디 아팠어? 상황이 어땠는지 모르는 모양이군. 내가 얼마나 괴로웠는지 당신은 몰라.」

여자는 미소를 지었다. 「도리언.」 그녀가 말했다. 길게 이어지는 음악처럼 그녀 목소리에서 그의 이름이 떠나지 않았다. 붉은 그녀 입술에 닿은 꿀보다도 더 달콤한 이름이 아니던가. 「도리언, 당신은 이해하실 줄 알았어요. 이젠 이해하시죠, 그렇죠?」

「뭘 이해해?」 그가 화난 목소리로 물었다.

「제가 왜 오늘 밤 연기를 못 했는지. 왜 늘 못 할 수밖에 없는지. 왜 다시는 연기를 잘 할 수 없는지.」

그는 어깨를 움츠렸다. 「당신 아픈 거야. 아플 땐 연기를 하지 말아야지. 괜히 웃음거리만 되고 말이야. 내 친구들이 얼마나 지겨워했는지 알아? 나도 지겨웠다고.」

그녀는 그의 말을 듣고 있는 것 같지 않았다. 너무 기쁜 나머지 그녀는 딴사람으로 변해 있었다. 이루 형용할 수 없는 행복함에 그녀는 제정신이 아니었다.

「도리언, 도리언.」 그녀는 소리쳐 불렀다. 「당신을 알기 전에는 연기가 제 삶의 유일한 현실이었어요. 저는 극장에서만 살았던 거예요. 그게 전부고 진실인 줄 알았어요. 어느 날 밤엔 로절린드가 되고 다른 날엔 포셔가 되었지요. 베아트리체의 기쁨이 저의 기쁨이었고, 코딜리어의 슬픔이 저의 슬픔이었답니다.[33] 전 모든 걸 그대로 믿었어요. 저와 함께 연기했던 다른 연기자들이 저에겐 신과 같은 존재들이었어요. 물감으로 그린 무대 배경이 제가 아는 세상의 전부였어요. 전 환영밖에 몰랐어요. 그게 진짜라고 생각했어요. 그런데 당신이 나타나셨어요 ─ 오, 아름다운 나의 사랑이여! ─ 당신이 제 영혼을 감옥에서 구해 낸 거예요. 당신은 저에게 실제 현실이 무엇인지 가르쳐 주셨어요. 오늘 밤 전 난생처음으로 제가 그동안 연기한 그 모든 이름뿐인 아름다운 광경이나 화려함이 얼마나 공허하고 얼마나 거짓인지, 얼마나 우스꽝스러운 것인지 알게 되었어요. 정말 처음으로 오늘 밤 저는 로미오가 가증스러운 늙은이로 화장을 잔뜩 칠한 사람이라는 것을, 과수원의 달빛이 거짓이라는 것을 알았어요. 장면은 얼마나 저속한지, 제가 해야 하는 대사가 실제의 것이 아니며 제가 하고 싶은 제 말이 아니라는 사실을 오늘 밤에야 알았어요. 당신 때문에 저는 더 높은 어딘가로 오를 수가 있었

33 포셔는 『베니스의 상인』, 베아트리체는 『헛소동』, 코딜리어는 『리어왕』의 여주인공이다.

어요. 모든 예술은 단지 제가 올라선 그 세상의 반영에 불과할 뿐이지요. 당신으로 인해 저는 진정으로 사랑이 무엇인지 이해할 수 있었어요. 나의 사랑! 오, 나의 사랑! 아름다운 왕자님! 인생의 왕자님!

저는 그림자에 불과한 환영이 이제 지긋지긋해요. 당신은 저에게 모든 예술보다 더 소중한 존재랍니다. 연극 속의 꼭두각시와 제가 무슨 상관인가요? 오늘 밤 무대에 오를 때만 해도 전 그 모든 것이 저에게서 사라지면 어떻게 되는지 알지 못했어요. 그저 훌륭하게 연기할 거라고만 생각했지요. 그런데 전 아무것도 할 수가 없었어요. 문득 제 영혼 속에 떠오르는 의미가 있었어요. 아주 강렬한 것이었죠. 사람들이 야유하는 소리가 들리더군요. 하지만 전 미소를 지었어요. 그들이 어찌 우리 사랑과 같은 사랑을 알겠어요? 도리언, 저를 데려가 주세요. 우리 둘만 호젓이 있을 수 있는 곳으로 저를 데려가 주세요. 이젠 무대가 싫어요. 제가 느끼지 못하는 열정을 흉내 낼 수는 있겠지요. 하지만 불길이 되어 저를 불태우는 감정은 제가 흉내 낼 수가 없어요. 오, 도리언, 도리언, 당신은 제 말이 무슨 뜻인지 이해하시죠? 설혹 제가 흉내 낼 수 있다 해도 사랑을 연기하는 것이 저로서는 신성 모독과 같은 것이랍니다. 당신으로 인해 제가 이 모든 것을 알게 된 것이죠.」

도리언은 소파에 털썩 주저앉아 고개를 돌리며 중얼거렸다.「당신은 내 사랑을 죽였어.」

그녀는 놀란 눈으로 그를 바라보다가 웃음을 터뜨렸다. 그는 아무런 반응도 내보이지 않았다. 그에게 다가간 그녀는 가녀린 손가락으로 그의 머리를 쓰다듬었다. 그런 다음 그녀는 무릎을 꿇고 그의 손을 잡아 자기 입술에 갖다 대었다. 그러나 그는 손을 거둬들였다. 전율이 그의 온몸을 뒤흔들었다.

곧 그는 벌떡 일어나 문으로 향했다.「정말이야.」그가 소리쳤다. 「당신이 내 사랑을 죽였다고. 예전엔 당신이 내 상상력을 자극했어. 그러나 이젠 호기심도 자극하지 못해. 아무런 영향도 미치지 못한다고. 내가 당신을 사랑한 것은 당신이 뛰어나기 때문이고, 당신이 재능과 지성을 지니고 있기 때문이고, 당신이 위대한 시인의 꿈을 실현시키고 예술이라는 환영에 형태와 실체를 부여하기 때문이었다고. 그런데 당신은 이 모든 것을 다 버리고 말았어. 정말 천박하고 어리석은 사람이야, 당신은. 저런! 그런 당신을 사랑했다니 내가 미쳤지! 내가 얼마나 바보였던고! 이제 당신은 나한테 아무것도 아니라고. 다시는 당신을 보지 않겠어. 당신 생각도 절대하지 않을 거요. 당신 이름도 언급하지 않을 거요. 당신은 몰라, 한때 당신이 나에게 어떤 존재였는지. 그래, 한때는…… 아, 생각조차 하기 싫구나! 당신에게 눈길을 주는 게 아니었는데! 당신은 내 삶의 로맨스를 더럽혔어. 당신이, 사랑이 당신의 예술을 망친다고 말한다면 그건 당신이 사랑을 모르고 하는 소리지! 당신의 예술이 없으면 당신은 아무것도 아니야. 난 당신의 이름을 높이고, 당신을 탁월하고 훌륭하게 만들 수 있었어. 세상이 당신을 숭배할 수도 있었고, 당신은 내 이름을 지닐 수도 있었어. 그런데 지금 당신은 누구야? 그냥 예쁘장한 얼굴을 지닌 삼류 배우에 불과하다고.」

얼굴이 하얗게 질린 여자는 몸을 부르르 떨었다. 그녀는 두 손을 마주 꼭 쥐었다. 그녀 목소리가 목구멍에 걸린 듯했다. 「진심이 아니죠, 도리언?」 그녀가 중얼거리듯 말했다. 「연기하고 있는 거죠?」

「연기라! 그건 당신이나 해. 당신이나 잘 하라고.」 그는 비통한 목소리로 대답했다.

그녀는 꿇었던 무릎을 일으켜 세웠다. 고통으로 애처로운 표정을 지으며 그녀는 그에게 다가갔다. 그의 팔을 잡은 그녀는 그의 눈을 바라보았다. 그는 그녀를 밀어내며 소리쳤다. 「만지지 마!」

　나지막한 신음 소리가 그녀의 입에서 새어나왔다. 짓밟힌 꽃잎처럼 그녀는 그의 발 아래 쓰러졌다. 「도리언, 도리언, 절 버리지 마세요!」 그녀는 나지막이 속삭였다. 「연기를 못 해서 죄송해요. 전 내내 당신만을 생각했어요. 하지만 노력 할게요. 정말 노력하겠어요. 당신을 향한 저의 사랑, 갑자기 찾아온 거예요. 생각해 보면 당신이 저에게 입을 맞추지 않았다면 — 우리가 서로 키스를 하지 않았다면 — 저는 그 사랑을 몰랐을 것 같아요. 다시 키스해 줘요, 내 사랑. 떠나지 마세요. 견딜 수 없을 거예요. 오! 제 곁을 떠나지 마세요. 제 동생은…… 아니, 신경 쓰지 마세요. 걔가 진심에서 그런 것은 아니니까요. 그냥 농담으로…… 아무튼 당신, 오! 오늘 밤 저를 용서해 주실 수는 없나요? 열심히 할게요. 더 잘 하도록 노력할게요. 이 세상 그 무엇보다 당신을 더 사랑한다고 저에게 가혹하게 하진 마세요. 따지고 보면 제가 기쁘게 해드리지 못한 게 이번 딱 한 번뿐이잖아요. 물론 당신이 옳아요, 도리언. 제가 예술가 이상으로 제 자신을 보여 주었어야 했어요. 제가 멍청했어요. 그렇지만 어쩔 수 없었단 말예요. 제발 떠나지 마세요. 제 곁을 떠나지 마세요.」 격정에 겨운 흐느낌에 그녀는 목이 메었다. 그녀는 상처 입은 사람인 양 바닥에 웅크리고 앉아 있었고, 도리언 그레이는 아름다운 눈으로 그녀를 내려다보았다. 윤곽이 또렷한 그의 입술이 격한 경멸의 감정을 내보이는 듯 비틀어졌다. 사람은 자신이 더는 사랑하지 않는 사람이 내보이는 감정에 대해 늘 우스꽝스럽다고 여기는 경향이 있다. 그에게는 시빌 베인의 행동이 우스울 정도로 신파조로 보였다. 그녀의 눈물과 흐느낌이 오히려 그를 더욱 짜증나게 만들었다.

「나 이제 간다.」마침내 그가 차분하고 분명한 목소리로 말했다.「몰인정하게 굴고 싶지는 않지만 앞으로 다시는 당신을 만나지 않을 거야. 당신은 나를 실망시켰어.」

그녀는 조용히 울면서 아무 대답도 하지 않았다. 그냥 그에게 가까이 기어가기만 할 뿐이었다. 그녀는 무턱대고 작은 두 손을 뻗었다. 그를 찾고 있는 것이 분명했다. 그러나 그는 뒤로 돌아 방에서 나가 버리고 말았다. 잠시 후 그는 극장을 나왔다.

그는 자신이 어디로 향하는지 알지 못했다. 시커먼 그림자가 드리운 황량한 아치 길과 음산한 모양의 주택들을 지나 불빛 흐릿한 거리를 방황했다는 기억뿐이었다. 쉰 목소리에 역겨운 웃음을 짓던 여자들이 뒤에서 그를 불렀고, 술에 취한 사람들은 흉측하게 생긴 원숭이처럼 혼자 욕을 퍼붓고 중얼거리면서 갈지자로 거리를 지나갔다. 그는 곳곳의 주택 현관 층계에 옹기종기 모여 있는 아이들의 모습을 보았고, 어둠이 깔린 안뜰에서 들려오는 비명 소리와 욕지거리를 들었다.

동이 틀 무렵 그는 코벤트 가든[34] 근처에 있었다. 어둠이 걷히고 여린 불꽃에 홍조를 그리듯 불그레한 하늘이 그 속을 비우면서 점점 커다란 진주처럼 밝아졌다. 까닥까닥 제 몸을 흔들고 있는 백합꽃을 잔뜩 실은 커다란 짐마차가 바퀴를 굴리며 매끄러운 텅 빈 거리를 지나갔다. 주변 공기에 꽃향기가 진동했고, 그 꽃들의 아름다움에 도리언은 고통이 좀 진정되는 듯했다. 그는 수레를 따라 시장으로 들어서 사람들이 짐을 내리는 광경을 지켜보았다. 흰 작업복을 입은 짐 마차꾼 한 사람이 그에게 체리를 건네주었다. 그는 고맙다고 했지만 왜 값을 치르려고 하는데 돈을 안 받는지 궁금했다. 아

---

34 런던 시에 있는 한 구역으로 과일, 꽃, 채소 등을 파는 가게들이 밀집해 시장을 형성하고 있다.

무튼 그는 체리를 주섬주섬 집어 먹기 시작했다. 한밤중에 딴 체리라 달의 서늘함이 그 속에 들어가 있는 듯했다. 줄무늬 튤립과 노랗고 빨간 장미가 담긴 상자를 운반하는 소년들의 긴 줄이 그의 앞으로 행렬을 이루며 거대한 비취색 채소더미 사이로 지나갔다. 햇볕에 탈색된 회색 주랑이 세워진 어느 건물 현관 아래엔 모자도 쓰지 않은 채 옷을 바닥에 질질 끄는, 차림이 남루한 소녀들 무리가 경매가 끝나기를 기다리며 서 있었다. 또 다른 소녀들은 피아자 아케이드 커피하우스의 회전문 주변에 몰려 있었다. 육중한 짐마차를 끄는 말들은 종과 마구를 흔들며 울퉁불퉁한 돌멩이들을 짓밟았고, 몇몇 마부는 자루 더미 위에서 늘어지게 잠을 자고 있었다. 무지개 색 목에 분홍색 발을 지닌 비둘기들이 흩어진 씨앗을 쪼아 먹으며 주위에 쪼르르 몰려다녔다.

얼마 시간이 흐른 뒤 그는 손을 흔들어 이륜마차를 세워 타고는 집으로 향했다. 집에 도착한 뒤 잠시 그는 현관 층계에 서서 편편하니 꽉 닫힌 창과 눈에 선뜻 띄는 블라인드가 늘어선 주택가 주변을 쭉 둘러보았다. 하늘은 이제 완전히 젖빛으로 바뀌었고, 주택 지붕들이 그 하늘을 배경 삼아 은빛으로 빛났다. 맞은편 몇몇 굴뚝에서는 가는 화환과도 같이 모락모락 피어오른 연기가 진줏빛 대기를 뚫고 한 가닥 자주색 리본이 되어 하늘을 휘감아 솟아올랐다.

참나무로 판지를 댄 커다란 현관 입구 홀 천장에 걸린, 베네치아 공화국 총독의 바지선에서 발굴해 낸 금박을 입힌 큼직한 베네치아 등잔에서는 깜박거리는 분출구 세 개를 통해 아직 불길이 타오르고 있었다. 하얀빛 불길을 테두리로 두른 여린 푸른빛 불길이 마치 파란 꽃잎 같아 보였다. 그는 등잔불을 껐다. 모자와 어깨 망토를 테이블 위에 벗어 던진 그는 서재를 지나 침실로 향했다. 1층에 있는 침실은 커다란 팔각형 방으로, 새롭게 생겨난 그의 호사스러운 취향 탓에 그 자신이 직접 장식을 하고, 셀비 로열에 있는 빈 다락방에서 찾아낸 진기한 르네상스풍 태피스트리를 걸어 놓았다. 침실 문 손잡이를 돌려 문을 열던 그의 눈에 바질 홀워드가 그린 자신의 초상화가 들어왔다. 흠칫 놀란 듯이 그는 뒤로 물러섰다. 그러곤 다소 당혹스러운 표정을 지으며 방 안으로 들어섰다. 코트의 단추를 풀고 난 뒤 그는 머뭇거렸다. 마침내 그는 다시 그림이 있는 곳으로 다가가 자세히 들여다보았다. 크림색 비단 블라인드를 겨우 뚫고 들어와 방 안에 갇힌 흐린 불빛에 드러난 초상화의 얼굴이 그가 보기엔 약간 변한 것 같았다. 표정도 달라져 있었다. 누구 다른 사람이 봤다면 아마 입가에 은근히 잔인함이 묻어나는 것 같다고 말했을지 모른다. 분명히 이상하게 바뀌었다.

그는 다시 돌아서서 창가로 가 블라인드를 걷어 올렸다. 밝은 새벽빛이 방 안으로 홍수처럼 밀려오면서 방 안에 머물던 몽환적인 어둠이 먼지 날리는 구석으로 쫓겨나 그곳에서 전율하듯 파르르 떨었다. 그런데 그가 초상화에 그려진 얼굴에서 보았던 묘한 표정이 바로 그 구석진 곳에 머물면서 오히려 더욱 강한 인상을 풍기는 것 같았다. 파르르 떨리는 강렬한 햇빛에 그는 초상화의 얼굴에 그려진 잔인한 선들을 뚜렷이 볼 수 있었다. 마치 그가 어떤 끔찍한 일을 저지르고 난 뒤 거울에 비친 자신의 얼굴을 보는 것 같은 느낌이었다.

그는 주춤했다. 헨리 경이 준 많은 선물 가운데 하나로, 테이블에 놓여 있던 상아로 된 큐피드 모양 틀에 든 타원형 거울을 집어 든 그는 얼른 반들반들한 거울을 그 깊은 속까지 들여다보듯 뚫어지게 쳐다보았다. 그의 붉은 입술엔 초상화의 얼굴과 같은 잔인함이 묻어나는 선들이 없었다. 그렇다면 그건 무슨 뜻인가?

그는 눈을 비볐다. 그리고 초상화에 더 가까이 다가가 다시 한 번 자세히 살펴보았다. 실제 그림을 들여다보았을 땐 아무런 변화의 기미도 찾을 수 없었다. 그러나 전체적인 표정이 바뀐 것은 의심의 여지가 없었다. 그냥 그의 환상만은 아니었다. 섬뜩하지만 표정이 바뀐 것은 분명했다.

그는 의자에 몸을 던지고 생각하기 시작했다. 불현듯 그의 머릿속을 스치고 지나가는 게 있었다. 초상화가 완성되던 날 바질 홀워드의 화실에서 자신이 했던 말이 떠올랐던 것이다. 그는 그 말을 한 자도 빼먹지 않고 기억했다. 그것은 그 자신은 젊음을 그대로 유지하고 대신 초상화가 늙어 갔으면 좋겠다는, 말도 안 되는 소망이었다. 자신의 아름다움은 하나 훼손되지 않은 채 그대로 남고 화폭에 그려진 자신의 얼굴이 그의 격정과 죄의 무게를 감당했으면 좋겠다는 희망이었고, 그림 속 얼굴이 고통과 많은 생각으로 생긴 주름을 떠안고 자신은 자의식이 강한 청년의 섬세한 청순함과 아름다움을 그대로 간직했으면 좋겠다는 바람이었다. 당연히 그런 그의 소망이 실현될 수 있는 것은 아니지 않는가? 그런 일은 불가능했다. 그런 것을 생각하는 것조차 얼토당토않은 일이었다. 그런데 지금 그의 앞에 그림이 있고, 더욱이 입가에 잔인함의 기운이 나타나고 있지 않은가.

잔인함! 그가 잔인했던가? 그건 여자의 잘못이지 그의 잘못이 아니었다. 그는 위대한 예술가인 그녀의 모습을 꿈꿨고, 그녀가 위대하다는 생각 때문에 그녀에게 사랑을 바친 것이었다. 그런데 그녀가 그를 실망시켰다. 정말 천박하고 아무 쓸모가 없는 여자였다. 하지만 그의 발 앞에 쓰러져 어린아이처럼 흐느껴 울던 그녀를 생각하면 한없는 후회의 감정이 밀려오기도 했다. 그는 얼마나 냉담한 표정으로 그녀를 지켜보았던가. 왜 그가 그렇게 행동했단 말인가? 왜 그런 영혼이 그에게 주어졌던 것일까? 그러나 그도 괴로웠던 것은 마찬가지였다. 연극이 공연되던 끔찍한 세 시간이 그에게는 고통과 고뇌로 보낸 몇백 년, 아니 영겁의 세월과 같은 시간이었다. 그의 인생도 그녀의 인생만큼 소중했다. 그가 그녀에게 오랫동안 상처를 입힌 것이라면 그녀도 한순간은 그에게 상처를 준 것이었다. 더욱이 남자보다는 여자들이 슬픔을 더 잘 견디지 않는가. 여자는 감정을 먹고 사는 존재들이다. 그들은 오로지 자신들의 감정만을 생각한다. 그들이 연인을 택하는 것은 같이 있음으로 자신을 내세울 수 있는 사람을 지니고 싶어서다. 헨리 경이 그에게 들려준 말이었다. 헨리 경은 여자가 어떤 존재인지를 잘 알고 있었다. 그렇다면 왜 그가 시빌 베인 때문에 괴로워한단 말인가? 이제 그에게 그녀는 아무것도 아닌 존재였다.

하지만 그림은? 그림에 대해선 무슨 말을 할 수 있을 것인가? 그 그림, 그의 초상화는 그의 삶의 비밀을 간직하고 있으며, 그의 이야기를 들려주었다. 그의 초상화는 그에게 자신의 아름다움을 사랑하라고 가르쳐 주었다. 그런 그의 초상화가 그의 영혼을 혐오하라고 가르친다면? 그런 그림을 그가 다시 보아야 한단 말인가?

아니다. 그건 혼란스러운 감각으로 인해 비롯된 환상에 불과하다. 그가 겪은 그 무서운 밤이 그 뒤에 환영을 남겨 둔 것이었다. 갑자기 사람들을 발광하게 만들었다는 그 주홍색의 작은 점이 그의 뇌에 달라붙은 것인지도 몰랐다.[35] 그러나 초

---

35 이 부분은 셰익스피어가 『오셀로』 5막 2장에서 오셀로가 아내 데스테모나의 목을 조르고 난 뒤 아내의 시종인 에밀리어에게 여러 살인 사건에 대한 이야기를 듣고 달이 평소보다 지구 가까이 다가오면 사람들이 발광한다고 했던 말에 대한 인유다. 여기서 주홍색의 작은 점은 한순간의 변덕이나 망상, 비뚤어진 욕망, 혹은 광기 같은 것을 의미한다고 보면 된다.

상화는 변하지 않고 그대로 있지 않은가? 그런 생각을 하다니 어리석기 그지없었다.

그러나 초상화는 여전히 아름답지만 어딘가 상처 입은 것 같은 얼굴에 잔인한 미소를 머금은 채 그를 지켜보고 있었다. 금색 머리칼이 이른 아침 햇살을 받아 눈부시게 빛났다. 그 파란 눈이 그의 눈과 마주쳤다. 불현듯 한없는 연민의 정이 온몸에 엄습해 왔다. 자기 자신에 대한 연민이 아니라 그림 속 자신의 이미지에 대한 연민이었다. 초상화는 이미 변해 있었다. 그리고 앞으로도 더욱 변할 것이 분명했다. 금색 머리칼은 잿빛으로 시들어 갈 것이다. 붉고 하얀 얼굴빛도 사라지고 말 것이다. 그가 죄를 저지를 때마다 더러운 얼룩이 생겨나 아름다움을 훼손할 것이다. 그렇다면 그는 죄를 짓지 않을 것이다. 변하든 변하지 않든 그에게 그의 초상화는 자신의 양심을 나타내는 가시적인 상징이었다. 유혹도 뿌리칠 것이다. 헨리 경도 더는 만나지 않을 것이다. 바질 홀워드의 집 정원에서 그에게 처음으로 불가능한 것에 대한 열망을 품도록 자극했던 헨리 경의 교활하고 불쾌한 이론을 이제는 무슨 일이 있어도 귀담아듣지 않을 것이다. 그는 다시 시빌 베인에게 돌아가 그녀를 바로잡아 주고 그녀와 결혼해서 다시 사랑하도록 노력하리라. 맞다. 그렇게 하는 것이 그의 의무였다. 틀림없이 그녀는 그보다 더 괴로워하고 있으리라. 불쌍한 아이! 그가 너무 이기적으로 나왔고 그녀에게 너무 잔인하게 했다. 그녀가 그에게 내보였던 그 매력이 다시 돌아오게 해야 한다. 그들은 함께 행복하게 지낼 것이다. 그녀와 함께하는 그의 인생은 아름답고 순수한 인생이 될 것이다.

그는 의자에서 일어나 몸을 부르르 떨며 초상화를 흘끗 바라보고 초상화 바로 앞에 커다란 차단 막을 쳤다. 「정말 끔찍하군!」 혼자 중얼거리며 그는 창으로 가 창문을 열었다. 잔디

밭으로 나간 그는 깊게 숨을 들이마셨다. 시원한 아침 공기가 그의 우울한 감정을 모두 씻어 내는 것 같았다. 그는 시빌만을 생각했다. 그의 사랑이 희미한 울림이 되어 다시 그에게 돌아왔다. 그는 그녀의 이름을 불러 보았다. 부르고 또 불렀다. 이슬을 흠뻑 머금고 있는 정원에서 노래하던 새들도 꽃들에게 그녀의 이야기를 들려주는 것 같았다.

제8장

그가 잠에서 깨었을 때는 정오가 한참 지난 뒤였다. 발끝으로 살금살금 걸어 들어와 그가 언제 잠에서 깨어날 것인지 여러 차례나 확인했던 그의 시종은 젊은 주인이 왜 이리 늦잠을 자는지 궁금해했다. 마침내 종이 울렸고, 빅터는 찻잔과 편지 여러 통을 담은 오래되고 작은 세브르 자기 쟁반을 받쳐 들고 조심스러운 걸음으로 침실로 들어왔다. 그러고는 키 높은 세 개의 창 앞에 드리워져 있던 가물거리는 푸른색 안감의 오렌지색 공단 커튼을 열어젖혔다.

「오늘 아침 푹 주무셨습니다.」 그가 미소를 지으며 말했다.

「지금 몇 시지, 빅터?」 잠이 덜 깬 목소리로 도리언 그레이가 물었다.

「1시 15분입니다.」

이렇게 늦게까지 자다니! 그는 자리에서 일어나 앉아 차를 마시며 편지를 들춰 보았다. 하나는 헨리 경이 보낸 편지였다. 아침에 인편으로 전달된 것이었다. 그는 잠시 주저하다가 그 편지는 한쪽으로 밀어냈다. 나머지 다른 편지들을 그는 그냥 맥없이 열어 보았다. 그 편지들에 담긴 것은 으레 그렇듯, 엽서, 저녁 식사 초대장, 미술품 초대전 티켓, 자선 콘서트 프로그램 등등이었다. 시즌이 되면 매일 아침 상류층 젊은이들에게 소나기 퍼붓듯 줄기차게 발송되는 편지들이었다. 약간 두툼한 상품 목록도 있었다. 무늬를 양각한 루이-퀸즈 은제 화장실 세트를 사라는 광고지였다. 그러나 그는 그 광고지를 자기 후견인들에게 보낼 용기가 아직은 서질 않았다. 그들은 우리가 불필요해 보이는 물건들이 유일한 필수품이 되는 시대에 살고 있다는 사실을 깨닫지 못하는 고리타분한 사람들이었다. 저민 스트리트의 대부업자들이 보낸, 표현이 정중한 안내장도 있었다. 언제든 연락만 주면 액수에 상관없이 돈을 가장 합리적인 이자로 대출해 준다는 내용이었다.

10분쯤 지난 뒤 자리에서 일어선 그는 비단으로 수를 놓은 캐시미어 울로 공들여 만든 실내복을 입고 바닥에 얼룩 마노를 깐 욕실로 들어갔다. 긴 잠 뒤에 시원한 물로 씻으니 기분이 상쾌했다. 그는 간밤에 겪은 모든 일을 다 잊어버린 것 같은 모습이었다. 어떤 생소한 비극적인 일에 자신이 관련된 것 같은 어렴풋한 생각이 한두 차례 들기는 했지만 꿈을 꾼 것처럼 현실감 있게 다가오지는 않았다.

옷을 갈아입자마자 서재로 들어간 그는 열린 창문 가까이에 놓인 조그마한 둥근 테이블에 앉아 그를 위해 마련된 가벼운 프랑스식 아침 식사를 했다. 참으로 멋진 날이었다. 따스한 공기가 방향(芳香)을 잔뜩 실어 나르는 것 같았다. 벌 한 마리가 들어와 그의 앞에 놓인 유황색 장미가 가득한 용 모양 푸른 단지 주위를 윙윙 날아다녔다. 그는 더할 나위 없는 행복감에 젖었다.

갑자기 자신이 초상화 앞에 설치해 놓았던 차단 막이 그의 눈에 띄었다. 그는 순간적으로 소스라치게 놀랐다.

「공기가 너무 찬가요?」 시종이 테이블 위에 오믈렛을 올려

놓으며 물었다. 「창문을 닫을까요?」

도리언은 머리를 내저었다. 「춥지 않아.」 중얼거리는 목소리였다.

그게 정말일까? 초상화가 정말 변했을까? 아니면 기쁨의 표정이 있던 곳에서 사악한 표정을 보도록 만든 것이 단순히 그 자신의 상상 때문만은 아니었을까? 그림을 그려 넣은 캔버스가 변할 수는 없지 않은가? 그건 말도 안 되는 일이었다. 언젠가 바질에게 해줄 얘깃거리가 하나 생겼다고 생각하니 그의 입가에 절로 미소가 흘렀다.

그러나 그 일에 대한 그의 기억 또한 지극히 생생하지 않던가! 처음에는 어스름이 가시지 않은 여명 속에서, 그다음엔 밝은 새벽에 그는 분명히 비뚤어진 입술 주변에 묻어나는 잔인한 표정을 보았던 것이다. 그는 방을 나서는 시종이 걱정이 되었다. 혼자 있을 때 초상화를 살펴보아야 한다고 생각했기 때문이었다. 확실히 그렇게 해야 했다. 커피와 담배를 가져온 시종이 돌아서서 나가려고 할 때 그는 그에게 잠시 기다리라고 해야겠다는 생각이 번뜩 들었다. 그래서 시종이 문을 닫고 나가려는 순간 그는 그를 불러 세웠다. 시종은 서서 그의 지시를 기다렸다. 도리언은 잠시 그를 바라보고는 한숨을 내쉬며 이렇게 말했다. 「빅터, 누가 찾아와도 나 집에 없다고 해.」 시종은 몸을 굽혀 인사를 하고 물러났다.

곧 테이블에서 일어선 그는 담배에 불을 붙이고는 차단 막 앞에 놓인, 요란스럽게 쿠션을 댄 긴 의자에 몸을 던졌다. 차단 막은 금박을 입힌 스페인산 가죽으로 만들어 루이콰토즈 풍 화려한 무늬를 찍어 넣은 것으로, 꽤 오래된 것이었다. 그는 신기하다는 듯이 그 차단 막을 쭉 훑어보았다. 전에도 이 차단 막이 어느 한 사람의 삶의 비밀을 감춰 준 적이 있는지 궁금했다.

결국은 차단 막을 치워야 하는 게 아닐까? 그냥 놔둘 필요가 없지 않은가? 변했는지 안 변했는지 알아 봤자 무슨 소용이 있는가? 변한 게 사실이라면 그건 무서운 일이다. 변하지 않았다면 굳이 신경 쓸 필요가 없다. 그러나 어떤 운명 때문이든 아니면 어떤 치명적인 우연에 따르든 그가 아닌 다른 사람의 눈이 뒤에서 몰래 들여다보다 그 무서운 변화를 보게 된다면 어떻게 될 것인가? 바질 홀워드가 찾아와 자신이 그린 초상화 좀 보자고 하면 어떻게 해야 하는가? 바질이라면 그렇게 하고도 남을 사람이었다. 아니다. 살펴봐야 한다. 지금 당장. 그냥 이렇게 이런저런 걱정만 하며 불확실함에 가슴 졸이는 것보다는 어떻게든 조치를 취하는 게 나았다.

그는 일어서서 양쪽 문을 다 잠갔다. 적어도 그가 자신의 추한 가면을 볼 때 다른 사람이 있으면 안 되었다. 그는 차단 막을 옆으로 밀어낸 다음 자신의 모습을 직접 바라보았다. 사실이었다. 초상화는 변해 있었다.

나중에 그가 종종 기억한 것처럼, 그리고 늘 덤덤하게 떠올리는 일이지만, 처음에 그는 거의 과학적인 관심을 가지고 초상화를 응시했다. 그러한 변화가 일어난다는 것 자체가 그로서는 믿을 수가 없는 일이었다. 그러나 사실이었다. 그렇다면 캔버스에 형태와 색으로 나타난 화학 원자들과 실제 그 자신의 영혼 사이에 어떤 미묘한 친화력이 있단 말인가? 자신의 영혼이 생각하는 바를 그 원자들이 실제로 구현하는 것이 가능한 일이란 말인가? 자기 영혼이 꿈꾸는 것을 그 원자들이 실현시킬 수 있다는 뜻인가? 아니면 어떤 다른, 더 무시무시한 이유가 있는 것은 아닐까? 그는 오싹해지는 느낌이 들었다. 겁이 났다. 다시 긴 의자로 돌아간 그는 의자에 누워 진저리 나는 공포 속에 초상화를 뚫어지게 바라보았다.

그러나 그는 자신에게 도움이 된 것도 하나 있다고 생각했다. 그 초상화의 변화를 통해 그는 자신이 시빌 베인에게 얼마나 부당하고 잔인하게 굴었는지 깨달았던 것이다. 그 점에 대해 사과하고 보상하는 일이 아직 늦지는 않았다. 아직은 그녀가 그의 아내가 될 여지가 남아 있었다. 비현실적이고 이기적인 그의 사랑이 더 높은 어떤 힘에 눌려 고귀한 열정으로 변모할 수 있을 것이고, 바질 홀워드가 그려 준 초상화가 인생의 안내자가 되어 그를 이끌 것이고, 그래서 그에게 자신의 초상화는 어떤 사람들에게는 성스럽게 다가오고 또 어떤 사람들에게는 양심으로 다가오며 우리 모두에게는 하느님에 대한 두려움으로 여겨지는 것과 같은 것이 될 터다. 회한을 달래 줄 아편이 있고 도덕적 양심을 얼러 잠들게 할 마약도 있다. 하지만 여기에 타락한 죄를 나타내는 가시적인 상징이 있지 않은가. 여기에 인간이 자신의 영혼에 가한 파멸을 내보이는 영원한 표시가 있지 않은가.

시계가 3시를 알렸고, 4시를 알렸고, 또다시 30분이 지났음을 알리는 차임이 두 번 울렸다. 하지만 도리언 그레이는 꿈적도 하지 않았다. 그는 인생의 주홍색 실타래를 한데 모아 한 무늬로 엮어 내려고 애를 썼다. 그는 자신이 배회하고 있는 살벌한 격정의 미로에서 빠져나갈 길을 찾고 싶었다. 그러나 어떻게 해야 할지, 어떤 생각을 해야 할지 알지 못했다. 마침내 그는 테이블로 가 자신이 사랑했던 여자에게 열정을 다해 편지를 쓰기 시작했다. 자신을 용서해 달라고 애원하고 제정신이 아니었던 자신을 자책하는 편지였다. 슬픔과 고통으로 주체할 수 없는 마음을 담아 한 장 한 장 마구 써 내려갔다. 사람은 자책을 할 때 나름의 쾌락을 느끼는 법이다. 우리가 스스로를 비난할 때 우리는 우리 외에 다른 사람은 우리를 비난할 권리가 없다고 느낀다. 우리의 죄를 면제해 주는 것은 사제가 아니라 고백이라고 느끼는 것이다. 편지를 마무리한 도리언은 이젠 용서를 받았다는 느낌이 들었다.

그때 노크 소리가 들리는가 싶더니 헨리 경의 목소리가 울려 퍼졌다. 「이봐, 친구. 자네 좀 봐야겠어. 당장 문을 열게. 그렇게 문을 꼭 닫아 놓고 뭐 하는 건지 눈 뜨고 못 보겠다고.」

그는 아무 대답도 하지 않고 그대로 가만히 있었다. 노크 소리가 계속 이어지면서 점점 그 소리가 커져 갔다. 그래, 헨리 경을 들어오도록 해서 그에게 앞으로 자기가 살아갈 새로운 삶에 대해서 설명을 하는 게 낫겠다. 그래서 필요하다면 언쟁도 하고, 또 결별이 불가피하다면 그럴 수밖에 없지 않겠는가. 그는 자리에서 벌떡 일어나 서둘러 초상화를 차단막으로 가리고 문을 열어 주었다.

「방해해서 미안하네, 도리언.」 헨리 경이 안으로 들어서며 말했다. 「하지만 그 일에 대해서 너무 많은 생각을 하면 좋지 않아.」

「시빌 베인을 말씀하시는 겁니까?」 도리언이 물었다.

「당연하지.」 헨리 경은 이렇게 대답하고는 의자에 앉아 끼고 있던 노란 장갑을 천천히 벗겨 내었다. 「어떤 면에서 보면 정말 끔찍한 일이야. 물론 자네 잘못은 아니지만. 말해 보게, 연극이 끝나고 무대 뒤로 가서 그녀를 만났나?」

「예.」

「나도 그랬을 거라고 짐작해. 그래, 그녀하고 한바탕했나?」

「제가 너무 모질었어요, 해리. 진짜 모질었죠. 하지만 이젠 다 괜찮아요. 지나간 일에 대해 별 유감은 없어요. 오히려 그 일로 인해 제 자신을 더 잘 알게 되었으니까요.」

「아, 도리언, 자네가 그런 식으로 받아들이다니 기쁘군! 난 자네가 회한에 빠져 그 아름다운 고수머리를 쥐어뜯고 있는 것은 아닌지 얼마나 걱정했다고.」

「이젠 다 털어 버렸습니다.」도리언은 미소 띤 얼굴로 고개를 내저으며 말했다. 「이젠 정말 행복합니다. 우선은 양심이 무엇인지 알게 되었지요. 당신이 저한테 들려준 그런 양심은 아니에요. 양심은 우리 안에 있는 가장 신성한 것이죠. 해리, 더는 저를 비웃지 마세요. 적어도 제 앞에서는 그러지 마세요. 저는 착해지고 싶어요. 제 영혼이 비열해지는 꼴은 더 못 참겠어요.」

「윤리에 대한 아주 매력적인 예술적 토대로군, 도리언! 그런 생각을 하다니 축하하네. 그래, 어떻게 시작할 텐가?」

「시빌 베인과 결혼하는 겁니다.」

「시빌 베인과 결혼하다니!」헨리 경이 벌떡 일어서며 소리질렀다. 그는 당혹감과 놀람이 뒤섞인 혼란스러운 눈길로 도리언을 바라보았다. 「하지만 도리언 ──」

「그래요, 해리. 무슨 말을 하실지 알아요. 결혼에 관한 기분 나쁜 말이겠죠. 하지 마세요. 다시는 그런 종류의 말을 제게 하지 말아요. 이틀 전에 시빌에게 결혼하자고 했어요. 그녀에게 했던 말을 깨고 싶진 않군요. 아무튼 그녀는 제 아내가 될 겁니다.」

「아내라니! 도리언……! 자네 내 편지 못 받았나? 오늘 아침에 써서 보낸 건데. 우리 하인을 시켜 직접 전달하라고 한 건데.」

「당신 편지요? 아, 예, 기억납니다. 사실 아직 읽지 못했어요, 해리. 그 안에 혹시 제가 싫어하는 그런 내용이 담겨 있을까 싶어서요. 당신은 짤막한 경구로 인생을 산산조각 내는 데 선수잖아요.」

「그렇다면 자네는 아무것도 모른다는 얘긴가?」

「무슨 말씀이세요?」

헨리 경은 도리언이 앉아 있는 곳으로 다가가 그 옆에 앉

으면서 그의 두 손을 꼭 쥐었다. 「도리언.」 그가 말했다. 「그
편지는 — 놀라지 말게 — 자네한테 시빌 베인이 죽었다는
소식을 전하는 편지였어.」

도리언의 입에서 외마디 비명이 터져 나왔다. 그는 헨리 경
의 손을 뿌리치며 자리에서 벌떡 일어섰다. 「죽다니! 시빌이
죽다니! 말도 안 돼! 새빨간 거짓말! 어떻게 그런 거짓말을?」

「사실이야, 도리언.」 헨리 경이 심각한 목소리로 말했다.
「조간 신문에 다 났어. 그래서 내가 여기로 올 때까지 누구도
만나지 말라고 편지를 쓴 거야. 당연히 사건 조사가 있을 거
야. 그런데 거기에 자네가 휘말려 들어서는 안 되거든. 파리
에서 그런 일이 벌어지면 사람이 금방 유명해지지만 여기 런
던에서는 편견이 심해. 여기서는 그런 추문으로 세상에 자기
이름을 처음 드러내서는 안 되네. 그런 일은 나이 들어서 관
심을 가져도 되니까 젊었을 때는 삼가야 해. 내 생각에 극장
사람들이 자네 이름을 모를 것 같은데, 맞나? 모른다면 잘됐
고. 그녀 만나러 가는 자네 모습을 누구 본 사람이 있었나?
중요한 문제거든.」

잠시 동안 도리언은 아무 대답을 하지 않았다. 공포와 황
당함에 제정신이 아니었다. 마침내 그가 숨죽인 목소리로 더
듬거리며 말했다. 「해리, 사건 조사라고 했어요? 그게 뭐죠?
시빌이, 오, 해리, 견딜 수가 없어요. 어서요. 어서 죄다 말씀
해 주세요.」

「나는 이번 일이 사고가 아니라고 믿네, 도리언. 물론 대중
에게는 그런 식으로 전해지겠지만 말이야. 이랬던 것 같아.
밤 12시 반쯤인가 그녀가 자기 어머니와 극장을 나서다가 위
층에 뭔가를 두고 왔다고 하더래. 그래서 사람들이 그녀를
기다렸는데 한참이 지나도 내려오질 않더라는 거야. 참다못
해 사람들이 올라가 봤더니 분장실 바닥에 그녀가 쓰러져 있

었다고 하더군. 죽었다는 거야. 실수로 뭔가를 삼킨 모양인데, 그게 극장에서 사용하는 위험한 거라고 하는데, 뭔지는 모르겠어. 그 속에 청산가리인가 백연인가가 들었던 모양이야. 내 생각에 청산가리가 아닌가 싶어. 그녀가 그 자리에서 즉사한 것 같다고 하니까 말이야.」

「해리, 해리, 어떻게 그렇게 처참한 일이!」 도리언이 울부짖었다.

「맞아, 엄청난 비극이야. 하지만 자네가 이 일에 연루되어서는 안 돼. 〈스탠더드〉지에서 봤는데 그 아가씨 열일곱이라더군. 그보다 더 어리다고 생각했는데 말이야. 어린아이처럼 보였거든. 그러니 연기에 대해서도 잘 모르는 것 같았고. 도리언, 이 일로 괜히 신경 쓰지 말게. 나랑 같이 저녁 먹고 오페라나 구경 가자고. 오늘 밤엔 패티[36]가 출연하는 날인데 아마 모든 사람들이 다 그곳에 올 거야. 내 누이가 칸막이 특등석을 예약했는데 그리 오게. 주위에 멋진 여자들이 많아.」

「제가 시빌 베인을 죽인 거예요.」 도리언이 혼잣말을 하듯 말을 내뱉었다. 「제가 칼로 그녀의 가녀린 목을 자른 것이나 다름없어요. 그런데도 장미는 전과 같이 아름답고, 우리 집 정원에서 새들은 여전히 즐겁게 노래하는군요. 그리고 오늘 밤 저는 당신과 저녁을 먹고 오페라 극장에 가고, 그 다음엔 어느 술집에서 한잔 들이켜고 있겠지요. 아, 인생이란 얼마나 기이하고 극적인가! 해리, 이 모든 것이 책에서 읽은 거라면 아마 읽다가 눈물을 흘렸을 겁니다. 그런데 이 일이 실제로 일어난 거라니 너무 놀라워 눈물도 흘릴 수가 없군요. 보세요, 이게 제가 생전 처음으로 쓴 열정이 담긴 사랑의 편지랍니다. 저의 열정이 담긴 이 사랑의 편지가 죽은 여자에게

36 서정적 목소리와 벨칸토 창법으로 유명한 여가수로, 19세기에 오페라 프리마 돈나로 명성을 날리던 아델리나 패티Adelina Patti를 말한다.

보내려고 쓴 것이라니, 참으로 기이한 운명이로군요. 사람들이 과연 우리가 죽은 자들이라 부르는 그 말없는 창백한 사람들을 느낄 수 있을까요? 시빌! 그녀가 우리를 느끼고 우리 말을 듣고 우리를 알기나 할까요? 오, 해리, 제가 한때 그녀를 얼마나 사랑했는지! 이젠 오래전 일로 느껴지는군요. 그녀는 저의 모든 것이었습니다. 그런데 그 무시무시한 밤이 찾아온 것이죠 — 그게 정말 어젯밤이었나요 — 연기를 그렇게 못 해 제 가슴이 찢어지던 날이. 그녀가 모든 것을 저에게 설명해 주었어요. 참으로 감동적이고 애처로웠죠. 하지만 저는 아무런 감동도 느낄 수가 없었어요. 전 그녀를 천박한 여자라고 생각했지요. 그런데 갑자기 어떤 일이 일어나면서 걱정이 되더군요. 그게 뭔지는 말씀드릴 수가 없어요. 어쨌든 오싹한 기분이 들었어요. 그래서 전 그녀에게 돌아가리라고 생각했지요. 제가 잘못했다는 느낌이 들었거든요. 그런데 그녀가 죽다니. 오, 하느님! 어떻게 이런 일이! 해리, 이제 어떻게 해야 하나요? 제가 어떤 위험에 처해 있는지 당신은 모르실 겁니다. 저를 정직하게 살도록 바로잡아 줄 사람이 아무도 없어요. 그녀라면 그렇게 해주었을 텐데. 그녀는 자살할 권리가 없어요. 너무 이기적인 여자가 아닌가요?」

「도리언.」 헨리 경이 담뱃갑에서 담배 한 개비를 빼들고 금을 입힌 금속 성냥갑을 꺼내며 대답했다. 「여자가 남자를 바꿀 수 있는 유일한 방법은 남자를 아주 따분하게 만들어 삶에 대한 모든 흥미를 잃게 만드는 거야. 자네가 이 아가씨와 결혼했다면 자네 삶은 엉망진창이 되었을 걸세. 물론 자네라면 그녀에게 아주 다정하게 대해 주었을 테지. 사람이 누구에게 친절하다 함은 그 사람에게 별로 관심이 없다는 뜻이거든. 아마 그녀도 자네가 자기한테 전혀 아무런 관심도 없다는 사실을 알아냈을 걸세. 여자가 자기 남편에게서 그런 점을 발견하게 되면 여자는 아주 역겨울 정도로 촌스러운 여자가 되든지 아니면 다른 여자의 남편이 사준 예쁜 보닛 모자를 쓰고 다니든지, 둘 중 하나가 돼. 내가 무슨 사회적인 오해에 대해서 얘기하는 것은 아니네. 그건 야비한 짓이고 당연히 나도 받아들이지 않아. 하지만 분명한 것은 어느 쪽이 되었든 모든 것이 완전한 실패로 끝나고 말 거라는 점이지.」

「그러겠지요.」 도리언이 섬뜩할 만큼 창백한 얼굴로 방 안을 왔다 갔다 하며 중얼거렸다. 「하지만 그게 제 의무라고 생각했거든요. 이 엄청난 비극 때문에 제가 마땅히 해야 할 옳은 일을 하지 못한다면 그건 제 잘못이 아니죠. 당신이 했던 말이 생각나요. 훌륭한 결심엔 치명적인 약점이 있는데, 그건 그런 결심이 늘 때늦게 이루어진다는 것, 그 말을 하셨잖아요. 제 경우가 그래요.」

「좋은 결심이란 과학적 법칙에 간섭하려는 무익한 시도라 할 수 있어. 그런 결심은 순전히 허영심에서 비롯된 거라고. 그리고 그 결과는 완전 무(無), 그러니까 아무것도 없는 거지. 이따금 그런 결심이 우리에게 아무 쓸모없는 호사스러운 감정을 불어넣기도 해. 그런데 약자들은 그런 감정에 끌리게 마련이거든. 좋은 결심에 대해선 이런 말밖에 할 말이 더 없어. 비유하면 자기 계정이 없는 은행에서 발행하는 수표와 같은 거라고.」

「해리.」 도리언이 헨리 경에게 다가와 그 옆에 앉으면서 큰 소리로 말했다. 「그런데 왜 이 비극적인 사건에 대해 마음만큼 그렇게 슬픈 생각이 안 드는 거죠? 제가 그렇게 무정한 놈이 아닌데 말예요.」

「자네는 지난 보름 동안 무정한 사람이라고 불릴 정도로 어리석은 짓을 많이 저질렀어, 도리언.」 헨리 경이 아름다우면서도 우울한 기운이 감도는 미소를 지으며 대답했다.

도리언은 눈살을 찌푸리며 대꾸했다.「전 그런 식의 설명이 싫습니다, 해리. 당신이 저를 무정한 사람으로 생각하지 않는다니 기쁘긴 합니다. 제가 그런 사람은 아니니까요. 저도 제가 그런 사람은 아니라고 생각하고 있어요. 하지만 이번 일이 저한테 무슨 영향을 준 것은 아니에요. 그건 인정합니다. 저는 이번 일이 어느 멋진 연극의 멋진 결말이다, 이런 정도로 생각해요. 그리스 비극의 무시무시한 아름다움, 이런 요소를 지닌 사건이 아닌가 싶어요. 제가 아주 중요한 역할을 맡았지만 그로 인해 제가 상처받지는 않은 비극 말예요.」

　「재미있는 문제로군.」헨리 경이 말했다. 그는 이 젊은이의 무의식적인 이기심을 이용해 말을 붙이면서 묘한 쾌락 같은 것을 느꼈다.「정말 재미있는 문제야. 제대로 설명하자면 이런 게 아닌가 싶네. 흔히 그렇지만 우리 삶의 진짜 비극은 비예술적인 방식으로 일어나기 때문에 우리가 큰 상처를 입는 거라고. 거친 폭력성이나 모순투성이의 비논리성, 터무니없는 의미의 결여, 품격 하나 없는 조야함 때문에 우리가 상처를 받는 거지. 저속함이 우리에게 악영향을 미치듯 그런 비극들이 우리에게 상처를 입히는 거야. 그런 일이 우리에게 극악무도한 폭력이라는 인상을 주기 때문에 우리는 그것에 반발을 하는 것이라 할 수 있지. 그러나 때로는 우리가 사는 동안 아름다운 예술적 요소를 지닌 비극이 일어나기도 해. 아름다움의 요소가 현실적인 것이라면 그 비극적인 일이 바로 우리에게 극적 효과를 가져다준다고. 그러면 우리는 어느 순간 갑자기 우리가 이제 더는 배우가 아니라 관객이라고 생각하게 돼. 아니면 둘 다가 되기도 하지. 우리는 우리 자신을 지켜보는 거야. 그리고 놀라운 광경에 우리 자신이 빠져들게 되지. 이번 일의 경우, 실제로 일어난 일이 뭔가? 자네를 사랑한 나머지 한 사람이 스스로 목숨을 끊었네. 나한테도 그런 일이 일어났으면 얼마나 좋았을까. 그러면 아마 나도 남은 생애 동안 사랑에 푹 파묻혀 지냈을 걸세. 나를 숭배했던 사람들 — 많은 수는 아니었지만 그래도 좀 있었네 — 은 내가 그들에게 더는 관심을 내보이지 않거나 아니면 그들 자신이 나에 대한 관심을 끊어 버리거나 한 이후에도 계속해서 잘 살더라고. 사람들이 강인하고 끈덕지게 되더군. 그런데 그 사람들을 만나면 그들은 만나자마자 바로 옛날 일을 회상하는 데 온 정신을 쏟더라고. 여자들의 무서운 기억력이란! 얼마나 소름끼치는지! 그런데 지적인 측면에서는 한 치도 진전이 없으니! 인생의 외관이나 특색은 다 흡수하되 그 세세한 부분은 기억하지 말아야 하는데 말이야. 세부적인 것은 늘 속된 것에 불과하거든.」

「정원에 양귀비 씨라도 뿌려야겠군요.」 도리언이 한숨을 내쉬었다.

「그럴 필요 없어.」 헨리 경이 말했다. 「인생이 양귀비를 늘 자기 손 안에 들고 있는데 굳이 그럴 필요 없어. 물론 이따금 기억이라는 게 지워지지 않고 우리 주변을 서성이기는 해. 나도 한때 그런 적이 있었네. 한때 한 계절 내내 제비꽃을 달고 다닌 적이 있어. 결코 잊을 수 없는 낭만적 사랑을 그리워하며 애도하겠다는 뜻의 예술적 표현으로 그랬던 거야. 그런데 결국엔 그 낭만적 사랑이 사라지더군. 무엇 때문이었는지는 기억이 나지 않지만 지금 생각해 보면 나를 위해 그 여자가 모든 것을 희생하겠다고 해서 그랬던 것 같아. 여자가 그런 말을 하는 순간은 언제나 섬뜩하고 무서운 생각이 들거든. 영원한 공포심에 사로잡히게 되지. 그런데 말이야, 자네 내 말 좀 믿어 보겠나? 일주일 전에 햄프셔 부인 집에서 저녁을 먹었는데 어쩌다 문제의 여인과 나란히 앉게 되었다네. 한데 그 여자가 옆에 앉아서 계속해서 지난 일들을 모두 되짚는 거야. 과거를 파헤치면서 미래를 파고들더라고. 나는 나의 낭만적 사랑을 아스포델[37] 꽃밭에 묻어 버렸는데, 그 여자는 그것을 다시 뽑아 내면서 내가 자기 인생을 망쳤다고 주장하는 거야. 별수 없이 나는 이렇게 말했지. 그 여자가 저녁을 잔뜩 먹었으니 난 아무 걱정이 없다고 말이야. 하지만 그 여자는 정말 품위고 뭐고 아무 멋이 없는 여자였어! 과거의 한 가지 매력은 그게 지나간 일이라는 데 있는 거야. 그런데 여자들은 언제 커튼이 내려지는지를 몰라. 그 여자들은 항상 여섯 번째 막이 오르기를 원하고, 연극의 재미가 다 지나갔는데도 연극이 계속되기를 원하는 존재들이야. 여자들 마음대로 해보라고 놔두면 모든 희극이 비극으로 끝나고, 모든 비극은 익살극 속에서 절정을 맞이하게 된다고. 여자들이 모든 것을 아름답게 잘 꾸미긴 하지만 예술 감각은 없거든. 자네는 나보다 더 운이 좋아. 도리언, 내가 분명히 말해 두지만 내가 알던 여자 가운데 시빌 베인이 자네한테 한 것처럼 나한테 그렇게 한 여자가 한 사람도 없었네. 보통 여자들은 늘 자기 자신을 잘 위로하며 사는 것 같아. 어떤 여자들은 감상적인 색을 찾아다니며 스스로를 위로하지. 연한 자주색 옷을 입고 다니는 여자들은 나이가 어떻게 되든 믿지 말게. 나이가 서른다섯 이상인데 분홍색 리본을 좋아하는 여자들도 마찬가지야. 그런 여자들은 과거가 있다는 뜻이거든. 어느 순간 자기 남편에게서 좋은 점을 발견하면서 크게 위안을 얻는 여자들도 있어. 그런 여자들은 남편 얼굴을 통해 부부간의 행복을 자랑하고 싶은 여자들이네. 그게 무슨 가장 황홀한 죄악인 것처럼 그렇게 내세우는지 모르겠어. 종교에서 위안을 찾는 사람들도 있지. 전에 어떤 여자가 나한테 들려준

37 그리스 신화에서 시들지 않는다는 낙원의 꽃으로 알려진 백합과의 꽃으로, 죽음과 불멸을 상징한다.

얘긴데 종교의 신비함이 한 번 정도의 희롱거리는 된다는 거야. 물론 충분히 이해는 하지. 그런 데다 바로 당신이 죄인이야, 이런 말을 듣는 것만큼 사람을 공허하게 만드는 게 없거든. 양심이 우리 모두를 이기적인 사람으로 만들어 버려서 그래. 아무튼 여자들이 현대의 삶에서 찾아내는 위안의 종류에는 끝이 없다네. 사실 여자들이 찾는 위안 가운데 가장 중요한 게 있는데…….」

「그게 뭔가요, 해리?」 도리언이 맥없는 목소리로 물었다.

「오, 그건 속이 들여다보이는 아주 빤한 위안이야. 뭐냐 하면, 자기 숭배자를 잃었을 때 다른 사람의 숭배자를 취하는 것, 바로 이거야. 좋은 사회에서는 그런 일이 늘 여자들을 겉치장하게 만드는 요소지. 하지만 도리언, 시빌 베인은 그런 여자들하고 얼마나 다른 여자인가! 내가 보기에 그녀의 죽음엔 아름다운 무엇이 있다네. 내가 그런 경이로운 일이 일어나는 시대에 살고 있다니 참으로 기쁘기 그지없네. 그런 일들로 인해 우리는 로맨스니 열정이니 사랑이니 하는, 우리가 가지고 노는 것들의 실체를 믿을 수 있게 되는 거니까.」

「전 그녀한테 너무 잔인하게 굴었어요. 그 사실을 잊으신 것 같군요.」

「내가 보기엔 여자들이 잔인함, 노골적인 잔인함을 다른 무엇보다 더 좋아하는 게 아닌가 싶네. 어떻게 보면 여자들은 놀라울 정도로 원시적인 본능을 지니고 있어. 우리가 여자들을 해방시켰지만 여자들은 변함없이 주인을 찾는 노예로 남아 있거든. 지배당하길 좋아해서 그래. 내가 확신컨대 자네는 정말 멋지고 근사한 친구야. 난 자네가 진짜 화내는 모습을 본 적이 없어. 자넨 늘 유쾌한 표정이었잖아. 그리고 자네가 어제 그제 나한테 한 말이 있어. 그땐 자네가 그저 공상에 젖어 한 말이겠거니 생각했는데, 이제 보니 다 사실이야. 그 말이 모든 것의 열쇠인 셈이야.」

「제가 무슨 말을 했는데요, 해리?」

「자네가 그랬지, 시빌 베인은 낭만적 사랑의 모든 여주인 공들을 대표하는 여자라고. 어느 날 밤엔 데스데모나고, 또 어느 날 밤엔 오필리어라고. 그녀가 줄리엣으로 죽더라도 이 모젠으로 다시 살아난다고 말이야.」

「이젠 다시 살아날 수 없어요.」 도리언은 이렇게 중얼거리며 얼굴을 두 손에 파묻었다.

「그래, 그녀가 다시 살아날 수는 없지. 마지막으로 맡은 역을 해낸 거니까. 하지만 자네는 초라한 분장실에서의 외로운 죽음을 자코뱅 시대의 비극에 나오는 어느 생소한, 그렇지만 멋진 한 장면처럼 생각해야 해. 웹스터나 포드나 시릴 터너[38]의 비극에 나오는 멋진 장면으로 말이야. 그 여자는 진정한 삶을 살았던 게 아니야. 그래서 진짜 죽은 것도 아니지. 자네에게 적어도 그 여자는 한 편의 꿈이었어. 셰익스피어의 극을 오가며 그 연극을 더욱 아름답게 만들었던 환영, 셰익스피어의 음악을 더욱 풍요롭고 환희로 가득 차게 만들었던 갈대 피리였다고. 그녀가 현실의 삶에 손을 대는 순간 그녀는 그 삶을 훼손시켰고, 그러자 그 삶이 그녀에게 상처를 입혔고, 결국 그녀가 죽은 것이라네. 원한다면 오필리어를 위해 슬퍼하게나. 코딜리어가 교살되었으니 자네 머리에 애도의 재를 뿌리게나. 브라반티오의 딸[39]이 죽었으니 하늘을 향해 울부짖게나. 그러나 시빌 베인 때문에 눈물을 헛되이 흘리지는 말게. 그녀는 그들만큼 현실적인 인물이 아니니까.」

38 John Webster, John Ford, Cyril Tourneur. 모두 자코뱅 시대의 극작가로, 형이상학적 관점에서 바라본 복수, 살인, 사랑 등을 중심으로 전개되는 비극 작품으로 유명하다.
39 『오셀로』의 데스데모나.

침묵이 흘렀다. 저녁의 어스름이 방 안을 덮기 시작했다. 정원을 메운 어둠이 은빛 발을 소리 없이 내디디며 슬며시 기어 들어왔다. 사물이 지친 듯 그 화려한 색채를 뒤로 물리고 있었다.

얼마 후 도리언 그레이가 고개를 들었다. 「해리, 당신이 제 자신을 저에게 설명해 주셨군요.」 안도의 한숨 비슷한 소리를 내며 그가 중얼거렸다. 「당신이 말한 것처럼 저도 그렇게 느꼈어요. 하지만 두려웠어요. 어떻게 표현해야 할지 몰랐어요. 그런데 당신이 저를 이렇게나 잘 알고 계시다니! 이제 지나간 일은 더 얘기하지 않기로 해요. 믿기 어려운 놀라운 경험이었어요. 그게 전부죠. 인생이 저를 위해 그런 놀라운 경험을 또다시 예비해 놓았는지 모르겠군요.」

「도리언, 인생이 자네를 위해 모든 것을 마련해 두고 있다네. 출중한 용모를 지닌 자네가 하지 못할 일은 아무것도 없어.」

「하지만 해리, 제가 초췌해지고 나이 들고 쭈글쭈글해지면요? 그땐 어떻게 되는 거죠?」

「아, 그때는……」 헨리 경이 자리에서 일어서며 말했다. 「그때는 말이야, 도리언, 자네가 승리를 쟁취하기 위해 싸워야 할 걸세. 그냥 있어도 승리가 자네한테 찾아오겠지만 말이야. 아니, 자네의 그 훌륭한 모습을 계속 간직해야 하네. 우린 말이야, 책을 너무 많이 읽어서 오히려 바보가 되고, 너무 많이 생각해서 아름다움을 잃어버리는 그런 시대에 살고 있어. 우리가 자네를 구할 수 없으니 자네가 해내야 해. 자, 옷 갈아입고 클럽에 같이 가는 게 좋을 것 같군. 지금도 꽤 늦었어.」

「오페라 극장에서 만나면 어떨까 싶어요, 해리. 너무 지쳐서 아무것도 못 먹을 것 같아서요. 누이의 칸막이 좌석 번호가 몇 번이죠?」

「27번. 맞을 거네. 정면에 있는 단이야. 문에서 이름을 찾을 수 있어. 어쨌든 같이 저녁 식사를 못 한다니 유감이군.」

「먹고 싶은 생각이 없어서요.」도리언이 진짜 별 생각이 없다는 투로 말했다. 「그래도 저에게 해주신 말, 무척 고마워요. 당신은 정말 가장 좋은 친구예요. 당신처럼 저를 이해해 준 사람이 한 사람도 없었어요.」

「이건 우리 우정의 시작 단계에 불과하네, 도리언.」헨리 경이 그의 손을 잡아 흔들며 말했다. 「그럼 잘 있어. 이따 8시 30분에 보세나. 기억해, 패티가 노래하는 날이야.」

그가 문을 닫고 나가자 도리언은 종을 울렸다. 잠시 후 빅터가 등잔을 들고 나타나 블라인드를 내렸다. 도리언은 빅터가 어서 나갔으면 싶었다. 가만히 보면 빅터는 매사에 시간을 질질 끄는 것 같았다.

빅터가 물러가자마자 도리언은 차단 막 쪽으로 달려가 차단 막을 치웠다. 그림에 더 이상의 변화는 없었다. 시빌 베인이 죽었다는 소식을 그가 전해 듣기도 전에 초상화가 먼저 소식을 접한 것인지도 몰랐다. 그렇다면 초상화가 삶의 여러 사건들을 의식하고 있다는 뜻이 아닌가. 입가의 고운 선을 훼손시킨, 악의에 찬 잔인한 표정은 틀림없이 그녀가 독약인지 뭔지를 마시던 순간에 나타난 것이리라. 아니면 그런 결과와는 아무 상관이 없는 것은 아닐까? 그냥 단순히 영혼 속에 스쳐 지나가는 것을 감지한 것은 아닐까? 그는 궁금했다. 언젠가는 그런 변화를 자기 눈으로 확인하고 싶었다. 그런 생각에 전율을 느끼긴 했지만 정말 그럴 수만 있다면 확인하고 싶었다.

불쌍한 시빌! 얼마나 가련한 낭만적 사랑이었던가! 무대 위에서 그녀가 종종 죽음을 흉내 내기는 했다. 그런데 죽음이 실제로 그녀에게 다가와 그녀를 데리고 갔으니. 그 무시무시한 마지막 장면을 그녀가 어떻게 연기한 것일까? 혹 죽어 가면서 그를 저주한 것은 아닐까? 아니리라. 그녀는 그에 대한 사랑 때문에 죽음을 택했다. 그러니 이제는 사랑이 그에게는 하나의 신성한 상징이 아니겠는가. 그녀는 자신의 생명을 희생함으로 모든 것을 속죄한 셈이었다. 그리고 그는 그 끔찍했던 날 밤 극장에서 그녀 때문에 겪은 모든 일을 더는 생각하지 않으리라. 생각하면 그녀는 사랑의 지고한 실재를 보여 주기 위해 세상의 무대에 보내진 뛰어난 비극적 인물이 아니고 무엇이겠는가. 뛰어난 비극적 인물? 어린아이와 같은 순수한 그녀의 표정과 매력 넘치는 별난 버릇들, 그리고 수줍어 하며 가볍게 떨던 그녀의 우아함을 떠올리자 그의 눈에 눈물이 솟았다. 황급히 눈물을 닦은 그는 다시 초상화로 눈길을 돌렸다.

그는 이제 선택을 해야 할 시간이 되었다고 느꼈다. 아니 이미 선택이 내려진 것은 아닐까? 그렇다. 인생이 — 인생이, 그리고 인생에 대한 지칠 줄 모르는 그의 호기심이 — 이미 그를 대신해서 결정을 내렸다. 영원한 젊음, 다함이 없는 열정, 은밀하게 찾아오는 쾌락, 미친 듯한 기쁨과 거침없는 죄악. 그는 이 모든 것을 다 누려야 했다. 그리고 그의 불명예의 모든 짐은 초상화가 대신 짊어지고 가야 했다. 이것이 선택의 전부였다.

캔버스의 아름다운 얼굴에 그려질 더러움을 생각하던 그는 격심한 아픔을 느끼지 않을 수 없었다. 한 번쯤은 유치하게 나르키소스 흉내를 내면서 그는 자신에게 잔인한 미소를 보내고 있는 그림 속의 입술에 입맞춤을 할 것이다. 아니 그런 흉내라도 낼 것이다. 그리고 매일 아침 초상화 앞에 앉아, 때로 그렇듯 그 초상화에 거의 푹 빠져 그 아름다움을 생각할 것이다. 과연 이 초상화가 자신이 빠져드는 기분에 따라 변할 것인가? 이 초상화가 아주 흉물스럽고 보기 흉한 것이 되면 과연 이것을 어느 방 안에 처박아 두고 문을 잠가 물결 치듯 아름다운 머리칼을 더 빛나는 황금빛으로 물들이던 햇빛과도 차단시켜 버리는 게 나을까? 애석하도다! 애석해!

잠시 그는 생각했다. 자신과 이 초상화 사이에 존재하는 무시무시한 공감대를 끊어 달라고 기도하면 어떨까? 기도에 대한 응답으로 이것이 변했다면, 다시 기도하면 그 응답으로 더는 변하지 않고 그대로 있을지도 모를 일이었다. 그리고 인생에 대해 뭔가를 아는 사람이라면 누가 영원한 젊음으로 남아 있을 수 있는 가능성을 내버릴 것인가? 그런 가능성이 아무리 공상에 불과하다고 한들, 그로 인해 어떤 무서운 결과가 찾아온다고 한들, 누구라도 그 가능성을 한번은 붙잡으려 하지 않겠는가? 더욱이 그것을 자신이 통제할 수 있다면 누가 안 하겠는가? 실제로 기도를 해서 그렇게만 될 수 있다면 누가 안 하겠는가? 어떤 신기한 과학적인 이유로 그런 것이 아니라면 혹시 기도만으로 가능하지 않을까? 생각이 살아 있는 유기체에 영향력을 행사할 수 있다면 생각이 죽은 자나 무기물에도 영향력을 행사할 수는 없는 것일까? 생각이나 의식적인 소망이 아니더라도 우리 밖의 사물이 우리의 기분이나 감정에 맞춰 진동할 수는 없는 것일까? 어떤 은밀한 사랑이나 묘한 친화력으로 원자를 불러 낼 수는 없는 것일까? 그러나 그 원인이나 이유는 중요하지 않다. 기도로 어떤 무서운 힘을 끌어내는 일을 그는 다시는 하지 않을 것이다. 초상화가 변해야 한다면 변해야 하는 것 아닌가. 그뿐이다. 왜 굳이 그 속을 뒤집어 보려고 하는가?

왜냐하면 초상화를 감상하는 것만으로 진정한 즐거움을 만끽할 수 있기 때문이었다. 그는 자신의 마음을 따라 마음속 깊은 곳, 비밀의 처소까지 들어갈 수가 있으리라. 이 초상화가 가장 신기한 마법의 거울이 된다면. 초상화가 자신의 육신을 드러내 보여 준 것처럼 그 자신의 영혼을 보여 줄 수 있을 것이다. 그래서 겨울이 오더라도 그는 여전히 봄이 파르르 떨면서 여름에게 자리를 내주는 그 시점에 서 있을 수 있으리라. 자신의 얼굴이 무거운 눈에 백묵처럼 창백한 가면을 뒤에 남기고 다시 불그레한 혈색을 되찾는다면 소년과도 같은 신비스러운 아름다움을 계속 유지할 수 있으리라. 그 아름다움을 간직한 어느 한 꽃송이라도 결코 시들지 않을 것이다. 그의 생명의 맥박도 결코 약해지지 않을 것이다. 고대 그리스의 신처럼 그는 강하고 재빠르고 유쾌한 존재가 될 것이다. 그러니 캔버스에 그려진 얼굴에 무슨 일이 벌어지든 그게 무슨 상관이랴? 그는 영원히 안전할 것이니, 그것으로 만사형통 아니겠는가.

그는 얼굴에 미소를 그리며 차단 막을 다시 그림 앞 원래 위치에 갖다 놓고는 침실로 들어갔다. 시종이 아까부터 그를 기다리고 있었다. 한 시간 뒤 그는 오페라 극장에 있었다. 헨리 경은 의자에 푹 기대어 앉아 있었다.

제9장

　다음 날 아침, 도리언이 식사를 하는 중에 바질 홀워드가
방 안으로 들어섰다.

　「도리언, 이제야 자네를 보게 되는군.」 그가 심각한 목소리
로 말했다. 「어젯밤에 찾아왔는데 오페라에 갔다고 하더군.
물론 그럴 리가 없을 거라고 생각했지만. 어딜 가면 간다고
말이라도 남겨 두고 갔으면 좋았을 텐데. 어제저녁, 정말 얼
마나 초조하게 보냈는지 알아? 비극적인 일이 계속 이어지는
게 아닌가 걱정이 이만저만 아니었네. 자네가 그 소식을 처
음 들었을 때 바로 나한테 전보라도 쳤으면 좋았을 텐데. 아
무튼 클럽에서 〈글로브〉지 최종판을 집어 들었다가 정말 우
연히 그 기사를 읽게 되었네. 그래서 바로 자네 집으로 달려
왔지만 자네가 없어서 참으로 난감했다네. 그 일로 내가 얼
마나 가슴이 찢어졌는지 자네는 몰라. 자네도 괴로웠겠지.
그런데 대체 어디 있었던 건가? 혹시 그 아가씨 어머니를 만
나러 갔었나? 자네가 그리 갔다면 나도 그곳으로 가볼까도
생각했네. 신문에 주소가 나와 있더군. 유스턴 로드 어디라
고 하던데, 맞나? 근데 내가 달랜다고 슬픔이 거둬지는 것도
아니고 한데 괜히 나서는 게 아닌가 싶어서 그만뒀어. 불쌍

한 여자! 지금 심정이 오죽하겠나! 더군다나 하나밖에 없는 자식이라는데! 그래 아가씨의 어머니가 뭐라고 하던가?」

「바질, 그걸 제가 어떻게 압니까?」 도리언 그레이는 베네치아산 유리잔에 담겨 섬세한 황금 구슬 같은 작은 거품으로 떠오르는 엷은 노란빛 포도주를 마시며 작은 소리로 말했다. 따분함이 잔뜩 묻어나는 표정으로 그는 말을 이었다. 「오페라 극장에 있었어요. 당신도 있었으면 좋았을 텐데. 거기서 해리의 누이인 그웬돌렌 부인을 처음 만났지요. 그녀가 잡은 칸막이 좌석에서요. 정말 아름다운 분이더군요. 그리고 패티의 노래도 성스러울 정도로 아주 멋있었어요. 끔찍한 주제는 우리 서로 거론하지 말기로 해요. 어떤 일에 대해서 누구도 말을 안 하면 그 일은 일어나지 않은 것과 다름없어요. 해리 말대로, 어떤 일에 대해 사람들이 자꾸 말을 하면 그 일에 현실감이 더해지잖아요. 그래도 한 가지 말씀드리면 그 여자가 무남독녀 외동딸은 아닙니다. 잘생긴 아들이 하나 있어요. 물론 연극배우는 아니고 뱃사람으로 일한다든가, 아무튼 그래요. 이제 그 얘긴 그만하고, 당신 얘기 좀 들려줘요. 요즘은 어떤 그림을 그리시죠?」

「오페라 극장에 갔었다고?」 홀워드는 아주 천천히, 역겨움을 애서 참는 듯한 목소리로 말했다. 「시빌 베인은 어느 더러운 방구석에 죽어 누워 있는데 자네는 오페라 극장에 갔단 말이지? 자네가 사랑하던 여자가 무덤과도 같은 적막 속에 잠들어 있는데 나한테 어떤 여자들이 정말 아름답더라, 패티가 정말 노래를 잘 하더라 하며 얘기할 수 있는 건가? 그녀의 가녀린 하얀 시신에 어떤 공포가 내리누르고 있는데, 어떻게 그런 말을!」

「그만, 바질! 그런 말 듣기 싫습니다!」 도리언이 벌떡 일어서며 소리를 질렀다. 「그 일에 대해서 더는 아무 말도 하지 않았으면 좋겠네요. 지나간 일은 지나간 일입니다. 과거는 과거일 뿐이라고요.」

「어제를 과거라고 하나?」

「그럼 실제로 시간이 경과했는데, 과거가 아니고 뭡니까? 어리석고 천박한 사람들만이 어느 한 감정을 지우는 데 몇 년 세월이 걸린다고 주장하는 겁니다. 자기 자신의 주인이 되는 사람은 쉽게 쾌락을 만들어 내듯 쉽게 슬픔을 끝낼 수가 있지요. 저는 제 감정에 좌우되고 싶지 않아요. 오히려 그 감정을 이용하고 즐기고 지배하고 싶다고요.」

「도리언, 무섭네, 무서워! 자네 완전히 딴사람이 되었어. 지금 자네의 모습은 초상화를 위해 매일 내 화실에 와서 얌전히 앉아 있던 때의 멋진 모습과 하나도 다를 바가 없어. 그 때 자네는 정말 소박하고 자연스럽고 애정이 넘치는 젊은이였지. 자네는 이 세상 전체에서 아름다움을 가장 잘 간직한, 티끌 하나 묻지 않은 순수한 청년이었어. 그런데 지금……자네한테 무슨 일이 있었는지는 모르겠지만, 말하는 투가 심장도 없고 연민의 정도 없는 냉혈한 같아. 이게 다 해리의 영향 때문이야. 난 안다고.」

도리언은 얼굴이 상기된 채 창가로 다가가더니 잠시 밖을 내다보았다. 쏟아져 내리는 햇빛에 정원의 푸르름이 눈부시게 반짝이며 피어오르고 있었다. 「바질, 저는 해리에게 은혜를 많이 받았어요.」 마침내 도리언이 말문을 열었다. 「당신한테 받은 것보다 더 많이 받았죠. 당신은 저에게 공허한 것만 가르쳤잖아요.」

「그래서 벌을 받아야 한다면 달게 받겠네, 도리언. 언제라도 받겠네.」

「당신이 무슨 말을 하는지 모르겠어요, 바질.」 도리언이 홀 워드를 향해 돌아서며 소리쳤다. 「뭘 원하시는지 모르겠단 말예요. 대체 원하시는 게 뭐죠?」

「내가 초상화를 그려 줬던 그 도리언 그레이를 원하네.」 홀
워드가 슬픔에 젖은 목소리로 말했다.

「바질.」 도리언은 그에게 다가가 그의 어깨에 손을 얹으며
말했다. 「너무 늦게 오셨어요. 어제 제가 시빌 베인이 자살했
다는 소식을 들었을 때 ──」

「자살이라니! 어떻게 그럴 수가! 틀림없는 사실인가?」 홀
워드는 공포에 질린 표정으로 도리언을 올려다보며 비명을
내지르듯 물었다.

「바질! 이번 일을 무슨 그렇고 그런 사고라고 생각하고 계
신 것은 아니시겠죠? 그녀는 자살한 겁니다.」

홀워드는 두 손으로 얼굴을 감싸 쥐었다. 「무서운 일이야.」
이렇게 중얼거리는 그의 온몸을 전율이 휘감아 버렸다.

「아닙니다.」 도리언 그레이가 말했다. 「무서운 일이 아닙
니다. 이 일은 이 시대의 위대한 낭만적 비극 가운데 하나라
할 수 있어요. 대체로 보면 연기를 하는 사람들은 가장 진부
한 삶을 사는 사람들이라 할 수 있어요. 그들은 좋은 남편, 순
종하는 아내, 아니면 따분한 어떤 부류의 사람들에 불과해
요. 제 말은 그러니까, 그래요, 중산층의 미덕, 그리고 그런
종류의 모든 것들, 뭐 그런 겁니다. 하지만 시빌은 달라요!
그녀는 자신만의 가장 훌륭한 비극적 삶을 살았던 겁니다.
그 속에서 그녀는 항상 여주인공이었고요. 그녀가 연기했던
마지막 날 밤 ── 당신이 그녀를 봤던 바로 그날 밤 ── 그녀
는 연기를 정말 못 했어요. 이유는 그녀가 사랑의 실체를 알
았기 때문이죠. 그리고 사랑의 비현실성을 깨달았을 때 그녀
는 죽은 겁니다. 줄리엣이 그랬던 것처럼. 그녀는 다시 예술
의 영역 속으로 들어간 거죠. 그녀에게는 순교자와 같은 그
무엇이 있어요. 그녀의 죽음에는 순교가 지닌 어떤 감동적인

무익성 같은 것이 있어요. 헛되이 버린 아름다움이랄까, 뭐 그런 것 말예요. 그러나 이렇게 말씀드린다고 제가 괴로워하지 않았다고는 생각하지 마세요. 어제 바로 그 순간에 당신이 왔다면 — 아마 5시 반이나 45분쯤? — 그때 오셨으면 눈물을 흘리는 제 모습을 보셨을 겁니다. 어제 그 소식을 전하러 여기에 온 해리도 실은 제가 어떤 고통을 겪었는지 모를 겁니다. 주체할 수 없을 정도로 괴로웠어요. 그런데 그 괴로움과 고통이 지나가 버렸어요. 똑같은 감정을 다시 반복할 수는 없어요. 감상주의자라면 모를까 어느 누구도 똑같이 그 감정을 되풀이할 순 없죠. 그리고 당신은 정말로 바른 사람이 아니에요, 바질. 여기에 저를 위로하러 오신 거잖아요. 아름다운 마음씨죠. 그런데 이미 위안을 받은 저를 보고는 화를 내고 있어요. 어떻게 동정심을 지니신 분이 그럴 수가 있는지! 당신을 보니까 해리가 저에게 들려준 이야기 하나가 생각나요. 어느 박애주의자의 이야기죠. 어떤 불평불만을 해소하는 일이었는지 정의롭지 못한 법을 고치려고 했는지 — 정확히 잘 기억이 나지는 않지만 — 아무튼 그런 일을 위해 자기 생애 가운데 20년이라는 세월을 바친 사람이 있었다죠. 결국엔 그 사람 뜻대로 이루어진 모양이에요. 그런데 그 사람의 실망과 낙담이 이만저만이 아니었다고 해요. 뜻을 이루고 나니까 아무 할 일이 없었고 권태로움에 죽을 지경이 되었다고 해요. 그래서 급기야 그 사람이 인간을 혐오하는 고질적인 염세주의자가 되고 말았다는 이야기입니다. 그리고 덧붙이자면, 바질, 진정으로 저를 위로하고 싶으시다면 지난 일을 잊도록, 아니면 예술 본연의 관점에서 보도록 가르쳐야 하는 것 아닌가요? 〈예술의 위안〉에 관한 글을 쓴 사람이 고티에[40]가 아닌가요? 언젠가 당신 화실에서 조그만 고급 피지 표지의 책을 우연히 집어 들었다가 그 재미난 표현을 보았거든요. 아무튼 전 우리가 함께 말로우에 갔을 때 당신이 말한 그 젊은 친구와는 달라요. 왜 노란색 공단이 삶의 모든 슬픔을 잊도록 사람에게 위안을 준다고 말하던 젊은 친구 있잖아요. 저도 손으로 직접 만질 수 있고 다룰 수 있는 아름다운 물건들을 좋아해요. 무늬를 짜 넣은 오래된 비단, 초록빛이 감도는 청동, 옻칠을 한 물건들, 조각을 새긴 상아, 절묘한 주변 경치, 사치품, 화려한 물건들. 그런 것에서 얻어 낼 수 있는 게 많잖아요. 하지만 그런 것들이 창조해 내는, 아니 어쨌든 그런 것들이 드러내는 예술적 기질이나 성향을 전 더 좋아해요. 해리가 말한 대로 자신의 삶을 지켜보는 관객이 되는 것이 삶의 고통을 피하는 방법이거든요. 이런 식으로 말하는 저를 보고 놀라셨을 겁니다. 제가 얼마나 성장했는지 모르실 거예요. 당신이 저를 알았을 때 저는 학생이었지요. 하지만 지금 저는 성인이 되었습니다. 그때와는 달리 새로운 열정과 새로운 생각과 새로운 아이디어를 지니게 되었지요. 전 달라졌어요. 그래도 저를 변함없이 좋아해 주실 수 있죠? 저는 바뀌었지만 당신은 여전히 제 친구가 되어 주셔야 해요. 물론 저는 해리를 무척 좋아해요. 그렇지만 당신이 그 사람보다 더 좋은 사람이라는 걸 알아요. 당신이 해리보다 더 강하지는 않지만 — 인생을 너무 두려워하니까요 — 그래도 당신이 더 나아요. 우리가 함께 있을 때 얼마나 행복했는지! 제 곁을 떠나지 마세요, 바질. 우리 말싸움 그만 해요. 지금의 제가 바로 저예요. 그 외에 더 할 말이 없어요.」

화가는 이상하게 마음이 움직이는 것을 느꼈다. 그에게는 이 젊은이가 아주 소중한 존재였다. 이 젊은이의 개성이 어

---

40 오스카 와일드에게 많은 영향을 주었던 프랑스의 소설가이자 시인인 테오필 고티에Theophile Gautier를 말한다. 그 역시 낭만주의 영향을 받아 예술 지상주의를 내세웠던 작가다.

떻게 보면 그의 예술에 커다란 전환점이 되었던 것도 사실이었다. 더는 이 젊은 친구를 비난하고 싶은 마음이 없었다. 결국엔 젊은 친구의 냉담함이라는 것도 곧 사라지고 말 기분에 지나지 않는 게 아닌가. 도리언은 좋은 점이 너무 많은 아주 고귀한 존재가 아닌가.

「알았네, 도리언.」 마침내 그가 씁쓰레한 미소를 지으며 말문을 열었다. 「오늘 이후로 이번 이 끔찍한 일에 대해서 더는 아무 말도 하지 않겠네. 이번 일과 관련해서 자네 이름이 거론되지 않기만을 바랄 뿐이야. 오늘 오후에 사건 심리가 열린다고 하던데 경찰이 자네를 소환하지는 않았나?」

〈사건 심리〉라는 말이 나오는 순간 도리언의 얼굴에 곤혹스러운 표정이 스치고 지나갔지만 그는 고개를 가로저었다. 심리니 조사니 하는 말에는 어딘가 무람없고 저속한 의미가 담겨 있었다. 「제 이름을 모를 겁니다.」 그가 대답했다.

「하지만 그 여자는 알았을 것 아닌가?」

「세례명만 알려 줬어요. 그리고 그녀가 그 세례명조차 어느 누구에게도 알려 주지 않았어요. 확신해요. 한번은 그녀가 이런 말을 하더군요. 주변 사람들이 제가 누군지 몹시 알고 싶어 한다고요. 그런데 그녀는 늘 그 사람들한테 저를 그냥 〈아름다운 왕자님〉이라고만 알려 줬다는군요. 참 고운 마음씨죠. 바질, 저한테 시빌의 모습 좀 그려 줘요. 입맞춤 몇 번이나 엉터리 같은 애처로운 말 몇 마디에 대한 기억보다는 진정한 그녀의 모습을 간직하고 싶어요.」

「자네 뜻이 그렇다면 노력해 보겠네, 도리언. 한데 그러려면 자네가 다시 와서 내 앞에 앉아 있어야 해. 자네 없이는 그림을 그릴 수가 없거든.」

「다시는 절대 당신 앞에 안 앉아요, 바질. 그렇게는 못 해요.」 도리언이 뒤로 물러서며 소리쳤다.

화가는 그를 빤히 쳐다보며 큰 소리로 말했다. 「이봐, 그게 무슨 말도 안 되는 소리야! 자네, 그 말의 속뜻은 내가 그려 준 자네 그림이 마음에 안 든다는 거지? 그 초상화 어디에 있어? 왜 그 앞에 차단 막을 설치한 거야? 좀 봐야겠어. 내가 그린 최고의 그림인데 말이야. 도리언, 어서 저 차단 막을 치우게. 내 작품을 저런 식으로 가려 놓다니 자네 하인이 참으로 무례한 자로군. 어쩐지 방에 들어설 때 느낌이 좀 다르다 했더니.」

「바질, 이 일하고 제 하인하고는 아무 관련이 없어요. 제가 제 방을 정리하는 데 하인을 시킨다고 생각하신 모양이죠? 그 친구는 가끔 꽃이나 정리해 주는 정도예요. 그런 일밖에 안 해요. 제가 그런 겁니다. 빛이 너무 강해 그림이 손상될까 봐 그랬어요.」

「빛이 너무 강하다니! 절대 안 그래. 그렇지 않나? 그림을 설치하기엔 딱 좋은 장소거든. 어쨌든 내가 봐야겠어.」 그리고 홀워드는 그림을 세워 둔 방 한쪽 구석으로 발걸음을 옮겼다.

순간 도리언 그레이는 공포의 외마디 비명을 지르면서 달려 나가 그림 앞을 가로막고 나섰다. 「바질.」 하얗게 질린 얼굴로 그가 말했다. 「봐서는 안 됩니다. 제발 부탁이에요.」

「내가 그린 그림도 보지 말라니! 진심은 아니겠지. 내가 봐서는 안 될 이유라도 있나?」 홀워드는 어이가 없다는 듯이 웃으면서 당당하게 소리쳤다.

「바질, 당신이 그림을 본다면, 제가 명예를 걸고 드리는 말씀인데, 앞으로 제가 살아 있는 동안 절대로 당신하고는 아무 말도 하지 않을 겁니다. 진심입니다. 이유를 설명드릴 수는 없어요. 그러니 제발 묻지 말아 주세요. 하지만 기억하셔야 해요. 당신이 저 차단 막에 손을 대기만 하면 우리 두 사람

사이는 그것으로 끝장입니다.」

홀워드는 벼락이라도 맞은 듯한 느낌이었다. 너무 놀라 도리언 그레이를 멍하니 바라만 볼 뿐이었다. 전에는 이런 도리언의 모습을 본 적이 없었다. 핏기 하나 없이 격노한 표정이었다. 두 주먹을 불끈 쥔 모습에 두 눈동자에서는 푸른 불꽃이 활활 타오르는 것 같았다. 그리고 온몸을 부르르 떨고 있었다.

「도리언!」

「아무 말도 마세요!」

「대체 무슨 일인가? 자네가 원치 않으면 나도 보지 않겠네.」 그는 돌아서서 창가로 걸음을 옮기며 아주 싸늘한 목소리로 말했다. 「하지만 말이야, 내 작품을 내가 봐서는 안 된다는 게 얼마나 우스운 얘기인가? 더욱이 그 작품을 가을에 파리에서 전시하려고 계획 중인데 말이야. 전시회 전에 다시 한 번 유약을 발라 줘야 하거든. 그렇기 때문에 언젠가는 그림을 좀 봐야 하네. 그런데 오늘은 왜 안 된다는 건가?」

「전시라니! 전시하신다고요?」 도리언 그레이가 소리쳤다. 전과는 다른, 색다른 공포감이 스멀스멀 밀려왔다. 그렇다면 온 세상에 그의 비밀이 드러나는 게 아닌가? 사람들이 그의 삶의 비밀을 보고 입을 쩍 벌리며 놀랄 것 아닌가? 절대로 그런 일이 일어나서는 안 되었다. 당장 손을 써야 했다. 어떻게 해야 할지 모르겠지만, 아무튼 조치를 취해야 했다.

「그래, 자네가 반대할 거라고는 생각하지 않네. 조르주 프티가 파리의 세즈 거리[41]에서 특별 전시회를 열려고 내 작품 중에서 최고의 작품들을 수집 중이거든. 시월 첫째 주에 전시회가 열린다고 해. 자네 초상화도 한 달 정도 그곳에 전

---

41 조르주 프티가 운영하는 화랑이 있는 파리의 거리 이름. 프티의 화랑은 인상파 화가들의 그림을 전시한 것으로 유명하다.

시될 거야. 그 정도 기간이면 자네도 저 초상화 없이 지낼 수 있으리라 보네만. 사실 자네도 그때쯤 어디 가 있지 않나? 게다가 늘 저렇게 차단 막으로 가려 놓고 있는데 안 본다고 뭐 별로 신경 쓰지도 않을 것 같은데 말이야.」

도리언 그레이는 손을 이마에 갖다 댔다. 이마에는 땀방울이 송골송골 맺혀 있었다. 그는 자기가 대단히 위험한 벼랑 끝에 서 있다는 느낌을 받았다. 「한 달 전에 당신은 저한테 절대로 저 초상화를 전시하지 않을 거라고 했어요.」 그가 큰 소리로 말했다. 「마음이 바뀐 이유가 뭐죠? 초지일관의 태도를 좋아한다는 당신 같은 사람도 다른 사람들처럼 기분이 죽 끓듯 바뀌는 모양이군요. 물론 차이가 있네요. 당신 기분은 아주 무의미한 기분이라는 겁니다. 세상의 그 무엇이 유혹을 해도 절대 전시하지 않겠다고 엄숙하게 다짐했던 말을 잊어서는 안 되잖아요. 그 말을 해리한테도 똑같이 했잖아요.」 여기서 별안간 도리언이 말을 멈췄다. 한 줄기 광채가 그의 눈가를 스치고 지나갔다. 그는 예전에 헨리 경이 농담 반 진담 반으로 했던 말을 떠올렸다. 〈한 15분 정도 묘한 분위기를 즐기려면 바질더러 왜 자네 초상화를 전시하지 않으려고 하는지 그 이유를 대라고 해보게. 나한테 그 이유를 들려줬는데, 정말 의외의 사실을 알게 되었다네.〉 그렇다. 바질에게도 자신만의 비밀이 있는 게 틀림없었다. 도리언은 이 기회에 그 비밀이 무엇인지 물어보자고 작정했다.

「바질.」 그는 홀워드 곁으로 바짝 다가가 그의 얼굴을 똑바로 바라보며 말했다. 「우리 두 사람은 각기 자기만의 비밀을 간직하고 있는 것 같아요. 당신 비밀을 알려 주시면 저도 제 비밀을 말씀드릴게요. 왜 제 초상화를 전시하지 않겠다고 거부하셨는지, 그 이유가 뭐죠?」

화가는 자신도 모르게 몸서리를 쳤다. 「도리언, 그 얘기를 하면 자네는 분명 나를 멀리하게 될 테고 또 나를 비웃을 걸세. 자네가 날 멀리하거나 비웃는 것을 내가 어떻게 견디겠나? 내가 자네 초상화 보는 것을 원치 않는다면, 그래 안 보겠네. 대신 자네를 직접 보면 되니까. 내가 창조한 최고의 작품을 자네가 세상에서 감추고 싶다면 그것도 받아들이지. 명성이나 평판보다는 자네와의 우정이 나에게는 더 소중하니까.」

「아닙니다, 바질. 말씀해 주세요.」 도리언 그레이는 뜻을 굽히지 않았다. 「제게 알 권리가 있다고 생각합니다.」 좀 전까지 그를 엄습했던 공포심이 사라지면서 호기심이 그 자리를 대신했다. 그는 바질 홀워드의 비밀을 반드시 알아내겠다고 마음을 먹었다.

「자, 우리 자리에 좀 앉자고, 도리언.」 화가가 괴로운 표정을 지으며 말했다. 「자, 앉게. 그리고 한 가지 질문에 대답만 좀 해주게. 자네, 초상화에서 이상한 점을 보지 못했나? 아마 처음에는 그리 눈에 띄지 않았을 테지만 어느 순간 갑자기 눈에 확 띄는 게 없었나?」

「바질!」 도리언은 떨리는 손으로 의자의 팔걸이 부분을 꽉 쥔 채 소리를 질렀다. 그리고 깜짝 놀란, 흥분된 눈길로 홀워드를 뚫어지게 바라보았다.

「봤군. 말하지 말게. 내 말 다 듣고 나서 말하게. 도리언, 자네를 처음 만났을 때 그 순간부터 자네의 그 독특한 개성이 나에게 아주 대단한 영향을 미쳤다네. 난 자네에게 압도당하고 말았어, 영혼이고 머리고 힘까지 모두. 나에게 자네는 어떤 멋진 꿈처럼 우리 예술가들의 기억 속에서 떠나지 않는 어떤 보이지 않는 이상적인 존재가 가시적으로 현현한 그런 존재가 되었다네. 그래서 내가 자네를 숭배하게 되었지. 자네가 다른 사람과 말을 할 때면 질투를 느끼기도 했어. 자네를 독차지하고 싶은 마음이 있었던 게지. 내가 행복을 느끼는 순간은 오로지 자네와 함께 있을 때뿐이었어. 자네가 내 곁을 떠나 있을 때에도 자네는 늘 내 예술 속에서 자리하고 있어 내 곁에 있었던 셈이지⋯⋯. 물론 이런 사실을 자네한테는 감췄네. 자네가 알아서는 안 된다고 생각했거든. 알았더라도 자네는 이해하지 못했을 걸세. 나 자신도 이해가 안 되는데 말이야. 내가 알 수 있는 것이라곤 내가 완벽함을 직접 대면하고 있다는 사실, 그리고 내 눈에 세상이 점점 경이롭게 보인다는 사실, 그것뿐이었네. 세상이 정말 경이로웠지. 그렇게 맹목적으로 숭배하다 보면 숭배의 대상을 상실할 위험이 있으니까, 그리고 숭배의 대상을 지키는 데도 그 못지않은 모험이 필요하니까⋯⋯. 한 주 두 주, 그렇게 여러 주가 지나면서 난 점점 더 자네한테 빠져들었다네. 그러면서 새로운 진전이 있었지. 처음에 나는 자네를 미려한 갑옷을 입은 트로이의 파리스 왕자로, 그리고 사냥꾼 망토에 멧돼지 사냥용 창을 든 아도니스로 그렸다네. 묵직한 연꽃으로 만든 관을 머리에 쓰고 로마의 하드리아누스 황제의 배에 탄 자네는 뱃머리에 앉아 초록빛 탁한 물살이 흐르는 나일 강 너머를 응시하곤 했네. 또 그리스 어느 숲 속의 잔잔한 연못가에 몸을 기울인 자네는 은빛의 고요한 수면 위에 비친 자네의 아름다운 얼굴을 들여다보기도 했지. 이 모든 것이 바로 예술이었다네. 무의식적이고 이상적이면서 이국적인 경향의 예술. 그러던 어느 날, 지금 가끔 생각해 보면 운명적인 날이 아니었나 싶은 어느 날, 난 자네를 실제의 모습 그대로 멋지게 그려야겠다고 결심했어. 죽은 시대의 의상을 입은 자네 모습이 아니라 이 시대에 자네 몸에 맞는 옷을 입고 있는 실제 자네 모습 말일세. 그런 결심의 동기가 사실주의 기법에 대한 생각 때문인지, 안개나 장막에 가려지지 않고 나에게 직접 전달된 자네 개성이 지닌 경이로움 때문인지는 잘 모르겠어. 어쨌든 그런 생각에 자네 초상화를 그리면서 묻어나는 물감이나 색 조각 하나하나가 되레 나의 비밀을 드러낸다는 느낌이 들었어. 다른 사람들이 나의 우상 숭배를 알게 되지나 않을까 하는 두려움이 생겨나기 시작한 거지. 도리언, 내가 너무 많은 말을 했던 것은 아닌지, 그림 속에 나 자신을 너무 많이 집어넣은 것은 아닌지, 그런 생각이 들었다네. 그 얘기를 하자 해리는 콧방귀를 뀌며 놀리더군. 그러나 상관없어, 그러건 말건. 그림이 완성되었을 때 나는 혼자 앉아 생각했어. 그래, 내가 옳았다고⋯⋯. 그리고 며칠이 지난 뒤 그림이 내 화실을 떠나게 되었어. 그런데 내가 그 그림을 떠나보내면서 그것이 지닌 엄청난 힘, 사람을 끌어들이는 마법과도 같은 매력을 치우자 이런 느낌이 들더군. 자네가 굉장히 잘생긴 젊은이라는 사실 이상의 것을 내가 보았고, 그것을 그림으로 그릴 수 있다고 상상한 것이 얼마나 어리석은 짓이었는지. 지금도 나는, 창조 행위에서 느끼는 열정이 창조된 작품 속에 그대로 드러난다고 생각한 것이 잘못이 아니었나 생각하네. 예술은 우리가 상상하는 것 이상으로 추상적이거든. 형식과 색채는 형식과 색채를 말해 줄 뿐, 그게 전부야. 지금도 종종 나는 이런 생각이 들어. 예술은 예술가를 드러내는 것 이상으로 더 완벽하게 예술가를 감춘다고 말이야. 그래서 파리에서 제안이 들어왔을 때 나는 자네의 초상화를 내 작품 전시회의 핵심으로 내세우기로 결정했다네. 자네가 거부하리라고는 생각지도 못했지. 그런데 지금 보니까 자네가 옳은 것 같네. 그 그림을 보여 줘서는 안 될 것 같아. 도리언, 내가 한 말 때문에 나한테 화를 내지는 말게. 언젠가 해리한테도 말했지만 자네는 마땅히 숭배받아야 할 사람이야.」

도리언 그레이는 길게 숨을 쉬었다. 그의 양 볼에 다시 혈색이 돌아오고 입가엔 미소가 흘렀다. 이제 위험천만한 일은 지난 셈이었다. 당분간 안전하다는 뜻이었다. 그러나 그는 자신에게 이런 생소한 고백을 한 화가에게 한없는 연민의 정을 느끼지 않을 수 없었다. 동시에 이 화가처럼 자기 자신도 어느 친구의 개성에 매료되어 그 개성에 지배당하는 일이 있을지 궁금했다. 헨리 경의 경우, 그는 아주 위험천만한 매력을 지닌 사람이었다. 그러나 그뿐이었다. 그는 너무 똑똑하고 너무 냉소적이어서 진정으로 좋아할 사람은 아니었다. 과연 그에게 이처럼 묘한 우상 숭배의 감정을 불어넣어 줄 사람이 있는가? 혹 인생이 그를 위해 그런 사람을 예비해 놓은 것은 아닐까?

「참 나로서는 뜻밖이네, 도리언.」 홀워드가 말했다. 「자네가 초상화에서 그걸 봤다는 게. 정말로 봤는가?」

「예, 봤습니다.」 도리언이 대답했다. 「굉장히 흥미롭더군요.」

「그럼 지금 그걸 봐도 괜찮겠나?」

도리언은 고개를 내저었다. 「바질, 그건 요구하지 마세요. 저 초상화 앞에 당신이 서 있도록 할 수는 없어요.」

「그럼 나중에 보여 주겠나?」

「절대로 안 됩니다.」

「그래, 자네 생각이 옳을지도 모르지. 그럼 잘 있게, 도리언. 자네는 내 예술에 실제적인 영향을 준 단 하나뿐인 사람일세. 내가 좋은 일을 하면 그것이 무엇이든 다 자네 덕이야. 아! 자네는 몰라. 자네에게 그 모든 말을 할 때 내가 얼마나 고통스러웠는지.」

「바질.」 도리언이 말했다. 「저한테 무슨 말씀을 하셨죠? 저를 너무 많이 찬탄했다는 말이 아니었나요? 그건 칭찬도 아닌데.」

「입에 발린 말 하려고 그런 게 아니네. 고백이었어. 아무튼 다 털어놓고 나니까 내 속에서 뭔가가 빠져나가는 느낌이기

는 하네. 자기가 누굴 숭배하고 있다는 사실을 말로 옮겨서
는 안 되는 것 같다는 생각도 드네.」

「매우 실망스러운 고백이었어요.」

「왜, 뭐 달리 기대한 게 있었나, 도리언? 그림에서 다른 어
떤 것을 본 게 아니지? 다른 것이 또 있었나?」

「아뇨, 없었어요. 왜 그렇게 묻는 거죠? 어찌 되었든 숭배
에 관해서는 말씀하시지 말았어야 했어요. 바보 같은 생각이
에요. 바질, 당신과 저는 친구고, 앞으로도 영원히 그런 사이
로 남을 거예요.」

「자네한테는 해리도 있지 않나.」 화가가 씁쓰레한 목소리
로 말했다.

「오, 해리라!」 도리언이 잔잔하게 웃음을 터뜨리며 말했
다. 「해리는 낮에는 믿을 수 없는 말만 하고 저녁에는 있을
법하지 않은 일만 하면서 보내는 사람이죠. 저도 그런 삶을
살고 싶은 마음이 굴뚝 같아요. 하지만 제가 곤란할 때 해리
에게 달려가고 싶은 마음은 없어요. 차라리 당신에게 먼저
달려가면 갔지.」

「다시 내 앞에 앉아 주겠나?」

「그건 안 돼요!」

「도리언, 자네가 이렇게 거부함으로 해서 예술가로서의 내
삶을 망가뜨린다는 사실을 명심하게. 어느 누구도 두 개의
이상을 만날 수는 없네. 하나도 만나지 못하는 사람이 많아.」

「바질, 당신에게 그 이유를 설명할 수 없어 안타까워요. 하
지만 다시는 당신 앞에 앉아 있을 수가 없어요. 초상화에는
뭔가 운명적인 게 있어요. 그 자체가 나름의 생명력을 가지
고 있어요. 언제 찾아가서 차 한잔 같이 마실게요. 그런 것도
즐거운 일이니까요.」

「자네한테야 즐거운 일일 테지.」 홀워드는 유감이라는 듯

이 중얼거렸다. 「자, 이제 난 가겠네. 저 초상화를 다시 한 번 보고 싶은데 보여 주지 않아 유감이야. 하나 어쩔 수 없지. 초상화에 대해 자네가 가진 생각을 충분히 이해하네.」

홀워드가 떠나자 도리언 그레이는 혼자 미소를 지었다. 불쌍한 바질! 진짜 이유를 전혀 모르다니! 어쩔 수 없는 상황이 되어 자기 자신의 비밀을 드러낼 수도 있었는데 오히려 우연찮게 친구의 비밀을 끄집어내다니, 이 얼마나 묘한 일인가! 그에게 들려준 이상한 고백은 또 어떤가! 화가의 터무니없는 질투심, 맹목적인 숭배, 도를 넘어선 과찬의 말, 호기심 자극하는 과묵함. 그는 이제 이 모든 것을 이해했다. 안됐다는 생각이 들었다. 낭만적인 사랑에 의해 채색된 우정에는 뭔가 비극적인 것이 있다는 느낌이 들었다.

그는 한숨을 내쉬고 종을 울렸다. 어떻게 해서든지 초상화를 감춰야 했다. 또다시 발견되는 위험은 없어야 했다. 친구 가운데 어느 누구라도 쉽게 드나들 수 있는 방에 단 한 시간 동안이라도 그 초상화가 머물도록 내버려두는 것은 분명 미친 짓이었다.

제10장

하인이 들어오자 그는 하인을 찬찬히 뜯어보았다. 혹시 차단막 뒤를 몰래 들여다볼 생각을 가지고 있는 것은 아닌지 의심스러웠기 때문이었다. 하인은 아주 태연했고, 그냥 그의 지시만을 기다리고 있었다. 도리언은 담배에 불을 붙인 다음 거울이 있는 곳으로 걸어가 거울을 들여다보았다. 빅터의 얼굴이 완벽하게 반사되어 나타났다. 예속된 자가 내보이는 짐짓 평온해 보이는 얼굴이었다. 그 얼굴을 보니 달리 걱정할 것은 없었다. 그래도 조심하는 것이 최선의 방책이라고 그는 생각했다.

느릿느릿한 목소리로 그는 빅터에게 말했다. 가정부에게 자기가 좀 보자고 한다고 하고, 액자 장수에게 가서 일꾼을 둘 정도 데리고 바로 와주었으면 좋겠다고 전하라고 했다. 그는 방을 나서는 빅터의 눈이 차단 막이 있는 쪽으로 흘끗 스치고 지나가는 것 같은 느낌을 받았다. 아니 혹시 그가 그렇게 상상한 것은 아닐까?

잠시 후, 검은색 비단 드레스를 입고 주름투성이 손에 다 낡은 실장갑을 낀 리프 부인이 서둘러 서재로 들어섰다. 그는 그녀에게 공부방 열쇠를 달라고 했다.

「그 옛날 공부방 말씀인가요, 도리언 씨?」 그녀가 놀란 목소리로 물었다. 「먼지투성이예요. 제가 정리 좀 하고 치운 다음에 들어가시죠. 너무 엉망진창이라 보시기가 좀 그래요. 정말이에요.」

「정리해 두라는 게 아니야, 리프. 열쇠만 주면 돼.」

「주인님, 그 안에 들어가시면 온통 거미줄을 뒤집어쓸 겁니다. 거의 5년 동안 아무도 쓰지 않은 방이라서. 주인 어르신이 돌아가신 이후 한 번도 열어 본 적이 없어서 말예요.」

도리언은 그녀가 할아버지를 언급하자 얼굴을 찌푸렸다. 할아버지에 대해 증오에 가까운 기억이 있기 때문이었다. 「아무래도 상관없어.」 그가 대답했다. 「그냥 방만 볼 거니까. 그것뿐이야. 열쇠를 줘.」

「예, 열쇠 여기 있어요.」 그녀는 나이가 들어서인지 대단히 서툰 손으로 열쇠 다발을 뒤적거렸다. 「여기 있네요. 곧 빼서 드릴게요. 그런데 그 위에 올라가서 살려고 그러시는 건 아니지요? 여기가 더 편한데.」

「아니야, 아냐.」 그가 화난 목소리로 소리쳤다. 「고마워, 리프. 이젠 됐네.」

그녀는 잠시 더 머무르면서 세세한 집안일을 놓고 주절주절 얘기를 늘어놓았다. 그는 한숨을 쉬며 그녀가 최선이라고 생각하는 대로 일을 처리하라고 말했다. 그녀는 환한 미소를 얼굴에 그리며 방을 나섰다.

문이 닫히자 도리언은 열쇠를 주머니에 넣고 방 안을 둘러보았다. 그의 눈에 금색 실로 자수를 놓아 묵직해 보이는 커다란 자주색 공단 덮개가 들어왔다. 그의 할아버지가 볼로냐 근처 어느 수녀원에서 구했다는 근사한 17세기 후반 베네치아산 제품이었다. 그래, 저것이면 그 끔찍한 그림을 싸는 데 충분해. 어쩌면 망자의 관을 덮는 보로도 사용되었을 법한 덮개였다. 그런데 이제는 그것이 죽음의 부패보다 더 지독하게 그 자체로 썩어 가는 어떤 것 — 공포를 낳고, 더욱이 결코 사라지지 않을 그 무엇 — 을 감추는 데 사용될 참이었다. 벌레가 시체에 손상을 가하듯 그의 죄가 캔버스에 그려진 그의 모습에 손상을 가하고 있었다. 그의 죄가 얼굴의 아름다움을 훼손시키고 얼굴의 우아함을 갉아먹고 있었다. 그래서 그 모습을 흉측하게 만들고 치욕스러운 것으로 만들고 있다. 그럼에도 그 초상은 계속 살아 있다. 영원히 살아 있을 것이다.

그는 몸서리를 쳤다. 순간 그는 자신이 왜 초상화를 감추고 싶어 하는지, 진짜 이유를 바질에게 말하지 않은 것을 후회했다. 바질이라면 헨리 경의 영향력과 그 자신의 기질에서 비롯되는 더 파괴적인 영향을 과감히 뿌리치도록 도와줄 수 있었을지 몰랐다. 바질이 그에 대해 품고 있는 사랑 — 그것이야말로 진정한 사랑이기에 — 에는 고귀하지 않고 지적이지 않은 것이 하나도 없었다. 그의 사랑은 감각에 의해 태어나고 감각이 다하면 죽어 버리는 그런 단순한 찬사, 아름다움에 대한 그런 단순한 형이하학적인 찬사가 아니었다. 그의 사랑은 미켈란젤로나 몽테뉴나 빙켈만, 그리고 셰익스피어가 알았던 그런 사랑이었다. 그렇다. 바질이라면 그를 구해 줄 수 있었을지 몰랐다. 그러나 이젠 너무 늦었다. 과거는 언제든지 지워 버릴 수가 있다. 후회나 부인 혹은 망각이 그렇게 해줄 수 있다. 그러나 미래는 불가피한 것이다. 그에게는 어떻게든 배출시켜야 할 열정이 있었고, 사악한 실재의 모습을 감춰야 하는 꿈이 있었다.

그는 긴 의자를 덮고 있던 자주색과 금색이 어우러진 커다란 덮개를 두 손으로 들어 올려 차단 막 뒤로 향했다. 캔버스의 얼굴이 전보다 더 혐오스러운 모습으로 변했을까? 그가 보기엔 변한 게 하나도 없었다. 그러나 그 얼굴에 대한 혐오감은 전보다 더 강렬했다. 금발의 머리, 푸른 눈, 장미처럼 붉은 입술, 모두가 그대로였다. 변한 것은 표정이었다. 무시무시한 잔인한 표정이었다. 질책과 비난이 뒤섞인 역겨운 감정으로 그가 그 그림 속 얼굴에서 본 것과 비교하면 시빌 베인에 대한 바질의 비난은 얼마나 피상적인가! 얼마나 피상적이고, 얼마나 사사로운 것인가! 그의 영혼이 캔버스에서 그를 바라보며 판단을 내리라고 주문했다. 고통스러운 표정이 그의 얼굴에 나타나는가 싶더니 그는 그 호사스러운 보를 그림 위에 던졌다. 바로 그때 노크 소리가 들렸다. 그가 차단 막에서 물러나자 하인이 들어왔다.

「사람들이 왔습니다.」

그는 저 하인을 당장 나가도록 해야 한다고 생각했다. 초상화가 어디로 옮겨질지, 그가 절대로 알아서는 안 된다고 생각했다. 어딘가 교활한 구석이 있는 그 하인은 생각이 깊은 것 같으면서도 언제든 배신할 것 같은, 믿을 수 없는 눈을 지니고 있었다. 필기용 테이블에 앉아 도리언은 헨리 경에게 보내는 짧은 편지를 썼다. 그에게 읽을 만한 책이 있으면 보내 달라는 것과 오늘 저녁 8시 15분에 만나기로 한 것을 잊지 말라는 내용이었다.

「기다렸다 답신을 받아 와.」 도리언은 편지를 그에게 건네며 말했다. 「그리고 사람들을 안으로 들어오라고 하고.」

2, 3분 뒤에 또 한 번 노크 소리가 들리더니 사우스 오들리 스트리트의 유명한 액자 장수 허버드 씨가 다소 인상이 거친 젊은 조수와 함께 방으로 들어섰다. 허버드 씨는 불그레한 혈색에 붉은 구레나룻을 지닌 조그마한 사람으로, 원래는 예술을 높이 평가했지만 거래하는 대부분의 예술가들이 고질적인 가난에 시달리고 있다는 사실을 알고는 예술에 대한 태

도가 많이 달라진 사람이었다. 대체로 그는 자기 가게를 떠나지 않고 사람들이 찾아오기를 기다렸다. 하지만 도리언 그레이만은 예외였다. 도리언에게는 모든 사람의 마음을 끌어당기는 무엇이 있었다. 그를 보는 것만으로도 즐거운 일이었다. 허버드 씨는 반점투성이의 두툼한 손을 비비며 말했다. 「뭘 도와 드릴까요, 그레이 씨? 저로서는 직접 여기로 찾아뵙는 것만으로도 영광이라고 생각합니다. 최근에 좋은 액자 하나를 구했습니다. 할인 판매하는 곳에서 찾아낸 겁니다. 옛날 피렌체 스타일 액잔데 제 생각엔 폰트힐 저택에서 나온 것 같습니다. 종교를 주제로 다룬 작품에 딱 어울리는 액자랍니다, 그레이 씨.」

「여기까지 오시라고 해서 정말 죄송합니다, 허버드 씨. 언제 한 번 들러서 그 액자를 보겠습니다. 요즘엔 종교 예술에 별 취미가 없긴 하지만 그래도 보죠. 오늘은 그림 한 점을 집 꼭대기 층으로 옮기고 싶어서요. 꽤 무거워서 당신한테 두세 사람 정도의 일손을 부탁드려야겠다고 생각했거든요.」

「당연히 해드려야죠, 그레이 씨. 어떤 일이든 즐겁게 해드려야죠. 어떤 작품이죠?」

「이겁니다.」 도리언이 차단 막을 뒤로 물리며 대답했다. 「덮개까지 해서 지금 이 상태로 옮길 수 있겠죠? 위층으로 옮기다가 긁혀서는 안 되거든요.」

「문제없습니다.」 액자 장수는 상냥한 목소리로 이렇게 대답하고는 조수의 도움을 받아 그림이 매달린 긴 황동 사슬에서 그림을 떼어 내기 시작했다. 「그럼 이 그림을 어디로 옮길까요, 그레이 씨?」

「제가 알려 드리겠습니다, 허버드 씨. 저를 따라 오시죠. 아니면 앞에 서시는 게 더 좋을 것 같기도 하고요. 맨 꼭대기 층이니 현관 쪽 계단을 타고 오릅시다. 그쪽이 더 넓어서.」

그는 문을 열어 주었다. 그들은 홀로 나가서 계단을 타고 오르기 시작했다. 액자를 공들여 만든 것이라 그림이 대단히 무거웠다. 그래서 지체 높은 신사 양반이 도움을 주면 과감하게 싫다고 거절하는 진정한 장인 정신을 지닌 허버드 씨가 아첨하듯이 그러면 안 된다고 말렸음에도 아랑곳없이 도리언도 한몫 거들고 나섰다.

「상당히 무겁군요.」 계단 맨 꼭대기 층계참에 다다르자 키가 작은 허버드 씨가 숨을 헐떡이며 땀으로 반지르르한 이마를 손으로 쓰윽 훔쳤다.

「꽤나 무겁군요.」 도리언도 이렇게 중얼거리며 자기 삶의 비밀을 지키고 사람들 눈을 피해 자신의 영혼을 숨겨 둘 방문을 열었다.

그가 그곳에 들어가지 않은 지 4년이 넘었다. 어렸을 땐 놀이방으로 사용하고 좀 더 자라서는 공부방으로 사용한 이후 실제로 한 번도 들어가 본 적이 없는 방이었다. 방은 크고 비교적 균형이 잘 잡혔는데, 돌아가신 켈소 경이 어린 손자가 사용하도록 특별히 만들어 준 방이었다. 켈소 경은 다른 이유도 있었지만 손자가 하필이면 자기 엄마를 닮았다는 이유로 늘 손자를 미워하고 곁에 두려고 하지 않았다. 도리언이 보기엔 방은 별로 바뀐 것 같지가 않았다. 방 안에는 이탈리아산 커다란 상자가 하나 있었다. 환상적인 그림의 판지가 붙어 있고 색 바랜 금박 주물이 달린 것으로 어렸을 때 그는 종종 그 속에 들어가 숨곤 했다. 마호가니 목재로 만든 책장도 있었는데 학교 다닐 때 사용하던 교재가 모서리 부분이 여기저기 접힌 채 아직도 그곳에 꽂혀 있었다. 그리고 책장 뒤 벽면에는 마찬가지로 다 해진 플랑드르산 벽걸이 장식 천이 걸려 있었다. 그 벽걸이 장식 천에는 희미하긴 하지만 왕과 왕비가 정원에서 체스 게임을 하고, 그 근처를 일단의 매사냥꾼들이 긴 장갑을 낀 손목에 두건 모양 도가머리를 한 새를 올려놓은 채 말을 타고 지나는 모습이 그려져 있었다. 새록새록 되살아나는 모든 기억들! 방 안을 둘러보던 그에게 외로웠던 어린 시절의 한순간 한순간이 다시 찾아오는 것 같았다. 흠 하나 없이 순수했던 소년 시절. 그 시절을 회상하던 그로서는 자신의 모습을 담은 불길한 초상화를 옛 추억이 서린 방에 감춰야 한다는 것 자체가 섬뜩하게 느껴지지 않을 수가 없었다. 한가했던 시절. 자신에게 닥칠 이 모든 일을 전혀 생각하지도 못했으니!

그러나 그의 집에서 엿보기 좋아하는 사람들 눈을 피할 수 있는 안전한 곳이 이곳 말고는 없었다. 열쇠가 그에게 있으니 다른 사람은 들어갈 수가 없다. 캔버스에 그려진 그의 얼굴이 자주색 덮개 밑에서 점점 더 흉포한 모습으로 변할 테고, 그러면서 눅눅해지고 더러워질 것이 분명했다. 하지만 뭐가 문젠가? 아무도 볼 수 없을 텐데. 그 자신도 보지 않을 것이다. 그의 영혼이 흉하게 타락해 가는 것을 굳이 지켜볼 이유가 뭔가? 그는 젊음을 유지할 테고, 그러면 그것으로 충분하지 않은가. 게다가 그의 본성이 더 고와지고 섬세해질 수도 있지 않은가. 미래가 치욕으로 가득하리라고 생각할 이유는 없었다. 그의 삶에 어떤 사랑이 나타나 그를 정화시키고, 그래서 이미 영혼과 육체를 휘젓고 있는 듯 보이는 그 죄악들, 아직 드러나지 않은, 그래서 그 신비스러움 때문에 더 교묘하고 매력적으로 보일 수 있는 기묘한 죄악들에서 그를 구해 낼 수도 있지 않겠는가. 그래서 어쩌면 언젠가 그 잔인한 표정이 다감한 주홍색 입가에서 사라지게 되고, 그러면 바질 홀워드의 걸작을 세상에 내보일 수도 있지 않겠는가.

아니, 그건 말도 안 되는 소리다. 시간이 지나고 날이 지나다 보면 캔버스의 것이 점점 늙어 갈 것이다. 그래, 그것이 가증스러운 죄를 피할 수는 있겠지만 무서운 세월이 그 앞에 도사리고 있을 테니. 양 볼은 푹 꺼지거나 흐늘흐늘해질 테고, 흐린 눈가의 눈초리에는 누런 주름이 자글자글 생기면서 소름 끼치는 인상을 풍길 것이다. 아름다웠던 머리칼은 윤기를 잃어 가고 입은 늙은이들의 입이 그런 것처럼 멍하니 벌어지거나 축 처지면서 바보 같거나 추잡한 인상을 내보일 것이다. 목에도 주름이 굵게 생기고, 손은 싸늘해지면서 혈관이 불뚝불뚝 튀어나오게 되고, 몸뚱이는 어린 시절 그에게 그렇게 엄했던 할아버지의 몸처럼 이리저리 뒤틀린 형체로 바뀔 것이다. 결국엔 초상화를 감춰야 했다. 어쩔 수 없는 노릇이었다.

「안으로 들이지요, 허버드 씨.」 도리언이 돌아서며 맥없는 목소리로 말했다. 「기다리게 해서 미안합니다. 뭐 좀 생각하느라고.」

「그러면서 저희도 좀 쉬는 거죠, 뭐.」 액자 장수가 여전히 가쁜 숨을 몰아쉬며 대답했다. 「그런데 어디다 놓을까요?」

「아무데나 놓죠. 아, 여기, 여기가 좋겠군요. 걸어 둘 건 아닙니다. 그냥 벽에다 기대어 놓으면 됩니다. 고맙습니다.」

「그럼 좀 봐도 되겠습니까?」

도리언은 깜짝 놀랐다. 「볼 것 없어요, 허버드 씨.」 그는 액자 장수에게서 눈을 떼지 않으면서 말했다. 도리언은 그가 자기 삶의 비밀을 감추고 있는 저 화려한 덮개를 들추려 한다면 당장이라도 덮쳐 바닥에 고꾸라뜨릴 자세였다. 「이만하면 됐습니다. 여기까지 와주셔서 뭐라고 감사를 드려야 할지 모르겠군요.」

「아닙니다, 무슨 말씀을요, 그레이 씨. 일이 있으면 언제든지 불러 주세요.」 그러면서 허버드 씨는 쿵쿵 계단을 따라 내려갔고, 그의 조수가 그 뒤를 따라 내려갔다. 조수는 계단을 내려가면서 고개를 돌려 거칠고 못생긴 자신의 얼굴에 감추려 했지만 어쩔 수 없이 그려지는 놀라운 표정으로 도리언을 바라보았다. 저렇게 놀라울 정도로 잘생긴 사람을 본 적이 없다는 표정이었다.

그들의 발소리가 점점 멀어지자 도리언은 문을 잠그고 열쇠를 주머니에 넣었다. 이제야 안심이 되는 것 같았다. 그 무시무시한 것을 이제는 아무도 볼 수 없으리라. 자신을 제외한 어느 누구의 눈도 그의 치욕을 보지 못하리라.

그는 서재로 내려왔다. 시간은 벌써 5시가 넘었다. 차도 진작 갖다 놓은 모양이었다. 서재에는 그의 후견인의 아내로 걸핏하면 아프다는 구실을 대는, 그래서 지난겨울을 카이로에서 보낸 래들리 부인이 선물로 준 조그만 테이블이 하나 있었다. 향기 나는 검은색 나무에 자개를 두툼하게 씌운 그 조그만 테이블에 헨리 경이 보낸 쪽지가 놓여 있고, 그 옆에 표지가 노란 책 한 권이 있었다. 표지가 약간은 찢어진 데다 귀퉁이에는 손때가 묻어 있는 책이었다. 그리고 차 쟁반에 「세인트 제임스 가제트」지 3판 한 부가 놓여 있었다. 빅터가 돌아온 것이 분명했다. 도리언은 혹시 일을 도와준 사람들이 집을 나설 때 돌아오던 빅터가 홀에서 그들과 마주친 것은 아닌지. 그래서 빅터가 그들에게 무슨 일을 했는지 캐물은 것은 아닌지 걱정이 되었다. 빅터가 차니 뭐니 갖다 놓을 때 그림을 보지 못한 것은 분명한 일이었다. 이미 치워 뒀으니 당연히 보지 못했다. 그런데 차단 막을 다시 제자리에 갖다 두지 않았으니 벽에 텅 빈 공간이 그대로 드러나 있었을 것이다. 그러니 어쩌면 빅터가 어느 날 밤 몰래 위층으로 올라가 억지로 그 방의 문을 열려고 할지도 몰랐다. 남의 방을 몰래 들여다보는 일은 심히 불쾌한 일이다. 도리언은 하인들 때문에 시달리고 고생했다는 부자들 얘기를 들은 적이 있었다. 하인들이 주인에게 온 편지를 읽거나 대화를 엿듣거나 어느 주소가 적힌 카드를 주워 보거나 베개 밑에서 시든 꽃이나 구겨진 레이스 조각을 발견하고는 그것을 이용해 주인을 등쳐먹었다는 얘기들이 가끔 그의 귀에 들리곤 했다.

그는 한숨을 내쉬며 차를 따르고는 헨리 경의 쪽지를 열어 보았다. 석간 신문 한 부하고 읽으면 재미있을 거라는 책 한 권을 보내고 8시 15분까지 클럽에 가겠다는 내용이었다. 그는 천천히 신문을 펼쳐 쭉 훑어보았다. 5면에 빨간색 연필로 표시해 놓은 곳이 눈에 띄었다. 다음의 기사를 주목해 보라는 표시였다.

어느 여배우 사건의 심리

오늘 아침 혹스턴 로드의 벨 터번에서 지역 검시관인 댄비 씨 주도로 최근에 홀번의 로열 극장에 고용된 젊은 여배우인 시빌 베인의 시신에 대한 검시 심리가 열렸다. 사건은 과실에 의한 사망으로 판명되었다. 사망한 여배우의 어머니에게 많은 위로와 동정의 마음이 전해졌다. 그녀는 자신의 증거 사실을 증언하고 사후 검시를 했던 비렐 박사의 증언이 진행되는 동안 몹시 충격을 받은 모습이었다.

도리언은 얼굴을 찌푸렸다. 그러고는 신문을 두 쪽으로 쫙 찢어서는 방 한쪽 구석에 내던져 버렸다. 얼마나 구역질 나는 일인가! 정말 얼마나 추하고 불쾌한 일인가! 이런 신문을 자기에게 보낸 헨리 경에게 좀 섭섭하다는 생각이 들었다. 더욱이 빨간 연필로 표시까지 해두다니 참으로 어리석은 짓이 아닌가. 이 부분을 빅터가 읽었을 수도 있었다. 그의 영어 실력이 그 정도는 되고도 남았다.

아마도 빅터가 읽었을 것이다. 그리고 뭔가를 의심하기 시작했을지도 모른다. 그러나 그게 무슨 상관이랴. 도리언 그레이가 시빌 베인의 죽음과 어떤 연관이 있는가? 겁낼 것이 없었다. 도리언 그레이는 그녀를 죽이지 않았으니까.

그는 헨리 경이 보내 준 노란 책으로 눈길을 돌렸다. 무슨 책인지 궁금했다. 그는 진주색의 조그만 팔각형 스탠드로 향했다. 늘 그랬지만 그 스탠드를 보면 그는 기이하게 생긴 이집트의 벌들이 은색으로 엮어 만든 작품 같다는 인상을 받았다. 그런 다음 그는 책을 집어 들고 안락의자에 앉아 책장을 넘기기 시작했다. 얼마 지나지 않아 그는 책 속에 빠져들었다. 그가 읽은 책 가운데 가장 묘한 책이었다. 그는 기묘한 의상을 걸친 세상의 죄악이 부드러운 피리 소리에 맞춰 소리 없이 자기 앞을 지나가는 느낌이 들었다. 아련한 꿈으로만 생각했던 것들이 별안간 자기 앞에 실제의 것으로 등장한 것 같았다. 그리고 꿈도 꿔보지 못했던 것들도 서서히 드러나기 시작했다.

플롯이 없는 소설이었다. 등장인물도 딱 한 사람이었다. 어떻게 보면 파리의 어느 젊은이에 대한 심리학적 연구서 같은 느낌이 들었다. 그 파리의 젊은이는 자기 시대를 제외한 다른 모든 시대에 속하는 모든 열정과 사고의 유형을 19세기에 구현해 보고자 온 인생을 다 바치는 인물이었다. 그래서 그 젊은이는 보통 사람들이 짐짓 미덕이라 부르는 많은 체념들과 현자들은 계속해서 죄라고 부르는 모든 자연스러운 반항들이 모두 인위적이고 작위적이기에 더욱더 바싹 끌어안으면서 세상의 정신이 통과해 지나간 모든 감정을 자기 자신속에 정리하고 요약해서 넣으려고 했던 것이다. 이 작품은 보석으로 장식된 것 같은 공들인 문체에 생생하면서도 모호하고 은어와 고어가 풍부하고 기술적인 표현과 정교한 부연이 더해진 것으로, 프랑스 최고의 상징주의 작가들 작품에서 특징적으로 발견되는 문체로 써 있었다. 그 속에는 연보라색 난초처럼 기이하고 미묘한 색채의 은유도 담겨 있었고, 감각 적 삶이 신비주의 철학의 용어로 묘사되어 있었다. 그래서 읽다 보면 이따금 자기가 어느 중세 성자의 영적인 법열 상 태를 묘사한 글을 읽는 것인지 아니면 현대를 사는 어느 죄 인의 음울한 자기 고백을 읽는 것은 아닌지 분간이 안 되었 다. 위험천만한 책이었다. 책장마다 진한 향냄새가 묻어나 머리를 아프게 만드는 것 같았다. 단순한 리듬의 문장, 복잡 한 후렴과 정교하게 반복되는 동작이 가득한, 그래서 더욱 단조롭게 보이는 그 문장들이 들려 주는 음악이 한 장 한 장 책을 읽고 넘어가는 도리언의 마음에 몽상과 혼란스러운 꿈 을 심어 주었고, 그 때문에 그는 하루가 저물고 어둠이 깃들 기 시작하는 것조차 모르고 있었다.

구름 한 점 없는, 외로운 별 하나만이 어둠을 가르는 푸른 구릿빛 하늘이 유리창에 비쳤다. 그는 이울어 가는 하늘 빛을 받아 가며 책을 읽었다. 더는 읽을 수 없을 때까지 계속 읽었 다. 마침내 하인이 여러 차례나 들어와 약속 시간에 늦겠다고 일러 주고 나서야 그는 자리에서 일어났다. 옆방으로 간 그는 늘 침대 옆에 놓여 있는 피렌체산 조그만 탁자 위에 그 책을 올려놓고 저녁 식사를 위해 옷을 갈아입기 시작했다.

그가 클럽에 도착했을 때는 거의 9시가 다 된 시각이었다. 아침 식사를 하는 방에 헨리 경이 혼자 지루해하는 표정을 지으며 앉아 있었다.

「미안해요, 해리.」 그가 큰 소리로 말했다. 「하지만 제가 늦은 건 전적으로 당신 잘못이에요. 당신이 보내 준 책에 정 신이 팔리는 바람에 시간 가는 줄도 몰랐거든요.」

「그렇군. 자네가 좋아할 줄 알았어.」 헨리 경이 의자에서 일어서며 대꾸했다.

「좋아한다는 말은 안 했어요. 그냥 그 책에 푹 빠진 거죠. 둘 사이엔 큰 차이가 있어요.」

「아, 그런가?」 헨리 경은 나지막이 중얼거렸고, 곧 두 사람은 저녁 식사용 방으로 자리를 옮겼다.

제11장

여러 해 동안 도리언 그레이는 그 책의 영향에서 벗어날 수가 없었다. 아니, 그 책에서 벗어나려고 굳이 노력하지 않았다고 하는 게 더 옳은 말인지도 몰랐다. 그는 그 책 초판본의 확대판을 아홉 권씩이나 파리에서 구입해서는 각기 서로 다른 색 종이로 포장했다. 그때그때 기분에 따라, 때로는 자신도 통제하지 못할 정도로 변덕을 부리는 환상에 따라 마음에 맞는 색 책을 고르기 위함이었다. 파리의 훌륭한 젊은이인 주인공은 낭만적 기질과 과학적 성향이 묘하게 뒤섞여 있어 도리언이 보기에는 자기 자신을 미리 그려 넣은 것 같은 생각이 들기도 했다. 실제로 그에게는 그 소설 전체가 자기 삶의 이야기를 미리 예상해서 담아 둔 것이 아닌가 싶을 정도였다.

그래도 한 가지 점에서는 그가 소설의 주인공보다 운이 좋은 편이었다. 파리의 젊은이가 일찍부터 맞닥뜨리게 된 사실, 즉 한때는 분명 사람들의 주목을 받았던 아름다움이 갑자기 시들해지면서 거울이나 반질반질한 금속의 표면이나 잔잔한 수면을 대하는 일이 얼마나 기괴하고 무서운 일인가 하는 사실, 그 사실을 도리언은 몰랐던 것이다. 그리고 사실

군이 알 이유도 없었다. 그래서 그는 그 작품의 후반부에서 주인공이 다른 사람들을 평할 때나 세상을 바라볼 때 자신이 가장 소중하게 여기고 높이 평가했던 것을 정작 자신은 상실하면서 겪게 되는 슬픔과 절망을 다소 과장하긴 했지만 비극적으로 묘사한 부분을 읽을 때면 거의 잔인하다 싶을 정도의 쾌감 — 어떤 쾌락이든 잔인함이 어느 정도는 배어 있는 것처럼 어떤 형태의 기쁨에도 잔인한 면이 있는 것 같다 — 을 느낄 수가 있었다.

이유는, 바질 홀워드와 그 밖의 다른 사람들을 매료시켰던 경탄할 만한 아름다움이 결코 그에게서 사라지지 않을 것 같았기 때문이었다. 그를 겨냥한 지독한 악담이나 때로 런던 시내에 슬며시 퍼지다가 급기야는 클럽의 잡담거리가 되고 마는 그의 생활 방식에 대한 이상한 소문들을 들었던 사람들조차 일단 그를 만나고 나면 더는 그에게 불명예를 가져다주는 말이나 비방을 믿지 않았다. 그는 늘 세상의 어떤 오점이나 오명에 물들지 않는 사람의 모습을 지니고 있었다. 상스러운 이야기를 하던 사람들도 도리언 그레이가 들어서면 말을 멈춰야 했다. 그의 얼굴에 담긴 순수함에는 그런 천한 이야기를 하는 사람들을 잠잠하게 하는 그 무엇이 있었다. 그가 모습을 보이는 것만으로도 사람들은 자신들에게서는 이미 퇴색되어 버린 순진무구함을 기억 속에 떠올리지 않을 수 없었다. 그들로서는 도리언처럼 아름답고 우아한 사람이 불결하면서도 감각적으로 타락해 가는 세월의 때를 어떻게 묻히지 않고 살아가는지 궁금하지 않을 수가 없었던 것이다.

종종 그가 행적이 묘연한 채 장기간 집을 비울 때가 있는데 그러면 그의 친구들과 친구라고 자처하는 사람들 사이에는 갖가지 이상한 억측들이 떠돌아다니곤 했다. 그러나 그런 것에 상관없이 집을 비우다 돌아올 때면 도리언은 반드시 위층 방으로 올라갔다. 그리고 늘 몸에 지니고 다니는 열쇠로 문을 열고 들어가 바질 홀워드가 그려 준 초상화 앞에 거울을 들고 서서 캔버스의 그 사악하게 늙어 가는 얼굴을 보고 난 다음엔 반짝이는 거울에 비친 자신의 아름다운 젊은 얼굴을 보곤 했다. 극단에 가까운 이러한 대조가 그에게 쾌감을 불러일으키곤 했다. 그는 자신의 아름다움에 더욱 빠져들었고 자기 영혼의 타락에도 점점 더 흥미를 느끼기 시작했다. 그는 아주 세심하게, 때로는 괴상망측한 희열을 느끼며 주름진 이마를 더욱 늙어 보이게 만들고 대단히 육감적인 입 주변에 우글거리는 것 같은 보기 흉한 선들을 살펴보곤 했다. 그럴 때마다 그는 죄악의 흔적과 세월의 흔적 가운데 과연 어느 것이 더 흉측한지 궁금해하기도 했다. 그리고 자신의 하얀 손을 그림 속에 나타난 퉁퉁 부은 거친 손 옆에 대보면서 미소를 짓기도 했다. 보기 흉하게 변해 가는 몸뚱이와 점점 볼품없어지는 사지를 보며 그는 마음껏 조롱의 웃음을 날렸던 것이다.

물론 어떤 날 밤에는, 가령 은은한 향기가 퍼지는 자신의 방에 잠을 이루지 못하고 누워 있을 때나 종종 그가 가명을 사용하여 다른 사람인 것처럼 꾸미고 습관처럼 자주 찾아가는 평판이 좋지 않은 선창가 어느 조그만 선술집의 칙칙한 방에 있을 때면 그는 자신 때문에 몰락해 가는 자신의 영혼을 생각하면서 안타까움에 애석해하기도 했다. 더욱이 자기 영혼의 파멸이 순전히 이기적인 원인에 의한 것이기에 그 애석함이 더욱 통렬하게 폐부를 찌르곤 했다. 그러나 그런 순간은 드물었다. 오히려 삶에 대한 호기심, 그러니까 헨리 경과 함께 친구 집 정원에 있을 때 그 헨리 경이 처음으로 자극해서 불러일으켰던 호기심이 점점 커지면서 그는 더욱 기분이 좋아지는 것 같았다. 더 많이 알면 알수록 더 알고 싶은 욕망이 일었다. 채우면 채울수록 더욱 탐욕스럽게 커져 가는 주체할 수 없는 굶주림이었다.

그러나 그가 실제로 그렇게 무분별한 사람은 아니었다. 어쨌든 사회와의 관계에서는 분별 있게 행동하려고 했다. 겨울이 되면 매달 한두 번 정도, 그리고 사교 시즌이 한창일 때는 매주 수요일 저녁에 그는 멋진 자기 집을 세상을 향해 활짝 열어 두곤 당대에 유명하다는 음악가들을 불러 경이에 가까운 예술로 손님들의 마음을 사로잡기도 했다. 헨리 경이 결산을 도와주긴 했지만 아무튼 그가 주선하는 소규모의 만찬은 섬세한 조화를 이루도록 마련된 이국적인 꽃 장식과 자수를 놓은 식탁보, 고풍미를 풍기는 금 접시와 은 접시 등 테이블 장식이 내보이는 절묘하게 공들인 고상한 감각뿐 아니라 손님을 세심하게 선별하여 초대하고 자리 배열도 꼼꼼하게 신경 쓰는 것으로 유명했다. 실제로 도리언 그레이를 보면서 자기네들이 이튼이나 옥스퍼드에 다닐 때 꿈꿔 왔던 이상형의 모습, 즉 학생이 지녀야 하는 진정한 의미의 교양과 세계 시민이 지녀야 하는 예의와 비범함과 완벽한 몸가짐을 동시에 지니고 있는 인물의 모습을 도리언 그레이에게서 발견했다는 혹은 그런 것 같다고 상상하는, 그런 사람들이 많았다. 특히 아주 젊은 청년들의 경우가 그랬다. 그들에게 도리언 그레이는 단테가 〈아름다움의 숭배로 스스로가 완벽해지기〉를 추구하는 사람들이라고 묘사한 바로 그런 부류의 사람들에 속하는 인물로 보였던 것이다.[42] 그리고 고티에가 말한 것처럼, 〈눈에 보이는 이 세상은 바로 그를 위해서 존재하는

---

42 여기서의 단테의 말은 어느 작품에 나오는 말인지 확인이 안 되는 것으로 알려져 있다. 다만 월터 페이터의 소설인 『쾌락주의자 마리우스』에 마리우스가 〈가시적인 아름다움을 사랑함으로 그 자신이 온전하게 된〉 사람이라는 묘사가 나온다.

것〉이었다.[43]

확실한 것은, 도리언에게 인생은 모든 예술 가운데서 첫째가는 가장 위대한 예술이라는 사실이었다. 다른 모든 예술은 인생을 위한 예비 단계에 불과했다. 환상적인 것을 어느 한 순간 보편적인 것으로 만드는 패션이나 그 나름의 방식으로 순수한 현대적인 아름다움을 내세우려는 노력인 댄디즘이라 불리는 멋부리기도 물론 그의 마음을 사로잡기는 했다. 그의 옷 입는 방식이나 이따금 그가 꾸며 내는 독특한 차림이 메이페어의 무도회장이나 펠맬[44]의 클럽을 드나드는 젊은 멋쟁이들에게 눈에 띌 정도로 영향을 미친 것은 사실이었다. 그 멋쟁이들은 도리언이 하는 것을 뭐든지 다 따라 했으며, 정작 도리언 자신은 별로 꾸미려고 꾸민 것이 아닌데도 그의 우아한 맵시가 어쩌다 내보이는 매력을 그대로 재현하려고 애를 썼다.

물론 도리언은 성년이 되자마자 자신에게 제시된 지위를 더할 나위 없이 기꺼운 마음으로 받아들였고, 또 실제로 자신이 당시 런던에서 옛날 네로가 통치하던 로마 제국 시대 때 『사티리콘』를 썼던 저자가 차지했던 그런 위치에 오를지도 모른다는 생각에 묘한 쾌감 같은 것을 느낀 것도 사실이었다. 그러나 내심 그는 단순히 어떤 보석을 달아야 하는지, 넥타이의 매듭은 어떻게 해야 하는지, 지팡이는 어떻게 다루어야 하는지 등과 같은 일을 자문하는 〈우아한 취향을 가리는 판정자〉가 되는 것 이상의 것을 바라고 있었다.[45] 그는 나름의 이치에 맞는 철학과 정연한 원칙을 지닌 새로운 삶의

43 1857년 5월 1일에 고티에는 〈눈에 보이는 이 세상이 나를 위해서 존재한다는 사실, 내가 바로 그런 존재라는 사실에 내 존재의 온 가치가 있다〉고 말한 것으로 전해진다.

44 클럽이 많기로 유명한 런던의 거리.

구도를 만들어 가길 원했으며, 감각에 정신적 의의를 부여하는 데에서 그런 삶의 구도가 최고도로 실현되리라 생각했던 것이다.

감각의 숭배는 상당히 타당한 근거에 의해 종종 그 가치가 격하되었다. 왜냐하면 사람들이 그들 자신보다 더 강한 듯 보이고, 또 고도로 조직화되지 못한 유형의 존재들과 공유하고 있는 것으로 여기는 정열이나 감흥에 대해서는 본디부터 본능적으로 두려움을 느끼기 때문이었다. 그러나 도리언 그레이가 보기에는 감각의 진정한 속성이 제대로 이해되지 않았으며, 따라서 세상이 감각을 새로운 정신성의 요소로 만들어 아름다움에 대한 섬세한 본능이 그것의 지배적인 특징이 되도록 하는 대신에 오히려 감각을 굶주려 순종하게 하거나 고통으로 감각을 죽이려고 했기 때문에 감각이 아직도 미개하고 동물적인 것으로 남아 있는 것이 아닌가 싶었다. 그래서 그는 역사 속의 인물들을 되돌아볼 때 대단한 상실감에 사로잡히지 않을 수 없었다. 너무나 많은 것을 포기한 것이 아닌가! 그것도 별로 쓸데없는 목적 때문에! 너무나 맹목적이고 작위적인 거부와 흉악한 형태의 자기 학대와 자기 부정이 있었다. 그 시작은 두려움이었고, 결과는 사람들이 아무것도 모르는 무지의 상태에서 피하려고 했던 바로 그 타락이었다. 상상했던 것 이상의 엄청난 타락이었다. 그래서 자연은 그 놀라운 아이러니 속에서 은자로 하여금 사막의 야수들을 잡아먹도록 했으며, 속세를 버린 사람들에게 들녘의 짐승들을 친구 삼도록 했던 것이다.

45 네로 황제 치하 로마의 생활을 묘사한 『사티리콘』은 로마의 정치가이자 소설가인 가이우스 페트로니우스 아르비테르의 장편소설이다. 역사가인 타키투스는 페트로니우스를 네로 황제 궁정의 〈우아한 취향을 가리는 판정자〉라고 했다.

그렇다. 헨리 경이 예언했던 것처럼 새로운 쾌락주의가 있어야 했다. 그래야 삶을 재창조할 수 있으며, 그래야 이 시대에 다시 부활하려고 하는, 시대에 어울리지도 않는 무자비한 청교도주의에서 우리 인생을 구해 낼 수가 있다. 물론 이 새로운 쾌락주의는 지성의 도움을 받아야 한다. 그러나 어떤 열정적인 경험의 희생을 요구하는 이론이나 제도는 받아들이지 말아야 한다. 이 쾌락주의의 목적은 경험하는 것 그 자체지 쓰든 달든 경험의 과실은 아닌 것이다. 또한 이 쾌락주의는 감각을 둔하게 만드는 세속의 방탕함을 몰라야 하는 것처럼 감각을 죽이는 금욕주의도 몰라야 한다. 새로운 쾌락주의는 사람으로 하여금 그 자체가 한순간에 불과한 우리 삶을 어느 한순간에 집중하도록 가르치는 것이어야 한다.

이따금 우리는 동이 트기 전에 잠에서 깰 때가 있다. 죽음을 골똘히 생각하게 하는 불면의 밤을 지내고 난 뒤 그럴 수도 있고, 공포나 별난 희열 속에 밤을 지내고 난 뒤 그럴 수 있다. 그럴 때면 현실 그 자체보다 훨씬 무시무시한, 그러면서 그로테스크한 모든 것에 잠복해 있으면서 고딕 예술, 흔히 혼란스러운 몽상에 사로잡힌 사람들의 예술이라 생각하는 그 고딕 예술에 끈질긴 활력을 부여하는, 생기에 넘친 생명력으로 가득 찬 환영들이 우리 머릿속 여러 공간을 휩쓸고 지나간다. 서서히 하얀 손가락 같은 여명의 빛줄기들이 커튼을 통해 기어 들어오고, 그러면 커튼은 부르르 몸을 떤다. 환상적인 검은 의상을 입은 말없는 그림자가 방 구석구석으로 기어 들어가 그곳에 웅크리고 앉는다. 밖에서는 나뭇잎 사이에서 바스락거리는 새들의 소리와 일터로 나서는 사람들의 소리, 혹은 산허리를 돌아 나와 잠자는 사람들을 깨우지 않으려는 듯, 그러나 자줏빛 동굴과 같은 집에서 잠은 반드시 불러내야 한다는 듯 고요한 집 둘레를 배회하는 바람 소리가 들려온다. 어스레한 얇은 장막이 하나둘씩 걷히면서 서서히 사물의 형태와 색이 회복되고, 우리는 새벽이 세상을 그 옛 모양대로 다시 드러냄을 지켜본다. 어둠을 안고 있던 거울도 점차 그 모방의 삶을 되찾는다. 불 꺼진 가는 초는 우리가 두 었던 그곳에 그대로 서 있고, 그 옆에는 우리가 읽다가 그대 로 펼쳐 놓은 책이 놓여 있다. 무도회를 장식했던 철사로 묶 은 꽃, 뜯어 보기 겁이 나서 그대로 뒀거나 읽고 또 읽고 싶어 놔둔 편지. 어떤 것도 변한 게 없는 듯 보인다. 우리가 알고 있는 현실의 삶이 밤이 뿌려 놓은 환상적인 어둠 속을 빠져 나온다. 그러면 우리는 우리가 떠났던 지점에서 다시 삶을 시작해야 한다. 그럴 때면 우리 머릿속에 스멀스멀 기어 들 어오는 생각이 있다. 그것은 판에 박힌 습관의 삶을 지루하 게 또다시 시작하면서 계속해서 힘을 쏟아야 한다는 생각일 수도 있고, 아니면 어느 날 아침에 눈을 떴더니 밤새 어둠 속 에서 완전히 새롭게 변한 세상, 사물이 새로운 모양과 색을 지니게 되거나 변해 있는, 혹은 예전과는 다른 비밀을 간직 하게 되는 새로운 세상, 과거가 더는 자리 잡지 못하거나 아 니면 어쨌든 의무나 회한을 모르는 상태 속에서 나름의 쓰라 림을 지닌 기쁨에 대한 회상이나 고통을 수반하는 쾌락에 대 한 기억을 다 지워 버린 그런 새로운 세상을 보았으면 하는 엉뚱한 소망을 그려 보는 것일 수도 있다.

도리언 그레이는 인생의 유일한 진정한 목적, 혹은 진정한 목적 가운데 하나가 바로 그와 같은 새로운 세상의 창조라고 생각했다. 그래서 새로운 것이면서 동시에 유쾌함을 주는 감 흥, 낭만적 사랑에 필수적인 어떤 낯섦의 요소를 지닌 새로 운 감흥을 찾는 과정에서 그는 종종 자신의 본성에 반하는 색다른 생각을 하면서 그 생각의 미묘한 작용에 자신을 완전 히 내맡기곤 했다. 그런데 그런 생각이 지닌 독특한 특성과

묘미를 만끽하면서 자신의 지적 호기심을 충족시킨 다음에는 그의 독특한 열의가 넘치는 기질에 양립하지 않는 것도 아닌, 어느 현대 심리학자에 따르면 그런 기질의 조건이 되기도 하는, 이상하리만치 냉담한 태도로 그런 생각을 물리치곤 했다.

한때 그가 곧 로마 가톨릭교에 입교하리라는 소문이 돌기도 했다. 물론 그는 가톨릭교 전례(典禮)에 늘 묘한 매력을 느끼던 터였다. 매일 매일의 성찬, 고대 세계의 어떤 제물 의식보다도 훨씬 더 경건해 보이는 성찬식이 그것이 지닌 원시적 단순성과 그것이 상징하려고 하는 인간 비극의 영원한 비애감으로 그를 감동시켰지만 그 못지않게 감각의 징후를 철저히 배제하려는 태도 역시 그를 매료시켰던 것이다. 그는 차가운 대리석 보도에 무릎을 꿇고 빳빳한 꽃무늬 예복을 입은 사제의 모습을 지켜보곤 했다. 천천히 하얀 손으로 성합의 베일을 벗겨 내거나 보석이 박힌 등잔 모양 성체 현시대를 때로 사람들이 진짜 천사의 빵 혹은 〈하늘의 빵〉이라 생각하는 허연 성병(聖餠)과 함께 들어 올리는 모습, 혹은 그리스도 수난을 상징하는 옷을 입고 성체를 부러뜨려 성찬용 잔에 넣고는 자신의 죄를 탓하며 자기 가슴을 치는 모습에 그는 온 시선을 빼앗기곤 했다. 레이스가 달린 주홍색 옷을 입은, 진지한 표정을 지은 소년들이 마치 금박으로 만든 커다란 꽃을 던지듯 연기를 내뿜는 향로를 공중에 흔들어 대는 것도 그의 마음을 사로잡기는 마찬가지였다. 또한 그는 검은 고백실을 경탄의 눈으로 바라보곤 했다. 그리고 그럴 때면 그 고백실의 어둠 속에 앉아 낡은 쇠창살을 통해 사람들이 소곤대는 그들 삶의 진실된 이야기를 듣고 싶은 욕망에 사로잡히곤 했다.

그렇다고 그는 어떤 신조나 제도를 공식적으로 받아들여

자신의 지적 성장을 멈추게 하는 오류를 범하지는 않았다. 혹은 별 하나 없이 달만이 힘겹게 그 빛을 발하는 어느 날 밤, 그 밤의 몇 시간 동안만 머물다 가기에 적당한 여인숙을 그가 살 집으로 잘못 판단하는, 그런 오류도 범하지 않았다. 어느 한 철, 그는 평범한 것을 낯설어 보이게 만드는 놀라운 힘을 지닌 신비주의와 그 신비주의에 늘 따라다니는 것 같은 교묘한 도덕률 폐기론[46]에 경도된 적이 있었다. 또 어떤 때는 독일에서 유행한 다위니즘 운동의 유물론적 원리에 마음이 끌려 사람들의 사고나 감정의 근원을 뇌 속의 어떤 진주 모양 세포나 신체 내의 하얀 신경 조직까지 거슬러 올라가 찾아보고, 우리의 정신 상태가 신체의 상태, 즉 병들었는지 건강한지, 아니면 정상인지 질병에 걸렸는지 등의 신체 조건에 전적으로 달려 있다는 개념을 살피며 야릇한 쾌감을 맛보기도 했다. 그러나 앞에서도 언급했듯이, 그에게는 삶 그 자체와 비교할 때 삶에 대한 어떠한 이론도 중요한 것이 아니었다. 아무리 대단한 지적 이론이라도 그것이 행동이나 실험과 유리된 것이라면 전혀 쓸모가 없다고 그는 인식하고 있었다. 영혼 못지않게 우리의 감각도 나름의 영적 신비를 내보인다고 그는 생각했던 것이다.

그래서 그는 한때 향수를 연구하기도 했다. 진한 향이 나는 오일을 증류하고 동방에서 들여온 향기 나는 수지를 태워 가며 향수 제조의 비밀을 캐보기도 했다. 그는 우리 마음의 기분 가운데 감각적 삶에서 그 대응물을 찾을 수 없는 기분은 없다고 생각했다. 기분과 감각적 삶의 진정한 관계를 찾기 시작한 그는 유황 속에는 사람을 신비스럽게 만드는 것이 있고,

46 자신들은 신의 예정에 의해 그 어떤 도덕적 구속에서도 자유롭기에 도덕률을 지키지 않아도 된다고 주장하는 일부 기독교인들의 광적인 믿음을 말한다.

용연향에는 사람의 정열을 자극하는 것이 있으며, 향제비꽃에는 지나간 사랑에 대한 기억을 되살리게 하는 것이 있고, 사향은 우리의 뇌를 혼란스럽게 하고, 노란 꽃이 피는 챔팩나무는 상상력을 오염시키는 것이 아닌가 생각하기도 했다. 또한 그는 향수의 심리학을 공들여 다듬어 보려고도 했다. 그러면서 아름다운 향기를 내는 뿌리와 향기 나는 꽃가루를 날리는 꽃, 향기 나는 방향성 식물, 은은한 향기를 뿌리는 어두운 숲, 구역질 나게 하는 감송, 정신을 돌게 만드는 헛개나무, 영혼에서 우울함을 쫓아내는 효험이 있다는 알로에 등 식물이 지닌 효력을 평가하고 살펴보기도 했다.

또 어떤 때는 음악에 완전히 빠져 있기도 했다. 그래서 주홍색과 황금색이 어우러진 천장에 벽면은 황록색 옻칠을 입힌 긴 격자 모양 방에서 별난 콘서트를 열기도 했다. 그런 콘서트에서는 집시들이 열광적인 표정으로 조그만 현악기 치터를 뜯어 광란의 음악을 선보이거나 노란 숄을 걸친 튀니지 사람들이 진지한 표정으로 생김새가 기이한 류트의 팽팽한 현을 튕기는 동안 흑인들이 히죽거리며 구릿빛 북을 두드려 단조로운 가락을 울리고, 터번을 쓴 가냘픈 인도 사람들은 주홍색 매트에 웅크리고 앉아 긴 갈대 피리나 금관 악기를 불어 두건 모양 머리를 한 커다란 뱀이나 무서운 뿔을 지닌 살모사를 춤추게 했다. 그런 원시적인 음악이 보여 주는 거친 음정이나 귀가 찢어질 듯 날카롭게 울리는 불협화음이 이따금 그의 마음을 흔들어 놓았고, 그럴 때면 슈베르트의 우아함, 쇼팽의 아름다운 슬픔, 그리고 베토벤의 힘에 넘친 웅장한 하모니가 귀에 들어오지 않았다. 그뿐이 아니었다. 그는 세계 곳곳에서 찾을 수 있는 가장 진기하다는 악기들을 있는 대로 다 수집하기도 했다. 이미 멸망하고 없는 나라가 남겨 놓은 무덤이든 서구 문명과 접촉한 이후에도 아직 생존

해 있는 몇 안 되는 원시 부족에서든, 뒤질 만한 곳은 다 뒤져 진기한 악기를 찾아내어 직접 만져도 보고 연주도 해보곤 했다. 그가 수집한 악기 중엔 리오네그로 인디언들이 사용하던 신비스러운 악기로, 여자들은 절대 봐서는 안 되고 청소년들도 단식도 하고 채찍질도 받아야 하는 일련의 성년식을 거친 다음 볼 수 있다는 〈유루파리스〉라는 악기, 페루 사람들이 사용한다는 날카로운 새 울음소리 같은 음을 내는 질그릇, 알퐁소 드 오발[47]이 칠레에서 들은 적이 있다는 인간의 뼈로 만든 플루트, 쿠스코[48] 근처에서 발견된 것으로 특유의 감미로운 소리를 낸다는 음색이 낭랑한 초록빛 벽옥 등이 있었다. 그 외에도 그에게는 조약돌을 넣어 흔들면 달그락거리는 소리를 내는 채색된 호리병박, 멕시코 사람들이 사용하는 것으로 연주자가 날숨이 아니라 들숨으로 소리를 내는 길쭉한 〈클라린〉이라는 악기, 아마존 부족에서 높은 나무에 올라 하루 종일 앉아 망을 보는 보초들이 불면 그 소리가 5킬로미터까지 전달된다고 하는 투박하게 생긴 〈투레〉라는 악기, 식물의 수액에서 채취한 부드러운 수지를 바른 막대기로 두드려 소리를 내는, 혀 모양 나무로 만든 진동판이 두 개 달린 〈테포나즈틀리〉, 포도송이의 포도 알처럼 작은 종들이 덩어리로 매달려 있는 아즈텍 사람들의 〈요틀〉 종, 그리고 베르날 디아즈[49]가 코르테즈[50]와 함께 멕시코의 사원에 들어서다 보고는 그것이 내는 구슬픈 가락을 실감나게 묘사하여 우리에게 남겨 준 바 있는, 뱀 가죽을 씌워 만든 거대한 원통형 북 등이 있었다. 저마다 별난 특징을 지닌 이런 악기들이 그의 마음

47 칠레 예수회 수사로 칠레 역사의 연대기 기록자이기도 하다.
48 고대 잉카 제국의 수도로 잉카 유물이 광범위하게 퍼져 있는 곳이다.
49 멕시코를 정복한 스페인의 장군. 역사가.
50 스페인 군인.

을 사로잡았고, 그래서 그는 자연과 마찬가지로 예술도 짐승 같은 모양과 역겨운 목소리를 지닌 나름의 괴물을 지니고 있다고 생각하면서 묘한 쾌감을 느끼곤 했다. 그러나 어느 정도 시간이 흘러 그런 악기들에 대한 흥미가 시들해지면 그는 혼자든 헨리 경과 함께든 오페라 극장을 찾아 황홀경에 빠진 듯 넋 나간 모습으로 「탄호이저」에 귀를 기울이고, 그 위대한 작품의 서곡에서 자기 영혼의 비극이 재현되는 것을 지켜보곤 했다.[51]

또 한번은 보석에 관심을 두고 연구를 한 시기가 있었다. 그래서 가장 무도회에 560개의 진주가 달린 옷을 입은 프랑스의 제독 안느 드 즈와이에즈[52]로 가장해 나타난 적도 있었다. 그는 여러 해 동안 보석에 대한 취미에 빠져 있었고, 실제로 그런 취향이 그의 곁을 떠난 적이 없었다고까지 말할 수 있을 정도였다. 그래서 어떤 때는 하루 온종일 그가 수집한 보석들, 가령 등잔 불빛을 받으면 붉은빛으로 변한다는 황록색 금록옥, 철사 같은 가는 은빛 줄이 나 있는 묘안석, 담황록색 감람석, 붉은색과 주홍색 토파즈, 네 줄기 빛의 별무늬가 움직이는 듯 빛나는 진한 주홍색 석류석, 불꽃처럼 붉게 빛나는 육계석, 오렌지색과 보라색이 어우러진 첨정석, 루비와 사파이어가 교대로 층을 이룬 자수정 등을 보석함 속에 배열하고 재배열하며 시간을 보내기도 했다. 또한 그는 일장석의 붉은 황금빛과 월장석의 진주 같은 하얀빛, 그리고 단백광을

<hr>

51 리하르트 바그너의 오페라 「탄호이저」에서, 세속적 쾌락에 빠져 있던 음유 시인이자 기사인 탄호이저가 죄를 용서받으려고 로마로 순례를 떠나 교황에게 용서를 구하지만 순례의 지팡이에 잎이 돋아나지 않는다고 거절당하자 죽음을 택한다. 그러나 나중에 그의 지팡이에서 잎이 돋아 나왔다고 한다.

52 프랑스 왕 앙리 3세의 총애를 받던 인물로, 왕실 색의 복장과 최고급 보석인 붉은빛 루비와 다이아몬드 반지를 끼고 다닐 수 있는 특권을 누렸다고 한다.

내는 오팔의 깨진 무지개 같은 빛깔을 좋아했다. 게다가 그는 보통 이상의 크기에 색이 진한 에메랄드를 암스테르담에서 세 개나 구입했고, 고대 암석에서 채취했다는 터키옥도 수집해서 감정인들의 부러움을 사기도 했다. 그뿐이 아니라 그는 보석에 관한 신기한 이야기들도 찾아 읽었다. 알폰소가 쓴 『성직자 규율론』[53]에 보면 진짜 풍신자석으로 된 눈을 지닌 뱀 이야기가 나오고, 고대 마케도니아의 정복자인 알렉산드로스 대왕의 낭만적 역사에서는 알렉산드로스 대왕이 요르단의 계곡에서 진짜 에메랄드가 등에서 점점 크게 자라 그것이 목덜미를 이룬 뱀을 발견했다고 기록하고 있었다. 한편, 필로스트라투스[54]는 용의 뇌 속에는 보석이 들어 있는데, 〈황금색 글자와 주홍색 예복을 펼쳐 보이면〉 그 용이 마법에 걸려 깊은 잠에 빠지고 그러면 용을 잡을 수 있다고 했다. 위대한 연금술사인 피에르 드 보니파세에 따르면, 다이아몬드는 사람을 안 보이게 만들어 주며 인도산 마노는 말을 유창하게 잘 하도록 만들어 준다. 또한 홍옥수는 분노를 진정시켜 주고, 풍신자석은 잠이 오게 만들며, 자수정은 술의 독기를 없애 준다. 이밖에도 석류석은 악귀를 쫓아내고, 수종석은 달의 색을 빼앗으며, 투명석고는 달이 차고 이우는 것에 맞춰 커지고 작아지며, 도둑이 어디에 있는지 알려 준다는 과석은 어린아이의 피가 닿아야만 용해된다고 한다. 레오나르두스 카밀루스[55]는 갓 잡은 두꺼비의 뇌에서 끄집어낸 하얀 돌을 본 적이 있는데, 그것이 독을 해독하는 기능을 하는

53 12세기 초 유대계 스페인 연대기 작가이며 천문학자인 페트루스 알폰소의 작품.

54 고대 그리스의 소피스트였던 플라비우스 필로스트라투스.

55 15세기 말 이탈리아의 천문학자이자 광물학자로, 그가 1502년에 쓴 『스페쿨룸 라피둠(돌의 귀감)』은 2백 개 이상의 광물을 다루고 있다.

돌이라고 생각했다. 아라비아산 사슴의 심장에서 발견된 위석은 역병을 치료할 수 있는 효험이 있어 약으로 사용되었다. 아라비아 지방 새들의 둥지에는 아스필라테스라는 돌이 있는데, 데모크리투스[56]는 그 돌을 지니고 다니는 사람은 불로 인한 어떤 피해도 입지 않는다고 했다.

실론의 왕은 대관식 행사 때 손에는 큰 루비를 든 채 말을 타고 행진했다. 성자 요한[57]의 왕궁 문은 〈왕궁 안으로 독약을 들고 들어가지 못하도록〉 뿔 모양 돌기가 있는 뱀의 뿔 모양을 상감 처리한 홍옥수로 만들었다고 한다. 그리고 왕궁 대문의 박공 위에는 〈석류석이 하나씩 박힌 황금 사과 두 개〉가 있어 낮에는 황금 사과가 빛을 발하고 밤에는 석류석이 빛을 냈다고 한다. 로지가 쓴 기이한 로망스인 『마거릿이라는 이름의 아메리카 여성』[58]에는 여왕이 거처하는 방에 들어가면 눈에 띄는 것이 〈귀감락석, 석류석, 사파이어, 그리고 초록빛 에메랄드로 만든 아름다운 거울을 들여다보고 있는 세계의 모든 정숙한 여인들을 은으로 돋을새김하여 장식한 것〉이라는 묘사가 나온다. 마르코 폴로는 일본 사람들이 망자의 입에 장밋빛 진주를 집어넣는 것을 보았다고 기록해 두었다. 어느 바다 괴물이 몹시 아끼던 진주를 진주 채취 잠수부가 페르시아의 페로즈 왕에게 갖다 바치자, 그 괴물은 진주를 훔친 잠수부를 살해했고 자기가 아끼던 진주를 잃은 것을 두고 일곱 달 동안 슬퍼했다고 한다. 그런데 훈족이 페로즈 왕을 유인하여 함정에 빠뜨리자 왕이 그 진주를 던져 버

56 소크라테스와 거의 같은 시기에 활동했던 고대 그리스의 철학자로, 물질주의에 바탕을 둔 원자론으로 유명하다.

57 중세에 아시아에 군림한 전설상의 그리스도교 성자이자 왕.

58 영국 엘리자베스 여왕 시대와 자코뱅 시대의 극작가인 토머스 로지가 1596년에 발표한 화려한 문체의 로망스.

렸고, 비잔틴 제국의 아나스타시우스 황제가 그 진주를 찾으면 순금 5백 근을 상금으로 주겠다고 했지만 결국 진주는 발견되지 않았다고 한다. 프로코피우스[59]가 전하는 이야기에 그렇게 기록되어 있다. 인도 서해안 남부 지역인 말라바르의 왕은 어느 베네치아 사람에게 진주 304개로 된 묵주를 보여주었다고 하는데, 그 진주 알 하나하나가 그가 숭배하는 신을 나타냈다고 한다.

브랑톰[60]에 따르면 알렉산드로스 6세의 아들인 발렌티노 공작이 프랑스의 루이 12세를 방문할 때 타고 간 말에는 황금으로 만든 나뭇잎이 잔뜩 실려 있었으며, 그가 쓴 모자에는 루비가 두 줄로 박혀 있어 눈부시게 빛났다고 한다. 영국의 찰스 왕은 다이아몬드 421개가 달린 등자를 딛고 말에 올랐다고 한다. 리처드 2세에게는 가격이 3만 마르크나 되는 코트가 있었는데, 홍첨정석으로 뒤덮여 있었다. 홀[61]이 전하는 바에 따르면, 헨리 8세는 대관식 전 런던탑으로 가는 길에 〈금으로 돋을새김을 한 재킷과 다이아몬드와 그 밖의 다른 귀금속으로 수를 놓은 휘장과 목둘레에 큼직한 홍첨정석으로 장식한 칼라 깃을 단〉 복장이었다고 한다. 제임스 1세가 아끼는 총신들은 가는 줄 세공을 한 금에 에메랄드를 박은 귀걸이를 하고 다녔다. 에드워드 2세는 피어스 개브스턴[62]에

59 페로즈 왕이 훈족과 벌인 전쟁을 기록한 비잔틴 제국의 역사가.

60 정식 이름은 피에르 드 부르데유 브랑톰. 15세기 프랑스의 군인이자 연대기 작가로, 프랑스 궁정에서 일어나는 일을 생생하게, 때론 독설로 써가며 묘사한 『화려한 숙녀들의 삶』으로 유명하다.

61 16세기 영국의 역사가인 에드워드 홀. 1542년에 발간된 『랭커스터와 요크의 귀족과 명문가의 결합』의 첫 번째 부분을 저술했는데, 보통 『홀의 연대기』로 알려진 이 책을 셰익스피어도 자료로 활용했다고 한다.

62 콘월의 1대 백작으로 에드워드 2세의 총애를 받은 신하인데 왕의 동성애 상대였다는 설도 있다. 역사가들은 영국의 군주 가운데 리처드 2세, 제임스 1세, 에드워드 2세 등을 동성애적 성향이 있었던 군주로 생각하기도 한다.

게 풍신자석이 촘촘히 박힌 순금 갑옷과 터키옥이 박힌 순금
으로 된 장미 모양 칼라, 그리고 진주를 뿌려 놓은 것처럼 잔
잔하게 박아 놓은 챙이 없이 사발을 엎어 놓은 것 같은 투구
를 하사했다. 헨리 2세는 팔꿈치까지 올라오는, 보석 박힌 장
갑을 끼고 다녔으며, 루비 12개와 동양산 진주 52개가 박힌
매사냥용 장갑도 있었다고 한다. 그리고 부르고뉴 공국의 마
지막 공작인 샤를 공작이 쓴 공작모에는 배 모양 진주가 달
려 있고 사파이어가 촘촘히 박혀 있었다고 전해 내려온다.

옛날 사람들의 삶은 얼마나 멋진가! 그 화려한 행렬과 장
식들! 망자들의 호화로운 삶에 관한 글을 읽는 것만으로도
그 화려함에 그저 경이로울 뿐이다.

그런 다음 그는 자수품에 관심을 두기 시작했고, 유럽 북부
국가에서 싸늘한 방을 장식하던 프레스코를 물리치고 그 자
리를 차지한 태피스트리에도 관심을 두었다. 자수와 태피스
트리에 대해 조사를 하는 동안 — 도리언은 어떤 대상을 연
구하고 조사하든 일단 일을 시작하면 한동안은 그것에 완전
히 몰입하는 비범한 능력을 지니고 있었다 — 그는 아름답고
훌륭한 사물들을 시간이 어떻게 파괴하고 몰락케 했는지 생
각하면서 슬픔에 젖곤 했다. 어쨌든 그는 그런 파괴와 몰락을
피하지 않았는가. 여름이 지나고 또 그다음 여름이 지나고,
노란 수선화가 피었다 지기를 여러 차례 거듭하고, 공포의 밤
이 그 치욕의 이야기를 반복했지만 도리언 그레이는 변하지
않았다. 어느 겨울도 그의 얼굴에 손상을 입히지 않았으며,
꽃처럼 활짝 피어난 그의 표정을 더럽히지 않았다. 그의 얼굴
은 사물들과 비교하면 얼마나 다른가! 대체 그 물건들은 어디
로 가버린 걸까? 아테나 여신을 위해 갈색 피부의 소녀들이
만들어 준, 그래서 신들이 거인들과 맞서 싸울 때 입었던 그
훌륭한 주황색 의복은 어디에 있는 것일까? 네로 황제가 로

마의 콜로세움 위에 펼쳤던 거대한 천막은 어디에 있는가? 금박 고삐가 달린 백마를 타고 전차를 몰고 달리던 아폴론 신과 별이 총총한 하늘을 상징하던 타이탄의 자주색 돛은 어디에 있는가? 아폴론 신이 연회를 베풀 때 그 위에 온갖 진수성찬을 올려놓으라고 만들었다는 테이블 냅킨을 그는 정말 구경하고 싶었다. 그뿐 아니라 그는 황금 벌 3백 마리를 수놓았다는 메로빙거 왕조 칠페릭 왕의 수의(壽衣), 〈사자, 표범, 곰, 개, 숲, 암석, 사냥꾼 등 실제로 화가가 자연에서 모방할 수 있는 모든 것〉이 그려져 있어 폰투스[63] 주교의 분노를 자아내게 했다는 환상적인 예복, 소매에 〈부인 난 진정으로 행복하다오〉라고 시작하는 가사와 각 가사에 해당하는 악보를 진주 네 개를 박아 당시의 사각형 악보에 맞추어 금실로 수놓아 오를레앙의 샤를 공작이 입었다는 코트도 보고 싶었다. 또한 그는 랭스에 있는 궁전에 부르고뉴의 잔 여왕이 사용하도록 마련된 방에 관한 글도 읽었다. 그 방은 〈왕의 문장을 넣어 자수로 뜬 앵무새 1천3백21마리와 날개가 왕비의 문장과 비슷하게 장식된 나비 5백61마리를 모두 황금색으로 장식한〉 방이었다. 카트린 드 메디시스 왕비[64]에게는 초승달과 태양 무늬를 뿌려 놓은 듯 수를 놓은 검은 벨벳으로 된 상중(喪中) 침대가 있었다. 그 침대를 가리고 있는 능직으로 된 커튼에는 금색과 은색이 어우러진 바탕에 나뭇잎 화관과 화환을 그려 넣고, 가장자리는 진주를 넣어 수를 놓은 술이 달려 있었다. 그녀의 상중 침대는 은색 천에 검은색 벨벳을 잘라 덧붙인, 왕비 자신이 고안해서 만든 문장들이 줄지어 걸린 방에 놓여 있었다고 한다. 루이 14세의 방에는 금으로 수를 놓아 장식한

63 흑해에 면한 소아시아 동북부 고대 국가.
64 프랑스 앙리 2세의 왕비로 앙리 2세 사후에 섭정을 했으며 가톨릭과 위그노의 전쟁에서 큰 영향력을 행사했다.

여인상을 기둥으로 쓴 조각상이 있었다. 폴란드와 리투아니아 연방의 국왕이었던 얀 3세 소비에스키의 침대는 코란의 시구를 터키석으로 수놓은 스미르나[65]산 금색 능라 비단으로 된 것이었다. 그 침대를 지탱하는 다리는 아름다운 장식의 은을 도금한 것으로 에나멜 칠을 하고 보석을 박은 원형 무늬가 곳곳에 장식되어 있었다. 그 침대는 얀 3세가 빈으로 진격하기 전에 터키군 진영에서 탈취한 것으로 침대 덮개 지붕에서 반짝이며 흔들거리는 금박 아래에 마호메트의 문장이 써 있었다고 한다.

그렇게 연구하고 책을 읽은 그는 한 해 내내 그가 찾아낼 수 있는 직물과 자수 작품 가운데 가장 아름답고 절묘한 표본을 골라 수집하기 시작했다. 금실로 손바닥 모양을 세밀하게 수놓고 그 위에 무지개 빛깔 풍뎅이 날개를 한 땀 한 땀 꿰매어 수를 놓은 미려한 델리산 모슬린, 다 비칠 정도로 투명하여 동방에서 〈공기를 짜서 엮은 것〉, 〈흐르는 물〉 그리고 〈저녁 이슬〉로 알려진 다카산 얇은 사(紗), 자바에서 구입한 기이한 무늬가 그려진 천, 노란색의 정교한 중국산 벽걸이 천, 황갈색 공단 혹은 아름다운 푸른색 비단에 붓꽃, 새 등 여러 이미지를 넣어 제본한 책, 헝가리식 뜨개질로 엮어 만든 망사 베일, 시실리산 문직과 빳빳한 스페인산 벨벳, 금화로 만든 조지아 시대의 작품, 그리고 초록빛이 감도는 금색에 환상적인 깃털을 지닌 새를 그려 넣은 일본의 후쿠사[66] 등 실로 다양한 표본들을 수집했다.

또한 교회 예배와 관련된 모든 것에 관심이 많았던 그는 특히 성직자 제의(祭衣)에 각별한 열정을 쏟기도 했다. 그의

<hr />

65 터키 지역의 에게 해 연안에 있던 고대 도시로 지금은 이즈미르라 불린다.

66 네모난 비단 포.

집 서쪽 회랑에는 히말라야산 삼목으로 만든 긴 궤들이 있었는데, 그는 그곳에 그리스도의 신부(新婦)의 의상, 분명 그스스로가 찾아 나선 고통과 스스로 자기 몸에 가한 고통의상처로 야위고 쇠약해진 여린 몸뚱이를 가리려고 진홍색에보석이 달린 가는 아마사로 만든 것이었을 그 의상 가운데가장 진기하고 아름다운 표본들을 보관해 두었다. 그는 진홍색 비단과 금실로 엮은 능직으로 만든 아주 화려한, 망토 모양 긴 외투도 한 벌 갖고 있었다. 성직자가 교회 행렬 때 착용하는 그 외투에는 꽃잎 여섯 개가 달린 꽃 안에 황금색 석류가 담긴 모양의 무늬가 계속 반복해서 수놓여 있었고, 그 위로는 작은 진주알을 엮어 만든 파인애플 문양이 박혀 있었다. 그 외투 위에 두르는 장식 띠는 성모 마리아의 생애의 여러 모습을 담은 네모난 조각으로 구분되어 있었고, 두건에는성모 마리아의 대관식 장면이 형형색색 비단으로 장식되어있었다. 15세기 이탈리아에서 만든 외투였다. 그에게는 초록색 벨벳으로 만든 또 다른 외투가 있었다. 아칸서스 잎사귀를 모아 하트 모양이 되도록 하고 그 속에서 긴 줄기가 뻗어나오고, 그 줄기 끝에 은실과 여러 색 수정을 눈에 띄도록 세밀하게 장식하여 하얀 꽃을 피운 모양으로 수를 놓은 외투였다. 그 외투의 허리띠에는 가는 금색 실을 돋우어 올려 수를놓은 최고 높은 천사의 얼굴이 장식되었으며, 외투 위에 걸치는 장식 띠는 마름모꼴 무늬가 들어 있는 붉은색과 금색비단으로 만든 것으로 많은 성자와 성 세바스찬을 포함한 순교자들의 모습을 담은 원형 무늬가 줄줄이 이어졌다. 그 외에 그가 수집한 것에는 상제복(上祭服),[67] 달마티카,[68] 제단

67 미사나 성찬식 때 사제가 입는 흰 삼베 제복 위에 걸치는 소매 없는 윗도리.

68 가톨릭 부제나 사제들이 미사 때 입는 소매가 넓고 양옆이 터진 예복.

앞면 휘장, 여러 모양의 성체포(聖體布), 성배포(聖杯布)와 제식용 손수건 등이 있었다. 담황색 비단, 파란색 비단과 금색 양단, 노란색 비단 능직과 금색 천으로 된 상제복에는 예수의 수난과 십자가에 못 박히심을 상징하는 무늬들이 들었고, 수를 놓아 그린 사자와 공작과 그 밖의 표상들도 들어가 있었다. 흰색 공단과 분홍색 비단 능직으로 만든 달마티카엔 튤립과 돌고래와 붓꽃이 장식되어 있었고, 제단 앞면 휘장은 진홍색 벨벳과 파란색 아마포로 만든 것이었다. 이런 직물과 자수품을 사용하여 수행하는 신비스러운 의식에는 그의 상상력을 자극하는 무엇인가가 분명 있었다.

더욱이 그가 이런 직물과 자수 작품들에 열중했던 것은 이런 귀중한 보물들이, 그리고 그가 아름다운 그의 집에 수집해 놓은 그 모든 것이 어느 한 시절 그에게는 망각의 수단이었기 때문이었다. 이를테면 그런 열중이 때로는 그가 감내하기 어려울 정도로 걷잡을 수 없이 밀려오는 두려움을 잊어버리거나 그 두려움을 회피하는 방법이 되었던 것이다. 그가 어린 시절 대부분을 보냈던 외롭고 쓸쓸한 방, 지금은 잠겨 있는 그 방 벽에 그는 자신의 손으로 직접 그 무서운 초상화, 점점 변하는 얼굴이 실제 자신의 삶의 타락을 보여 주는 초상화를 세워 두고는 그 앞에 진홍색과 금색 장막을 커튼처럼 쳐놓았다. 그리고 여러 주가 지나도록 그 방에 가지 않으면 그는 그 역겨운 그림을 잊어버릴 수 있었다. 그러면 마음이 가벼워지면서 한량없는 기쁨이 되살아나는 것 같았고, 일상을 살아가는 일에 열정을 다해 빠져들 수가 있었다. 그러다 어느 날 밤에는 불쑥 집을 빠져나와 블루 게이트 필즈[69] 근처의 지저분한 곳을 돌아다니며 하루고 이틀이고 쫓겨날 때까

69 런던 근교의 부둣가. 마약과 윤락 업소가 밀집된 지역으로 유명하다.

지 그곳에 머물곤 했다. 그러고 나서 집에 돌아오면 그 초상화 앞에 앉아 때로는 그림과 자기 자신을 혐오하기도 하고, 그러나 또 어떤 때는 어느 정도는 죄악이 주는 매력이기도 한 개인주의를 뿌듯해하기도 하면서 응당 자신이 짊어져야 할 짐을 맡아 질 수밖에 없는 일그러진 초상을 바라보며 은근한 쾌감 속에 미소를 짓곤 했다.

그렇게 몇 년이 흐른 뒤, 그는 더는 영국을 떠나 있는 게 힘들다고 느꼈다. 그래서 헨리 경과 공동으로 사용하던 트루빌[70]에 있는 빌라뿐 아니라 그들이 여러 차례 같이 겨울을 보내던 알제리의 수도 알제에 있는 성벽 안의 하얀 집도 포기했다. 자기 삶의 한 부분이 된 그 초상화와 떨어지는 게 싫기도 했지만 다른 한편으로는 그 방 문에 정교하게 빗장을 설치했음에도 그가 없는 동안 누군가가 그 방에 들어갈까 두려웠기 때문이었다.

그러나 그는 초상화를 본다고 사람들이 알아낼 것이 없다는 것을 잘 알았다. 초상화가 추하고 역겨운 얼굴 속에 그의 실제 얼굴하고 두드러지게 닮은 구석을 아직 지니고 있는 것은 사실이지만 그렇다고 그 초상화에서 사람들이 무엇을 얻어 낼 수 있겠는가? 그는 자신을 조롱하려는 사람이 있으면 누구든지 오히려 역으로 그 사람을 비웃고 싶었다. 그가 그 초상화를 그린 것도 아니고, 그러니 그 초상화가 아무리 혐오스럽고 치욕스러운 것일지라도 그게 그에게 무슨 상관이란 말인가? 설혹 그가 모든 사실을 사람들에게 털어놓는다 해도 과연 사람들이 믿겠는가?

하지만 그는 두려웠다. 이따금 그는 노팅엄셔에 있는 저택으로 내려가 그의 친한 친구들인 같은 상류층 젊은이들과 즐

70 프랑스 북서부 칼바도스 주에 있는 해변 휴양지.

기고 또 사치가 철철 넘치는 호화롭게 빛나는 생활 방식으로 그 지역 사람들의 입을 떡 벌어지게 만들다가도 갑자기 손님들을 두고 사라져서는 서둘러 시내에 있는 집으로 돌아오곤 했다. 그 방의 문을 누가 건드리지나 않았는지, 초상화가 그대로 있는지 여간 궁금한 게 아니었기 때문이었다. 더욱이 누가 훔쳐 가기라도 한다면? 그 생각만 해도 그는 두려움에 오한이 나는 듯 온몸에 소름이 돋았다. 그렇게 되면 분명 온 세상이 그의 비밀을 알게 될 것 아닌가. 어쩌면 세상은 이미 자기를 의심하고 있을지도 몰랐다.

이렇게 생각하는 이유는, 그가 많은 사람들을 매료시키기는 했지만 그를 불신하는 사람들도 적지 않았기 때문이었다. 가령, 그의 출생이나 사회적 지위로 보아 충분히 그 일원이 될 자격이 있음에도 그는 웨스트엔드의 어느 클럽에서 거의 배척되다시피 했다. 또 한번은 그가 친구의 손에 이끌려 처칠 호텔의 끽연실에 들어갔을 때 베릭의 공작과 또 다른 신사가 심히 불쾌하다는 식으로 자리에서 일어나 나가 버린 적이 있다는 얘기도 있었다. 그의 나이가 스물다섯 살이 지나면서는 사람들의 귀를 솔깃하게 만드는 그에 관한 이야기들이 여기저기 떠돌았다. 그가 화이트채플의 외진 곳에 있는 싸구려 술집에서 외국인 선원들과 말다툼을 하며 싸우는 광경을 누가 봤다는 소문도 있었고, 도둑이나 위조 화폐 주조자들과 어울려 다니면서 그 작자들이 은밀히 하는 짓거리를 배운다는 소문도 있었다. 그가 별안간 자취를 감추는 것도 사람들의 입에 오르내렸으며, 그러다 그가 다시 모습을 드러내면 사람들은 한쪽 구석에 모여 수군거리거나, 경멸의 눈으로 그를 바라보며 지나치거나, 아니면 그의 비밀을 찾아내고야 말겠다는 듯이 싸늘한 눈초리로 그를 바라보곤 했다.

물론 그는 그러한 무례한 언행이나 의도적인 경멸을 무시해 버렸다. 그리고 사람들 대부분도 그를 둘러싼 악담에 대해 그가 내보이는 솔직담백하고 상냥한 태도, 소년다운 매력적인 미소, 절대 그에게서 떠나지 않을 것 같은 아름다운 젊음이 풍기는 지극한 우아함이 그 자체로 충분한 응수가 된다고 생각했다. 실제로 사람들이 그런 말을 했고, 한편으로 그런 얘기가 회자되곤 했다. 그러나 그하고 아주 친했던 사람들 가운데 일부가 어느 정도 시간이 지나자 그를 피하기 시작했다는 말도 있었다. 또한 앞뒤 안 가리고 그를 좋아했던 여자들, 그래서 그의 편에 서서 사회적 비난이나 지성의 관습에 용감히 맞서고 저항했던 여자들도 도리언 그레이가 방에 들어서면 수치심이나 두려움에 얼굴이 하얗게 질리는 모습이 목격되기도 했다.

하지만 많은 사람들의 눈에는 널리 회자되던 그런 추문이 되레 그의 위험천만해 보이는 별난 매력을 더욱 돋보이게 만드는 것 같았다. 어떻게 보면 엄청난 그의 재산이 그를 버티게 만든 안정적인 요소였는지도 모른다. 일반 사회, 적어도 문명화한 사회에서는 부자이면서 매력적인 사람들을 해치는 그 어떤 것도 절대 기꺼이 나서서 믿고 받아들이지는 않는다. 그런 사회는 본능적으로 예의범절이 도덕보다 더 중요하다고 느끼며, 고결한 인품보다는 훌륭한 요리장을 두는 게 훨씬 더 큰 가치가 있다고 생각한다. 그렇기 때문에 혹 변변찮은 저녁 식사를 내놓고 술도 싸구려를 내놓는 사람을 두고 그래도 그 사람 사생활은 나무랄 데가 하나도 없다고 말한다고 해서 그 말이 그리 듣기 좋은 위안의 말은 아니다. 예전에 헨리 경이 그 문제를 놓고 말한 바 있지만, 전채와 구운 고기 사이에 나오는 요리가 거의 식어 버렸다면 아무리 기본 덕목을 내세워도 그것으로 보상이 되지는 않는다. 아마 그런 그의 생각을 지지하는 말들이 많이 있으리라 본다. 왜냐하면 좋은 사회가 내세우는 규범은 예술의 규범과 같은 것이기 때문이다. 아니 같은 것이어야 하기 때문이다. 형식은 좋은 사회에 절대 필수불가결한 요소다. 좋은 사회는 비현실적인 요소뿐만 아니라 어떤 위엄 있는 의식(儀式)을 필요로 한다. 그래서 좋은 사회는 어느 낭만적 연극의 불성실한 등장인물과 그 연극을 유쾌한 연극으로 만드는 재치와 아름다움을 한데 결합시켜야 한다. 불성실함이 정말 그렇게 나쁜 것인가? 나는 그렇게 생각하지 않는다. 그것은 우리의 개성을 증대시키기 위한 하나의 방법일 뿐이다.

어쨌든 이런 것이 도리언 그레이의 견해였다. 그는 인간 안에 있는 자아(自我)를 꾸밈이 없고 영속적이며 신뢰할 만한 본질적인 무엇으로 보는 사람들의 편협한 심리를 이상하게 생각했다. 그가 보기에 인간이란 수많은 삶과 감흥을 지닌 존재고, 그 안에 사상과 정열의 여러 진기한 유산을 담지하고 있고, 그 육신조차도 망자들이 지녔던 기괴한 질병으로 더러워진, 여러 모양의 복잡다단한 존재였다. 그는 시골 저택에 있는 서늘하고 으스스한 화랑을 거닐며 자기 혈관 속에 흐르는 피를 물려준 조상들의 초상화를 즐겨 보았다. 이건 필립 허버트[71], 프랜시스 오스본이 『엘리자베스 여왕과 제임스 왕의 치세를 회고하며』에서 밝힌 자신의 회고담에서 〈준수한 얼굴 때문에 왕궁의 사랑을 받았지만 그로 인해 친구로 오래 사귈 수가 없었던〉 인물이라고 언급한 바로 그 백작이다. 때때로 도리언 그가 누리며 즐기던 삶이 바로 그 젊은 허버트가 누렸던 삶은 아니었을까? 어느 시신에서 기어 나온 독을 품은 이상한 세균이 이 몸 저 몸 옮겨 다니다가 급기야 그의 몸에 침투한 것은 아닐까? 혹시 어렴풋하게나마 그 파멸된 매

---

71 제임스 1세의 총애를 받았던 펨브로크의 백작.

력에 마음이 끌려 그가 어느 순간 갑자기, 실로 아무런 이유
도 없이, 바질 홀워드의 화실에서 자신의 인생을 확 바꿔 놓
게 된 그 무모한 소원을 떠벌린 것은 아니었을까? 여기 금색
자수가 놓인 붉은색 더블릿[72]에 보석이 박힌 겉옷을 걸치고
금빛 주름 옷깃과 소맷부리가 돋보이는 앤터니 세라드 경이
발 아래에 은색과 검은색이 어우러진 갑옷을 쌓아 둔 자세로
서 있다. 이 사람이 그에게 물려준 유산은 무엇인가? 나폴리
왕국 지오바나 여왕의 연인이었던 그가 도리언에게 죄악과
치욕을 유산으로 물려준 것은 아닐까? 지금은 죽어 세상에
없는 그 사람이 감히 실현시키지 못했던 꿈. 혹시 도리언의
행동이 바로 그런 꿈을 실현시키는 것에 불과한 것은 아닐
까? 여기 이 색 바랜 캔버스에선 속이 내비치는 얇은 천 머리
덮개를 쓰고 진주가 달린 삼각형 가슴 장식에 속옷이 보이도
록 절개된 분홍색 소맷부리가 달린 옷을 입은 엘리자베스 데
버로 부인이 미소를 짓고 있다. 오른손엔 꽃 한 송이를 들고
왼손으로는 흰 장미와 담홍색 장미 무늬가 있는 에나멜로 칠
한 칼라를 부여잡고 있는 모습이다. 그녀 옆에 있는 탁자 위
엔 만돌린과 사과 하나가 놓여 있다. 그녀가 신은 조그만 뾰
족 신발엔 장미꽃 모양 장식이 달려 있다. 그녀가 어떤 삶을
살았는지, 그녀의 연인들에 관해 어떤 진기한 이야기들이 떠
돌았는지, 도리언은 잘 알고 있었다. 혹 그에게도 그녀의 기
질과 비슷한 구석이 있는 것은 아닐까? 눈꺼풀이 도톰한, 그
녀의 달걀 모양 눈이 재미있다는 듯이 그를 내려다보는 것 같
았다. 머리에 머리분을 바르고 얼굴엔 별스럽게 반점이 나 있
는 조지 윌로비는 어떤가? 참으로 사악한 인상이다! 까무잡
잡하니 침울한 얼굴에 육감적으로 생긴 입술은 심히 뒤틀린

72 14세기에서 16세기까지 유럽에서 유행하던 남성용 상의로, 허리 부
분이 잘록하고 아래는 짧은 스커트처럼 되어 있는 옷을 말한다.

것이 거만해 보이기까지 하니. 우아한 레이스가 달린 주름 장식이 손가락마다 반지를 잔뜩 낀 가냘픈 노란 손을 살짝 가리고 있다. 그는 대륙풍을 좇아서 뽐을 내던 18세기의 멋쟁이였다. 그리고 젊었을 땐 페라스 경의 친구였다고 한다. 베켄햄의 두 번째 영주는 또 어떤 사람인가? 섭정 황태자[73]가 한창 방탕한 생활을 하던 때에 그 황태자의 친구였으며, 황태자가 피츠허버트 부인과 비밀 결혼을 했을 때 증인이 되기도 했던 사람이 아닌가? 밤색 고수머리에 거드럭거리는 태도를 지닌 그는 자만심이 넘치던 멋쟁이였다. 그는 과연 어떤 열정을 유산으로 남겨 주었는가? 세상은 그를 파렴치한으로 보았다. 더욱이 그는 칼튼[74] 하우스에서 광란의 파티를 열기도 했으니. 그런데도 그의 가슴에선 가터 훈장의 별이 빛나고 있었다. 그 옆에는 그의 부인 초상화가 걸려 있다. 얼굴이 파리하고 입술이 얇은, 검은 옷을 입은 여인. 그녀의 피 역시 도리언의 혈관 속에 흐르고 있다. 이 얼마나 야릇한 일인가! 해밀턴 부인[75]을 닮은 얼굴에 포도주에 적신 듯 촉촉한 입술을 지닌 그의 어머니. 그는 어머니에게서 무엇을 물려받았는지 잘 알고 있었다. 어머니에게서 아름다움을 물려받았고, 다른 사람의 아름다움에 대한 열망도 물려받았다. 그의 어머니가 헐렁한 여사제의 드레스를 입고 그를 바라보며 싱긋 웃는다. 그녀의 머리에 덩굴 잎이 있다. 그녀가 든 잔에서는 자줏빛 포도주가 흘러넘치고 있다. 초상화 속의 카네이션은 시들었지만 그녀의 두 눈은 여전히 그윽하고 영롱해서 그저 놀라울 따름

73 후에 조지 4세가 되는 황태자로 1811년에서 1820년까지 섭정을 했으며 호화롭고 방종한 생활을 한 것으로 유명하다.

74 런던의 보수당 본부.

75 스코틀랜드의 외교관이었던 윌리엄 해밀턴 경의 아내. 채무 때문에 해밀턴 경에게 팔려 간 셈인 그녀는 26세에 60세인 해밀턴 경과 결혼했다.

이었다. 그가 어디로 가든지 늘 뒤에서 지켜볼 것 같은 눈이었다.

그러나 사람에게는 혈통에 따른 조상도 있지만 문학 작품속에서도 자기 조상을 찾을 수 있다. 그 유형과 기질에서 자기와 아주 가까운 인물들, 스스로 확신컨대 자기에게 영향을 듬뿍 끼쳤다고 생각되는 인물들이 많이 있다. 가끔 도리언은 역사 전체가 자신의 삶을 기록해 놓은 것이 아닌가 생각할 때가 있었다. 실제로 그 상황 속에서 삶을 살았다는 것이 아니라 그의 상상력이 그를 위해 창조한 삶의 역사, 그의 머릿속에서 이루어진 정열적인 삶의 자취가 바로 역사가 아닌가 싶었다. 세상의 무대 위를 지나며 죄를 그렇게 멋진 것으로 만들고 악을 더욱 정교하게 만든 기이하고 무서운 인물들 모두를 도리언은 다 알 것 같았다. 뭐라 설명할 수 없는 어떤 방식에 의해 그들의 삶이 바로 그 자신의 삶이 된 것 같은 느낌이 들었다.

그의 인생에 많은 영향을 주었던 그 놀라운 소설의 주인공역시 도리언이 품고 있는 묘한 상상을 하고 있었다. 7장에서 주인공은 자신의 이야기를 들려준다. 벼락이 떨어질까 두려워 월계수로 만든 관을 쓴 그는 어떻게 자신이 티베리우스[76]가 되어 카프리 섬의 정원에서 난쟁이와 공작새가 뽐을 내며 돌아다니고 플루트 연주자가 향료 흔드는 자를 비웃는 동안 엘레판티스[77]가 쓴 낯 뜨거운 내용의 책을 읽고 앉아 있었는지, 또 어떻게 자신이 칼리굴라[78]가 되어 초록색 셔츠를 입은

76 아우구스투스 황제의 양자로 로마의 2대 황제가 되었다. 공포 정치로 유명하다.
77 그리스의 여류 시인으로 고대 세계에서 유명한 섹스 지침서를 쓴 작가로 널리 알려져 있지만 그 작품은 남아 있지 않다고 한다.
78 잔인함과 낭비로 미움을 받아 결국 살해되고 만 로마 황제.

기수들과 마구간에서 흥청망청 술판을 벌이며 보석이 달린 이마 장식을 한 말과 함께 상아로 만든 구유에서 술을 홀짝였는지, 또 어떻게 자신이 도미티아누스[79]가 되어 자신의 목숨을 끝장낼 단도가 어디에 감춰져 있는지, 그래서 혹 거울에 그 단도가 비치지 않을지 독살스러운 눈으로 두리번거리며 대리석 거울이 줄지어 있는 회랑을 지났는지, 그러면서 부족한 게 하나 없는 삶을 사는 사람들에게 찾아오는 권태로움, 그 끔찍한 삶의 지루함에 얼마나 넌더리를 냈는지, 또한 네로가 되어서는 어떻게 투명한 에메랄드를 통해 원형 경기장의 유혈 낭자한 현장을 구경하고, 은편자를 박은 노새가 끄는 진주색과 자주색 가마에 실려 석류나무 거리를 지나 황금의 집으로 향하면서 사람들이 큰 소리로 내지르는 소리를 듣게 되었는지, 그리고 엘라가발루스[80]가 되어서는 어떻게 자기 얼굴에 화장을 하고 여자들 가운데 앉아 물레를 돌리고, 어떻게 카르타고에서 달의 여신을 데려와 태양신과 신비의 결혼을 하도록 했는지, 이 모든 이야기를 들려주고 있다.

도리언은 이 환상적인 내용이 담긴 7장을 읽고 또 읽었다. 그다음 바로 이어지는 두 장의 내용도 마찬가지였다. 그 부분에서는 진기한 무늬가 그려진 벽걸이 장식인 양, 혹은 절묘한 세공의 에메랄드 작품인 양, 악과 피와 지루함으로 인해 괴물처럼 변하거나 광기를 부렸던 사람들의 흉측스러운 모습이나 아름다운 모습이 그려져 있었다. 자기 아내를 살해하고, 아내의 연인이 시신을 애무하다 독살되도록 죽은 아내의 입술에 주홍색 독을 발라 두었던 밀라노의 공작 필립포,

<hr />

79 로마의 7대 황제. 치세 말기에 공포 정치로 원로원 의원에게 고통을 준 것으로 유명하다.

80 태양신 바알을 섬기던 제사장 가문 출신의 로마 황제. 괴팍한 행동을 많이 한 것으로 유명하다.

허영 속에서 포모수스 교황의 직위를 탐했던, 그래서 결국엔 끔찍한 죄악을 저지른 끝에 20만 플로린이나 되는 로마 교황의 삼중관(三重冠)을 쓰게 되었다는 바오로 2세로 알려진 베네치아 사람 피에트로 바르비, 사냥개를 풀어 살아 있는 사람을 죽이고, 나중에 살해되었을 때는 그를 사랑했던 창부가 시신을 장미로 덮어 주었다고 하는 지안 마리아 비스콘티,[81] 옆에는 형제 살해자를 거느리고 페로토의 피가 묻은 망토를 입은 채 백마를 타고 가는 보르자,[82] 교황 식스투스 4세의 사생아이자 총아였던 인물로 오로지 방탕한 생활로 아름다운 인물값을 하면서 흰색과 진홍색 비단으로 장식한 정자에 아름다운 소녀와 기괴한 모습의 소년들을 잔뜩 모아 아라곤의 레오노라를 맞아들였던, 그리고 한 소년은 금빛으로 치장케 해서 마치 가니메데스나 힐라스[83]처럼 호화로운 향연의 시중을 들게 했던 피렌체의 젊은 추기경 피에트로 리아리오, 자신의 우울은 멋진 죽음의 광경을 보아야 치유될 수 있다며 사람들이 붉은 포도주를 갈망하듯 붉은 피를 열렬히 추구했던, 그래서 악마의 자식으로 알려졌으며, 자기 아버지와 영혼을 걸고 주사위 놀이 도박을 하면서 아버지를 속였다는 에젤리노,[84] 속임수로 순결함의 뜻을 지닌 이노센트란 이름을 얻어 내고, 어느 유대인 의사를 통해 세 어린 소년의 피를 그

81 밀라노의 2대 공작으로 개를 훈련시켜 사람을 물어 죽이도록 한 것으로 악명이 높았다.

82 교황 알렉산데르 6세의 사생아인 체자레 보르자. 형인 후안이 암살되자 뒤를 이어 교황군 총사령관으로 임명되었는데, 후안의 죽음에 연관이 있다는 의심을 받기도 했고 나중에는 교황이 총애하던 페로토마저 죽인 인물로 마키아벨리의 『군주론』의 모델이 되었다.

83 그리스 신화에서 가니메데스는 제우스의 컵을 들어 주는 역할을 하도록 간택된 미소년이고 힐라스는 헤라클레스가 사랑했던 미소년이다.

84 아틸리아의 폭군이었던 에젤리노 다 로마나를 말한다.

쇠약한 혈관 속에 수혈받았다는 지암바티스타 치보,[85] 첫 번째 부인인 폴리세나를 냅킨으로 목 졸라 죽이고 두 번째 부인인 지네브라 데스테는 에메랄드 컵으로 독살했던, 그리고 추잡한 열정에 이끌려 이교도의 교회를 세워 그곳에서 그리스도를 숭배하게 했던 이조타의 연인이자 리미니의 군주였던 시지스몬도 말라테스타, 자기 형수를 너무나 열렬히 흠모한 나머지 어느 나병 환자가 그에게 닥칠 광기를 경고까지 했던, 그러다 그의 머리가 점점 병들고 이상하게 변하면서 사랑과 죽음과 광기의 이미지가 그려진 사라센 카드만 갖고 놀며 위안을 받았다는 샤를 6세,[86] 그리고 보기 좋게 모양을 낸 가죽 조끼를 입고 아칸서스 잎 모양 고수머리에 보석이 달린 모자를 쓴 준수한 모습으로, 아스토레와 그의 신부를 살해하고 시모네토와 그의 시종도 죽였지만 그 용모가 너무나 아름다워 그가 페루지아의 노란 광장에서 죽어갈 때 그를 증오했던 사람들조차 슬피 울지 않을 수 없었으며 그를 저주했던 아탈란타조차도 그에게 축복을 내렸다는 그리포네토 발리오니.[87]

이 인물들 모두에게는 무시무시한 매력이 있었다. 그는 밤에 그들을 보았고, 그러면 그들은 낮에 그의 상상력을 뒤흔들어 놓았다. 르네상스 사람들은 희한한 방식의 중독증에 걸린 사람들이었다. 투구와 불붙은 햇불에 중독되기도 하고, 수를 놓은 장갑과 보석이 박힌 부채에 중독되기도 하고, 금빛 향로알, 혹은 호박 사슬에 중독되기도 했다. 그런데 도리

85 교황 이노센트 8세를 말하는 것으로, 혈액형에 대한 개념이 없었던 시대에 소년의 피를 수혈받다가 사망했다.

86 프랑스의 왕으로 흔히 광인 왕으로 알려져 있다.

87 그리포네토, 아스토레, 그리고 시모네토는 모두 이탈리아 북부 도시인 페루지아를 통치했던 발리오니 가문의 사람들이다.

언 그레이는 책에 중독된 사람이었다. 그렇게 책에 빠져 있을 때 그는 단순히 악을 아름다움에 대한 자신의 생각을 실현시킬 수 있는 양식으로 간주했던 것이다.

제12장

그가 나중에 종종 기억해 내듯이, 그날은 그의 서른여덟 번째 생일 전날인 11월 9일이었다.

그는 헨리 경의 집에서 저녁을 먹고 11시경이 되어 집으로 돌아오고 있었다. 밤공기가 차고 안개가 짙어서인지 두툼한 모피로 몸을 완전히 둘둘 만 모습이었다. 그로스버너 광장과 사우스 오들리 스트리트가 만나는 모퉁이 근처에 왔을 때 한 남자가 안개 속에서 그의 곁을 지나쳤다. 굉장히 빠른 걸음에 회색 얼스터산 모직 외투의 칼라를 바짝 세운 모습이었다. 그의 손에는 가방이 하나 들려 있었다. 도리언은 그를 알아봤다. 바질 홀워드였다. 뭐라 형용할 수 없는 묘한 두려움이 도리언을 엄습해 왔다. 홀워드가 자신을 못 알아본 듯하자 도리언도 못 본 척 빠른 걸음으로 자기 집 쪽으로 갔다.

그러나 홀워드가 결국 도리언을 알아본 모양이었다. 걸음을 멈추는 소리가 들리더니 곧이어 서둘러 뒤따라오는 소리가 들렸다. 잠시 후 홀워드가 도리언의 팔을 잡았다.

「도리언! 이거 뜻밖의 행운이로군! 9시부터 쭉 자네 서재에서 자네를 기다렸거든. 그런데 자네 하인이 피곤해 보이는 게 안쓰러워 잠 좀 자라고 하고 난 나왔지. 야간 기차를 타고 파리로 갈 예정인데 가기 전에 자네를 만나고 싶어서 그랬어. 아까 지나칠 때 혹 자네가 아닌가 생각했지. 아니, 그 모피 코트를 보고 혹시, 했지. 긴가민가했어. 자네는 나를 알아봤나?」

「이런 안개 속에서요? 그로스브너 광장도 어딘지 모르겠던데요. 여기 어딘가가 우리 집인 것 같은데, 그것도 확실하지 않으니. 아무튼 정말 오랜만에 뵙는데, 이렇게 떠나신다니 유감이군요. 하지만 곧 돌아오실 거죠?」

「아닐세. 한 6개월 정도 영국 밖으로 떠나 있을 참이네. 파리에 화실 하나를 열어 그곳에 푹 파묻혀 있을 작정이야. 내가 생각하고 있는 멋진 그림을 완성할 때까지 말이야. 그건 그렇고, 내가 말하고 싶은 건 내 얘기가 아니네. 자네 집에 다 왔군. 잠시 안으로 좀 들어가세. 자네한테 할 말이 있어.」

「저야 괜찮습니다만, 기차를 놓치지 않겠어요?」 도리언 그레이는 층계를 올라 바깥문 열쇠로 문을 열면서 시들한 목소리로 말했다.

짙은 안개 속에서 애써 불빛을 내고 있는 등불 아래에서 홀워드는 자기 시계를 바라보며 대답했다. 「남은 시간이 아직 한 세월이구먼. 기차 출발 시각이 12시 15분인데 지금이 11시니까 아직 시간이 많이 남았네. 사실은 자네를 찾아 클럽에 가던 중이었어. 그러다 자네를 만난 거야. 게다가 무거운 짐은 이미 다 보낸 상태라 짐 때문에 지체될 염려도 없네. 나머지 물건은 여기 다 들었으니, 이 가방만 챙겨 가면 20분 안에 빅토리아 역에 도착할 수 있을걸세.」

도리언은 그를 바라보며 미소를 지었다. 「상류층 화가가 여행을 간다니, 참으로 멋지군요! 여행 가방 하나에 얼스터 외투 한 벌이라! 어서 들어오세요. 안개가 집 안에 몰려들어 오겠어요. 그리고 이건 약속해 주세요, 심각한 얘기는 절대

로 하지 않는다고. 요새 심각한 일 없잖아요. 아니 심각한 일
이 있어서는 안 되죠.」

홀워드는 고개를 내저으며 집 안으로 들어서서는 도리언
을 따라 서재로 향했다. 서재에 문이 열려 있는 커다란 벽난
로에서는 장작불이 환하게 타오르고 있었다. 등잔불도 켜 있
었고, 상감 세공의 조그만 탁자 위에는 뚜껑이 열린 네덜란
드산 은색 화주 상자가 소다수가 담긴 탄산수 병 몇 개와 손
잡이가 없는 큼직한 세공 유리잔 몇 개와 함께 놓여 있었다.

「도리언, 자네 하인이 참 편하게 대해 주었네. 내가 원하는
건 모조리 다 갖다 주더군. 자네가 아끼는 왜 그 끝이 금색인
담배 있잖아, 그것도 갖다 줬어. 아주 극진하게 대접할 줄 아
는 친구더군. 옛날에 자네가 데리고 있던 그 프랑스인 하인
보다 훨씬 마음에 들어. 그런데 말이 났으니 하는 말인데, 그
프랑스인 하인, 어떻게 됐어?」

도리언은 어깨를 움츠렸다. 「래들리 부인의 하녀와 결혼한
걸로 알고 있어요. 파리에 가서 자기 아내를 영국 의상 양재
사로 자리 잡게 해줬다는데. 거기서는 요즘 영국풍 패션이
유행이라는 얘기를 들었어요. 프랑스 사람들, 좀 멍청한 것
같지 않아요? 아무튼, 아시죠? 그 친구, 전혀 나쁜 하인은 아
니었어요. 제가 좋아하지는 않았지만 불만은 없었어요. 사람
들이 종종 엉뚱한 상상을 한다니까요. 정말로 저한테 헌신적
으로 잘해 줬고요. 그래서 떠날 때 많이 섭섭해했던 것 같아
요. 소다수를 탄 브랜디 한잔 더 하시겠어요? 아니면 백포도
주와 셀처 탄산수? 전 늘 백포도주에 셀처 탄산수를 타서 마
셔요. 옆방에 좀 남아 있을 겁니다.」

「괜찮네. 더는 마시지 않겠네.」 화가는 이렇게 말하면서 모
자와 코트를 벗어 한쪽 구석에 놔두었던 가방 위로 던졌다.
「자, 이제, 자네하고 진지하게 얘기하고 싶네. 그렇게 인상

쓰지 말고. 그러면 얘기 꺼내기가 어렵잖아.」

「대체 무슨 얘긴데요?」 도리언이 소파로 몸을 던지며 큰 소리로 퉁명스럽게 물었다. 「제 얘기가 아니었으면 좋겠어요. 오늘 밤엔 저 자신도 신물 나니까. 다른 사람 얘기였으면 좋겠군요.」

「자네 얘기야.」 홀워드가 속 깊은 곳에서 울려 나오는 진지한 목소리로 대답했다. 「그리고 이 얘긴 자네한테 해줘야겠어. 30분 정도면 될 걸세.」

도리언은 한숨을 내쉬며 담배에 불을 붙였다. 「30분씩이나!」 중얼거리는 작은 소리였다.

「도리언, 그 정도면 자네한테 대단한 걸 요구하는 것도 아니잖나. 그리고 내가 이렇게 말하는 것도 다 자네를 위해서야. 런던에서 자네를 비난하는 그 끔찍한 험담들을 자네가 알아야 하는 게 당연하다고 생각해서 이러는 걸세.」

「전 그런 말들을 알고 싶지도 않아요. 다른 사람에 관한 추문은 좋아하지만 제 자신과 관련된 것이라면 흥미 없어요. 뭐, 신선한 맛이 없잖아요.」

「도리언, 관심을 갖고 들어야 하네. 모든 신사는 자기 이름이 좋게 불리는 데 관심이 있어. 자네도 사람들이 자네를 형편없는 저급한 인간이라고 말하는 걸 원치 않을 걸세. 물론 자네는 지위도 있고 부, 뭐 그런 종류의 것은 다 갖추고 있어. 하지만 지위와 부가 전부는 아닐세. 잘 들어 보게. 나도 그 소문들을 절대로 믿지는 않네. 적어도 자네를 만나면 그런 말을 믿을 수가 없단 말이야. 죄는 사람 얼굴에 제 스스로 드러나. 감출 수가 없지. 그래서 사람들은 때로 은밀한 악에 대해서 얘기하지만 그런 것은 없어. 어떤 비열한 자가 악을 지니고 있다면 그게 그 사람 입 주변의 선이나 축 늘어진 눈꺼풀, 아니면 손 모양에서 다 드러나게 마련이야. 작년에 어떤 사람이 — 자네도 아는 사람인데 이름은 말 안 하겠네 — 날 찾아와 자기 초상화를 그려 달라고 했지. 처음 보는 사람이 었고, 당시만 해도 그 사람에 관한 얘기를 전혀 들어 본 적도 없었네. 물론 그때 이후엔 많은 얘기를 듣기는 했지만 말이야. 근데 그 사람이 엄청난 가격을 제시하더군. 난 거절했지. 그 사람 손가락 모양에 내가 아주 싫어하는 뭔가가 있었기 때문일세. 내가 그 사람 삶에 대해 이럴 거다 하고 상상했던 게 맞았다는 걸 요즘 알게 되었지. 엉망진창인 삶을 사는 사람이더군. 하지만 도리언, 자네의 그 깨끗하고 순진무구한 해맑은 얼굴과 전혀 변함이 없는 아름다운 젊음을 보고 내가 어찌 자네에 대한 험담을 믿을 수 있겠나. 하기야 요즘은 자네를 거의 만나지도 못하고 자네 또한 내 화실에 오질 않으니, 내가 자네와 떨어져 있을 때 사람들이 자네를 놓고 수군대는 그 불쾌한 말들을 듣게 되면 내가 무슨 말을 하겠나. 도리언, 왜 베릭의 공작 같은 사람이 자네가 클럽 방에 들어서면 방을 나서는 거지? 런던의 그렇게 많은 신사들이 자네 집에 찾아오지도 않고 자네를 자기네 집에 초대도 하지 않는 이유가 뭔가? 자네가 옛날 한때는 스태블리 경의 친구였잖아. 지난주에 그 사람을 만나 저녁을 함께했네. 그런데 얘기를 하는 중에 자네 이름이 우연히 거론되었지. 왜, 더들리 백작의 전시회에 자네가 보냈다는 세밀화 있잖아? 그것과 관련해서 자네 이름이 튀어나온 거야. 그러자 스태블리가 입술을 일그러뜨리더니 이런 말을 하더군. 자네가 아주 훌륭한 예술적 취향을 갖고 있는 것 같은데, 순수한 마음을 지닌 아가씨들이 자네를 알게 해서는 안 되며 정숙한 부인들도 자네와 같은 방에 앉아 있도록 해서는 안 된다고 말이야. 그 말을 듣고 그 친구한테 말했네. 내가 자네 친군데, 대체 그 말이 무슨 뜻이냐고. 나에게 말해 주더군. 모든 사람들 앞에서 말하더라고. 심히 불쾌했어! 왜 자네와 우정을 나누는 젊은이들마다 모조리 그렇게 비참하게 파멸하는 거지? 근위대에 있다는 그 불쌍한 친구, 자살했다며? 자네가 그 젊은이와 아주 친한 친구였다고 하더군. 오명을 뒤집어쓴 채 영국을 떠나야 했던 헨리 애쉬턴 경도 있어. 자네와 그 친구는 떼려야 뗄 수 없는 관계라며? 처참한 종말을 맞이했던 애드리언 싱글턴은 또 어떤가? 켄트 경의 외아들, 그 친구는 어떻게 된 건가? 어제 세인트 제임스 스트리트에서 그 친구 아버지를 만났네. 치욕과 슬픔 속에 완전히 망가져 있더군. 퍼스의 젊은 공작은 어떻게 된 건가? 지금 어떻게 살고 있는가 말일세. 어떤 신사가 그 사람하고 어울리겠나?」

「그만하세요, 바질. 당신은 전혀 알지도 못하면서 말씀하시는군요.」 도리언 그레이는 입술을 깨물며 대단히 경멸어린 목소리로 말했다. 「제가 방에 들어섰을 때 베릭이 왜 방을 나섰는지 물어보셨죠? 그거야 제가 그 사람 삶에 관해 죄다 알고 있기 때문이죠. 그 사람이 저에 대해 알고 있어서가 아니에요. 몸속에 그런 피가 흐르는데 어찌 그 사람이 깨끗하다고 할 수 있죠? 헨리 애쉬턴과 퍼스의 젊은 공작에 대해서도 말씀하셨는데, 그렇다면 제가 헨리 애쉬턴에게는 악을 가르치고 퍼스의 공작에게는 방탕을 가르쳤다는 얘긴가요? 켄트의 어리석은 자식 놈이 거리의 여자를 아내로 택한 것이 대체 저하고 무슨 상관이죠? 애드리언 싱글턴이 계산서에 자기 친구 이름을 써넣었다는데, 제가 그 친구 감시인이라도 됩니까? 영국에서 사람들이 어떤 식으로 재잘거리는지, 전 잘 알아요. 중산층 사람들, 별 볼일 없는 저녁상 차려 놓고 그 앞에서 도덕적 편견이나 늘어놓는 꼴이란. 그 사람들이 이른바 신분이 높은 사람들의 방탕한 생활에 대해 수군대는 게 다 자기네들도 상류층에 속하고 싶고 자기네들이 비방하는 바로 그 사람들과 친한 관계가 되고 싶어서, 아니면 그런 척하고 싶어서 그러는 겁니다. 이 나라에선 말이죠, 어떤 사람이 명성이 있거나 똑똑하기만 해도 보통 사람들이 그 잘난 혀로 비난이나 하고 욕이나 해댄다니까요. 그런데 그런 사람들은 도대체 어떤 삶을 살고 있죠? 도덕을 내세우는 그 사람들이 어떻게 사냐고요? 바질, 당신은 우리가 위선의 고향에 살고 있다는 사실을 잊으신 모양이군요.」

「도리언.」 홀워드가 목소리를 높였다. 「문제의 핵심은 그게 아니야. 그래, 나도 알아. 영국이 아주 나쁜 나라라는 거. 영국 사회가 다 틀렸다는 거. 바로 그런 이유로 자네가 훌륭했으면 하고 바라는 거야. 그런데 자네는 그러질 못했어. 사람은 어떤 사람이 자기 친구들한테 어떤 영향을 미치는가를 놓고 그 사람을 판단할 권리가 있네. 한데 자네 친구들은 모두가 다 명예심도 없고, 선하지도 않고, 순수하지도 않은 것 같다고. 자네가 그들한테 쾌락을 향한 광기 어린 욕망만 심어 준 것일세. 그들은 완전히 나락으로 떨어졌어. 자네가 그들을 나락으로 끌고 간 거야. 그래, 자네가 끌고 간 거라고. 물론 자네는 지금 그러는 것처럼 미소만 짓고 있을 수 있겠지. 근데 그보다 더 심각한 일들이 있네. 자네하고 해리, 떨어질 수 없는 관계라는 거 알아. 그렇다면 바로 그런 이유 때문이라도, 아니 다른 이유가 없다면 바로 그런 이유 때문이라도 해리 누이의 이름을 조롱거리로 만들지는 말았어야지.」

「무슨 말씀입니까, 바질? 너무 심하신 것 아닌가요?」

「이 말은 해야겠으니 자네 잘 들어 보게. 들어야 해. 자네가 그웬돌렌 부인을 만났을 때만 하더라도 그 어떤 추문도 그녀를 건드리지 않았었네. 그런데 지금 그녀와 마차를 타고 하이드파크에 같이 갈 정숙한 여인이 런던에 단 한 사람이라도 있는 줄 아나? 그 부인의 아이들조차 이제는 그녀와 같이

살 수 없게 되었다고. 또 다른 얘기들도 있어. 자네가 새벽녘
에 듣기만 해도 구역질 나는 그런 집에서 기어 나오거나 런
던에서 가장 불결한 소굴에 신분을 숨기고 몰래 드나드는 모
습을 봤다는 얘기들이 있네. 이게 사실인가? 어떻게 이게 사
실일 수 있냐고? 처음에 그런 얘기를 들었을 때 나는 어이가
없어 그냥 웃고 말았지. 하지만 요새는 그런 얘기를 들을 때
마다 몸이 떨린다네. 자네가 시골집에 내려가 어떤 생활을
하는지, 무슨 말들이 오가는지 아나? 도리언, 자네는 사람들
이 자네에 대해 뭐라고 말하는지 몰라. 나, 자네한테 설교하
고 싶은 마음이 없다고는 하지 않겠네. 옛날에 해리가 한 말
이 생각나는군. 당분간만이라도 아마추어 목사보가 된 사람
은 항상 설교할 마음은 없다는 말로 시작해서는 곧 자기 말
대로 하지 않고 설교를 늘어놓는다고 했던 말. 그래, 난 자네
한테 설교 좀 하고 싶네. 난 자네가 온 세상이 자네를 존경할
정도의, 그런 삶을 살았으면 해. 이름 더럽히지 않고 훌륭한
경력을 쌓았으면 하네. 나쁜 친구들과 더는 어울리지 않았으
면 싶어. 그런 식으로 어깨 움츠리지 말고 냉담한 표정도 짓
지 말게. 자네에게는 놀라운 영향력을 행사할 수 있는 힘이
있어. 우리 그 힘을 악한 곳이 아닌 선한 곳에 쓰자고. 사람들
말로는 자네가 친한 사람을 모두 타락시키고, 자네가 어느
집에 들어서는 것만으로도 그 집엔 수치가 뒤따른다고 하더
군. 정말 그런지 어떤지, 난 모르겠어. 내가 어찌 알겠나? 하
지만 분명한 것은 이런 얘기들이 다 자네에 관한 얘기라는
사실이야. 나는 명명백백해 보이는 것들만 얘기한 것일세.
글로스터 경은 옥스퍼드 대학교에 다닐 때 나와 가장 친했던
친구 중 한 사람이네. 그 친구가 자기 아내가 망통[88]에 있는

88 프랑스 남동부 지중해에 면한 피한지.

빌라에서 홀로 죽어 가면서 자기한테 썼다는 편지 한 통을 보여 주었어. 내가 읽은 고백의 글 가운데 가장 섬뜩한 글이 더군. 그런데 그 글에 자네 이름이 언급되어 있었어. 나는 그 친구한테 말도 안 되는 소리라고 말했지. 내가 자네를 속속들이 잘 아는데, 그런 일을 할 친구가 아니라고 말일세. 자네, 무슨 말인지 알겠어? 과연 내가 자네를 제대로 알고 있기나 한 건가? 자네 영혼을 봐야 대답할 수 있을 것 같군.」

「제 영혼을 보다니요!」 소파에서 벌떡 일어선 도리언 그레이는 두려움에 하얗게 질린 얼굴로 더듬거렸다.

「그래, 봐야겠어.」 홀워드는 슬픔이 담긴 심각한 어조의 굵은 목소리로 말했다. 「자네 영혼을 봐야겠다고. 그런데 그럴 수 없겠지. 하느님만 볼 수 있을 테니.」

통렬한 조롱의 웃음이 도리언의 입술에서 새어 나왔다. 「오늘 밤에 직접 보시죠!」 그는 이렇게 소리치며 테이블 위의 등불을 잡았다. 「따라오세요. 바로 당신 손으로 직접 만든 작품이니까요. 못 볼 이유가 없지 않습니까? 그리고 원하시면 나중에 그것에 대해 온 세상에 다 말씀해 보세요. 아무도 믿지 않을 겁니다. 사람들이 당신 말을 믿으면 아마 그로 인해 저를 더욱더 좋아하게 될 겁니다. 당신이 이 시대에 대해 지루하게 이렇다 저렇다 얘기하신들 저보다 더 잘 아시겠습니까? 오세요, 제가 말씀드릴 테니. 당신은 타락에 대해 할 말 다 하셨어요. 그러니 이젠 직접 두 눈으로 똑바로 보실 차례입니다.」

그가 내뱉은 말 한마디 한마디에 광기 어린 자만심이 잔뜩 배어 있었다. 더욱이 그는 버릇없는 어린애처럼 발로 바닥을 쿵쿵 차고 있었다. 자신의 비밀을 다른 사람하고 같이 나눈다는 생각에, 그리고 자신의 모든 치욕의 근원이 된 그 초상화를 그린 바로 이 사람이 자신이 무슨 일을 했는지, 그 무서운 기억을 안고 남은 생을 살아갈 것이라는 생각에 그는 짜릿한 쾌감을 느끼지 않을 수 없었다.

「예, 보여 줄 겁니다.」 도리언은 흘워드에게 더 가까이 다가가며 그의 굳은 두 눈을 똑바로 응시하고 말을 이었다. 「당신에게 제 영혼을 보여 줄 겁니다. 오직 하느님만이 볼 수 있다고 생각한 것을 당신 자신이 직접 보게 될 겁니다.」

흘워드는 놀라서 뒤로 물러섰다. 「이건 신성 모독이야, 도리언!」 그가 외쳤다. 「그런 말을 함부로 입 밖에 꺼내서는 안 되네. 그런 무서운 말을 하다니. 괜한 말 하지 말게.」

「그렇게 생각하십니까?」 그는 다시 웃음을 터뜨렸다.

「그렇다네. 내가 오늘 밤 자네한테 한 말은 다 자네를 위해서야. 자네도 알잖나, 난 항상 자네의 충실한 친구라는 걸.」

「제 몸에 손대지 마세요. 하실 말씀이 있으면 다 하세요.」

순간적으로 화가의 얼굴에 고통으로 일그러진 표정이 스치고 지나갔다. 그는 잠시 숨을 골랐다. 걷잡을 수 없는 연민의 감정이 그의 온 마음을 사로잡았다. 따지고 보면 무슨 권리로 그가 도리언 그레이의 삶을 들여다봐야 한단 말인가? 도리언이 실제로 소문에 나도는 짓 가운데 10분의 1만이라도 했다면 그 자신은 얼마나 고통스러울 것인가! 마음을 정리한 그는 벽난로가 있는 곳으로 다가가 한가운데서는 고동치듯 이글거리는 화염을 피우고 아래로는 서리 같은 재를 남기며 타오르는 장작 더미를 물끄러미 바라보았다.

「저, 기다리고 있습니다, 바질.」 도리언이 딱딱하고 분명한 목소리로 말했다.

순간 흘워드가 몸을 돌려 큰 소리로 말했다. 「내가 하고 싶은 말은 이걸세. 사람들이 자네를 향해 던지는 역겨운 비난의 말에 대한 자네의 대답을 듣고 싶은 거네. 자네가 그 말들이 모두, 처음부터 끝까지 모두 사실이 아니라고 말한다면 난 자네를 믿을 테니까. 그러니 도리언, 그 비난의 말을 모두 부인하게! 아니라고 부인해 보란 말이야! 자네, 내가 어떤 심정인지 아나? 오, 제발, 자네가 부도덕하고 타락한 몹쓸 사람이라는 말은 하지 말아 주게.」

도리언 그레이는 미소를 지어 보였다. 그의 입술이 경멸의 표정을 그리며 비틀어졌다. 「위로 올라가시죠, 바질.」 조용한 목소리로 그가 말했다. 「제가 매일 매일의 제 삶을 기록한 일기를 썼거든요. 그리고 제가 일기를 쓴 그 방에서 제 일기는 한 발자국도 떠나지 않습니다. 저를 따라오시면 그 일기를 보여 드리죠.」

「도리언, 자네가 원한다면 따라가겠네. 기차를 놓치겠지만 그건 중요치 않아. 내일 떠날 수도 있으니까. 하지만 오늘 밤 그 일기를 읽으라고 하진 말아 주게. 내가 원하는 것은 오로지 내 질문에 대한 솔직한 답변뿐이란 말일세.」

「위층에서 답변을 해드리겠습니다. 여기서는 말할 수가 없거든요. 읽는 데 오래 걸리지도 않습니다.」

제13장

 도리언이 방을 나서 계단을 오르기 시작했고, 바질 홀워드
가 그 뒤를 바짝 따라갔다. 사람들이 밤에는 본능적으로 걸음
을 살금살금 내딛듯 그들도 조용히 걸음을 옮겼다. 등잔불이
벽과 층계에 환상적인 그림자를 그려 냈다. 어디서 불어온 것
인지 한 줄기 바람에 창문 흔들리는 소리가 들려왔다.
 층계 맨 꼭대기에 다다르자 도리언은 등잔을 바닥에 내려
놓고 열쇠를 꺼내 자물쇠를 돌렸다. 「꼭 알아야겠단 말씀이
죠, 바질?」 그는 나지막한 목소리로 물었다.
 「그래.」
 「저도 좋습니다.」 그는 미소를 지으며 대답했다. 그런 다음
곧 그는 다소 퉁명한 목소리로 말을 덧붙였다. 「당신은 이 세
상에서 저에 관해 모든 것을 알 자격이 있는 유일한 사람입
니다. 당신은 생각하시는 것보다 더 많이 제 삶에 관련이 되
어 있거든요.」 그리고 그는 다시 등잔을 들고는 문을 열고 안
으로 들어갔다. 서늘한 공기가 그들 곁을 스쳐 지나갔고, 그
순간 등잔불이 흐린 오렌지색 불길을 확 피워 올렸다. 그는
부르르 몸을 떨었다. 「문을 달아 주시죠.」 그는 등잔을 테이
블 위에 올려놓으며 작은 소리로 말했다.

홀워드는 당혹스러운 표정으로 주변을 둘러보았다. 여러 해 동안 아무도 살지 않은 방 같아 보였다. 플랑드르풍의 색 바랜 벽걸이 장식 하나, 커튼에 가려진 그림 하나, 낡은 이탈리아제 함 하나, 그리고 거의 텅 비어 있는 서가. 의자와 테이블 하나를 제외하면 이게 그 방에 들어 있는 전부인 것 같았다. 벽난로 선반에 놓인 반쯤 타다 남은 초에 도리언이 불을 붙이자 홀워드는 방 전체가 먼지를 뒤집어쓰고 있고, 카펫도 온통 찢어지고 구멍투성이라는 사실을 알게 되었다. 징두리 널 뒤로 생쥐 한 마리가 쪼르르 달아나는 모습도 보였다. 게다가 눅눅한 곰팡이 냄새도 방 분위기에 한몫 했다.

「그러니까 바질, 당신은 오직 하느님만이 영혼을 볼 수 있다고 생각하십니까? 그 커튼을 걸어 보세요. 제 영혼을 볼 수 있을 겁니다.」 아주 차갑고 가시가 돋친 목소리였다.

「자네 미쳤군, 도리언. 아니면 연기를 하는 건지.」 홀워드가 인상을 찡그리며 나지막이 말했다.

「안 하시겠어요? 그럼 제가 직접 걸어 드리죠.」 도리언은 이 말과 함께 긴 막대에 걸린 커튼을 뜯어내 바닥에 내팽개쳤다.

희미한 불빛 속에 캔버스에 그려진 추악한 얼굴, 자신을 향해 씩 웃는 듯 보이는 그 역겨운 얼굴을 보자 홀워드의 입에서 기겁에 가까운 외마디 비명이 터져 나왔다. 그림 속 얼굴 표정에는 역겨움과 혐오로 그를 구역질 나게 만드는 무엇인가가 있었다. 이럴 수가! 그가 바라보고 있는 것이 바로 도리언 그레이의 얼굴이었으니! 그 얼굴을 훼손시킨 것이 공포인지 뭔지 모르겠지만 아직 그 놀라운 아름다움을 완전히 망가뜨리지는 않았다. 점점 빠져 가는 머리털에 아직 반짝이는 금빛이 남아 있었고, 육감적인 입에는 주홍색 기운이 채 사라지지 않았다. 눈이 흐리멍덩해지긴 했어도 푸른 눈의 아름다움을 어느 정도는 유지하고 있었고, 잘 깎아 다듬은 것 같은 코와 잘 빚어 만들어 놓은 것 같은 목에선 아직도 우아한 곡선미가 사라지지 않았다. 그렇다, 바로 도리언이었다. 그러나 누가 이렇게 해놓았지? 그는 자신이 한 게 분명한 그만의 붓놀림을 알아볼 것 같았다. 액자도 그 자신이 고안한 것이었다. 그런데 이렇게 해놓다니 어처구니없는 일이었다. 하지만 겁이 났다. 그는 촛불을 들어 그림 가까이 갖다 대었다. 왼쪽 구석에 그의 이름이 있었다. 밝은 주홍색으로 길게 쓴 이름이었다.

불쾌한 모방이고, 파렴치하고 비열한 풍자였다. 그는 결코 이런 식으로 그리지 않았다. 그러나 분명 그가 그린 초상화였다. 자기가 그린 그림을 모를 리가 없었다. 순간적으로 그는 자기 피가 활활 타오르는 불에서 둥둥 떠다니는 얼음으로 변한 것 같은 느낌이었다. 그가 그린 그림! 그렇다면 그것은 무슨 뜻인가? 왜 그림이 변했단 말인가? 그는 고개를 돌려 병자처럼 퀭한 눈으로 도리언 그레이를 바라보았다. 그의 입이 일그러졌고 갈라진 혀는 무슨 말이든 똑똑하게 내뱉을 수 없을 것 같았다. 그는 이마에 손을 갖다 대었다. 끈끈한 땀이 흐르고 있었다.

도리언은 벽난로 선반에 기대어 유명한 배우가 출연한 연극에 푹 빠져 있는 사람의 얼굴에서 볼 수 있는 묘한 표정을 지으며 홀워드의 모습을 지켜보고 있었다. 진정으로 슬퍼하거나 진정으로 기뻐하는 표정은 아니었다. 그저 뭔가를 쟁취했다는 눈빛을 내보이며 연극에 열중하는 관객의 표정, 바로 그런 표정이었다. 그는 자기 코트에서 꽃 한 송이를 꺼내 냄새를 맡았다. 아니, 냄새를 맡는 척하는 것인지도 몰랐다.

「이게 대체 무슨 의민가?」 마침내 홀워드가 소리쳤다. 그 소리가 그의 귀에도 날카롭고 기이하게 들렸다.

「오래전에, 제가 소년이었을 때죠.」도리언 그레이가 꽃을 손으로 짓이기며 말했다. 「당신이 처음 만나서는 저를 부추겼어요. 저의 잘생긴 얼굴을 자랑하라고 가르쳤지요. 그리고 하루는 저를 당신 친구에게 소개했어요. 그런데 그 친구 분은 저에게 젊음의 경이로움에 대해 설명했고, 당신은 그 젊음의 경이로움을 보여 주는 제 초상화를 완성했어요. 바로 그 순간에, 지금도 제가 후회해야 할지 말아야 할지 모르겠지만, 광기에 사로잡혔던 바로 그 순간에 저는 소원을 빌었죠. 아마 당신은 기도라고 부를지 모르겠지만…….」

「기억나! 아무렴 기억이 나고말고! 하지만 아니야! 이건 불가능한 일이야. 방이 눅눅해. 곰팡이가 캔버스에 파고든 거야. 내가 사용한 물감에 빌어먹을 독성 광물이 섞였던 거라고. 분명히 말하지만, 이건 불가능한 일이야.」

「뭐가 불가능한 거지?」도리언이 이렇게 중얼거리며 창가로 가더니 안개 기운이 서린 차가운 유리에 이마를 갖다 대었다.

「자네가 말했잖아, 그림을 없애 버렸다고.」

「제가 틀렸습니다. 오히려 그게 저를 파괴했어요.」

「이게 진짜 내가 그린 그림인지 믿을 수 없네.」

「그림 속에 당신의 이상이 안 보이는가요?」도리언이 매정하게 말했다.

「나의 이상이라니. 자네가 그렇게 부르는 게…….」

「당신이 그렇게 말했거든요.」

「내가 그린 그림 속에는 사악한 것 하나 없었고, 부끄러워할 것이 전혀 없었네. 자네는 나에게 다시는 못 볼 그런 이상적인 존재였다고. 하지만 이건 반인반수의 얼굴이야.」

「이게 바로 제 영혼의 얼굴입니다.」

「오, 주여! 대체 내가 뭘 숭배했단 말인가! 이건 악마의 눈이잖아.」

「우리들 모두는 다 자기 안에 천국과 지옥을 가지고 있는 겁니다, 바질.」 절망의 거친 몸짓을 내보이며 도리언이 외쳤다.

홀워드는 다시 몸을 돌려 초상화를 응시하더니 곧 이렇게 큰 소리로 외쳤다. 「이런! 이게 사실이라면, 그리고 이게 자네가 자네 삶에 대해 저지른 짓이라면, 자넨 자네를 비난하는 사람들이 상상하는 것 이상으로 타락한 것이 틀림없어!」 그는 다시 촛불을 들어 캔버스 가까이 갖다 대며 그림을 살펴보았다. 표면은 전혀 훼손되지 않은 듯 보였다. 그의 손을 떠날 때의 그 모습 그대로였다. 그렇다면 그 사악함과 소름 끼치리만큼 지독한 역겨움은 분명 내부에서 솟아난 것이리라. 내면의 어떤 생명체가 기괴한 모습으로 살아나면서 나병에 걸린 죄악이 서서히 갉아먹은 것인지도 몰랐다. 물이 고인 무덤에서 썩어 가는 시체도 이처럼 무섭고 흉측하지는 않으리라.

그의 손이 떨렸다. 초가 촛대에서 바닥으로 떨어지면서 바지직거리는 소리가 났다. 그는 발로 밟아 촛불을 껐다. 그리고 테이블 옆에 놓여 있던 낡아 빠진 의자에 털썩 주저앉으며 얼굴을 두 손에 파묻었다.

「이보게 도리언, 이건 교훈이야! 무서운 경고라고!」 아무 응답이 없었다. 다만 창가에서 도리언이 흐느끼는 소리만이 들릴 뿐이었다. 「기도해, 도리언. 기도하라고.」 그가 나지막한 목소리로 말했다. 「어렸을 때 배웠던 것이 뭐였지? 맞아, 〈우리를 시험에 들지 말게 하소서. 우리의 죄를 용서하소서. 우리의 허물을 말끔히 씻어 주소서.〉 우리 같이 기도하세. 자네의 자만에 찬 기도에 응답을 주셨으니 회개의 기도에도 응답을 주실 걸세. 내가 자네를 너무 숭배했어. 당연히 벌을 받아야지. 자네도 자네 자신을 너무 숭배했어. 우리 둘 다 벌을 받아야 해.」

　도리언 그레이가 천천히 돌아서서 눈물에 흐려진 눈으로 그를 바라보았다.「너무 늦었어요, 바질.」그는 말을 더듬었다.

　「절대 안 늦었네, 도리언. 우리 같이 무릎을 꿇고 기도문을 기억하는지 시험해 보기로 하세. 어딘가에 이런 구절이 있지 않았나?〈너희의 죄가 주홍 같을지라도 눈과 같이 희어질 것이요.〉」

　「이젠 그런 구절들이 저한테는 아무 의미가 없어요.」

　「쉬잇! 그런 말 하지 말게. 자넨 충분히 악한 짓 많이 한 거야. 오, 저런! 자네, 저 저주받은 것이 우리를 비웃고 있는 게 보이나?」

　도리언은 흘끗 그림을 쳐다보았다. 순간 캔버스의 얼굴이 그 빙글거리는 입술로 그의 귀에 속삭이며 자극하기라도 한 듯이 갑자기 바질 홀워드를 향한 억누를 수 없는 증오심이 그의 온몸을 휘감았다. 포획된 짐승의 발광에 가까운 격정이 그의 몸속에서 발버둥치고 있었다. 그는 테이블 앞에 앉아 있는 홀워드가 혐오스러웠다. 여태 살아오면서 혐오스럽게 생각했던 그 어떤 것보다 더 역겨운 존재였다. 그는 미친 듯이 사방을 둘러보았다. 정면으로 보이는 곳에 놓인 색이 칠해진 함 위에 뭔가 반짝이는 게 있었다. 그의 눈이 그 물건에 고정되었다. 그것이 무엇인지 그는 알고 있었다. 며칠 전에 줄 하나를 끊으려고 가지고 올라왔다가 그만 깜빡하고 놔둔 칼이었다. 그는 천천히 그 칼이 놓인 곳으로 움직였다. 홀워드 곁을 지났다. 홀워드의 뒤로 들어서자마자 그는 얼른 칼을 잡아서는 돌아섰다. 홀워드가 일어서려는지 의자에서 몸을 움직였다. 순간적으로 도리언은 홀워드에게 덤벼들어 칼로 그의 귀 뒤 큰 혈관을 찔렀다. 그의 머리를 테이블 위에 처박으면서 찌르고 또 찔렀다.

숨 가쁜 신음 소리와 흐르는 피에 숨이 막혀 꼴딱거리는 것 같은 소름끼치는 소리가 들려왔다. 세 번씩이나 쭉 뻗은 팔이 발작적으로 위로 튀어 오르면서 뻣뻣하게 굳은 손가락이 공중에서 기괴한 모양을 그리며 흔들거렸다. 그는 두 번 더 찔렀다. 그러나 홀워드는 전혀 꼼짝하지 않았다. 무엇인가가 바닥에 뚝뚝 떨어지기 시작했다. 그는 홀워드의 머리를 계속 누르고 있는 상태에서 잠시 기다렸다. 그런 다음 그는 칼을 테이블 위에 던져 놓고 귀를 기울였다.

아무 소리도 들리지 않았다. 다만 속이 다 까뒤집힌 낡은 카펫 위로 뭔가가 뚝뚝 떨어지는 소리만 들릴 뿐이었다. 그는 문을 열고 층계참으로 나갔다. 집은 쥐죽은 듯 조용했다. 주위에 아무도 없었다. 잠시 그는 난간 너머로 몸을 숙인 채 서서 검게 끓어오르는 샘물과도 같은 어둠 속을 응시했다. 그런 다음 열쇠를 꺼낸 그는 다시 방으로 들어갔다. 그리고 안에서 문을 잠갔다.

그것은 아직 의자에 앉은 그 모습이었다. 등은 꾸부정하게 구부린 채 기이할 정도로 길게 팔을 늘어뜨리고 머리를 테이블 위에 처박은 모습이었다. 목에 들쭉날쭉 뻘겋게 찢어진 자국만 없었다면, 테이블 위에서 천천히 커져 가는 끈적끈적한 검은 웅덩이만 없었더라면, 누구든 그가 자고 있는 거라고 생각했을지 모른다.

순식간에 벌어진 일이었다! 그는 이상하게도 차분해지는 느낌이 들었다. 창가로 다가간 그는 창문을 열고 발코니로 나갔다. 안개는 바람에 실려 멀어져 갔고, 하늘은 수많은 황금빛 눈이 총총히 박혀 있는 엄청나게 큰 공작새 꼬리 같았다. 그는 아래를 내려다보았다. 경찰이 긴 광선으로 뻗어 나가는 랜턴 불빛을 고요 속에 갇힌 각 집 문마다 비춰 보며 순찰을 돌고 있었다. 길을 지나는 이륜마차가 진홍색 점으로 모퉁이에서 잠시 반짝이는가 싶더니 이내 사라졌다. 펄럭이는 숄을 걸친 한 여인이 다리를 절름거리며 거의 기다시피 천천히 난간이 있는 곳으로 향하고 있었다. 이따금 그녀는 걸음을 멈추고 뒤를 돌아다보았다. 그러고는 됐다 싶었는지 목멘 소리로 노래를 부르기 시작했다. 그러자 순찰 돌던 경찰관이 다가가 그녀에게 뭐라고 말을 했다. 그녀는 웃음을 터뜨리며 비틀비틀 자리를 떴다. 매서운 강풍이 광장을 휩쓸고 지나갔다. 가스등이 깜빡이더니 파랗게 되었고, 잎사귀하나 없는 나무들은 검은 철사 같은 앙상한 가지들을 이리저리 흔들어대고 있었다. 그는 몸을 떨었다. 다시 안으로 들어온 그는 창문을 닫았다.

문으로 향한 그는 열쇠를 돌려 문을 열었다. 그는 죽어 있는 사람에게 눈길 하나 주지 않았다. 그는 이 모든 것을 비밀에 부치려면 이런 상황을 모르는 척해야 한다고 느꼈다. 자신의 모든 불행의 단초가 되었던 운명의 초상화, 그 초상화를 그려 준 친구가 그의 인생에서 사라졌다. 그것이면 충분했다.

그때 등잔이 떠올랐다. 광택 나는 철로 된 아라베스크 무늬를 박아 넣은 반투명 은으로 만들어 그 위에 거친 터키옥을 점점이 박은 등잔은 무어인의 솜씨가 돋보이는 진기한 물건이었다. 어쩌면 하인이 등잔이 어디에 있는지 찾는다며 그에게 물어볼지도 모를 일이었다. 잠시 머뭇거린 그는 다시 안으로 들어와 테이블에서 등잔을 집어 들었다. 죽은 사람을 보지 않을 수가 없었다. 전혀 미동도 없는 시체! 무서우리만치 긴 하얀 손! 밀랍으로 만든 무시무시한 형상 같았다.

밖으로 나와 문을 잠근 그는 조용히 아래층으로 내려왔다. 나무 계단이 삐걱거리는 소리를 냈다. 고통에 겨워 비명을 지르는 것 같았다. 그는 여러 차례 걸음을 멈추고 동정을 살

폈다. 아무도 없었다. 고요한 정적뿐이었다. 들리는 것이라
곤 자신의 발소리뿐이었다.

그는 서재로 들어갔다. 한쪽 구석에 놓인 가방과 코트가
눈에 띄었다. 저것들도 어딘가에 감춰 둬야 했다. 그는 징두
리널 안에 있던 비밀 옷장을 열었다. 그가 진기한 가면이나
분장 물품을 보관하던 곳이었다. 그 안에 가방과 코트를 넣
었다. 나중에 틈을 봐서 태워 버리면 될 것 같았다. 그런 다음
그는 시계를 꺼냈다. 2시 20분 전이었다.

그는 앉아서 생각하기 시작했다. 매년, 거의 매달 영국에
서는 자기가 저지른 짓 때문에 교살당하는 사람들이 꼭 나타
난다. 살인의 광기가 대기 안에 퍼져 있었다. 어떤 붉은 별이
지구에 너무 가까이 다가온 것이리라……. 그런데 그에게 불
리한 증거가 무엇인가? 바질 홀워드가 그의 집을 나섰을 때
가 11시였다. 그 뒤로 그가 다시 들어온 것을 본 사람이 없
다. 하인들 대부분은 셀비 로열에 있었다. 그리고 그의 시종
은 잠들어 있다……. 파리! 그래, 바질은 파리로 갔다. 원래
그가 의도했던 대로 야간 열차를 타고. 평소에 말을 아끼는
홀워드의 묘한 습관 때문에 여러 달이 지나야 의혹이 제기될
것이다. 여러 달이라! 그보다 훨씬 전에 모든 것을 다 없앨
수 있을 것이다.

문득 한 생각이 떠올랐다. 그는 모피 코트를 입고 모자를
쓴 다음 홀로 나갔다. 그곳에서 잠시 멈춰 선 그는 바깥 보도
에서 경찰관이 천천히 무거운 발걸음을 옮기는 소리를 들었
고, 창문에 반사되는 랜턴의 불빛도 보았다. 그는 숨을 죽이
고 잠시 더 기다렸다.

얼마 후 그는 빗장을 열어 밖으로 살짝 빠져나간 뒤 아주
조심스럽게 문을 닫았다. 그런 다음에 벨을 울렸다. 5분 정도
지나자 시종이 대충 옷을 걸쳐 입고 잠이 덜 깬 졸린 눈으로

나타났다.

「깨워서 미안하군, 프랜시스.」 그는 안으로 들어서며 말했다. 「바깥문 열쇠를 어디 뒀는지 몰라서 말이야. 지금 몇 시지?」

「2시 10분입니다.」 시종이 시계를 바라보더니 눈을 껌뻑이면서 대답했다.

「2시 10분? 엄청 늦었군! 자네, 아침 9시에 반드시 나를 깨워야 해. 할 일이 있어서 말이야.」

「알겠습니다.」

「저녁에 누구 찾아온 사람이 있었나?」

「홀워드 씨가 오셨습니다. 11시까지 계시다가 기차를 타야 한다며 가셨습니다.」

「만났어야 했는데. 무슨 메시지 남겨 둔 것 없나?」

「없습니다. 클럽에 가서 못 만나면 파리에 가서 편지를 쓰시겠다는 말 밖엔 달리 없었습니다.」

「됐네, 프랜시스. 아침 9시에 깨우는 거 잊지 말고.」

「알겠습니다.」

하인은 통로를 따라 슬리퍼 신은 발로 어정어정 걸어갔다.

도리언 그레이는 모자와 코트를 테이블 위에 던져 놓고 서재로 향했다. 약 15분 동안 그는 입술을 지그시 깨물고 생각에 잠긴 채 방 안을 왔다 갔다 했다. 그런 다음 그는 서가에서 명사 인명록을 꺼내 책장을 넘기기 시작했다. 〈앨런 캠벨, 152, 허트포드 스트리트, 메이페어.〉 그래, 그가 원한 바로 그 사람이었다.

제14장

다음 날 아침 9시, 그의 하인이 초콜릿 음료가 든 컵을 쟁반에 받쳐 들고 들어와 덧문을 열었다. 도리언은 아주 평화롭게 잠들어 있었다. 오른쪽으로 몸을 뉘어 한 손을 뺨 아래 받친 채 잠들어 있는 모습이 놀다 지쳐, 아니면 공부하다 지쳐 잠이 든 소년의 모습과 하나 다를 바 없었다.

하인이 그의 어깨를 두 번 흔들고 나서야 그는 잠에서 깨어났다. 그가 눈을 떴을 때 여린 미소가 그의 입가를 스치고 지나갔다. 달콤한 꿈에 빠져 있다가 깨어난 것 같은 모습이었다. 그러나 그는 전혀 꿈을 꾸지 않았다. 그 어떤 즐거움의 이미지나 고통의 이미지가 그의 밤을 뒤흔들어 놓지 않았다. 하지만 젊은 사람들은 까닭 없이 미소를 짓는다. 그게 젊음이 지닌 최고의 매력이 아닌가.

그는 돌아누워서는 팔꿈치로 딛고 누운 채 초콜릿 음료를 마시기 시작했다. 부드러운 11월의 태양이 방 안으로 흘러 들어왔다. 하늘은 쾌청했고, 대기엔 온화한 기운이 서려 있었다. 5월의 아침을 연상케 하는 날이었다.

서서히 간밤에 있었던 일이 피 묻은 발을 사뿐사뿐 내디디며 그의 머릿속으로 기어 들어와서는 무서우리만치 또렷하게 제 모습을 다시 내보이기 시작했다. 그는 자신이 겪었던 그 모든 일을 다시 기억 속에 떠올리며 잠시 멈칫했다. 동시에 의자에 앉아 그에게 자기를 죽이도록 만들었던 바질 홀워드의 모습이 떠오르자 묘한 혐오감이 되살아나면서 그는 잠시 격노의 감정에 휩싸여 온몸이 싸늘해졌다. 죽은 자가 아직 그곳에 있었다. 지금쯤 햇빛을 받으며 있으리라. 하지만 얼마나 섬뜩한 일인가! 그런 가증한 것들은 어둠에 어울리지 밝은 햇빛에는 어울리지 않는 것인데.

그는 자신이 겪은 일을 자꾸 생각하다 보면 병이 들든지 더 미쳐 버릴 것 같은 느낌이 들었다. 실제 행하는 것보다는 머릿속에서 상상하는 것이 더 매력적으로 다가오는 그런 죄악이 있다. 열정을 만족시키기보다는 자존심을 만족시켜 주는 야릇한 승리감도 있다. 그런 의기양양한 기분은 감각이 아니라 지성에 오히려 더 큰 희열을 가져다준다. 그러나 그가 느끼는 기분은 이런 것이 아니었다. 그런 느낌은 머릿속에서 쫓아내야 하는 것, 아편으로 마비시켜야 하는 것, 그리고 그것이 다른 감정을 질식시키지 않도록 목 졸라 죽여야 하는 것, 바로 그런 것이었다.

시계가 9시 30분을 알리자 그는 손으로 이마를 한 번 쓱 문지른 다음 서둘러 자리에서 일어났다. 그런 다음엔 평상시보다 더 신경을 써가며 옷을 입기 시작했다. 넥타이와 스카프 핀을 고르는 데 더 많은 신경을 썼으며, 반지도 여러 차례 꼈다 뺐다 했다. 그뿐이 아니었다. 아침 식사를 하는 데도 여러 음식을 일일이 맛보면서, 시종에게 셀비에 있는 하인들에게 맞춰 입히려는 새 옷에 대해 이야기를 하며, 그리고 편지를 읽으며 많은 시간을 보냈다. 어떤 편지를 읽다가 그는 미소를 지었다. 편지 세 통은 영 따분한 내용이었다. 어떤 편지는 여러 번 읽어 보다가 얼굴에 짜증 섞인 표정을 지으며 찢어 버리기도 했다. 「여자들의 기억력이란! 정말 끔찍하군.」 한때 헨리 경이 했던 말 그대로였다.

블랙커피를 한 잔 마시고 난 뒤 그는 천천히 냅킨으로 입가를 닦았다. 그리고 하인더러 기다리라고 손짓을 하고는 테이블에 앉아 편지 두 통을 썼다. 하나는 자기 주머니에 넣고 나머지 하나는 시종에게 건네며 그가 말했다.

「프랜시스, 이 편지를 허트포드 스트리트 152번지에 전해 주게. 캠벨 씨가 안 계시면 어디에 계신지 주소 좀 알아 오고.」

하인이 떠나고 혼자 남자마자 그는 담배에 불을 붙였다. 그리고 종이에 스케치를 하기 시작했다. 처음엔 꽃을 그리고, 그다음엔 건축물의 구조를 그리다가 나중에는 사람 얼굴을 그렸다. 문득 그는 그가 그린 모든 얼굴이 놀랍게도 바질 홀워드와 닮았다는 느낌이 들었다. 그는 얼굴을 찌푸렸다. 자리에서 일어난 그는 책꽂이로 다가가 되는 대로 아무 책이나 한 권 끄집어냈다. 그는 정말 필요해서 생각하지 않을 수 없게 될 상황이 아닌 한 다시는 지나간 일에 대해 생각하지 않기로 마음을 다졌다.

소파에 몸을 쭉 펴고 편안하게 앉은 그는 책의 속표지를 보았다. 고티에의 시집인 『에나멜과 카메오』였다. 자크마르[89]의 에칭화가 들어 있는 화지(和紙)로 만든 샤르팡티에[90] 판이었다. 애드리언 싱글턴이 그에게 준 책으로, 금색의 마름모 격자무늬와 점묘화로 그린 석류 무늬가 박혀 있는, 담황색이 섞인 초록색 가죽으로 제본된 것이었다. 책장을 넘기던 중 그의 눈길이 라세네르[91]의 손에 관한 시 한 편에 멈췄다.

89 14세기 프랑스의 세밀화가인 자크마르 드 이뎅을 말한다.
90 15세기 프랑스의 출판업자 조르주 샤르팡티에.
91 프랑스의 유명한 시인이자 살인범인 피에르 프랑수아 라세네르를 말하는 것으로, 그를 처형한 뒤 그의 손은 보존시켰다고 전해진다.

부드러운 붉은 솜털이 나 있고 〈목신(牧神)의 손가락 같은 하얀 손가락〉을 지닌, 〈아직 고뇌의 흔적이 지워지지 않은〉 싸늘하게 변한 노란 손. 순간 그는 하얗고 가는 자신의 손가락을 흘끗 쳐다보았다. 저도 모르게 소름이 돋아나는 것 같았다. 계속 책장을 넘기던 그는 베네치아에 관한 아름다운 시와 마주치게 되었다.

> 반음계의 노랫가락을 타고
> 그녀 젖가슴으로 몰려오는 진주알 같은 파도.
> 아드리아 해의 비너스가
> 장미처럼 붉고 하얀 몸매를 드러내네.
>
> 푸른 파도 너머 둥근 지붕들이
> 어느 악절의 맑디맑은 음조 곡선을 따라
> 둥근 목젖처럼
> 사랑의 탄식을 삼키며 부풀어 오르네.
>
> 항구에 다다른 조각배, 말뚝에
> 밧줄을 던져 배를 멈추고 나는 내리네,
> 장밋빛 붉은 건물의 정면에
> 대리석 계단 위에.

이 얼마나 절묘한 구절인가! 이 시를 읽고 있노라면 분홍빛과 진주 빛이 어우러진 도시의 푸른 수로를 따라 커튼이 길게 나부끼는 은빛 뱃머리의 검은 곤돌라를 타고 흘러가는 느낌이 들었다. 그에게는 시행 하나하나가 리도 섬[92]으로 배

---

92 아드리아 해를 사이에 두고 베네치아의 석호와 떨어져 있는 이탈리아 북동부에 위치한 산호섬으로, 휴양지로 유명하다.

를 밀고 나아갈 때 그 뒤의 뱃길이 그려 내는, 터키옥과 같은 푸른빛으로 곧게 이어지는 선 같았다. 갑자기 섬광처럼 빛나는 색을 생각하다가 그는 벌집 모양의 높은 종탑 주위를 날개 퍼덕이며 날아다니거나 먼지 덮인 어두운 아케이드를 우아함을 잔뜩 뽐내는 당당한 걸음걸이로 활보하던 목덜미가 하얀 바탕에 무지개색이 어우러지던 새가 내비친 번득이는 광채를 기억해 냈다. 등을 기대고 반쯤 눈을 감은 그는 시의 마지막 두 행을 거듭 되뇌어 보았다.

장밋빛 붉은 건물의 정면에
대리석 계단 위에.

베네치아의 모든 것이 이 두 행에 다 담겨 있었다. 그는 베네치아에서 보낸 가을날과 그곳에서 키웠던 아름다운 사랑을 기억해 보았다. 그 사랑 때문에 그는 들뜬 마음에 아주 유쾌하게 어리석은 짓거리를 하지 않았던가. 어디든 낭만적 사랑은 있게 마련이다. 그러나 옥스퍼드처럼 베네치아는 그런 사랑을 위한 배경을 간직한 도시였고, 진정한 낭만주의자에겐 배경이 전부, 거의 전부라 할 수 있었다. 바질도 그와 함께 그곳에서 시간을 보낸 적이 있었다. 그때 바질은 격정에 이끌린 듯 틴토레토[93]에게 푹 빠져 있었다. 불쌍한 바질! 사람이 죽어도 어떻게 그렇게 끔찍하게 죽을 수가!

그는 한숨을 내쉬고 다시 책을 집어 들었다. 그리고 모든 것을 잊으려 했다. 그는 메카 순례를 마친 회교도가 호박 염주를 세며 앉아 있고 터번을 쓴 상인들이 술이 달린 긴 파이프로 담배를 피우며 장중한 목소리로 서로 이야기를 나누고

93 베네치아 출생의 16세기 이탈리아 화가. 베네치아 파에 속하는 마니에리스모 양식의 화가이며 후기 르네상스의 가장 중요한 미술가이다.

있는 스미르나의 작은 카페를 드나들며 날아다니던 제비들에 관한 이야기를 읽었다. 또한 콩코드 광장의 오벨리스크[94]에 관한 글도 읽었다. 태양도 비치지 않는 외로운 유배지에서 화강암의 눈물을 흘리며 열사의 땅에 있는 연꽃 덮인 나일 강으로 되돌아가기를 갈망했던, 스핑크스와 장밋빛 붉은색 따오기와 금빛 발톱을 지닌 하얀 대머리수리와 뜨거운 열기가 김이 되어 피어오르는 녹색 진창 위로 슬금슬금 기어오르는 연한 청색의 작은 눈을 가진 악어가 있는 그 나일 강으로 돌아가기를 소원했다는 오벨리스크. 이어서 도리언은 고티에가 키스 자국이 잔뜩 묻어 있는 대리석에서 음악적 영감을 얻어 콘트랄토 목소리에 비유하고 있는 진기한 조각상, 바로 루브르 박물관의 반암석실에 놓여 있는 그 〈매혹적인 괴물〉에 대해 진기한 이야기를 들려 주는 그의 시구(詩句)를 곰곰 생각했다. 그러나 잠시 후 책이 그의 손에서 떨어졌다. 그는 점점 초조해졌다. 갑자기 무서운 공포가 그를 엄습했다. 앨런 캠벨이 영국에 없다면? 그가 돌아오려면 여러 날이 지나야 할지도 모른다. 어쩌면 돌아오지 않겠다고 할 수도 있지 않겠는가. 그러면 그때는 어떻게 하지? 순간순간이 정말 중요했다. 한때, 5년 전에 그들은 매우 친한 사이였다. 실제로 거의 붙어 다니는 사이였다. 그런데 어느 순간 갑자기 그들의 우정에 금이 가기 시작했다. 지금은 사교계에서 만나더라도 도리언만 미소를 지어 보일 뿐 앨런 캠벨은 결코 웃는 법이 없었다.

그는 매우 똑똑한 젊은이였다. 그러나 시각 예술에 대한 안목은 없었다. 시의 아름다움에 대해 그가 어느 정도 감각을 지니고 있다면 그것은 전적으로 도리언에게 배운 것이었다. 사실 그의 주된 지적 열정은 과학에 있었다. 케임브리지

94 파리에 있는 오벨리스크는 기원전 13세기에 람세스 2세가 이집트 북부의 사원 현관에 설치한 방첨탑으로 1831년에 프랑스 왕에게 헌납되었다.

대학교에 다닐 때 그는 많은 시간을 실험실에서 보냈다. 그리고 자기 학년에서 자연 과학 우등 졸업 시험에 우등을 하기도 했다. 실제로 그는 계속해서 화학 공부에 전념했고, 자기만의 실험실을 만들어 그 안에서 하루 종일 시간을 보냈다. 그런 아들을 보고 그의 어머니는 대단히 화를 내시곤 했다. 자기 아들이 의회에 진출하기를 간절히 바라고 또 화학자라는 사람은 기껏해야 약이나 제조하는 사람이라는 막연한 생각을 가지고 있었던 그의 어머니로서는 당연히 그럴 만했다. 그런데 그는 음악에도 뛰어난 재주가 있었다. 바이올린과 피아노 연주 솜씨가 보통의 아마추어 솜씨를 훨씬 넘어서는 수준이었다. 사실은 그와 도리언을 맺어 준 것도 음악이었다. 음악, 그리고 도리언이 원할 때면 언제든지 내보일 수 있는, 어떤 때는 자기도 모르는 사이에 나타나는 사람을 끌어당기는 힘, 뭐라 표현할 수 없는 그 매력이 두 사람을 함께 다니게 만들었던 것이다. 그들은 버크셔 부인의 집에서 루빈스타인[95]이 연주를 하던 날 밤, 바로 그 부인의 집에서 처음 만났다. 그때 이후로 둘은 오페라 극장이나 좋은 음악이 연주되는 곳이면 어디든지 항상 같이 모습을 드러냈다. 그들의 우정은 18개월 동안 계속되었다. 캠벨은 항상 셸비 로열 아니면 그로스브너 광장에 모습을 보였다. 다른 사람에게도 마찬가지지만 그에게 도리언 그레이는 인생에서 경이롭고 매력적인 모든 것을 집약해 놓은 그런 유형의 존재였다. 두 사람 사이에 말싸움이라도 한 번 있었는지, 아무도 알지 못했다. 그런데 어느 날 갑자기 그들이 서로 만나도 아무 말 하지 않는다는 사실이, 그리고 도리언 그레이가 참석하는 파티에서 캠벨이 항상 먼저 자리를 뜬다는 사실이 사람들 눈

95 아르투르 루빈스타인. 러시아의 피아니스트이자 작곡가.

에 띄기 시작했다. 캠벨 자신도 많이 바뀌었다. 때때로 이상하리만치 우울한 표정을 내보였으며, 음악을 듣는 일도 싫어하는 것 같았고, 악기를 연주해 달라는 부탁을 받아도 과학 공부에 몰두하느라 연습할 시간이 없었다는 구실을 대며 한사코 거절하기 시작했던 것이다. 그리고 그의 말이 거짓은 아니었다. 매일 그는 생물학에 심취해 있는 듯 보였으며, 그의 이름이 어떤 진기한 실험과 관련해서 몇몇 과학 잡지에 한두 번 나오기도 했다.

이 사람이 바로 도리언 그레이가 기다리는 사람이었다. 수시로 그는 시계를 쳐다보았다. 째깍째깍 시간이 흐르면서 그는 더욱 안절부절못했다. 결국 자리에서 일어난 그는 방 안을 왔다 갔다 했다. 우리에 갇혀 있는 아름다운 존재, 바로 그런 모습이었다. 그는 조심스럽게 걸음을 크게 내디뎠다. 희한하게도 그의 손은 차가웠다.

견딜 수 없는 긴장감이 그의 온몸을 휘감았다. 시간은 무거운 납덩이로 된 발을 질질 끌며 더디게 다가오는 것 같았다. 반면에 그 자신은 엄청난 바람에 밀려 삐죽빼죽 갈라진 어느 어두운 절벽의 틈바구니로 휩쓸려 가고 있었다. 그곳에서 그를 기다리는 것이 무엇인지 그는 알고 있었다. 아니, 실제로 그것이 무엇인지 보았다. 온몸을 부르르 떨면서 그는 땀이 밴 손으로 화끈거리는 눈꺼풀을 꾹 눌렀다. 할 수만 있다면 뇌에서 시각 신경을 없애 버리고, 눈동자를 그 동공 속으로 쑥 밀어 넣고 싶었다. 그러나 소용이 없었다. 뇌는 스스로가 먹고 살찌울 나름의 식량을 간직하고 있었다. 그리고 공포로 괴상망측하게 변하고 고통에 찌든 생명체처럼 이리 비틀리고 저리 뒤틀린 상상력은 연단 위의 어떤 보기 흉한 꼭두각시처럼 애처로운 표정의 가면 속에서 징그러운 웃음을 흘리며 춤을 추고 있었다. 시간이 멈췄다. 그렇다. 가는 숨을 천천히 내쉬던 눈 먼 시간이 더는 기어오지 않았다. 그렇게 시간이 죽어 버리자 무서운 생각들이 경주하듯 재빠르게 전면에 등장하더니 시간의 무덤에서 무시무시한 미래를 끄집어내어 그에게 내밀었다. 그는 그 미래를 보았다. 그 흉악한 미래를 보고 그는 돌처럼 그 자리에 굳어지고 말았다.

마침내 문이 열리면서 하인이 들어왔다. 도리언은 고개를 돌려 이글거리는 눈으로 하인을 바라보았다.

「캠벨 씨가 오셨습니다.」 하인이 말했다.

「바로 들어오시라고 하게, 프랜시스.」 그는 다시 본래의 모습으로 돌아온 느낌이 들었다. 두려움도 사라졌다.

하인은 허리를 굽혀 인사를 하고는 방을 나섰다. 잠시 후, 앨런 캠벨이 들어왔다. 아주 험한 인상에 상당히 창백한 얼굴이었다. 석탄처럼 검은 머리칼과 검은 눈썹 때문에 파리한 얼굴이 더욱 하얗게 보였다.

「앨런! 고맙네. 와줘서 고마워.」

「그레이, 다시는 네 집에 들어올 생각이 없었다. 근데 네가 생과 사의 문제라고 하는 바람에 온 거야.」 그의 목소리는 딱딱하고 냉랭했다. 아주 천천히 심사숙고해서 하는 말이었다. 도리언을 뚫어지게 계속 바라보는 그의 눈길에 경멸의 표정이 실려 있었다. 아스트라한[96] 코트 주머니에 손을 집어넣은 채 빼지도 않고 있는 그는 자신을 반갑게 맞이하는 도리언의 몸동작을 전혀 눈여겨보지도 않는 것 같은 모습이었다.

「그래, 생과 사의 문제야, 앨런. 그리고 한 사람만의 문제가 아니야. 자, 앉게.」

캠벨은 테이블 옆의 의자에 앉았고, 도리언은 그 맞은편에 앉았다. 두 사람의 눈이 마주쳤다. 도리언의 눈에는 무한한

96 러시아 아스트라한 지방산 새끼 양의 곱슬곱슬한 검은 모피.

연민의 표정이 담겨 있었다. 그는 자신이 하려는 말이 얼마나 끔찍한지 잘 알았다.

긴장된 침묵의 시간이 흐른 뒤 도리언은 몸을 앞으로 숙이더니 아주 조용한 목소리로, 자기가 불러온 친구의 얼굴에 자신이 하는 말이 어떤 효과를 내보이는지 유심히 살펴 가며 말을 꺼내기 시작했다. 「앨런, 이 집 꼭대기에 문을 잠근 방이 하나 있네. 나 말고는 어느 누구도 접근하지 못하는 방인데, 그 방 안 테이블 앞에 앉은 자세로 죽은 사람이 하나 있어. 죽은 지 열 시간 정도 흘렀어. 어, 그렇게 놀라지 말게. 그리고 그런 눈으로 보지 말고. 그 죽은 사람이 누군지, 왜 죽었는지, 어떻게 죽었는지, 그런 건 자네가 상관할 일이 아니야. 근데 자네가 해줘야 할 일이 있어. 그건 ―」

「그만, 그레이. 더는 알고 싶지 않아. 네가 한 말이 사실이든 아니든 난 관심도 없어. 네 인생에 연루되는 거, 정중히 거절하겠어. 그런 끔찍한 비밀은 너 혼자 간직하라고. 난 아무 관심도 없어.」

「앨런, 네가 관심을 가져야 해. 이번 일에 관심을 가져 줘야 해. 정말 미안해, 앨런. 하지만 어쩔 수가 없었어. 나를 구해 줄 수 있는 사람은 너뿐이라고. 그래서 부득이 너를 이 일에 끌어들인 거야. 선택의 여지가 없었어. 앨런 너는 과학자야. 화학이니 뭐 그런 것 잘 알잖아. 실험도 해봤고. 너한테 부탁할 일은 위층에 있는 것을 파괴해 달라는 거야. 아무 흔적이 남지 않도록 없애 달라는 거지. 그 사람이 이 집에 들어오는 걸 아무도 못 봤어. 사실은 그 사람이 지금쯤이면 파리에 있어야 하네. 그리고 여러 달 동안 아무도 그를 찾지 않을 거야. 누가 그 사람을 찾을 때쯤 여기에 아무런 흔적이나 자취가 있어서는 안 돼. 앨런, 네가 그 시체를 변화시켜 봐. 그래서 모든 것이 한 줌의 재로 변하도록 해줘. 내가 공중에 뿌려 없애게끔 말이야.」

「너 미쳤구나, 도리언.」

「아! 네가 나를 도리언이라고 부르길 기다렸어.」

「다시 말하지만 넌 미쳤어. 내가 너를 도와줄 거라고 생각한 것도 미친 거고, 이 엄청난 고백을 한 것도 미친 짓이지. 그 어떤 일이든 난 이 일에 관여하지 않을 거야. 내가 너를 위해 내 명성을 더럽힐 거라고 생각했나? 네가 하려는 악마의 작업이 나하고 무슨 상관인데?」

「자살이었어, 앨런.」

「듣던 중 다행이로군. 하지만 자살하도록 몰고 간 사람은 누구지? 너 아냐?」

「내가 부탁한 일, 아직도 거절인가?」

「당연히 거절이지. 난 이 일에 절대 관여하지 않을 거야. 어떤 불명예가 너한테 닥쳐도 관심 없어. 너는 그래도 싸. 네가 굴욕당하는 꼴을 봐도, 공개적으로 망신당하는 꼴을 봐도 난 아무렇지 않을 거야. 어떻게 네가 세상에 많고 많은 사람 중에 하필이면 나더러 이 잔혹한 일에 끼어들라고 할 수 있지? 네가 사람의 인물됨을 잘 안다고 생각했는데 그게 아닌 모양이지? 네 친구인 헨리 워튼 경이 네게 뭘 가르쳤는지는 모르지만 심리학은 안 가르친 모양이군. 네가 도와 달라고 무슨 수를 써도 난 한 걸음도 안 움직일 거야. 사람을 잘못 짚었지. 네 친구들 많잖아. 다른 친구한테 가봐. 나한테 오지 말고.」

「앨런, 사실은 살인이야. 내가 그 사람을 죽였어. 그 사람이 나를 얼마나 고통스럽게 했는지 너는 모를 거야. 내 인생이 어떤 인생이든, 내 인생을 발전시키는 일이든지 망가뜨리는 일이든지 해리보다는 그 사람이 더 많이 관련되어 있지. 그자가 그럴 의도는 아니었을지 모르겠지만 아무튼 결과는 똑같아.」

「살인이라! 이런, 도리언, 결국 거기까지 간 건가? 나, 널 고발하지는 않을 거야. 내가 관여할 일이 아니니까. 게다가 내가 가만히 있더라도 넌 분명히 체포될 거야. 사람이 죄를 저지르고는 꼭 어리석은 행동을 한다니까. 어쨌든 난 아무 상관이 없어.」

「네가 상관해야 해. 잠깐만, 잠깐만 기다려. 내 말 좀 들어 봐. 듣기만 해, 앨런. 내가 너한테 부탁하는 것은 그냥 과학 실험 좀 해달라는 것뿐이야. 병원을 가거나 시체 임시 안치 소에 가더라도 너는 별로 무서워하거나 끔찍하게 생각하지 않잖아. 네가 섬뜩한 해부실이나 고약한 냄새가 나는 실험실 에서 피가 흐르도록 홈이 파여 있는 납 테이블에 그 사람이 누워 있는 것을 보면 어떻게 했을까? 아마 그냥 재미있는 실 험 대상으로만 생각했을걸. 머리털 하나 곤두서지 않았을 거 야. 내가 나쁜 짓을 저지르고 있구나 하는 생각도 들지 않았 을 거야. 오히려 인류에게 도움이 되는 일을 하고 있다거나 아니면 세상의 지식에 보탬이 되는 일을 하고 있다, 혹은 지 적 호기심을 충족시킨다, 뭐 이런 식으로 생각하지 않았을 까? 내가 너한테 원하는 것은 네가 전에도 자주 했던 일에 불 과해. 실제로 시신을 파괴하는 일이 네가 늘 익숙하게 해오 던 일보다 훨씬 덜 끔찍한 일일 거야. 기억할 것은 이것이 나 에게 불리한 유일한 증거라는 사실이야. 이 증거가 발견된다 면 나는 끝장이야. 네가 도와주지 않는다면 분명 그 증거가 발견될 거야.」

「널 도와주고 싶은 마음이 손톱만큼도 없어. 잊어버려. 네 가 말한 모든 일에 관심이 없어. 나와 상관없는 일이니까.」

「앨런, 이렇게 간청하네. 내가 어떤 입장인가 생각해 봐. 네가 여기 오기 직전에 난 공포에 질려 기절할 뻔했어. 너도 언젠가는 공포가 무엇인지 알게 될 때가 있을 거야. 아냐! 그것은 생각도 하지 마. 그냥 순수한 과학적인 관점에서 바라봐 줘. 너는 실험의 대상이 되는 사망한 존재들이 어디서 온 것인지 묻지 않잖아. 이번에도 묻지 마. 이미 너한테 너무 많은 말을 했어. 어찌 되었든 제발 이번 일만 해줘. 한때는 우리가 친구였잖아, 앨런.」

「옛날 일은 말하지도 마, 도리언. 지나간 일은 지나간 일이야.」

「때로는 죽은 것들이 사라지지 않을 때도 있어. 위층에 있는 자도 결코 사라지지 않을 거야. 그자는 고개를 테이블에 처박은 채 팔은 쭉 늘어뜨리고 앉아 있어. 앨런! 앨런! 네가 도와주지 않으면 나는 파멸하고 말 거야. 앨런! 사람들이 나를 교수형에 처할 거야. 무슨 말인지 모르겠나? 내가 저지른 일로 해서 나를 교수형에 처할 거라니까.」

「계속 이렇게 붙들고 늘어져 봐야 소용없어. 나는 이 일과 관련해서 절대로 그 어떤 일도 하지 않을 테니까. 나한테 이런 요구를 하다니, 넌 제정신이 아니야.」

「거절하는 건가?」

「그래.」

「다시 한 번 간청하네, 앨런.」

「소용없어.」

도리언 그레이의 눈에 아까와 똑같은 연민의 표정이 담겼다. 그는 손을 뻗어 종이 한 장을 집더니 그 위에 뭔가를 쓰기 시작했다. 그는 자신이 쓴 글을 두 번 읽어 보고는 조심스럽게 접어 테이블 건너편으로 쑥 내밀었다. 그러고는 자리에서 일어나 창가로 갔다.

캠벨은 놀란 눈으로 그를 바라보고는 도리언이 내민 종이를 집어 펼쳤다. 종이를 읽어 내려가는 그의 얼굴이 점점 하얗게 질리는가 싶더니 그는 의자 뒤로 쓰러질 듯 몸을 털썩 기댔다. 그는 무슨 무서운 병에 걸린 것 같은 두려움에 사로잡혔다. 심장도 구멍이 뻥 뚫린 듯 박동을 멈춰 버리는 것 같았다.

2, 3분 동안 무서운 침묵이 흐른 뒤 다시 돌아선 도리언이 그에게 다가와 뒤에 서서는 그의 어깨에 손을 얹었다.

「미안해, 앨런.」 그가 나지막이 말했다. 「네게 다른 선택이 없게 만들었어. 이미 써놓은 편지가 한 통 더 있지. 여기 있어. 주소가 보이지? 네가 도와주지 않으면 난 이 편지를 부칠 수밖에 없어. 도와주지 않으면 부친다니까. 그럼 그 결과가 어떻게 될지는 잘 알 거야. 도와줄 거라 믿어. 거절할 수가 없을걸. 난 너를 살리려고 노력했어. 그럼 너도 나한테 똑같이 해줘야지. 너는 가혹하고 까칠하고 불쾌한 친구였어. 어떤 사람도, 살아 있는 그 어떤 사람도 나를 그렇게 대하지 않았는데, 너는 나한테 그랬어. 난 다 참았다고. 이제는 내가 조건을 제시할 차례야.」

캠벨은 두 손으로 얼굴을 감싸 쥐었다. 전율이 그의 온몸을 휩쓸고 지나갔다.

「그래, 이젠 내가 조건을 제시할 차례야, 앨런. 그 조건이 뭔지는 너도 알 거야. 자, 이젠 일이 아주 간단해졌어. 자, 가자고. 괜히 열받을 필요는 없잖아. 어차피 해야 할 일이니 맞서서 하면 그뿐이야.」

캠벨의 입에서 외마디 신음 소리가 터져 나왔다. 그는 온몸을 부르르 떨었다. 벽난로 선반 위에서 째깍거리는 시계 소리가 시간을 잘게 분해해서 하나하나마저 너무 버거워 견딜 수 없는 고뇌의 원자로 전환시키는 것 같았다. 그는 어떤 강철 링이 자신의 이마를 서서히 조여 오는 것 같은 느낌을 받았다. 자기가 두려워하는 불명예가 이미 자신에게 닥친 것 같은 느낌이었다. 어깨에 놓인 도리언의 손이 무거운 납으로 만든 것인 양 그를 내리누르고 있었다. 금방이라도 그를 짓이길 것 같았다.

「자, 앨런, 당장 결정을 내려.」

「난 못 해.」이 몇 마디 말이 모든 것을 바꿔 놓을 것처럼 그는 기계적으로 말을 내뱉었다.

「해야 해. 선택이 없어. 지체하지 말라고.」

그는 잠시 머뭇거렸다.「위층 방에 불을 피웠나?」

「그럼. 방화 커튼이 달린 가스 난로가 있어.」

「집에 좀 갔다 와야겠어. 실험실에서 뭐 좀 가져와야 하거든.」

「그건 안 돼, 앨런. 이 집을 떠나면 안 돼. 종이에 원하는 걸 적어 줘. 그러면 내 하인을 시켜 얼른 마차를 타고 가서 가져오라고 할 테니.」

캠벨은 몇 줄을 쭉 긋더니 그 위에 뭐라고 휘갈겨 쓰고는 봉투에 자기 조수 앞으로 주소를 적었다. 도리언이 그가 쓴 쪽지를 집어 들고는 하나하나 세심하게 읽었다. 그런 다음 벨을 눌러 시종을 부르더니 시종에게 쪽지를 전해 주면서 가능한 한 빨리 물건들을 갖고 돌아오라고 지시를 내렸다.

홀의 문이 닫히는 소리에 캠벨이 불안한 듯 깜짝 놀라는 기색을 보였다. 자리에서 일어난 그는 벽난로 굴뚝이 있는 곳으로 향했다. 그는 학질에 걸린 사람처럼 온몸을 바들바들 떨었다. 거의 20분이 지나는 동안 두 사람은 아무 말이 없었다. 파리 한 마리가 방 안을 날아다니는데 그 윙윙거리는 날갯짓이 더욱 시끄럽게 들렸고, 째깍째깍 움직이는 시곗바늘 소리가 망치 두드리는 소리처럼 방 안을 울리는 듯했다.

시계의 차임이 1시를 알리자 캠벨은 돌아서서 도리언 그레이를 바라보았다. 도리언의 눈에 눈물이 고여 있었다. 그의 그 슬픈 얼굴이 내보이는 순수함과 우아함이 되레 그를 격노하게 만들었다. 「너는 파렴치한 놈이야, 정말 파렴치한 놈이라고!」 그가 투덜거리듯 말을 내뱉었다.

「쉬잇, 앨런. 너는 내 목숨을 구해 주는 거야.」 도리언이 말했다.

「네 목숨? 맙소사! 그것도 목숨이라니! 너는 썩고 또 썩어서 이제는 급기야 범죄까지 저지른 거라고. 네가 억지로 시켜서 내가 할 일을 하겠는데, 내가 네 목숨을 생각해서 그 일을 하는 것 같아? 천만에.」

「아, 앨런.」 도리언이 한숨을 내쉬며 중얼거리듯 작은 소리로 말했다. 「네가 내가 너한테 갖고 있는 연민의 정, 그 1천분의 1만큼만 보여 줘도 한이 없겠다.」 이렇게 말하고 그는 돌아서서 정원을 바라보았다. 캠벨은 아무 대답도 하지 않았다.

약 10분 뒤에 노크 소리가 나더니 하인이 화학 약품이 들어 있는 큼직한 마호가니 상자와 긴 강철선, 백금으로 만든 줄, 그리고 신기한 모양의 강철 집게 두 개를 들고 들어왔다.

「이 물건들을 여기다 놓을까요?」 하인이 캠벨에게 물었다.

「거기다 놓게.」 도리언이 말했다. 「그리고 프랜시스, 안됐지만 심부름 해줄 게 하나 더 있네. 셀비에 난초를 공급해 주는 리치먼드에 있는 사람, 그 사람 이름이 뭐지?」

「하든이라는 사람입니다.」

「맞아, 하든. 당장 리치먼드에 가서 하든을 직접 만나서 난초를 내가 주문한 것보다 두 배 더 보내 달라고 하게. 가능하면 흰 난초는 빼라고 해. 사실 나 하얀색 난초를 좋아하지 않거든. 프랜시스, 오늘은 날도 좋고 리치먼드도 아름다운 곳이니 이렇게 심부름 시키는 거야. 그렇지 않으면 시키지도 않았어.」

「괜찮습니다. 몇 시에 돌아올까요?」

도리언은 캠벨을 쳐다보았다. 「실험이 얼마나 걸리겠나, 앨런?」 그가 차분하니 담담한 목소리로 말했다. 방 안에 제삼자가 있는 것이 오히려 그에게 의외의 용기를 준 모양이었다.

캠벨은 얼굴을 찡그리며 입술을 깨물었다. 「한 다섯 시간 정도 걸릴 거야.」 그가 대답했다.

「프랜시스, 그럼 자넨 7시 반 정도에 돌아오면 충분할 것 같네. 아, 잠깐만. 내 외출복 좀 챙겨 놓고. 저녁 시간은 자네가 알아서 보내게. 집에서 저녁 먹을 게 아니니까 자넬 부를 일도 없을 거야.」

「감사합니다.」 하인은 방을 나섰다.

「자, 앨런, 한시도 허투루 보낼 수 없어. 이 상자 꽤 무겁군! 내가 들고 가지. 자네는 다른 물건을 들고 오라고.」 그는 속사포 쏘듯 말을 이었다. 권위가 묻어나는 목소리였다. 캠벨은 자신이 도리언에게 지배당하고 있다는 느낌을 받았다. 두 사람은 함께 방을 나섰다.

계단 맨 꼭대기까지 다다르자 도리언은 열쇠를 꺼내 자물쇠에 꽂고 돌렸다. 순간 갑자기 그가 멈칫했다. 두 눈에 곤혹스러운 표정이 그려지기 시작했다. 그는 몸을 떨면서 나지막한 목소리로 말했다. 「앨런, 난 못 들어갈 것 같아.」

「아무래도 상관없어. 너더러 같이 들어가자고 하지도 않을 테니.」 캠벨이 냉랭한 목소리로 말했다.

도리언이 문을 반쯤 열었다. 바로 그때 그는 햇빛 속에서 노려보는 초상화의 얼굴을 보았다. 초상화 정면의 바닥에는 뜯어낸 커튼이 놓여 있었다. 전날 밤에, 난생처음으로, 그만 그 운명의 캔버스를 감춰야 한다는 사실을 까맣게 잊고 나왔다는 사실이 떠올랐다. 그는 얼른 달려가 초상화를 가려야겠다고 생각했다. 하지만 바로 그 순간 그는 몸서리를 치면서 뒤로 물러섰다.

마치 캔버스가 피를 흘린 것처럼 한쪽 팔에서 촉촉이 젖어 반짝이는 저 역겨운, 붉은 이슬 같은 것은 무엇이란 말인가? 얼마나 무시무시한가! 그 순간 그에게는 그것이 테이블 위에 쓰러져 있는 말 없는 시체, 그것이 얼룩덜룩 더러운 카펫 위에 그려 내는 기괴하게 일그러진 그림자로 보아 그가 그 방을 나설 때의 모습에서 하나 흐트러지지 않은 채 그대로 있는 그 시체보다도 더 끔찍하고 무시무시했다.

그는 깊은 숨을 내쉬며 문을 좀 더 열었다. 그리고 죽은 자에게 결코 눈길을 주지 않겠다고 결심한 듯 눈은 반쯤 감은 채 고개는 옆으로 돌리고 얼른 안으로 들어섰다. 그러고는 허리를 굽혀 금색과 자주색의 커튼을 집어 올려 바로 그림 위에 걸쳤다.

그는 잠시 멈춰 서 있었다. 돌아서기가 겁이 났다. 그는 자기 앞에 펼쳐진 커튼의 복잡한 무늬에 시선을 고정시켰다. 캠벨이 죽어도 하기 싫었던 그 작업을 위해 요구했던 무거운 상자와 철제 물건과 그 밖의 도구들을 챙겨 안으로 들어오는 소리가 들렸다. 도리언은 궁금했다. 혹시 캠벨과 바질 홀워드가 전에 만난 적이 있었는지, 만난 적이 있다면 서로에 대해 어떻게 생각했는지.

「이제 그만 나가 봐.」 뒤에서 단호한 목소리가 들려왔다.

도리언은 돌아서서 얼른 밖으로 나왔다. 죽은 자가 다시 의자에 바로 앉혀지고, 캠벨이 그 반들반들한 누런 얼굴을 자세히 들여다보고 있을 것이 분명했다. 안에서 방 문을 잠그는 소리가 아래층으로 내려가던 도리언의 귀에 들렸다.

7시가 한참 넘어서야 캠벨이 서재로 돌아왔다. 얼굴은 창백했지만 대단히 차분한 표정이었다. 「네가 해달라는 대로 다 했어.」 그가 작은 소리로 말했다. 「자, 그럼 잘 있어. 우리 다시는 보지 말자.」

「네가 나를 파멸에서 구해 준 거야, 앨런. 이 은혜, 결코 잊지 않을 거야.」 도리언은 마음에 있는 말 그대로 솔직하게 말했다.

캠벨이 떠나자마자 그는 위로 올라갔다. 방 안에 들어서자 질산 냄새가 코를 찔렀다. 그러나 테이블 앞에 앉아 있던 것은 사라지고 없었다.

제15장

　그날 저녁 8시 30분에 세련되고 멋진 차림에 커다란 단춧구멍에는 파르마 제비꽃을 꽂은 도리언 그레이가 허리를 굽힌 하인들의 안내를 받아 나버러 부인의 응접실에 들어섰다. 그의 이마는 너무 신경을 써서 그런지 파르르 떨리고 있었고, 가슴도 몹시 흥분되어 두근거렸지만 여주인의 손 위로 허리를 굽혀 입맞춤을 하는 그의 태도는 예전과 다름없이 편안하고 우아했다. 어쩌면 어떤 역을 맡아 연기를 할 때만큼 사람이 편안해질 때가 없는지도 모른다. 그날 밤 도리언 그레이의 모습을 본 사람치고 그가 우리 시대의 비극적인 사건 가운데 가장 끔찍한 비극적 사건을 겪고 난 사람이라고 믿을 사람은 한 사람도 없을 것이 분명했다. 그렇게 잘생긴 손가락으로 어찌 죄를 짓기 위해 칼을 잡을 수 있겠으며, 그렇게 아름다운 미소를 짓는 입술로 어찌 하느님을 향해 울부짖을 수 있겠는가. 그 자신도 어떻게 자신이 그렇게 차분한 태도를 보일 수 있는지 의아할 뿐이었다. 잠시나마 그는 이중 생활이 가져다주는 짜릿한 쾌감을 맛보지 않을 수 없었다.
　파티는 나버러 부인이 서둘러 준비한 조촐한 파티였다. 나버러 부인은 아주 약삭빠른 여자였지만 그 모습은 예전에 헨리 경이 말했듯이 정말 보기만 해도 추해 보이는 생김새를 여기저기서 그러모아 놓은 듯했다. 나버러 부인은 영국에서 가장 말 많고 따분한 대사 가운데 한 사람을 남편으로 두었는데, 그 남편에게는 그나마 훌륭한 아내 역을 한 편이었다. 남편이 죽자 자신이 디자인한 대리석 묘에 정중하게 안장시키고 난 뒤, 그리고 여식들을 돈이 많은 늙은 남자들에게 시집보내고 난 뒤, 그녀는 프랑스 소설, 프랑스 요리에 푹 빠져 있었고 기회만 닿으면 프랑스식 재치도 터득하려고 애를 썼다.

도리언은 그 부인이 특별히 좋아하는 사람 축에 끼었다. 도리언을 만나면 그녀는 항상 젊었을 때 도리언을 만나지 못한 것이 얼마나 다행인지 모른다며 이런 말을 하곤 했다. 「그랬으면 난 아마 당신을 미친 듯이 사랑했을지 몰라요. 당신을 위해서라면 물방앗간에서 보닛이고 뭐고 다 벗어 버렸을 거유. 그래도 당신 같은 남자 생각을 안 했으니 다행이지. 사실은 우리가 쓰고 다니는 보닛이 너무 촌스러웠던 데다 방앗간은 돈 버느라고 정신없이 방아만 돌렸으니 내가 어느 남자에게 꼬리칠 시간이나 있었겠수? 그런데 그게 따지고 보면 다 나버러, 그 양반 잘못이야. 그 양반이 심한 근시였거든. 그러니 아무것도 보지 못하는 남편을 속이고 바람을 피워 봐야 무슨 재미가 있었을라고.」

오늘 밤 그녀가 불러들인 손님들은 굉장히 따분한 사람들이었다. 나버러 부인은 너덜너덜한 부채로 입을 가리고 도리언에게 속삭이며 사실 파티는 시집간 딸 중 하나가 갑자기 올라와 같이 지내게 된 바람에 연 것이라고 설명해 주었다. 그런데 더욱 어이없는 일은 딸이 글쎄 사위까지 데리고 올라왔다는 것이었다. 「쟤가 글쎄 저렇게 생각이 없다니까요.」 그녀가 속삭이는 목소리로 말했다. 「물론 매해 여름에 내가 홈부르크에 갔다 올 때면 딸애 집에 가서 며칠 묵곤 하지. 나이든 여자들은 가끔 신선한 공기를 좀 마셔야 하니까. 게다가 내가 쟤네들의 기분을 북돋워 주니 얼마나 좋아. 쟤네들이 시골에서 어떻게 사는지 당신은 모를 거유. 그런 촌구석에 뭐가 있겠수? 영락없는 깡촌 생활이지. 해야 할 일이 많으니 아침엔 일찍 일어나고, 생각할 것이 없으니 저녁엔 일찍 자고, 뭐 그렇다우. 엘리자베스 여왕 시대 이후로 그런 시골에 달리 무슨 추문 같은 게 일어날 리 없으니 저녁 먹고 나면 바로 이부자리 깔고 눕는 게 일이지. 쟤네들 옆에 앉지 말고 내 옆에 앉아 날 좀 재미있게 해주구려.」

도리언은 나지막한 목소리로 어련하시겠냐며 그녀의 비위를 맞춰 주고는 방 안을 둘러보았다. 정말 재미없는 파티였다. 손님 중 두 사람은 한 번도 본 적이 없었다. 그리고 나머지 사람들은 이랬다. 우선은 어니스트 해로든이 있었다. 그 사람은 런던의 클럽에 가면 흔하게 찾아볼 수 있는 지극히 평범한 사람으로, 적은 없지만 친구들이 아주 싫어하는 유형의 중년 남자였다. 그다음엔 럭스턴 부인이다. 매부리코를 지닌, 마흔일곱 살 나이에 과하다 싶을 정도로 옷치장이 심한 여자로 늘 체면 깎이는 일에 휘말리려고 기를 쓰지만 너무도 평범한 여자라 안타깝게도 아무도 그녀를 비난하고 험담하는 소리를 믿으려 하지 않는다. 다음은 얼린 부인이다. 들으면 재미있는 혀짤배기 소리로 낄 데 안 낄 데 가리지 않고 나서지만 아무도 관심 가져 주지 않는 여자로 베네치아식 빨간 머리를 지닌 여자다. 그리고 나버러 부인의 딸인 앨리스 채프먼 부인. 촌스럽고 우둔한 여자로 전형적인 영국 여자의 얼굴이라 한 번 보고 난 뒤에는 얼굴이 잘 기억나지 않는 사람이었다. 마지막으로 붉은 뺨에 하얀 구레나룻을 기른 그녀의 남편이 있다. 그는 같은 계층의 남자들이 으레 그렇듯 기발한 아이디어를 전혀 내놓지 못하는 우둔함을 시도 때

273

도 없는 쾌활함으로 보상할 수 있다고 생각하는 그런 부류의 남자였다.

도리언은 괜히 참석했다고 생각했다. 그런데 그때 나버러 부인이 연보라색 주름천이 덮인 벽난로 선반 위에 번쩍번쩍 빛나는 곡선을 드러내고 있는 커다란 모조 금박 시계를 바라보며 큰 소리로 외쳤다. 「헨리 워튼이 이렇게 늦다니, 참으로 나쁜 사람이로군! 오늘 아침에 우연히 사람을 보냈더니 실망시키지 않고 꼭 오겠다고 철석같이 약속을 해놓고는 어떻게 이럴 수가 있는지.」

해리가 참석한다는 말이 도리언에게는 다소 위안이 되었다. 드디어 문이 열리고 해리가 장단을 맞추는 듯 느릿느릿한 목소리에 감미로움을 실어 진지함은 없이 예의상 사과의 말을 내던질 때 도리언은 비로소 지루함이 사라지는 것 같았다.

하지만 저녁 식사를 할 때 도리언은 아무것도 먹을 수가 없었다. 들어온 음식마다 그는 맛도 보지 않은 채 그냥 내보냈다. 나버러 부인은 그런 그를 보고 〈아돌프가 당신을 위해 특별히 신경 써서 마련한 메뉴인데, 쯧쯧, 불쌍한 아돌프. 이건 그 사람에 대한 모욕이지〉하며 계속 그에게 핀잔을 주었다. 이따금 맞은편에 앉은 헨리 경이 말없이 멍하니 있는 그를 이상하다는 듯이 바라보곤 했으며, 집사는 그의 잔이 빌 때마다 샴페인을 채워 주곤 했다. 그는 열심히 잔을 들이켰지만 갈증이 더 심해지는 것 같았다.

젤리 소스를 바른 냉육이 자리마다 돌려질 때 마침내 헨리 경이 말문을 열었다. 「도리언, 무슨 일이 있는 건가? 영 안색이 안 좋은데.」

「사랑에 빠진 모양이군요.」 나버러 부인이 큰 소리로 말했다. 「내가 질투할까 봐 말 못 하고 있는 거 아니우? 잘 봤어요. 틀림없이 질투할 거니까.」

「나버러 부인.」도리언이 미소를 지으며 작은 소리로 말했다. 「저 일주일 내내 사랑 같은 거 못 해봤어요. 실제로 페롤 부인이 런던을 떠난 이후로 못 했다니까요.」

「남자들이 어떻게 그 여자랑 사랑에 빠진다는 건지 모르겠구려!」나이든 부인이 탄식을 하듯 소리쳤다. 「정말 이해를 못 하겠어.」

「나버러 부인, 어린 소녀였을 때의 부인을 그 부인이 기억하고 있기 때문에 그러시는 거죠?」헨리 경이 말했다. 「우리에게 부인이 어렸을 때 입으셨던 짧은 원피스 얘기를 들려주는 분이 바로 그 부인이잖아요.」

「헨리 경, 그 여자는 내가 입었던 원피스를 기억도 못 해요. 하지만 난 30년 전 빈에 있을 때 그 여자의 모습을 아주 생생히 기억한다오. 그때 그 여자는 어깨와 목을 어찌나 많이 드러냈는지.」

「그 부인은 아직도 어깨와 목을 다 드러내고 다닌답니다.」그가 긴 손가락으로 올리브를 집으며 말했다. 「그 부인이 아주 세련된 가운을 입고 있을 때면 그 모습이 싸구려 프랑스 소설을 호화롭게 장정해 놓은 것 같지요. 실제로 멋진 분이죠. 사람을 놀라게 하는 재주도 있고. 특히 가족을 향한 애정은 정말 유별나요. 세 번째 남편이 죽었을 때 어찌나 슬퍼했던지 부인의 머리칼이 금발이 되었다고 하던데.」

「해리, 어떻게 그런 말을!」도리언이 소리쳤다.

「대단히 낭만적인 설명인데 뭘 그러시나.」여주인이 웃으면서 말했다. 「그런데 헨리 경, 세 번째 남편이라니! 그럼 페롤이 네 번째란 말이유?」

「그렇습니다, 나버러 부인.」

「단 한마디도 믿을 수가 없다우.」

「그러시면 그레이 씨에게 물어보시죠. 저 친구가 그 부인하고 가장 친한 친구 사이니까요.」

「사실인가요, 그레이 씨?」

「그 부인한테 확인한 사실입니다. 나버러 부인.」도리언이 말했다. 「제가 부인한테 물었죠. 마르거리트 왕비처럼 남자들의 심장을 방부 처리해서 거들에 달고 다니느냐고요. 그랬더니 안 그런대요. 남자들은 심장도 없는 사람들이라면서 그러더군요.」

「남편 네 명이라! 기가 막혀서. 열정이 너무 넘친 모양이구려.」

「전 그 부인한테 아주 용감하다고 했습니다.」도리언이 말했다.

「오! 무슨 일이 있든 아주 철면피 같은 여자니까. 페롤이란 사람은 어떤 사람이래요? 그 사람을 몰라서.」

「아름다운 여자들의 남편은 범죄 집단에 속하는 남자들입니다.」헨리 경이 포도주를 홀짝이며 말했다.

나버러 부인이 부채로 그를 때렸다. 「헨리 경, 세상이 당신더러 정말 악한 사람이라고 말해도 난 눈 하나 깜빡거리지 않을 것 같아요.」

「어떤 세상이 그런 말을 한답니까?」헨리 경이 눈썹을 추켜올리며 물었다. 「다음 세상이나 그렇게 말할 수 있을 겁니다. 지금 세상은 저랑 아주 사이가 좋으니 말입니다.」

「내가 아는 모든 사람이 다 당신은 아주 악한 사람이라고 하더군요.」나버러 부인은 고개를 흔들며 큰 소리로 말했다.

헨리 경이 잠시 심각한 표정을 짓는가 싶더니 이렇게 말했다. 「요즘 사람들은 아주 뻔한 사실을 왜 등 뒤에서 험담하듯 말하고 돌아다니는지, 정말 어처구니가 없군요.」

「이 양반, 정말 구제 불가능한 사람 아닙니까?」도리언은 의자에서 몸을 앞쪽으로 기울이며 큰 소리로 말했다.

「구제하지 말고 그냥 놔뒀으면 싶네요.」여주인이 웃으면서 말했다. 「그런데 당신들이, 참 어이가 없는 일이지만 어쨌든 당신들이 페롤 부인을 떠받든다면 나도 재혼을 해야겠네요. 그게 요즘 유행이라면.」

「나버러 부인, 부인은 절대 재혼 못 합니다.」헨리 경이 끼어들었다. 「너무 행복했기 때문에 못 할 겁니다. 여자가 재혼을 하는 이유는 첫 남편을 지독히 싫어했기 때문이거든요. 반면에 남자가 재혼을 한다면 그건 첫 마누라를 너무도 사랑했기 때문이고요. 여자들은 자신의 운을 시험하지만 남자들은 자신의 운을 내팽개쳐요.」

「나버러가 완벽한 남편은 아니었다오.」부인이 큰 소리로 말했다.

「남편분이 완벽한 분이셨다면 부인은 그분을 사랑하지 않았을 겁니다.」헨리 경이 말했다. 「여자들이 우리 남자를 사랑하는 건 우리에게 결점이 있기 때문입니다. 남자가 결점이 많으면 여자들은 무엇이든 다 용서하지요. 머리 나쁜 것까지도 말입니다. 나버러 부인, 제가 이런 말씀드리면 앞으로 저를 저녁 식사에 초대하지 않을지 모르겠습니다만, 제 말은 사실입니다. 절대 틀린 말이 아닙니다.」

「물론 맞는 말이지요, 헨리 경. 우리 여자들이 남자가 결점이 있다고 사랑하지 않는다면 당신들 모두 어떻게 됐을 것 같아요? 전부 결혼은 꿈도 꾸지 못했을 거유. 모두가 총각 귀신이 되었을 테지 뭐. 그런데 문제는 그렇다고 남자들이 변한 것도 아니라는 거야. 요즘은 유부남들이 총각처럼 살고, 총각들은 유부남 행세를 하고 돌아다니니, 이거야 원.」

「세기말이라서.」헨리 경이 나지막이 속삭였다.

「세상의 종말이지.」여주인이 응답했다.

「전 세상의 종말이었으면 좋겠어요.」도리언이 한숨을 내쉬며 말했다.「인생이 얼마나 따분한지.」

「오, 이런.」나버러 부인이 장갑을 끼며 목소리를 높였다. 「인생을 다 소진했다는 뜻은 아니지요? 남자가 그런 말을 하면 그건 인생이 그를 지치게 만들었다는 뜻이라우. 헨리 경은 아주 고약한 양반인데, 때론 나도 그랬으면 싶지. 하지만 당신은 달라요. 본디부터 착한 사람으로 만들어진 거지. 그러니 멋있게 생긴 것 아니우? 좋은 배필을 찾아 줘야겠어요. 헨리 경, 그레이 씨가 결혼해야 한다고 생각하지 않나요?」

「저도 늘 결혼하라고 얘기하고 있습니다, 나버러 부인.」헨리 경이 허리를 굽히며 대답했다.

「그래요, 그럼 우리가 나서서 잘 어울리는 짝을 찾아 줍시다. 오늘 밤에 더브레트의 책[97]을 꼼꼼히 뒤져 봐야겠군요. 자격이 되는 젊은 아가씨들을 하나하나 골라 명단을 작성해 보자고요.」

「나이도 적으실 건가요, 나버러 부인?」

「당연히 나이도 적어야지. 조금 편집이야 하겠지만. 하지만 서두를 것은 하나도 없다우. 난 〈모닝 포스트〉지에서 잘 어울리는 결혼이라고 말한 그런 결혼이 되기를 원하거든. 두 사람이 다 행복해야 좋은 거지.」

「행복한 결혼이라니, 말도 안 되는 소리!」헨리 경이 큰 소리로 말했다. 「남자는 여자를 사랑하지 않는 한 어느 여자하고도 행복해질 수 있어요.」

「아! 정말 못 말리는 냉소주의자로군요!」나버러 부인이 자기 의자를 뒤로 밀어내고 럭스턴 부인에게 고개를 끄덕이며 목소리를 높였다. 「조만간에 다시 나와 함께 저녁 식사 해요. 당신은 정말로 상대방을 기운 펄펄 나게 만드는 재주가

---

97 존 더브레트라는 사람이 편집해서 출간한 『영국과 스코틀랜드와 아일랜드의 귀족 연감』을 말한다.

있구려. 앤드루 경이 처방해 주는 약보다 훨씬 낫다니까. 하지만 어떤 사람들하고 어울리고 싶은지는 미리 나한테 얘기해 주구려. 이왕이면 유쾌한 모임이 되어야 하니까.」

「전 남자는 미래가 있는 남자, 여자는 과거가 있는 여자가 좋습니다.」 그가 대답했다. 「혹시 무슨 염담(艶談)이나 나누는 파티를 구상하고 계신 것은 아니죠?」

「그렇게 되지 않을까 싶구려.」 웃으면서 말을 던진 나버러 부인이 자리에서 일어섰다. 「어, 이거 미안해서 어쩌죠, 럭스턴 부인. 담배 피우고 계신 걸 몰랐네요.」

「괜찮아요, 나버러 부인. 그렇지 않아도 담배를 너무 많이 피워서 줄이려고 생각하고 있어요. 미래를 위해서라도 그래야죠.」

「제발 그러지 마세요, 럭스턴 부인.」 헨리 경이 말했다. 「절제? 그것이야말로 파멸입니다. 조금 넉넉하다 함은 한 끼 식사 정도밖에 안 되는 것이지만 많아서 남아도는 것은 잔치처럼 신나는 일이거든요.」

럭스턴 부인은 호기심이 발동하는 표정으로 그에게 눈길을 던졌다. 「언제 오후에 한 번 들르셔서 설명 좀 해주세요, 헨리 경. 흥미로운 이론이네요.」 그녀는 작은 소리로 이렇게 말하며 훌쩍 방을 나섰다.

「자, 남자분들, 괜히 엉덩이 붙이고 앉아 무슨 정치 얘기니 누구 험담하니 하며 시간 보내지 말구려.」 나버러 부인이 문가에서 소리쳤다. 「당신들이 그러면 우린 위층에서 말로 티격태격하고 있을 거니까.」

남자들이 웃음을 터뜨렸다. 곧이어 채프먼 씨가 앉아 있던 테이블 말석에서 근엄한 표정으로 일어서더니 상석으로 자리를 옮겼고, 도리언도 자리를 바꿔 헨리 경 옆에 앉았다. 채프먼 씨가 큰 목소리로 하원의 상황에 대해 이야기하기 시작하더니 자기 이야기에 반대 의사를 펴는 상대들에게 너털웃음을 터뜨리기도 했다. 〈공론가〉라는 말 — 영국인들의 생각에는 두려움이 잔뜩 배어 있는 단어로 보이는 말 — 이 그가 터뜨리는 웃음 사이사이에 자주 등장했다. 그는 첫 글자의 발음이 같은 단어를 반복 사용하면서 자신이 토하는 웅변이 멋지게 들리도록 했다. 그는 사상의 정상에서 영국 국기를 들어 올렸다. 그의 말 속에서 영국인들이 유산으로 물려받은 우둔함 — 그는 신이 나서 그 우둔함을 지극히 건전한 영국인들의 상식이라 표현했다 — 이 영국 사회의 든든한 보루인 것으로 드러났다.

헨리 경의 입가에 미소가 흐른다 싶더니 그는 고개를 돌려 도리언을 바라보았다.

「이제 좀 나아졌나, 친구?」 그가 물었다. 「아까 식사할 때는 영 불편해 보이더군.」

「괜찮아요, 해리. 피곤해서 그랬나 봐요. 이젠 됐어요.」

「어젯밤에 자네 정말 멋있었어. 그 조그만 공작부인이 자네한테 푹 빠진 모양이야. 나한테 그러던데, 셀비에 가봐야겠다고.」

「20일에 오겠다고 약속했어요.」

「먼머스도 온다고 했나?」

「아, 그래요, 해리.」

「그 친구, 정말 지겨워 죽는 줄 알았어. 공작부인도 지겨워서 혼났다고 하더군. 그 여잔 정말 똑똑한 여자야. 여자치고 그렇게 똑똑한 여자를 못 봤어. 그걸 뭐라 그러는지 모르겠지만 아무튼 여자들이 약한 척하면서 내보이는 매력 있잖나. 그 여자에겐 그런 게 없어. 황금으로 된 형상을 귀중하게 만드는 건 진흙으로 구운 발일세. 그 여자 발이 아주 예쁘긴 한데 진흙으로 만든 발은 아니야. 하얀빛이 나는 도자기로 만든 발이라고나 할까? 뜨거운 불을 견뎌 낸 발이지. 불이 그 발을 파괴한 게 아니라 더 단단하게 만든 거지. 그녀는 온갖 시련을 다 이겨 낸 여자야.」

「그 여자, 결혼한 지 얼마나 됐습니까?」 도리언이 물었다.

「그 여자 말로는 영원한 세월이 지났다더군. 귀족 연감에 따르면 10년이 지났다고 하던데 먼머스와 함께 한 10년이라면 그건 모든 시간을 다 끌어들인 영겁의 세월이었을 거야. 또 누가 온다고 했나?」

「월로비 부부, 러그비 경 내외, 우리의 여주인, 제프리 클러스턴, 평소에 모이던 그 사람들입니다. 그로트리언 경에게도 오시라고는 했는데.」

「내가 좋아하는 사람이지.」 헨리 경이 말했다. 「많은 사람들이 싫어하지만 난 그 친구한테 호감이 가거든. 가끔 멋을 심하게 부리긴 하지만 늘 배우려는 자세를 보이는 사람이라 그런대로 봐줄 만하다고. 다분히 현대적인 유형의 사람이지.」

「그 사람은 올지 안 올지 잘 몰라요, 해리. 자기 아버지하고 몬테카를로에 가야 할지 모른다고 했거든요.」

「아! 누구의 누구, 정말 귀찮은 존재들이지! 그 사람이 오도록 어떻게 한 번 해봐. 그런데 도리언, 자네 어젯밤에 일찍 달아났어. 11시도 안 돼서 갔잖아. 그래, 그 후로 뭘 했어? 바로 집에 간 건가?」

도리언은 흠칫 그를 슬쩍 쳐다보더니 얼굴을 찌푸렸다. 「아니오.」 그가 대답했다. 「거의 3시가 되어서야 집에 들어갔어요.」

「클럽에 갔었나?」

「예.」 그는 이렇게 대답하면서 입술을 깨물었다. 「아니, 그게 아니고요. 실은 클럽에 안 갔어요. 좀 돌아다녔어요. 잘 기억이 나지는 않는데…… 정말 꼬치꼬치 캐묻는군요, 해리!

다른 사람이 하는 일에 뭐 그리 관심이 많으신지. 전 제가 했던 일은 그냥 다 잊고 싶은데. 정확한 시간을 알고 싶으시다면 말씀드리죠. 2시 30분에 집에 들어왔어요. 바깥문 열쇠를 집에 두고 나온 바람에 하인을 깨워 들어갔지요. 확실한 증거를 원하시면 하인에게 물어보세요.」

헨리 경은 어깨를 으쓱였다. 「어이구, 내가 무슨 대단한 관심이 있다니! 우리 2층 응접실로 가세. 셰리는 이제 그만 마실랍니다, 채프먼 씨. 도리언, 분명히 자네한테 무슨 일이 있었어. 말해 보게. 오늘 밤 자네는 영 자네답지 않아.」

「신경 쓰지 마세요, 해리. 저 지금 신경이 예민해져서 언제 폭발할지 몰라요. 내일이나 모레 한 번 들를게요. 나버러 부인에게는 잘 말씀해 주시고요. 2층엔 안 갈게요. 그냥 집에 가겠습니다. 가야 해요.」

「알았네, 도리언. 내일 차 마실 시간에 봄세. 공작부인도 온다고 했으니.」

「가능하면 갈게요.」 그는 이렇게 말하며 방을 나섰다. 마차를 타고 집으로 돌아오는 길에 그는 자신이 꽉꽉 억눌렀다고 생각했던 공포감이 다시 찾아오는 느낌을 받았다. 헨리 경이 대수롭지 않게 던진 질문이 잠시 그의 기운을 빠지게 만들었던 터라 그는 다시 기운을 차리고 싶었다. 위험한 물건들은 다 없애야 했다. 그는 움찔했다. 그 물건에 손을 댄다는 생각만 해도 소름이 돋았다.

그러나 해야 했다. 그렇게 마음을 먹은 그는 서재의 문을 잠그고 난 뒤 바질 홀워드의 코트와 가방을 넣어 두었던 비밀 옷장을 열었다. 벽난로에서는 불길이 크게 일어나고 있었다. 그는 장작을 하나 더 넣었다. 옷과 가죽이 타는 냄새가 정말 지독했다. 모든 걸 다 태우는 데 45분 정도가 걸렸다. 머리가 어지럽고 구역질이 날 것 같았다. 그는 구리 화로에 향을 피울 때 쓰는 제리산 알맹이들을 넣고 불을 피운 다음 사향 냄새가 나는 시원한 식초로 손과 이마를 씻었다.

그때 순간적으로 그는 가슴이 철렁했다. 그의 눈이 이상하게도 점점 더 초롱초롱 빛나기 시작했다. 그는 초조한 마음에 아랫입술을 깨물었다. 두 개의 창문 사이에 흑단으로 만들어 상아와 청금석으로 무늬를 아로새긴 피렌체산 커다란 캐비닛이 하나 놓여 있었다. 그는 그 캐비닛이 마치 사람의 마음을 사로잡으면서도 두렵게 만드는 물건인 양, 그가 오랫동안 구하던 것이면서 꼴도 보기 싫었던 어떤 물건인 양, 그렇게 바라보았다. 그의 숨이 가빠졌다. 걷잡을 수 없는 욕망이 그의 마음을 사로잡았다. 그는 담배에 불을 붙였다. 그러나 곧 던져 내버렸다. 긴 속눈썹이 거의 뺨에 닿을 정도로 그는 눈꺼풀을 내렸다. 그러나 그는 계속해서 그 캐비닛을 지켜보았다. 마침내 소파에서 일어선 그는 캐비닛 앞으로 다가가 문을 열고 그 안에 감춰진 스프링에 손을 댔다. 삼각형 서랍 하나가 서서히 앞으로 나왔다. 그의 손가락이 본능적으로 그 서랍으로 향하더니 그 안으로 들어가 뭔가를 만졌다. 검은색 가루와 금가루로 옻칠을 하고 정교한 무늬가 새겨져 있는 조그만 중국산 상자였다. 옆면에 완만한 곡선의 파도 무늬가 그려져 있는 그 상자는 꼬아 만든 금속 실로 술 장식을 하고 동그란 수정이 달린 비단 끈으로 묶여 있었다. 그는 상자를 열었다. 안에는 광택 나는 밀랍으로 만든 것 같은 초록색 반죽이 들어 있었는데 향이 진한 게 좀처럼 가시지 않았다.

그는 잠시 머뭇거렸다. 그의 얼굴에 그려진 미소가 좀처럼 사라지지 않고 계속 머물렀다. 방 안이 후텁지근했지만 그는 몸을 부르르 떨면서 자세를 바로 세우고 시계를 바라보았다. 12시 20분 전이었다. 그는 상자를 다시 서랍에 넣고 캐비닛 문을 닫았다. 그리고 침실로 향했다.

시계가 어두운 밤 공기 위로 천둥 울리는 소리를 내며 자정을 알리자 도리언 그레이는 평범한 옷차림에 목에는 목도리를 두르고 살며시 집을 빠져나왔다. 본드 스트리트에서 튼튼한 말이 끄는 2인승 마차를 발견한 그는 손을 흔들었다. 다가온 마부에게 그는 나지막한 목소리로 주소를 알려 주었다.

마부는 고개를 가로저으며 작은 소리로 말했다. 「너무 멉니다.」

「1파운드 금화 한 닢을 주겠네.」 도리언이 말했다. 「빨리 도착하면 한 닢 더 주고.」

「좋습니다.」 마부가 말했다. 「한 시간이면 충분히 도착할 겁니다.」 마차 삯을 받은 마부는 말머리를 돌리고는 강을 향해 빠르게 마차를 몰기 시작했다.

제16장

차가운 빗줄기가 내리기 시작했다. 빗줄기에 가려 흐릿한 가로등이 비안개 속에서 유령 같은 모습으로 창백한 불빛을 힘없이 뿌리고 있었다. 이제 막 문을 닫으려는 술집 주변에 삼삼오오 모여 있는 남녀들의 모습이 어렴풋이 눈에 띄었다. 어느 술집에서는 목청 터져라 웃고 떠드는 소리가 들려왔고, 또 어떤 술집에서는 술 취한 사람들이 싸움판을 벌이며 고함치는 소리가 들려왔다.

승합 마차에 이마를 덮을 정도로 모자를 푹 눌러쓰고 등을 기대고 앉은 도리언 그레이는 대도시 속에 벌어지는 더럽고 부끄러운 광경을 노곤한 눈으로 지켜보고 있었다. 그렇게 지켜보면서 그는 문득문득 헨리 경을 처음 만나던 날 그가 들려주었던 말을 곱씹곤 했다. 〈감각으로 영혼을 치유하고, 영혼으로 감각을 치유한다〉는 말이었다. 그렇다. 바로 그것이 비결이었다. 예전에도 자주 그런 시도를 했는데 이제 다시 시도해 볼 참이었다. 망각을 돈 주고 살 수 있는 아편굴이 있었고, 옛 죄악에 대한 기억을 광기어린 새로운 죄악의 행위로 지울 수 있는 불결한 장소도 있었다.

달이 노란 해골처럼 하늘에 낮게 걸려 있었다. 때때로 기이한 모양의 거대한 구름이 긴 팔을 뻗어 그 달을 가리기도 했다. 가스등이 점점 드물게 보이고 거리는 더욱 좁아지고 음산해졌다. 한번은 마부가 길을 잘못 들어선 바람에 4백 여 미터를 되돌아 나와야 했다. 흙탕물을 튀기며 달리는 말의 등에서 김이 모락모락 솟아올랐다. 마차의 옆 창은 얇은 회색 천처럼 드리운 안개로 흐려져 있었다.

〈감각으로 영혼을 치유하고, 영혼으로 감각을 치유한다!〉 이 말이 그의 귀에 얼마나 생생하게 울리고 있는가! 분명한 것은 그의 영혼이 병들어 죽었다는 사실이었다. 과연 그 죽은 영혼을 감각으로 치유할 수 있을까? 순결의 피는 이미 흘려 버렸다. 그것을 무엇으로 보상한단 말인가? 아! 속죄의 길이 없었다. 그러나 용서가 불가능하다면 망각은 가능하지 않겠는가. 그래서 그는 잊어버리기로 마음을 먹었다. 밟아서 없애든지, 자기 몸을 문 작은 독사를 짓이겨 죽이듯 완전히 뭉개 버리기로 결심했다. 사실 바질이 무슨 권리로 그에게 그런 말을 할 수 있었단 말인가? 누가 그에게 다른 사람에 대한 판단을 내릴 권한을 주었단 말인가? 그는 끔찍하고 무서운 말을, 도저히 가만히 참고 들을 수 없는 말을 하지 않았던가.

마차가 덜컥덜컥 움직이며 속도를 늦추었다. 말이 한 발자국 움직일 때마다 점점 더 느려지는 것 같았다. 그는 가로막이 천을 들어 올려 마부에게 더 빨리 달리라고 재촉했다. 아편을 향한 욕망이 점점 커지면서 그의 몸을 갉아먹는 것 같았다. 목이 타오르고 섬세한 그의 손이 초조한 듯 이리저리 비틀렸다. 그는 자기 지팡이로 말을 미친 듯이 내리쳤다. 마부가 웃음을 터뜨리며 말에게 채찍질을 가했다. 그도 따라 웃었다. 그러자 마부는 돌연 웃음을 그쳤다.

길은 끝이 없이 이어진 것 같았다. 거리는 허우적거리며 기어가는 거미가 만들어 놓은 검은 거미줄 같았다. 견딜 수 없는 단조로움. 안개가 짙어지면서 그는 두려워지기 시작했다.

곧이어 그들은 황량한 벽돌 공장 곁을 지나게 되었다. 그곳은 그나마 안개가 엷어서 그런지 부채 모양으로 널름거리는 오렌지 빛 불길을 피우고 있는 요상한 병 모양 벽돌 가마가 쉽게 눈에 띄었다. 그들이 지나갈 때 어디선가 개 짖는 소리가 들려왔고, 멀리서는 하늘을 떠도는 바다갈매기들의 울음소리가 허공을 메우기도 했다. 말이 도랑에서 좀 비틀거리는가 싶더니 이내 옆으로 돌아 나와 다시 달리기 시작했다.

얼마가 지났을까. 그들은 진흙 도로를 지나 다시 대충 포장해 놓은 도로로 들어섰다. 대부분의 창문들은 불이 꺼져 있어 어두웠지만 간혹 등잔불을 밝힌 집의 블라인드를 통해 환상적인 그림자가 실루엣처럼 비치기도 했다. 그는 신기하다는 듯이 그 그림자들을 지켜보았다. 그림자들이 괴이한 모습의 꼭두각시처럼 움직이더니 살아 있는 존재처럼 몸짓 손짓을 했다. 갑자기 그는 그 그림자들이 혐오스럽다고 생각했다. 막연한 분노가 그의 가슴에서 일었다. 그들이 모퉁이를 돌려고 할 때 한 여자가 문을 열고 그들을 향해 소리를 질렀고, 두 남자가 약 1백 미터 정도 마차를 뒤쫓아 달려왔다. 마부는 채찍을 휘둘러 그들을 뿌리쳤다.

격정은 사람의 생각을 순환 논법의 고리에 따라 흐르도록 만든다는 말이 있다. 꽉 다문 도리언 그레이의 입술이 역겨운 되풀이 과정을 통해 영혼과 감각에 관한 그 의미심장한 말을 거듭 곱씹어 보더니 마침내 그 말 속에서 자신의 기분을 온전히 표현해 주는 의미를 찾아내고는 지적 승인 과정을 통해 그 격정을 정당화했다. 그런 정당화 과정이 없었다면 그의 격정은 계속해서 억눌려 있을지도 몰랐다. 그의 머릿속에 있는 세포 하나하나에서 한 가지 생각이 슬금슬금 기어

나왔다. 생(生)을 향한 거침없는 욕망. 인간의 온갖 욕구 가운데 가장 무서운 욕망인 그 생을 향한 욕망이 모든 신경과 조직을 살아 꿈틀거리게 만들었다. 추함. 한때 사물을 현실적인 것으로 만든다고 그가 그토록 증오했던 그 추함이 바로 그런 이유로 이제는 그에게 아주 소중한 것으로 다가왔다. 추함이 단 하나의 현실이었다. 거친 말다툼, 혐오스러운 누추한 소굴들, 무질서한 삶이 내보이는 노골적인 폭력, 도둑과 부랑자들의 비열함과 천함. 이런 것들이 강렬한 현실적 인상으로 인해 그에게는 예술의 그 모든 우아한 형태보다, 꿈꾸는 듯 영롱한 노래의 어떤 환영보다도 더 생생하고 실감나는 것으로 다가왔던 것이다. 그런 것들이 바로 그가 망각을 위해 필요로 하는 것들이었다. 그리고 3일이 지나고 나면 그는 자유롭게 되리라.

갑자기 마부가 어두운 오솔길 꼭대기에서 마차를 덜커덩 세웠다. 야트막한 지붕과 삐죽삐죽 솟은 굴뚝 너머로 정박해 있는 배들의 검은 돛이 보였다. 집집마다 마당에는 하얀 연무가 그려 내는 화관이 희미한 돛이 되어 공중에 걸려 있었다.

「여기 어디쯤인 것 같은데, 맞습니까?」 마부가 가로막이 천을 통해 마른 목소리로 물었다.

도리언은 흠칫 놀라 주위를 둘러보았다.「그런 것 같소.」 그는 이렇게 대답하고는 서둘러 마차에서 내렸다. 마부에게 약속했던 금화 한 닢을 더 건네고 난 뒤 그는 빠른 걸음으로 선창을 향했다. 곳곳에서 비치는 불빛에 어느 몸집 큰 상인의 험악한 얼굴이 비치기도 했다. 불빛은 물웅덩이를 첨벙이며 사방으로 흩어졌다. 석탄을 싣고 출항하는 증기선에서 붉은 불빛이 눈부시게 빛나고 있었다. 질척질척하니 미끄러운 도로는 비에 젖은 방수 외투 같았다.

그는 이따금 누구 뒤따라오는 사람이 없나 뒤를 돌아다보며 왼쪽 방향으로 발걸음을 서둘렀다. 한 7, 8분 정도 걸었을까? 그는 황량해 보이는 두 공장 사이에 바싹 붙어 끼어 있는 조그맣고 누추한 집에 다다랐다. 꼭대기 창 한 곳에 등잔불이 놓여 있었다. 그는 걸음을 멈추고 그만의 특이한 노크를 했다.

잠시 후, 통로를 따라 나오는 발소리가 들리면서 곧이어 걸어 두었던 쇠사슬을 푸는 소리가 들렸다. 조용히 문이 열렸고, 그는 어둠 속에 완전히 납작 엎드려 있는 흉하게 일그러진 모습의 사람에게 한마디 말도 붙이지 않고 안으로 들어섰다. 홀 끝에 너덜너덜한 초록색 커튼이 달려 있었다. 그가 들어오면서 거리에서 몰고 온 한 줄기 바람에 커튼이 흔들리며 펄럭였다. 그는 커튼을 옆으로 젖히고 더 안으로 들어갔다. 천장이 낮은 길쭉한 방이었다. 그 생김새가 예전에 싸구려 무도회장으로 사용하던 방이 아닌가 싶었다. 날카로운 소리를 내며 불꽃을 피우는 가스 버너들이 벽면을 따라 쭉 놓여 있었다. 그 가스 버너들 정면에는 파리가 쉬를 슨 더러운 거울들이 놓여 있었는데 그 거울에 가스 버너의 불꽃이 흐릿하고 흉측하게 일그러진 모양으로 비쳤고, 골이 진 주석으로 만든 기름때 묻은 반사경이 버너 뒤에서 파르르 떠는 듯 보이는 불빛을 동그랗게 모아 되비추었다. 바닥엔 황토색 톱밥이 깔려 있었는데 군데군데 짓밟혀 으깨진 모양이 꼭 진흙을 밟아 둔 것 같았고, 술을 엎질러 생긴 시커먼 고리 모양 얼룩으로 지저분한 느낌을 주었다. 조그만 목탄 난로 옆에서는 말레이 사람 몇이 웅크리고 앉아 골회로 만든 계산용 칩으로 노름을 하면서 하얀 이를 드러내고 떠들었다. 그리고 한쪽 구석엔 뱃사람 하나가 팔로 자기 머리를 감싸 쥔 채 테이블 위에 널브러져 있었고, 한쪽 면을 완전히 가로질러 놓여 있는 겉만 번지르르하게 칠해 놓은 카운터 옆에는 눈매가 매서운 두 여자가 자기 코트 소매를 쓸어 내리며 넌더리난다는 듯한 표정을 짓는 어느 늙은 남자를 비웃으며 서 있었다. 도리언이 그들 곁을 지나가자 한 여자가 말했다. 「저 양반이 옷에 붉은 개미라도 붙어 있는 줄 착각하시나 봐요.」 그러자 그 남자는 겁에 질린 표정으로 여자를 바라보며 코를 훌쩍이기 시작했다.

방 한쪽 끝에 조그만 계단이 하나 있었다. 어두컴컴한 또 다른 방으로 이어지는 계단이었다. 도리언이 금방이라도 무너져 내릴 것 같은 계단 세 단을 서둘러 오르자 진한 아편 냄새가 그를 맞이했다. 깊은 숨을 들이쉬자 그의 콧구멍이 너무 기뻐 떨리는 것 같았다. 그가 안으로 들어서자 등잔 위로 허리를 구부려 길고 가는 파이프에 불을 붙이고 있던 부드러운 노란 머리 젊은이가 그를 바라보더니 머뭇머뭇하며 고개를 끄덕여 아는 척을 했다.

「애드리언, 자네 여기 있었어?」 도리언이 나지막하게 물었다.

「제가 여기 말고 어딜 가겠어요?」 젊은이가 힘없는 목소리로 대답했다. 「이제는 어느 놈도 제게 말을 걸어 오지 않잖아요.」

「난 자네가 영국을 떠난 줄 알았는데.」

「달링턴이 이젠 아무것도 안 해줄 겁니다. 결국 제 형님이 비용을 대주셨어요. 조지도 저하고는 말도 안 하고……. 상관없어요.」 그는 한숨을 내쉬며 말을 이었다. 「이것만 있으면 친구도 필요 없으니까요. 친구를 너무 많이 사귄 게 탈이라면 탈이죠.」

도리언은 얼굴을 찌푸리며 멈칫했다. 그러고는 너덜너덜 해진 매트리스 위에 기이한 자세로 누워 있는 괴상망측하게 생긴 사람들을 둘러보았다. 뒤틀린 사지, 헤 벌어진 입, 멍하니 쳐다보는 눈. 이 기괴한 모습들이 그의 마음을 사로잡았다. 그는 알고 있었다. 그들이 어떤 낯선 천국에서 고통을 겪고 있는지, 그리고 어떤 음침한 지옥이 그들에게 새로운 기쁨의 비밀을 가르쳐 주고 있는지. 오히려 그들이 그보다는 훨씬 나은 것이 아닌지. 그는 사고의 감옥에 갇혀 있었다. 무서운 질병처럼 기억이 그의 영혼을 갉아먹고 있었다. 때때로 그는 바질 홀워드가 자신을 바라보고 있는 것 같은 착각이 들곤 했다. 하지만 아무리 그렇더라도 그는 그곳에 더 머물 수가 없을 것 같았다. 애드리언 싱글턴이 있다는 사실이 그를 곤혹스럽게 만들었다. 그는 자기를 아는 사람이 한 사람도 없는 곳에 있고 싶었다. 그는 자신에게서 달아나고 싶었다.

「난 다른 곳으로 가겠네.」 잠시 후에 그가 말문을 열었다.

「부두로요?」

「그래.」

「그 미친 여자가 분명히 거기에 있을 겁니다. 여기서는 그 여자를 받아 주지 않거든요.」

도리언은 어깨를 움츠렸다. 「난 누구를 사랑한다는 여자는 질색이야. 누구를 증오한다는 여자가 훨씬 더 구미에 당기네. 게다가 물건도 거기가 더 낫잖아.」

「도토리 키 재기죠.」

「어찌 됐든 그곳 물건이 더 좋아, 난. 자, 가서 나랑 한잔하자고. 난 한잔 마셔야겠네.」

「마시고 싶지 않은데.」 젊은이가 중얼거리듯 말했다.

「그냥 따라와.」

애드리언 싱글턴이 마지못해 자리에서 일어나 도리언을 따라 카운터로 갔다. 너덜너덜한 터번을 쓰고 남루한 얼스터 외투를 입은 혼혈 인도인이 그들 앞에 브랜디 한 병과 큰 잔 두 개를 내밀며 소름끼치는 웃음으로 그들을 맞이했다. 여자들이 가만가만 걸어와 재잘거리기 시작했다. 도리언은 여자들을 피해 등을 돌리고 앉아 나지막한 목소리로 애드리언 싱글턴에게 뭐라고 말을 하기 시작했다.

한 여자의 얼굴에 말레이 사람들이 사용하는 꾸불꾸불한 단도처럼 이상하게 뒤틀린 미소가 그려졌다. 「오늘 밤 우리 대단하겠어.」 그녀가 빈정대는 투로 말했다.

「빌어먹을. 나한테 말 붙이지 마.」 도리언은 발로 바닥을 쿵 울리며 소리쳤다. 「원하는 게 뭐야? 돈? 자, 여기 있어. 또다시 말 걸었다가는 알아서 해.」

여자의 멍청한 두 눈에서 잠시 빨간 불꽃이 번쩍이는가 싶더니 금방 사라지면서 그녀의 눈은 다시 게슴츠레 흐릿해졌다. 그녀는 고개를 툭 추켜올리더니 탐욕스러운 손가락으로 카운터 위에 놓인 동전들을 긁어모으기 시작했다. 그녀의 동료는 그런 그녀를 부러운 듯이 바라보았다.

「소용없어요.」 애드리언 싱글턴이 한숨을 내쉬며 말했다. 「돌아가지 않을 겁니다. 그게 뭐 그리 중요한데요? 전 여기 있으면 행복해요.」

「뭐 필요한 것 있으면 연락 좀 해. 알았지?」 도리언이 잠시 뜸을 들인 뒤 말했다.

「형편을 봐서요.」

「그럼 잘 있게.」

「잘 가세요.」 젊은이는 이렇게 대답하고 바싹 말라 버린 입을 손수건으로 닦으며 계단을 올랐다.

도리언은 고통스러운 표정을 지으며 문으로 향했다. 커튼을 옆으로 젖히며 나아갈 때 아까 그의 돈을 긁어모은 여자의 립스틱을 바른 입술에서 가증스러운 웃음소리가 터져 나왔다. 「여기 악마와 흥정하려는 사람이 나갑니다.」 그녀가 목쉰 소리로 딸꾹질을 하며 소리쳤다.

「닥치지 못해!」 그가 응수했다. 「그 따위로 말하지 말란 말이야.」

그러자 그녀는 손가락을 뚝뚝 꺾으며 그를 향해 악을 쓰듯 소리를 내질렀다. 「그럼 〈아름다운 왕자님〉이라고 불러 달라는 건가요?」

이 말이 나오자 테이블 위에 널브러져 자고 있던 선원이 벌떡 일어서더니 주위를 미친 듯이 돌아보았다. 홀의 문이 꽝 하고 닫히는 소리가 그의 귓전을 때렸다. 그는 누구를 쫓듯이 밖으로 뛰어나갔다.

도리언 그레이는 부슬부슬 내리는 비를 맞으며 선창을 따라 걸음을 서둘렀다. 애드리언 싱글턴을 만난 것이 묘하게 그의 마음을 흔들어 놓았다. 바질 홀워드가 모욕적인 언사로 그에게 퍼부었듯이 정말 그 젊은이의 파멸이 자기 탓은 아닌지 궁금했다. 그는 입술을 깨물었고, 잠시 그의 두 눈에 슬픈 표정이 고였다. 하지만 따지고 보면 그 젊은이의 파멸이 자기와 무슨 상관이 있단 말인가? 너무나 짧은 인생인데 다른 사람의 잘못까지 어깨에 짊어지고 갈 수는 없는 노릇이 아닌가. 각자는 자신의 삶을 사는 것이고, 그 삶에 대한 대가도 각자가 알아서 치러야 하는 게 아닌가. 다만 한 가지 안타까운 것이 있다면 단 한 번의 잘못에 대해 너무 자주 대가를 치러야 한다는 점이다. 실제로 거듭해서 그 대가를 지불해야 한다. 인간과 거래하면서 운명의 여신은 결코 손해보는 법이 없었다.

심리학자들이 들려주는 말에 따르면, 죄 혹은 세상이 죄라고 부르는 것에 대한 열망이 우리의 본성을 지배할 때가 있다고 한다. 뇌의 모든 세포처럼 우리 몸의 모든 섬유 조직들이 무시무시한 충동으로 흘러넘칠 때가 있다는 것이다. 그럴 때 사람들은 자유 의지를 상실하게 된다. 자동 인형처럼 끔찍한 결말을 향해 움직일 뿐이다. 선택이 이루어진 셈이고, 따라서 양심이 죽든, 아니면 살아 있다면 그 선택의 유혹에 반항하거나 그 매력에 불복종하는 수밖에 없다. 신학자들이 지칠 줄 모르고 우리에게 상기시키듯 죄라는 것이 본디 불복종의 죄가 아니던가. 그 고매한 정신, 사악한 아침 별인 사탄이 천상에서 추방될 때 그것은 바로 반항자로 추방된 것이기 때문이다.

때 묻은 마음으로, 반항에 굶주린 영혼을 안고 냉정하게 악에 대해 골똘히 생각하며 도리언 그레이는 서둘러 걸음을 재촉했다. 그런데 그가 빠른 걸음으로 목적지인 악명 높은 곳으로 이어지는 지름길 아치 밑의 어두컴컴한 통로로 접어들 무렵 별안간 누군가가 뒤에서 자신을 붙잡는 것 같은 느낌이 들었다. 그리고 미처 손을 써볼 겨를도 없이 우악스러운 손이 그의 목을 붙잡는가 싶더니 순간적으로 담벼락으로 밀쳐졌다.

그는 살기 위해 발버둥을 쳤다. 젖 먹던 힘까지 다해 겨우 그는 목을 죄어 오는 손가락을 비틀어 떼어 낼 수가 있었다. 바로 그 순간, 찰칵이는 권총 소리가 들리면서 그의 머리를 겨누고 있는 반들반들 빛나는 총신이 눈에 들어왔고 바로 정면에 키가 작고 다부지게 생긴 시커먼 사람 형체가 보였다.

「원하는 게 뭔가?」 그는 가쁜 숨을 몰아쉬었다.

「조용히 해.」 그 남자가 말했다. 「움직이면 쏜다.」

「당신 미쳤어. 대체 내가 뭘 어떻게 했다고 그러는 건가?」

「네가 시빌 베인의 삶을 망쳐 놓았잖아.」 남자의 대답이었다. 「시빌 베인이 내 누나란 말이다. 누나는 자살했어. 나도 알아. 하지만 누나의 죽음은 다 네 놈 탓이란 말이다. 그래서 너를 죽이기로 다짐했지. 몇 년 동안 네 놈을 찾아다녔다. 아무 단서도 없고 찾아 나설 길이 없었지만. 네 놈을 알 만한 두 사람도 벌써 죽었더군. 난 우리 누나가 네 놈을 부를 때 사용하던 애칭밖에 모르고 있거든. 그런데 그 애칭을 오늘 밤에 우연히 들은 거다. 하느님께 잘 빌어라. 오늘 밤이 네 놈 제삿날이니까.」

도리언 그레이는 잔뜩 겁에 질렸다. 「난 그 여자를 몰라.」 그가 말을 더듬었다. 「이름도 들어 본 적이 없단 말이다. 당신 정말 미쳤어.」

「네 죄를 다 털어놓는 게 신상에 좋을 거다. 제임스 베인인 내가 너를 그냥 놔둘 것 같아?」 일촉즉발의 순간이었다. 도리언은 무슨 말을 해야 할지, 어떻게 행동해야 할지, 그냥 당혹스러울 뿐이었다. 「무릎 꿇어!」 그 남자가 소리쳤다. 「딱 1분만 기도할 시간을 주겠다. 더는 안 돼. 오늘 밤 난 인도로 떠난다. 떠나기 전에 이 일은 끝내야지. 딱 1분이다.」

도리언은 두 팔을 축 늘어뜨렸다. 공포로 온몸이 마비된 그는 어떻게 해야 할지 몰랐다. 그 순간 갑자기 한 줄기 멋진 희망의 빛이 그의 머릿속을 스치고 지나갔다. 「잠깐만.」 그가 외쳤다. 「당신 누나가 죽은 지 얼마나 됐는데? 빨리 말해 봐!」

「18년 됐다.」 남자가 말했다. 「그건 왜 묻는 건데? 햇수가 뭐가 중요해?」

「18년이라.」 도리언 그레이가 씩 웃었다. 그의 목소리에 이젠 됐다 싶은 환희의 기운이 담겨 있었다. 「18년이라! 나를 가로등 불빛 아래로 데리고 가 내 얼굴 좀 보라고!」

제임스 베인은 잠시 멈칫했다. 무슨 뚱딴지 같은 소린지 이해가 되지 않았다. 어쨌든 그는 도리언을 붙잡아 아치 밑 통로에서 끌고 나왔다.

바람이 불어 불빛이 흐리고 흔들리는 것 같았지만 그래도 그 남자는 자신이 어떤 실수를 범했는지 똑똑히 알 수 있었다. 그가 죽이려고 했던 이 남자의 얼굴이 한껏 피어오른 소년의 얼굴, 때 묻지 않은 순수한 젊음을 내보이는 해맑은 표정의 얼굴이었기 때문이었다. 스무 살 남짓의 청년에 불과한 듯 보였다. 여러 해 전 그가 누나와 헤어질 때의 누나 나이 정도밖에 안 돼 보이는 얼굴이었다. 이 사람이 자기 누나의 삶을 파괴한 남자가 아니라는 것이 분명해졌다.

그는 붙잡고 있던 손을 놓으면서 뒤로 물러섰다. 「오, 이런! 이럴 수가!」 그가 외쳤다. 「내가 당신을 죽일 뻔했어!」

도리언 그레이는 길게 숨을 내쉬었다. 「당신은 극악무도한 범죄를 저지를 뻔했어.」 도리언은 인상을 잔뜩 쓰며 제임스 베인을 바라보았다. 「당신 손으로 직접 복수하지 말라는 경고로 받아들이시오.」

「용서하시오.」 제임스 베인이 나지막이 말했다. 「내가 잘못 보았군요. 그 빌어먹을 소굴에서 우연히 들은 말 때문에 큰일을 저지를 뻔했군요.」

「집에나 가시오. 그 총도 버리시고. 잘못하면 큰 코 다칩니다.」 도리언은 이렇게 말하고 나서 발길을 돌려 길을 따라 천천히 걸어갔다.

제임스 베인은 겁이 나서 멍하니 도로 위에 그대로 서 있었다. 머리에서 발끝까지 온몸이 떨렸다. 얼마가 지났을까, 빗물 뚝뚝 떨어지는 담벼락을 따라 나타난 검은 그림자 하나가 불빛 속으로 나오더니 슬그머니 그에게 다가와 그의 팔을 잡았다. 그는 깜짝 놀라 뒤돌아보았다. 아까 술집에서 술을 마시던 여자 가운데 한 사람이었다.

「왜 그 남자를 죽이지 않았죠?」 그녀는 매서운 눈초리로 얼굴을 그의 얼굴 가까이 들이대며 야유하듯 말을 던졌다. 「당신이 데일리 술집에서 달려 나갈 때부터 난 그 남자를 쫓아가는 거라고 생각했어. 바보! 그 사람을 죽였어야지. 돈이 많은 사람이야. 아주 나쁜 놈이고.」

「내가 찾던 사람이 아니야.」 그가 대답했다. 「그리고 누구의 돈을 원했던 게 아니야. 난 한 남자의 목숨을 원했다고. 내가 목숨을 노리는 사람은 지금쯤이면 나이가 거의 사십이 되어야 해. 아까 그 친구는 어린 풋내기라고. 오, 하느님, 제 손에 그 사람의 피를 묻히지 않게 해주셔서 감사합니다.」

여자는 비아냥거리는 목소리로 웃음을 터뜨렸다. 「어린 풋내기라니! 그 〈아름다운 왕자님〉인가 뭔가 하는 놈이 나를 이 지경을 만든 게 거의 18년이 되었단 말이야.」

「거짓말 마라!」 제임스 베인이 소리쳤다.

그 여자는 손을 하늘로 높이 들어 올렸다. 「하느님 앞에 맹세컨대 내 말엔 한 치의 거짓도 없거든.」

「하느님 앞에 맹세코?」

「그렇지 않다면 나를 때려 눕혀도 돼. 그 자식은 여기 온 놈들 가운데 가장 악질이야. 사람들 말이 그놈이 그 곱상한 얼굴 유지하려고 악마에게 자기 자신을 팔아먹은 놈이라는 거야. 내가 그 자식을 만난 지 거의 18년이 지났어. 거의 바뀐 게 없다고. 나야 모진 풍파 맞으며 많이 바뀌었겠지만.」 그녀는 이렇게 말하며 그를 노려보았다.

「맹세할 수 있어?」

「당연하지.」 쌀쌀한 그녀 입에서 목 쉰 소리의 대답이 메아리처럼 울렸다. 「그렇다고 나를 그 자식에게 넘기지는 마라.」 그녀는 푸념의 말을 내뱉었다. 「겁나는 놈이야. 나 오늘 밤 어디서 잠 좀 자게 돈 있으면 좀 줘.」

순간 그는 욕을 하면서 거리의 모퉁이로 달려 나갔다. 하지만 도리언 그레이는 보이지 않았다. 뒤를 돌아보자 그 여자도 사라지고 없었다.

제17장

일주일 뒤 도리언 그레이는 셀비 로열의 온실에서 아름답게 생긴 먼머스의 공작부인과 담소를 나누며 앉아 있었다. 예순의 나이에 쇠약한 인상을 풍기는 남편과 함께 찾아온 공작부인은 도리언이 초대한 손님 가운데 하나였다. 차를 마실 시간이었다. 테이블 위에 놓은, 레이스로 갓을 만들어 씌운 커다란 등이 내비치는 부드러운 빛이 공작부인이 주인 노릇을 하며 내놓은 자기로 만든 예쁜 잔과 은을 곱게 두들겨 펴서 만든 은그릇을 눈부시게 비춰 주었다. 공작부인의 하얀 손이 섬세한 동작으로 잔 사이를 오갔으며, 도리언이 자기 귀에 속삭여 준 말을 생각하는지 그녀의 도톰한 붉은 입술에 잔잔한 미소가 흘렀다. 헨리 경은 비단으로 겉을 씌운 고리버들 의자에 등을 대고 편안히 앉아 사람들을 바라보고 있었다. 복숭아색 긴 의자에서는 공작이 자신의 수집품에 추가시켰다는 최후의 브라질산 풍뎅이에 대해 나버러 부인에게 열심히 설명하고 있었고, 나버러 부인은 그 설명에 귀를 기울이는 척하며 앉아 있었다. 단정하게 끽연실용 정장을 갖춰 입은 세 젊은이가 여자 손님 몇몇에게 케이크 조각을 나눠 주었다. 온실에서 열린 이 파티에 참석한 사람은 열두 명이었고, 다음 날 몇 사람이 더 참석할 예정이었다.

「여기 두 분은 무슨 얘길 하고 계신가요?」헨리 경이 테이블로 다가와 자기 잔을 내려놓으며 말했다. 「글레디스, 혹시 도리언이 세상만물의 이름을 새로이 명명하겠다는 내 계획을 말하지는 않았어? 그러기를 바랐는데. 아주 멋진 생각이거든, 그게.」

「하지만 난 내 이름을 새로 바꾸고 싶진 않다, 해리.」 공작 부인은 아름다운 눈으로 헨리 경을 쳐다보며 말했다. 「지금 이름도 좋은데 굳이 그럴 필요 없어. 그레이 씨도 지금 이름에 만족하실걸.」

「이런, 이런, 글레디스. 내가 뭣 하러 두 사람 이름을 바꾸려고 하겠어. 두 이름 다 완벽한데. 난 주로 꽃에 대해 생각하고 있다고. 어제 난초를 하나 꺾었지. 단춧구멍에 꽂으려고. 점들이 세세히 박혀 있는 아주 멋진 꽃이었어. 일곱 가지 큰 죄[98]만큼 사람을 눈멀게 하겠더라고. 잠시 아무 생각 없이 있다가 정원사에게 물었어. 꽃 이름이 뭐냐고. 그랬더니 〈로빈소니아나〉라나 뭐라나. 아무튼 그런 흉측한 이름을 지닌 품종 가운데 가장 잘 핀 표본이라고 하더군. 슬픈 사실이 뭐냐 하면 우리가 사물에 아름다운 이름을 붙이는 능력을 상실했다는 거지. 이름이 전부야. 나는 행위를 놓고는 이러쿵저러쿵 하지 않아. 내가 유일하게 따지는 게 있다면 말이나 이름이라고. 내가 문학에서 저속한 사실주의를 싫어하는 이유가 바로 거기에 있어. 삽을 놓고 이건 삽이다 하고 말해야 한다는 사람은 어쩔 수 없이 그 삽을 사용해야 해. 그게 그 사람한테 어울리는 유일한 일이니까.」

「그럼 우리가 너는 어떻게 불러야 하지, 해리?」그녀가 물

---

98 기독교에서 말하는 죽음에 이르는 죄를 말하며, 흔히 칠죄종이라 하는데, 교만, 인색, 음욕, 질투, 탐식, 분노, 나태를 말한다.

었다.

「역설의 왕자죠, 뭐.」 도리언이 말했다.

「딱 보고 그런 줄 알았어.」 공작부인이 탄성을 내질렀다.

「듣기 거북하군.」 헨리 경이 의자에 몸을 더 깊이 누이며 웃었다. 「그렇게 꼬리표를 붙이면 탈출구가 없어! 그런 호칭, 단연코 거부하네.」

「왕족이라면 자기 권리를 포기할 수 없지.」 공작부인의 예쁜 입술에서 경고의 말이 떨어졌다.

「내 옥좌를 지키라는 말이군, 그렇지?」

「그래.」

「난 내일의 진실을 말하는 사람입니다.」

「난 오늘의 실수가 더 좋은데.」 그녀가 대꾸했다.

「글레디스, 날 완전히 무장해제 시키고 있어.」 쉽게 물러서지 않겠다는 그녀의 기분을 읽은 그가 큰 소리로 말했다.

「해리, 방패만 해제시켰지 네 창은 아직 해제 못 시켰는데.」

「어찌 미인에게 창을 겨눈단 말인지.」 그는 손을 내저으며 말했다.

「해리, 바로 그게 네 잘못이야. 너는 아름다움을 너무 과대평가하고 있다고.」

「어떻게 그런 말을? 내가 선한 것보다는 아름다운 것을 더 좋게 생각하는 것은 인정하지. 하지만 추한 것보다는 선한 것이 더 좋다는 것을 나만큼 기꺼이 인정할 수 있는 사람이 있으면 나와 보라고 해.」

「그럼 추함이 일곱 가지 큰 죄의 하나란 말이니?」 공작부인이 큰 목소리로 물었다. 「아까는 난초를 큰 죄에 비교하더니, 지금은 어떻게 된 거야?」

「글레디스, 추함은 일곱 가지 치명적인 덕목 가운데 하나야. 누이야 훌륭한 왕당파니까 그 덕목들을 과소평가해서는 안 되지. 맥주, 성경, 그리고 일곱 가지 치명적인 덕목이 우리 영국을 지금의 영국으로 만들었다고.」

「그렇다면 너는 네 조국을 좋아하지 않는다는 말이니?」 그녀가 물었다.

「내가 이 나라에 살고 있는데 어떻게……. 」

「그럼 더 좋은 나라가 되라고 비난하는 거구나.」

「유럽이 영국에 대해 뭐라고 판단을 내렸는지 얘기할까?」 그가 물었다.

「그치들이 우리에 대해 뭐라고 했는데?」

「타르튀프[99]가 영국으로·이민 와서 가게를 열었다고 말하더군.」

「해리, 네가 내린 판단은 아니고?」

「내가 누이가 했다고 해줄게.」

「그런 말을 어떻게 쓰니? 그 뜻이 너무 뻔한.」

「겁낼 필요 없어. 우리 영국 사람들이 그런 표현의 참뜻을 알아차리기나 하겠어?」

「사람들이 너무 실제적이라서.」

「실제적인 것보다는 교활한 거지. 장부를 기록할 때면 자신들의 우둔함을 부로 대신하고, 악덕은 위선으로 위장하는 사람들이잖아.」

「그래도 위대한 업적들을 이루었잖니.」

「글레디스, 그건 우리에게 강요된 업적이었어.」

「우리가 흔쾌히 부담을 진 거야.」

「그런 부담은 증권 거래소까지야.」

그녀는 고개를 가로저으며 큰 소리로 말했다. 「그래도 난

99 프랑스의 극작가 몰리에르가 지은 5막의 희극 「타르튀프」의 주인공. 성직자 타르튀프의 문란한 사생활을 통해 당시 프랑스 교회 성직자의 부패와 타락을 폭로했다.

우리 민족을 믿는다.」

「영국은 적자생존, 그래, 진취적인 사람만이 살아남는 것을 대표하는 나라지.」

「발전이 있었잖니.」

「나는 쇠퇴가 더 마음에 드는데.」

「그럼 예술은 어때?」 그녀가 물었다.

「그건 질병이야.」

「사랑은?」

「환상.」

「종교는?」

「요즘 유행하는 믿음의 대용품.」

「너는 회의론자로구나.」

「전혀! 회의주의는 믿음의 시작이라고.」

「그럼 넌 도대체 어떤 사람이니?」

「정의를 내린다는 것은 한계를 짓는 것에 불과해.」

「단서를 좀 줘봐라.」

「실은 끊어지게 마련이야. 미로에서 길을 잃고 말걸.」

「넌 참으로 나를 난처하게 만드는구나. 다른 사람 얘기나 하자꾸나.」

「우리를 초대한 주인이 재미있는 주제지. 몇 년 전에 이 친구가 〈아름다운 왕자님〉이라는 새 이름을 얻었거든.」

「아! 그 얘기는 이제 그만해요.」 도리언 그레이가 목소리를 높였다.

「오늘 저녁, 우리 주인이 좀 불쾌하시겠다.」 공작부인이 얼굴을 붉히며 말했다. 「먼머스가 나와 결혼한 것이 요즘 나비 가운데 가장 멋진 표본을 찾아내듯 순전히 과학적인 원칙에 따라 나를 골랐기 때문이라고 생각하시나 봐.」

「그렇다면 공작부인, 남편 분께서 부인을 핀으로 꽂아 두지 않기를 바라야겠군요.」 도리언이 웃으며 말했다.

「오, 그레이 씨, 그건 내 하녀가 이미 하고 있는 일이에요. 나한테 짜증이 날 때마다 핀을 꽂거든요.」

「뭣 때문에 하녀가 부인께 짜증을 내죠?」

「뭐 별것은 아니고 아주 사소한 것들이에요, 그레이 씨. 왜 있잖아요, 내가 9시 10분 전에 들어와서는 그애더러 8시 30분까지는 옷을 입어야 한다고 말한다든지 하는 것이죠.」

「상식을 벗어난 하녀로군요. 주의를 주세요.」

「그럴 수 없어요, 그레이 씨. 그 아이가 내 모자를 만들어 주거든요. 힐스턴 부인 집에서 열린 가든파티 때 내가 썼던 모자, 기억나요? 기억을 못 하는군요. 그래도 기억나는 척해 주다니 역시 좋은 분이로군요. 아무튼 그 아이는 별 재료 없이 모자를 잘 만들어요. 좋은 모자들 보면 다 별 재료 없이 만든 거더군요.」

「좋은 평판이라는 것도 그래, 글레디스.」 헨리 경이 끼어들었다. 「사람이 영향력을 행사하면 꼭 적이 생기게 마련이거든. 그래서 인기가 있으려면 사람이 그저 평범해야 하는 거라고.」

「여자들한테는 그렇지 않아.」 공작부인이 고개를 가로저으며 말했다. 「그리고 세상을 지배하는 건 우리 여자들이야. 우리 여자들은 평범한 건 못 참아. 누가 얘기했듯이 우리 여자들은 귀로 사랑을 한다고. 남자들이 사랑이라는 걸 한다면 눈으로 사랑을 하듯이 말이야.」

「제가 보기엔 남자들이 사랑 말고는 하는 일이 없는 것 같던데요.」 도리언이 작은 소리로 말했다.

「아! 그건 당신이 진정한 사랑을 하지 않고 있다는 얘기거든요, 그레이 씨.」 공작부인이 안타깝다는 듯이 짐짓 슬픈 표정을 지으며 말했다.

「오, 글레디스!」헨리 경이 큰 소리로 말했다. 「그렇게 말하면 안 되지요. 낭만적 사랑은 반복되면서 이어지는 것이고, 그렇게 반복되다 보면 욕망이 예술로 승화한다니까. 게다가 사람이 사랑을 할 때마다 그 순간 하나하나가 유일한 사랑의 순간이라니까. 대상이 다르다고 전심을 다한 열정이 바뀌는 건 아니야. 오히려 더 뜨겁게 만들어 준다고. 우리는 인생에서 기껏해야 딱 한 번 위대한 경험을 할 수 있어. 그런데 인생의 비밀은 그 딱 한 번의 경험을 가능한 한 자주 반복하는 데 있는 거라고.」

「그 딱 한 번의 경험으로 상처를 받았을 때도 그러니, 해리?」잠시 뜸을 들이던 공작부인이 물었다.

「특히 그 경험으로 상처를 받았을 때 더 그런 거야.」헨리 경이 대답했다.

공작부인은 고개를 돌려 눈가에 묘한 표정을 그리며 도리언 그레이를 바라보더니 이렇게 물었다. 「그레이 씨, 당신은 해리의 말에 대해 어떻게 생각하시나요?」

도리언은 잠시 주저주저하다 머리를 뒤로 젖히며 웃음을 터뜨렸다. 「전 항상 해리의 말에 동의합니다, 공작부인.」

「틀린 말을 할 때도요?」

「해리는 결코 틀린 말은 안 합니다, 공작부인.」

「그럼 해리의 철학이 당신을 행복하게 만들어 주고 있다는 뜻인가요?」

「전 행복을 추구한 적이 없습니다. 행복을 원하는 사람이 누구죠? 전 쾌락을 추구해 왔습니다.」

「그래, 그럼 원하던 쾌락을 찾아냈나요, 그레이 씨?」

「자주 찾아냈죠. 너무 자주 찾아내서 탈일 정도로.」

공작부인은 한숨을 내쉬며 말했다. 「난 평화를 추구해요. 지금 가서 얼른 옷을 입지 않으면 오늘 저녁엔 평화고 뭐고 없을 것 같네요.」

「제가 난초 몇 송이 갖다 드리겠습니다, 공작부인.」도리언이 큰 소리로 이렇게 말하고는 자리에서 벌떡 일어나 온실을 따라 걸어갔다.

「창피함도 모르고 도리언에게 새롱거리는 것 아니야?」헨리 경이 자기 사촌 누이인 공작부인에게 말했다. 「조심해. 도리언은 사람 홀리는 재주가 있다고.」

「그런 재주가 없으면 무슨 싸움이 일어나겠어?」

「그리스인이 그리스인을 만났다, 이거군.」

「난 트로이 사람 편이거든. 트로이 사람들은 여자 때문에 싸웠잖아.」

「그리고 패배했지.」

「포로로 잡히는 것보다 더 나쁜 것들이 있어.」그녀가 대답했다.

「고삐 풀어 놓고 내달리는군.」

「속도가 생명을 불어넣잖아.」반박이었다.

「오늘 밤 일기에 써야겠어.」

「뭘?」

「불에 덴 아이가 불을 사랑한다고.」

「얘, 나는 그슬리지도 않았어. 내 날개에 아무것도 닿지 않았다고.」

「그놈의 날개를 나는 데 사용하지 않고 온갖 다른 것에 사용하니.」

「용기가 남자에게서 여자에게로 옮겨 온 거지. 우리들에게는 새로운 경험이야.」

「경쟁 상대가 있어.」

「누구?」

그는 웃음을 터뜨렸다. 「나버러 부인.」그가 속삭였다. 「도리언을 거의 숭배하다시피 한다고.」

「네가 나한테 근심만 잔뜩 심어 주고 있구나. 고대에 호소하는 것은 우리 같은 낭만주의자들에게는 피할 수 없는 일이야.」

「낭만주의자라! 아니, 과학적인 방법이 있잖아.」

「남자들이 우리를 그렇게 가르쳤어.」

「하지만 여자를 설명한 것은 아니잖아.」

「우리를 하나의 성(性)으로 묘사해 봐.」 그녀가 도전하듯 요구했다.

「신비감이 없는 스핑크스.」

그녀는 미소를 지으며 그를 바라보았다. 「그레이 씨가 많이 늦는데!」 그녀가 말했다. 「가서 도와주자. 그러고 보니 내가 무슨 색 옷을 입을 건지 알려 주지도 않았어.」

「아! 글레디스, 도리언이 갖다 줄 꽃에 맞춰 옷을 고르려고 그러는 거지?」

「그러면 미리부터 지고 들어가는 거야.」

「낭만주의 예술은 절정에서 시작하지.」

「물러설 땐 물러설 줄 알아야지.」

「파르티아식으로?」[100]

「그래도 그들은 사막에 안전한 피난처를 찾아냈지만 난 그럴 수가 없잖니.」

「여자들에게 항상 선택이 허용되었던 것은 아니니까.」 그가 대답했다. 그런데 바로 그때, 그가 채 말을 마치기도 전에 온실의 저 먼 한쪽 끝에서 숨이 막혀 내는 것 같은 신음 소리가 들리는가 싶더니 이어서 뭔가 육중한 것이 쓰러지며 내는 둔중한 소리가 들려왔다. 모든 사람이 깜짝 놀라 자리에서 벌

100 고대 파르티아의 기마병들은 진격해 오는 적을 피해 후퇴를 하면서도 등 뒤로 활을 쏘아 적을 물리치는 공격법을 갖고 있었던 것으로 유명하다.

떡 일어섰다. 공작부인은 겁에 질려 꼼짝도 못 하고 그 자리에 서 있었다. 헨리 경은 두 눈에 불안한 표정을 담은 채 바로 잎사귀 너풀거리는 야자수 사이로 달려갔다. 도리언 그레이가 기절해서 타일이 깔린 바닥에 얼굴을 대고 쓰러져 있었다.

사람들이 도리언을 바로 푸른색 응접실로 옮겨 소파에 뉘었다. 잠시 후, 그가 정신을 차리더니 멍한 표정으로 주위를 둘러보았다.

「어떻게 된 거죠?」 그가 물었다. 「아! 기억이 나요. 나, 안전한 거죠, 해리?」 그는 온몸을 떨기 시작했다.

「도리언.」 헨리 경이 대답했다. 「자넨 잠시 기절한 것뿐이네. 다른 일은 없어. 요새 너무 과로했던 모양이야. 저녁 식사엔 오지 않는 게 좋겠어. 내가 대신할 테니 오지 마.」

「아니, 갈 겁니다.」 그가 겨우 몸을 일으키며 말했다. 「가는 게 더 좋을 것 같아서요. 저 혼자 있으면 안 돼요.」

그는 자기 방으로 가서 옷을 입었다. 저녁 식탁에 앉아 있는 동안 그의 태도에는 거침없이 발산되는 유쾌함의 기운이 서려 있었다. 그러나 이따금 도리언은 하얀 손수건처럼 온실 창유리에 붙어 자신을 지켜보고 있던 제임스 베인의 얼굴을 기억 속에 떠올리며 공포의 전율에 휩싸이곤 했다.

제18장

　다음 날 그는 집 밖으로 한 발자국도 나서지 않았다. 실제로 그는 죽음의 공포에 시달리며, 그러나 한편으론 생 그 자체에 대해서도 무감각한 채 자기 방에 콕 틀어박혀 대부분의 시간을 보냈다. 누군가에게 쫓기고, 올가미에 걸려 결국 잡힐지도 모른다는 생각이 그의 의식을 지배하기 시작했다. 벽걸이 장식 천이 바람에 살짝 흔들리기만 해도 그는 깜짝깜짝 놀라곤 했다. 바람에 날려 납빛 창틀에 부딪히는 낙엽들이 그에게는 자신의 헛된 결심과 걷잡을 수 없는 회한처럼 보였다. 눈을 감으면 안개로 흐릿한 창유리를 통해 자신을 들여다보고 있는 선원의 얼굴이 떠올랐고, 그러면 공포가 또다시 그 무서운 손으로 자기 가슴을 내리누르는 것 같았다.

　그러나 어쩌면 그의 머릿속을 꽉 채운 환상이 어두운 밤에 복수를 불러내어 그의 면전에 그 끔찍한 응징의 형상들을 드러내 보여 주고 있는 것인지도 몰랐다. 실제의 삶은 혼돈이지만 상상 속에는 무서우리만큼 논리적인 무엇이 있었다. 양심의 가책을 풀어 죄악의 발꿈치를 물어뜯도록 한 것은 상상력이었다. 모든 범죄가 기형의 자식들을 낳도록 만든 것도 상상력이었다. 보통 사실의 세계에서는 사악한 자들이 처벌

을 받는 것도 아니고 그렇다고 선한 자들이 보상을 받는 것
도 아니었다. 성공은 강자에게 주어지고, 실패는 약자에게
던져지는 것, 이것이 전부였다. 더욱이 어떤 낯선 자가 집 근
처를 기웃거리며 돌아다녔다면 하인이나 관리인의 눈에 띄
지 않을 리가 없었다. 화단에서 이상한 발자국이 발견됐다면
정원사가 보고했을 것이다. 그렇다. 모든 게 그의 환상에 불
과했다. 시빌 베인의 동생이 그를 죽이러 돌아온 것이 아니
었다. 그는 배를 타고 멀리 떠났고, 결국 어느 추운 겨울 바다
에 배가 침몰하면서 빠져 죽었을 것이 틀림없었다. 그렇다면
그는 제임스 베인의 위협에서는 안전하게 벗어난 셈이었다.
그래, 그자는 그가 누구인지 알지 못했고, 또 알아낼 수도 없
을 것이다. 젊음의 얼굴이 그를 구해 준 것이 아니던가.

하지만 아무리 이 모든 것이 환상에 불과한 것이라도 양심
이 그 무서운 환영들을 일으켜 세워 그의 눈에 보이도록 그
환영들에 형태를 부여하고 바로 그의 면전에서 움직이도록
했다고 생각하니 이 얼마나 섬뜩한 일인가! 밤낮으로 그가
저지른 범죄의 그림자가 조용한 구석에서 그를 응시하고 있
고, 은밀한 장소에서는 그를 조롱하고, 연회장에서는 그에게
다가와 그의 귀에 속삭이고, 잠들어 있는 그를 얼음장같이
차가운 손으로 깨운다면 그의 삶이 어떻게 되겠는가! 그런
생각이 그의 머릿속을 스멀스멀 파고들자 그는 두려움에 얼
굴이 점점 더 하얗게 질리기 시작했고, 방 안 공기도 갑자기
싸늘해지는 것 같았다. 오! 그 어떤 난폭한 광기의 순간에 그
가 자기 친구를 죽였단 말인가! 그 광경이 머릿속에 떠오르
기만 해도 얼마나 소름끼치는 일인가! 그는 또다시 그 살인
의 광경을 보았다. 그 끔찍했던 일 하나하나가 그에게 되살
아나면서 그의 공포는 점점 더 깊어만 갔다. 시간이라는 어
두컴컴한 동굴에서 주홍빛을 온몸에 휘감은 무서운 죄악의

형상이 솟아 나왔다. 6시에 헨리 경이 방 안에 들어섰을 때 도리언은 가슴이 찢어진 사람처럼 목 놓아 울고 있었다.

그로부터 사흘째가 되어서야 비로소 도리언은 외출을 하기로 용기를 내었다. 그날, 솔향기가 배어 있는 청명한 겨울 아침의 공기 속에 그에게 다시 기쁨과 삶에 대한 열정을 찾아 준 무엇인가가 있었다. 그러나 변화를 불러일으킨 것이 단순히 물리적 환경의 조건만은 아니었다. 그의 본성이 그 온전한 평정심을 마비시키고 훼손시키려고 기를 쓰는 과도한 고뇌에 대해 반발하고 나섰던 것이다. 섬세하고 정교하게 만들어진 예민한 감수성을 지닌 사람에게는 늘 그런 일이 일어난다. 그런 예민한 감수성들이 내보이는 격한 열정들은 본성에 상처를 입히거나 아니면 그것들 스스로가 그 본성에 굴복해야 한다. 그런 본성을 지닌 사람을 죽이거나 아니면 그것들 스스로가 죽어야 한다. 자잘한 슬픔과 사랑은 계속 살아남지만 너무 큰 사랑과 슬픔은 그것들이 지닌 무게로 인해 스스로 무너지고 만다. 게다가 그 자신이 공포에 찌든 상상력의 희생자였다고 확신했던 그는 이제는 크나큰 연민의 감정과 그에 못지않은 경멸의 감정으로 자신의 두려움을 되돌아보았던 것이다.

아침 식사를 마친 뒤 그는 한 시간가량 공작부인과 정원을 산책했다. 그런 다음 그는 마차를 타고 공원을 지나 사냥을 나선 무리에 끼어들었다. 풀밭에 소금을 뿌린 듯 바삭바삭한 서리가 내려앉아 있었다. 하늘은 푸른빛 금속으로 만든 잔을 엎어 놓은 듯했으며, 수초가 자란 잔잔한 호숫가에는 살짝 언 얼음이 얇은 막으로 테를 두르고 있었다.

소나무 숲 한쪽 구석에서 그는 공작부인의 남동생인 제프리 클러스턴 경이 다 쓴 탄약통 두 개를 총에서 빼내는 모습을 보았다. 마차에서 뛰어내린 그는 하인에게 말을 데리고 집으로 가라고 하고는 시들어 늘어진 고사리와 거친 덤불을 헤치며 제프리에게 향했다.

「많이 잡았나요, 제프리?」 그가 물었다.

「별롭니다, 도리언. 새들이 모조리 나무도 없는 노천으로 날아간 모양이오. 점심을 먹고 장소를 옮기면 좀 낫지 않을까 싶군요.」

도리언은 그의 곁에 서서 천천히 걸음을 옮겼다. 향긋한 냄새가 코를 찌르는 대기, 숲 속에서 가물거리며 빛나는 적갈색 빛줄기들, 이따금 울려 퍼지는 새 몰이꾼들의 거친 함성, 그리고 뒤이어 울리는 날카로운 총성이 그의 마음을 사로잡았고, 그의 가슴엔 자유를 만끽하는 유쾌한 기분이 흘러넘쳤다. 행복에 겨운 태평함과 즐거움이 안겨 준 지극한 무심함이 그의 온 마음을 사로잡았다.

그때 갑자기 그들 앞으로 한 20미터쯤 떨어진 곳의 우툴두툴 무리를 짓고 있는 덤불 속에서 끝이 까만 귀를 쫑긋 세우고 긴 뒷다리로 펄쩍 뛰어오르며 내달리는 산토끼 한 마리가 보였다. 토끼는 오리나무 숲으로 깡충깡충 달려가고 있었다. 제프리 경이 바로 총을 어깨에 걸었다. 하지만 토끼의 그 우아한 동작 속에 묘하게도 도리언 그레이의 마음을 사로잡는 무엇인가가 있었다. 순간적으로 도리언은 소릴 질렀다. 「쏘지 마세요, 제프리. 살려 주세요.」

「도리언, 무슨 말도 안 되는 소릴!」 웃음을 터뜨리던 제프리 경은 토끼가 덤불 속으로 뛰어 들어가는 찰나 방아쇠를 당겼다. 곧이어 비명이 두 번 들려왔다. 고통스러워하는 토끼의 비명 소리. 섬뜩했다. 어느 누군가가 견딜 수 없는 통증에 내지른 비명 소리. 더욱 섬뜩했다.

「저런, 큰일났어! 몰이꾼을 쏜 모양이야!」 제프리 경이 탄식하듯 소리를 내질렀다. 「아니 어떤 멍청한 놈이 총 앞에 나

311

가 서 있었던 거야! 거기 총 쏘지 말라고 해!」그는 바락바락 악을 쓰듯 소리 높여 외쳤다. 「사람이 다쳤어.」

몰이꾼 대장이 손에 막대기를 들고 달려왔다.

「어딥니까? 어디에 있습니까?」그가 큰 소리로 외쳤다. 동시에 사냥 코스를 따라 일제히 총소리가 멈췄다. 「이쪽이야.」제프리 경이 서둘러 덤불숲으로 향하며 화난 목소리로 대답했다. 「어쩌자고 자네 부하들을 뒤쪽에 두지 않고 앞에 내보낸 거야? 오늘 사냥 다 망쳤잖아.」

도리언은 그들이 나긋나긋 흔들리는 가지들을 옆으로 쓸어 젖히며 오리나무 숲으로 뛰어 들어가는 광경을 지켜보았다. 잠시 후 그들은 한 남자의 시체를 끌며 숲에서 나와 햇빛 아래로 모습을 드러냈다. 도리언은 무서워 고개를 돌렸다. 그가 가는 곳마다 불행한 일이 뒤따르는 것 같았다. 그 남자가 정말 죽었는지 물어보는 제프리 경의 목소리가 들렸고, 이어서 죽었다고 대답하는 몰이꾼 대장의 목소리도 들려왔다. 별안간 숲 전체가 많은 사람들의 얼굴로 활기를 띠는 것처럼 보였다. 쉴 새 없이 들리는 발소리와 나지막이 웅성거리는 목소리들. 가슴이 구릿빛으로 빛나는 커다란 꿩 한 마리가 머리 위 나뭇가지들을 헤치며 날아갔다.

잠시 뒤, 마음이 혼란스러운 상태에 있는 그로서는 끝없는 고통의 시간으로 느껴질 수밖에 없었던 그 짧았던 순간이 지났을 때, 그는 뒤에서 누가 자기 어깨를 툭 건드리는 것 같은 느낌을 받았다. 그는 깜짝 놀라 뒤를 돌아다보았다.

「도리언.」헨리 경이었다. 「저 사람들한테 오늘 사냥은 여기서 마치자고 말하는 게 좋겠네. 더 계속한다는 게 보기에도 안 좋을 것 같거든.」

「영원히 사냥을 안 했으면 좋겠어요, 해리.」그가 씁쓸하게 대답했다. 「사냥 자체가 끔찍하고 잔인해요. 그 남자는……?」

그는 말을 끝맺을 수가 없었다.

「그런 것 같네.」헨리 경이 대답했다. 「가슴에 정통으로 맞은 모양이야. 그 자리에서 즉사한 것이 분명해. 자, 집으로 가자고.」

그들은 큰 길이 있는 방향으로 아무 말 없이 나란히 걸어 나갔다. 거의 50미터가량을 그렇게 걸어 나왔을 때 도리언이 헨리 경을 바라보고는 깊은 한숨을 내쉬며 이렇게 말했다. 「불길한 징조예요, 해리. 대단히 불길한 징조 같아요.」

「뭐가?」헨리 경이 물었다. 「아! 아까 그 사고 말인가? 이봐, 어쩔 수 없는 일이야. 그 남자 잘못이야. 왜 총 앞 쪽으로 나갔냔 말이야? 게다가 이번 일은 우리하고 아무 상관이 없네. 물론 제프리로서는 좀 난감한 일이겠지만. 몰이꾼에게 총질을 했다는 게 잘한 일은 아니거든. 사람들이 혹 제프리가 마구 총질을 해댄 건 아닌지 의심할 수 있거든. 당연히 제프리가 그런 사람은 아니지. 정확하게 조준해서 쏘는 사람이거든. 하지만 이 문제를 놓고 이렇다 저렇다 얘기해 봐야 무슨 소용이 있겠나.」

도리언은 고개를 가로저었다. 「불길한 징조예요, 해리. 어떤 무서운 일이 우리들 중 누구에게 일어날 것만 같은 느낌이 들거든요. 어쩌면 저한테 그런 일이……」 그는 고통스럽다는 듯 손으로 눈을 가리며 말했다.

헨리 경은 웃음을 터뜨렸다. 「도리언, 이 세상에서 무서운 일이 딱 하나 있는데, 그건 바로 권태야. 용서할 수 없는 유일한 죄, 그게 바로 권태거든. 하지만 사람들이 저녁을 먹으면서 이 사고를 놓고 이렇다 저렇다 떠들지 않는 한 우리가 권태로움으로 고통을 겪을 것 같지는 않네. 사람들한테 아까 그 사고를 입 밖에 꺼내지 말라고 얘기해야겠군. 그리고 자네가 징조 얘기를 꺼내니까 하는 말인데, 세상에 징조 같은 것은 없네. 운명의 여신은 우리에게 우리 운명을 예고하는 사자(使者)를 보내지 않아. 그 여신이 너무 현명하거나 아니면 너무 잔인해서 그렇게 하질 않는 거라고. 게다가 도대체 자네한테 어떤 일이 일어날 수 있단 말인가, 도리언? 자네는 한 남자가 세상에서 원할 수 있는 모든 것을 가지고 있네. 자네와 처지를 바꾸라고 하면 세상 모든 사람들이 얼씨구나 좋다고 다 그러자고 할 걸세.」

「저도 제 처지를 누구와 바꾸고 싶지는 않아요, 해리. 그렇게 웃지 마세요. 전 지금 진실을 말씀드리는 겁니다. 아까 죽은 불쌍한 농사꾼이 저보다 훨씬 나아요. 죽음 그 자체에 대한 공포는 없어요. 저를 두렵게 만드는 건 죽음이 다가오고 있다는 사실이지요. 흉악한 죽음의 날개가 제 주변을 무겁게 내리누르는 대기 속에서 퍼덕이는 것 같다니까요. 아, 저런! 저기 나무 뒤에서 움직이는 사람의 모습이 안 보입니까? 저를 지켜보면서 기다리는 사람이?」

헨리 경은 도리언이 벌벌 떨며 장갑 낀 손으로 가리키는 곳을 바라보았다. 「맞아.」 그는 미소를 지으며 말했다. 「정원사가 자네를 기다리고 있구먼. 저 친구가 오늘 저녁 식탁에 어떤 꽃을 올려놓을지 자네한테 물어보려는 것 같은데. 이 친구, 터무니없이 신경을 쓰고 있어. 신경과민이야. 시내로 들어가면 나랑 같이 가서 내 주치의를 만나 보자고.」

도리언은 정원사가 다가오는 것을 보고서야 안도의 한숨을 내쉬었다. 모자를 살짝 들어 인사를 한 정원사는 잠시 주저하는 태도로 헨리 경을 흘끗 쳐다보더니 편지 한 통을 꺼내 자기 주인인 도리언에게 건네주었다. 「공작부인께서 답변을 기다린다고 하셨습니다.」 그가 머뭇머뭇 말을 이었다.

도리언은 편지를 주머니에 넣으며 차가운 목소리로 말했다. 「부인께 말씀드리게, 내가 곧 간다고.」 정원사는 바로 돌아서더니 집을 향해 걸음을 재촉했다.

「여자들이 위험한 일을 어찌나 좋아하는지!」헨리 경이 웃음을 터뜨렸다. 「내가 여자들에게서 가장 감탄해 마지않는 속성 중 하나가 바로 그 점일세. 여자란 다른 사람들이 구경하고 있으면 세상 어느 남자한테도 다 꼬리를 친단 말이야.」

「해리, 당신은 정말 위험천만한 말을 좋아하는군요. 그런데 지금 드신 예는 잘못 짚으신 겁니다. 제가 공작부인을 많이 좋아하긴 하지만 사랑하는 건 아니거든요.」

「그런데 공작부인은 자네를 많이 사랑하지만 그만큼 좋아하는 건 아니니까 둘이 아주 잘 어울리겠어.」

「해리, 그러다 괜히 쓸데없이 이런 말 저런 말 퍼지면 어떻게 합니까? 아무 근거도 없이 말예요.」

「모든 추문의 근거는 부도덕함에 대한 확신이네.」헨리 경은 이렇게 말하고 담배에 불을 붙였다.

「해리, 당신은 그 잘난 풍자적인 표현을 위해서라면 누구든 희생시킬 사람입니다.」

「세상은 자기 발로 제단으로 향한다네.」헨리 경의 대답이었다.

「내가 사랑을 할 수만 있다면……」도리언 그레이가 큰 소리로 말했다. 그 목소리에는 비애감이 깊이 배어 있었다. 「그런데 이젠 열정도 다 잃어버리고 욕망도 다 잊은 것 같아요. 요즘 제가 제 자신에게 너무 몰두해 있는 것 같아요. 이젠 제 자신의 개성마저 저에게 짐이 되고 말았어요. 도망가고 싶고 어디론가 멀리 가버리고 싶고 모든 걸 다 잊어버리고 싶어요. 여기 내려오는 게 아닌데, 어리석었어요. 하비에게 연락해서 요트를 대기시켜 놓으라고 해야겠어요. 요트를 타고 있으면 안전하니까요.」

「무엇으로부터 안전하다는 거지, 도리언? 자네한테 무슨 문제가 있구먼. 그게 뭔지 말해 보게. 내가 도울 수 있다는 것 자네도 알잖아.」

「말할 수 없어요, 해리.」도리언이 씁쓸하게 대답했다. 「실은 모든 게 제 자신의 환상에 불과해요. 아까 그 불행한 사고가 저를 혼란스럽게 만든 거지요. 그 비슷한 일이 저에게 일어날 수도 있다는 무서운 예감이 들었거든요.」

「무슨 말도 안 되는 소리!」

「저도 말도 안 되는 얘기였으면 좋겠어요. 하지만 그런 느낌이 드는 것은 어쩔 수 없네요. 아! 공작부인이 오시네요. 재단사가 만든 가운을 입은 아르테미스[101]와 같은 모습이군요. 공작부인, 우리가 돌아왔습니다.」

「그레이 씨, 얘기 다 들었어요.」그녀가 대답했다. 「가여운 제프리가 굉장히 당황해하고 있어요. 그런데 당신이 제프리더러 토끼를 쏘지 말라고 했다면서요? 참 묘한 일이로군요!」

「예, 참 묘한 일입니다. 왜 제가 그런 말을 했는지 잘 모르겠습니다. 아마 순간적인 느낌이었을 겁니다. 그 토끼가 생명이 있는 작은 동물 가운데 가장 예쁜 동물로 보였어요. 어쨌든 부인께서 사람이 죽은 사고에 대해 이야기를 들으셨다니 유감이군요. 워낙 섬뜩한 일이라.」

「기분 언짢은 이야기지.」헨리 경이 끼어들었다. 「아무런 심리학적 가치도 없는 사고야. 제프리가 고의로 그렇게 했다면 얼마나 흥미로웠을까! 난 진짜로 살인을 저지른 사람을 알고 싶거든.」

「해리, 그렇게 무서운 말을 하다니 참 독하다 너!」공작부인이 목소리를 높였다. 「안 그래요, 그레이 씨? 해리, 그레이 씨가 다시 아픈 모양이야. 쓰러질 것 같아.」

---

101 그리스 신화에서 아폴론의 쌍둥이 자매로 달과 사냥의 여신.

도리언이 겨우 정신을 추스르고는 엷은 미소를 지어 보였다. 「괜찮습니다, 공작부인.」 그가 나직한 목소리로 말을 이었다. 「제 온 신경이 엉망이 된 것 같아요. 그뿐입니다. 오늘 아침에 너무 많이 걸은 게 아닌가 싶고요. 해리가 무슨 말을 했는지 듣질 못했는데, 나쁜 얘긴가요? 나중에 꼭 들려주세요. 전 이제 가서 좀 누워야겠어요. 먼저 실례해도 되겠죠?」

그들은 온실에서 테라스로 이어지는 계단에 다다랐다. 도리언이 안으로 들어서고 유리문이 닫히자 헨리 경이 돌아서서 졸음에 겨운 눈으로 공작부인을 바라보았다. 「저 친구를 많이 사랑하고 있는 것 아니야?」 그가 물었다.

그녀는 한참 동안 아무 대답 없이 주변 풍광을 바라보고만 있었다. 그러다 마침내 그녀가 입을 열었다. 「나도 내 마음을 알았으면 좋겠어.」

헨리 경은 고개를 가로저었다. 「아는 게 병이지. 사람의 마음을 사로잡는 것은 불확실성이거든. 안개가 사물을 더 아름답게 보이게 만들잖아.」

「안개 속에서 길을 잃을 수도 있어.」

「글레디스, 모든 길은 결국 똑같은 지점에서 끝나.」

「똑같은 지점이 어딘데?」

「환멸.」

「내 인생의 시작이 환멸이었지.」 그녀가 한숨을 내쉬었다.

「환멸이 관을 쓰고 나타난 거지.」

「난 이제 딸기 잎[102]이 지긋지긋해.」

「잘 어울리던데 뭘.」

「사람들 앞에서나 그렇지.」

「그래도 없으면 그리워질걸.」 헨리 경이 말했다.

102 여기서 딸기 잎은 공작부인이 쓰는 작은 관이나 머리 장식에 꽂는 잎사귀를 말한다.

「어떤 꽃잎과는 절대 헤어지지 않을 거야.」

「먼머스도 귀가 있어.」

「늙어서 잘 듣지 못해.」

「먼머스가 한 번도 질투한 적이 없어?」

「질투라도 했으면 얼마나 좋았을까.」

헨리 경이 무엇이라도 찾는 듯 주변을 두리번거렸다. 「뭘 찾는데?」 그녀가 물었다.

「누이 펜싱 칼에서 떨어진 단추.」[103] 그가 대답했다. 「아까 떨어뜨리던데.」

그녀가 웃었다. 「난 아직 마스크를 쓰고 있는데.」

「그래서 눈이 더 아름답게 보이는구나.」 헨리 경의 대답이었다.

그녀가 다시 웃었다. 주홍색 과일 속의 하얀 씨처럼 그녀의 치아가 하얗게 드러났다.

도리언 그레이는 2층의 자기 방에서 소파에 누워 있었다. 공포로 그의 몸속 모든 섬유 조직이 으슬으슬 아파 왔다. 삶이 어느 한순간 갑자기 너무 엄청난 짐이 되어 그로서는 더는 견딜 수 없을 것 같았다. 덤불숲 속에서 산짐승처럼 총에 맞아 죽은 불운한 몰이꾼의 그 끔찍한 죽음이 그에게는 그 자신의 죽음을 예고하는 것 같았다. 그래서 헨리 경이 빈정거리며 농담하는 가운데 우연히 던진 말에 그는 거의 기절할 뻔하지 않았던가.

5시가 되자 그는 종을 울려 하인을 부른 다음 야간 급행 열차로 시내로 돌아갈 테니 짐을 챙기고 8시 반까지 문 앞에 브룸 마차[104]를 대기시키라고 지시했다. 그는 셀비 로열에서 단

103 연습용 펜싱용 칼끝에 다는 단추를 말하는 것으로 그 단추가 없이 상대방을 찌르면 피를 흘리게 할 수 있다.

104 마부석이 바깥에 있는 상자 모양의 사륜마차.

하루도 더 머무르지 않기로 마음을 먹었다. 이곳은 불길한 곳이었다. 햇빛 벌건 대낮에도 죽음이 어슬렁거리는 곳이며 숲 속 풀 위로 피가 뿌려진 곳이었다.

그런 다음 그는 헨리 경에게 편지를 썼다. 자기는 시내로 가 의사를 만날 예정이니 자기가 없는 동안 대신 손님들을 잘 대접해 달라고 부탁하는 내용이었다. 그가 편지를 다 쓴 다음 봉투에 넣으려고 할 때 노크 소리가 들렸고, 시종이 들어와 몰이꾼 대장이 그를 만나고 싶어 한다는 말을 전해 주었다. 그는 얼굴을 찡그리며 입술을 깨물었다. 「들여 보내게.」 그는 잠시 주저하다가 작은 소리로 말했다.

몰이꾼 대장이 들어오자마자 도리언은 서랍에서 수표책을 꺼내 앞에 펼쳤다.

「오늘 아침에 있었던 불행한 사고 때문에 온 것이겠지, 손튼?」 그는 펜을 집으며 물었다.

「그렇습니다.」 몰이꾼 대장이 대답했다.

「그 불쌍한 친구, 결혼한 사람인가? 부양 가족은 있나?」 도리언은 따분한 표정을 지으며 물었다. 「부양 가족이 있다면 가장을 잃은 그 가족들을 돈도 없는 상태로 그대로 놔두고 싶지는 않네. 자네가 적당하다고 생각하는 만큼 돈을 줄테니 전해 주게.」

「저희는 그 사람이 누군지 모릅니다. 그래서 이렇게 무례함을 무릅쓰고 찾아뵌 겁니다.」

「그 사람이 누군지 모른다고?」 도리언이 시큰둥한 목소리로 물었다. 「그게 무슨 소린가? 자네가 데리고 있던 사람이 아니란 말인가?」

「예. 한 번도 본 적이 없는 사람입니다. 뱃사람이 아닌가 싶습니다요.」

도리언 그레이는 손에 쥐고 있던 펜을 떨어뜨렸다. 그는 갑자기 심장이 멎는 것 같은 느낌이 들었다. 「뱃사람?」 그가 소리를 내질렀다. 「뱃사람이라고 했나?」

「예. 한때 뱃사람이 아니었나 싶습니다. 행색이 그랬어요. 양팔에 문신이 새겨져 있는 것도 그렇고, 뭐 그런 거죠.」

「그 사람이 누군지 알 수 있는 물건은 없었나?」 도리언은 몸을 앞으로 기울이며 놀란 눈으로 그를 바라보았다. 「이름이 뭔지 알려 줄 만한 물건이 없었나?」

「돈이 좀 있었어요. 많은 액수는 아니었고요. 그리고 6연발 권총 한 자루가 있었지만 이름 같은 것은 어디에도 없었지요. 곱상하게 생기긴 했지만 좀 거친 인상이기도 하고. 저희는 뱃사람이 아니었나, 그렇게 생각했습니다.」

도리언은 벌떡 자리에서 일어났다. 한 가닥 터무니없는 희망이 푸드덕거리며 그의 곁을 스치고 지나갔다. 그는 미친 듯이 그 희망을 꼭 붙잡았다. 「시체가 어디 있지?」 그가 소리쳤다. 「어서 말해! 당장 봐야겠어.」

「자작용 농장의 빈 마구간에 두었습니다. 사람들이 그런 것을 집 안에 들이지 않으려고 해서요. 시체는 액운을 불러들인다고 하더군요.」

「자작용 농장이라! 당장 그리 가게. 나도 갈 테니. 누구 시켜서 내 말을 준비하라고 하고. 아니, 됐네. 내가 직접 마구간으로 가지. 그래야 시간이 절약될 테니.」

15분이 채 지나지 않아 도리언 그레이는 큰길을 따라 있는 힘을 다해 말을 몰았다. 늘어선 나무들이 환영(幻影)의 행렬을 이루며 그의 곁을 휩쓸려 가듯 빠르게 스치며 지나갔고, 그가 달리는 길 위로는 온갖 그림자들이 어지러운 형상을 그리며 제 몸을 내던지는 것 같았다. 한번은 그가 탄 암말이 어느 하얀 대문 기둥 앞에서 갑자기 방향을 바꾸면서 그를 내동댕이칠 뻔했다. 그는 채찍으로 말의 목을 내리쳤다. 말은 어스름이 깔린 공기를 가르며 쏜살같이 내달렸다. 말발굽에 채어 돌멩이들이 튀어 오르기도 했다.

드디어 그가 자작용 농장에 도착했다. 마당에 두 남자가 서성이고 있었다. 안장에서 뛰어내린 도리언은 고삐를 그중 한 사람에게 던져 주었다. 가장 멀리 떨어진 곳에 있는 마구간에서 불빛이 어른거렸다. 시체가 그곳에 있다는 것을 말해 주는 것 같았다. 그는 서둘러 마구간 문으로 다가가 빗장을 잡았다.

바로 그 순간 그는 잠시 멈칫했다. 그가 이제 막 확인하려는 것이 자신의 삶을 되살릴 수도 있고 파괴할 수도 있다는 생각이 번뜩 떠올랐기 때문이었다. 그는 문을 밀어 열고는 안으로 들어섰다.

마구간 저 안쪽 구석에 쌓여 있는 자루 더미 위에 거슬거슬한 셔츠에 파란색 바지를 입은 시체가 놓여 있었다. 얼럭덜럭한 손수건이 시체의 얼굴을 덮었고, 그 옆에 병에 꽂힌 흔해빠진 초 하나가 직직거리며 불을 밝히고 있었다.

도리언 그레이는 몸을 부들부들 떨었다. 도저히 자기 손으로는 손수건을 걷어 낼 수 없을 것 같았던 그는 농장 일꾼 하나를 소리쳐 불러들였다.

「저 손수건 좀 치우게. 얼굴을 보고 싶으니.」 그는 쓰러질까 두려워 문기둥을 꽉 붙잡으며 말했다. 농장 일꾼이 손수건을 치웠고, 그는 앞으로 다가갔다. 기쁨에 겨운 외마디 비명이 그의 입에서 터져 나왔다. 덤불숲에서 총에 맞아 죽은 사내가 바로 제임스 베인이었던 것이다.

그는 시체를 바라보며 잠시 더 그곳에 서 있었다. 말을 타고 집으로 돌아오는 길에 그의 두 눈에는 눈물이 가득 고여 있었다. 이제야 자신이 안전하다는 사실을 확신하고 흘리는 안도의 눈물이었다.

제19장

　「앞으로 착하게 살겠다고 나한테 말해 봐야 아무 소용이 없네.」 헨리 경이 장미 향수가 가득 담긴 붉은 구리 사발에 하얀 손가락을 담그며 말했다. 「자넨 지금으로도 완벽한 존재야. 제발 더는 변하지 말게.」

　도리언 그레이는 고개를 가로저었다. 「아니에요, 해리. 살면서 나쁜 짓을 너무 많이 저질렀어요. 더는 그렇게 살고 싶지 않아요. 어제부터 선행을 하기 시작했어요.」

　「어제 어디 있었나?」

　「시골에 있었어요. 혼자 조그만 여인숙에 묵었어요.」

　「이런, 이런.」 헨리 경이 미소를 지으며 말했다. 「시골에 있으면 누구든 착하게 살게 되지. 거긴 아무 유혹거리가 없어. 바로 그렇기 때문에 도시 밖에 사는 사람들이 절대 문명화할 수 없는 거라고. 문명은 결코 쉽게 획득할 수 있는 게 아니야. 사람이 문명에 도달할 수 있는 길이 딱 두 길뿐이거든. 하나는 교양을 쌓는 것이고, 또 하나는 타락하는 것이야. 그런데 시골 사람들은 어느 쪽으로든 기회가 없어. 그래서 그들이 정체될 수밖에 없는 거라고.」

　「교양과 타락이라.」 도리언이 그의 말을 받아 말했다. 「둘

다 잘 알던 개념인데 그 둘을 함께 거론하니까 좀 무섭다는 느낌이군요. 저에게 새로운 이상이 생겨서 그런가 봅니다. 저는 바뀔 겁니다. 아니, 벌써 바뀌었다는 생각이 들어요.」

「자네는 아직 어떤 선행을 했는지 나한테 말하지 않았어. 한 차례 이상 했다고 했나?」 헨리 경은 접시 위에 진홍색 피라미드처럼 놓인 딸기를 흩트러뜨린 다음 구멍이 뚫린 조개 모양 숟가락으로 그 위에 하얀 설탕을 뿌리며 말했다.

「말해 드리죠, 해리. 다른 사람들한테는 말할 수 없는 얘긴데 당신이니까 말씀드리는 겁니다. 제가 한 사람을 구했거든요. 공허하게 들릴지 모르겠습니다만 무슨 뜻으로 드리는 말씀인지 이해하실 겁니다. 굉장히 아름다운 여자였어요. 시빌베인처럼 우아했죠. 아마 그래서 제가 그녀에게 이끌렸던 것 같아요. 시빌을 기억하시죠? 얼마나 오래전 이야기인지! 아무튼 헤티라는 이름의 그 여자는 우리와 같은 계급의 여자는 아니었어요. 시골 처녀라고 보시면 됩니다. 하지만 전 그녀를 진정으로 사랑했어요. 정말입니다. 아름다운 5월 내내 저는 일주일에 두세 번은 그녀를 만나려고 시골로 내려갔지요. 어제는 조그만 과수원에서 그녀를 만났어요. 그녀 머리 위로 사과 꽃이 계속 떨어지고 그녀는 마냥 함박웃음을 터뜨렸어요. 우리는 오늘 아침 동이 트면 같이 어디론가 도망갈 생각이었어요. 그러다 문득 제가 처음 만났을 때 한 떨기 꽃과 같았던 그녀를 그 모습 그대로 두고 떠나기로 결심한 겁니다.」

「도리언, 자네가 느꼈을 새로운 감정이 자네에게 진정으로 짜릿한 쾌락을 준 게 틀림없다는 생각이 드네.」 헨리 경이 도리언의 말을 가로막으며 말했다. 「하지만 자네를 대신해서 자네의 그 목가적인 이야기를 내가 끝내겠네. 자네는 그녀에게 좋은 충고를 한 셈이야. 하나 그것이 그녀의 가슴을 찢어놓았을 걸세. 바로 이것이 자네 개심의 시작인 거지.」

「해리, 정말 독한 분이시군요! 그런 끔찍한 말은 하지 마셔야지요. 헤티의 가슴이 찢어지다니요, 천만의 말씀입니다. 물론 그녀가 울긴 했지요. 그게 전붑니다. 그녀가 수치를 느낄 그런 일은 없었어요. 박하와 금잔화가 핀 뜰에서 그녀는 페르디타[105]처럼 살아갈 겁니다.」

「그리고 자기를 버린 플로리젤[106]을 생각하며 흐느껴 울겠지.」 헨리 경이 의자에 등을 기대며 웃으면서 말했다. 「도리언, 자네 참으로 철부지 같은 기분에 젖어 있구먼. 그 아가씨가 앞으로 자기와 같은 계급의 남자에 만족하며 살 것 같은가? 뭐 언젠가 천한 짐꾼이나 능글능글한 농사꾼과 결혼은 하겠지. 하나 자네를 만나 사랑을 했다는 사실만으로도 그녀는 자기 남편을 멸시하게 될 테고, 그러다 결국엔 비참해질 거야. 도덕적인 관점에서 말하자면 난 자네의 그 위대한 단념을 결코 높게 평가할 수가 없다네. 그게 아무리 첫출발이라 해도 너무 형편없는 출발이로군. 더군다나 지금 이 순간 헤티라는 그 여자가 별빛 빛나는 물방앗간 연못에서 아름다운 수련에 둘러싸인 채 오필리어처럼 둥둥 떠다니고 있을지 누가 알겠어?」

「더는 참을 수가 없습니다, 해리! 당신은 모든 것을 비웃고 조롱하다가 나중에는 가장 처참한 비극적인 결말만을 내놓는단 말입니다. 괜히 말했어요. 당신이 무슨 말을 하든 상관없어요. 제가 한 행동이 옳다는 걸 알고 있으니까요. 가엾은 헤티! 오늘 아침 말을 타고 농가를 지날 때 재스민 향수를 뿌

<hr>

105 셰익스피어의 『겨울 이야기』에 나오는 여주인공으로, 어렸을 적에 왕인 아버지에게 버림을 받지만 목동의 손에 자라 나중에 왕자와 결혼하게 된다.

106 역시 셰익스피어의 『겨울 이야기』에서, 양털 깎기 대회에서 손님들에게 허브를 대접하는 페르디타를 보고 반한 보헤미아의 왕자.

린 것같이 창가에 어른거리는 그녀의 하얀 얼굴을 봤어요. 아, 이제 이 얘긴 더는 하지 말죠. 그리고 제가 몇 년 만에 처음으로 제 자신을 희생해 가며 했던 선한 행동이 사실은 죄악과 다름없다고 저를 설득하려 들지도 마십시오. 저는 더 좋은 사람이 되고 싶어요. 더 좋은 사람이 될 겁니다. 그럼 이제는 당신 얘기 좀 들려 주세요. 요즘 시내는 어때요? 며칠 동안 클럽에 가질 않아서 세상이 어떻게 돌아가는지 모르거든요.」

「사람들이 여전히 바질의 실종에 대해 얘기하고 있다네.」

「저는 지금쯤이면 사람들이 그 얘기에 신물이 났을 거라고 생각했는데.」 도리언이 눈살을 찌푸린 채 자기 잔에 포도주를 따르며 말했다.

「이봐, 사람들이 그 이야기를 시작한 지 이제 겨우 6주가 지났네. 영국 대중은 화제가 석 달에 하나 이상이 되면 그 정신적 부담을 감당하지 못한다고. 그런데 최근에 대단히 운이 좋았던 거야. 내 이혼 소송 건도 있었고 앨런 캠벨의 자살 사건도 있었으니. 그리고 지금은 한 예술가의 불가사의한 실종 사건이 등장했으니 말이야. 런던 경찰청에서는 11월 9일 자정에 야간 열차를 타고 파리로 떠난 회색 얼스터 외투를 입은 사람이 바질이라고 주장하고 있고, 프랑스 경찰은 바질이 파리에 도착하지 않았다고 단언하고 있으니 뭐가 뭔지 모르겠네. 어쩌면 보름 정도 지나 그자가 샌프란시스코에 나타났다는 얘기를 듣게 될지 누가 알겠나. 참으로 묘한 일은 말이야 실종된 사람이 모두 샌프란시스코에서 목격된다는 사실이야. 아마 그 도시가 신나는 곳이 아닌가 싶네. 다음 세계의 모든 매력을 다 지닌 즐거운 도시 말일세.」

「바질에게 무슨 일이 생긴 것 같습니까?」 도리언이 포도주잔을 불빛을 향해 들어 올리며 물었다. 그는 자기가 어떻게 이 문제를 이렇게 침착하게 말할 수 있는지 스스로 놀라지 않을 수 없었다.

「짐작을 할 수가 있어야지. 바질이 스스로 원해서 잠적한 것이라면 그건 내가 상관할 일이 아니고. 죽은 거라면 그에 관해 더는 생각하고 싶지 않다네. 나를 두렵게 하는 유일한 것이 바로 죽음이거든. 난 죽음이 싫어.」

「왜요?」 도리언이 지친 목소리로 물었다.

「왜냐하면 ─」 헨리 경은 뚜껑이 열린 각성제 통의 금박 격자를 자기 콧구멍 아래에 대고 냄새를 맡으며 말했다. 「요즘은 사람들이 죽음을 제외하고는 그 어떤 것에도 잘 견뎌 내기 때문이네. 죽음과 비속성, 이 두 가지가 19세기에 그 어떤 말로도 설명할 수 없는 유일한 두 가지 사실이지. 도리언, 우리 음악실로 가서 커피나 마시세. 나한테 쇼팽 곡을 연주해 줘야 하네. 내 아내와 눈이 맞아 도망간 사내가 쇼팽 곡 연주하는 기가 막히게 잘 했지. 불쌍한 빅토리아! 그녀를 굉장히 좋아했는데. 아내가 없으니까 집 안이 쓸쓸해. 물론 결혼 생활은 습관에 불과해. 그것도 나쁜 습관이지. 하지만 사람은 자신의 가장 나쁜 습관이라도 그걸 잃고 나면 후회를 하는 게 보통이야. 어쩌면 나쁜 습관을 버리고 나면 더 애석해할 걸세. 그 나쁜 습관들이 인간 성격에 가장 필수적인 부분이니까 그런 거야.」

도리언은 아무 말도 하지 않고 테이블에서 일어나 옆방으로 가 피아노 앞에 앉았다. 그리고 흰색과 검은색의 상아 건반 위로 손가락을 움직였다. 커피가 들어오자 그는 연주를 멈추고는 헨리 경을 바라보며 말했다. 「해리, 바질이 살해되었을 거라는 생각은 안 해봤나요?」

헨리 경이 하품을 했다. 「바질은 인기가 많았어. 그리고 항상 워터베리 시계[107]를 차고 다녔지. 그러니 누가 그를 죽이려고 하겠나? 게다가 그 친구는 적을 만들 만큼 똑똑한 친구도 아니었잖아. 물론 그림에는 뛰어난 재주가 있었지. 하나 사람이 벨라스케스[108]처럼 그림을 잘 그리더라도 멍청한 건 멍청한 거야. 바질은 정말 멍청한 친구였어. 그가 내 흥미를 끈 적이 딱 한 번 있었는데, 그게 언제냐 하면 여러 해 전에 자네를 몹시 숭배한다고 말했을 때야. 자네가 그 친구 예술의 중요한 모티브라고 말했을 때지.」

「저는 바질을 굉장히 좋아했습니다.」 도리언이 슬픈 목소리로 말했다. 「어쨌든 사람들이 그가 살해된 것이라고 말하지는 않던가요?」

「몇몇 신문에서 그렇게 말하더군. 하지만 내가 보기엔 그럴 가능성은 전혀 없어. 파리에 무시무시한 곳이 있다는 건 잘 알지만 바질이 그런 곳을 드나들 사람은 아니거든. 호기심이 없는 친구잖아. 그게 그 친구의 가장 큰 단점이었지.」

「해리, 만일 제가 바질을 죽였다고 말하면 당신은 무슨 말을 하시겠어요?」 도리언은 이렇게 말하고 난 뒤 그의 표정을 유심히 살펴보았다.

「자네한테 어울리지 않는 배역을 맡아 연기하고 있다고 할 걸세. 모든 범죄는 저속한 거야. 모든 저속함이 범죄인 것처럼 말이야. 도리언, 자네는 살인을 할 사람이 아닐세. 이런 말을 해서 자네 허영심에 상처를 입혔다면 미안하네. 하지만 사실은 사실인 게지. 범죄는 전적으로 열등한 계층에 속하는 일이야. 그렇다고 그런 사람들을 비난할 생각은 털끝만큼도

---

107 미국 코네티컷에 있는 워터베리 회사에서 제조한 주머니용 시계로 싸구려 시계라 누가 훔치지도 않을 물건이니 바질이 강도를 당하거나 살해되었을 가능성이 낮다는 의미로 한 말이다.
108 스페인 출신의 화가로 마네를 비롯한 프랑스 인상파 화가들에게 많은 영향을 주었다고 알려져 있다.

없어. 그냥 내 생각은 예술이 우리의 몫인 것처럼 범죄는 그들의 몫이라는 거지. 그게 다 보통 이상의 특별한 감흥을 획득하는 수단인 게야.」

「특별한 감흥을 획득하는 수단이오? 그러면 한 번 살인을 저지른 사람이 다시 똑같은 범죄를 저지를 가능성이 높다고 생각하시는 건가요? 그렇다고 대답하시는 건 아니겠지요?」

「오! 사람이 무엇이든 자주 하다 보면 그게 쾌락이 된다니까.」 헨리 경이 웃으면서 큰 소리로 말했다. 「그게 인생의 가장 중요한 비밀 중 하나야. 그래도 난 항상 살인은 실수라고 생각한다네. 저녁 식사 후에 얘기할 수 없는 일이라면 하질 말아야 해. 하지만 이제 불쌍한 바질 얘기는 그만두자고. 난 자네 말대로 그 친구가 실제로 정말 낭만적인 방식으로 인생을 마쳤으면 하고 바라지만 그럴 가능성이 없다고 보네. 합승 마차를 타고 가다가 센 강에 빠져 죽었는데 그 마차의 차장이 나쁜 소문이 퍼질까 봐 쉬쉬했다고 하면 모를까. 맞아, 바로 그런 것이 그 친구가 맞이할 최후야. 그 친구가 흐린 녹색 물 밑바닥에 등을 대고 누워 있는데 그 위로는 육중한 바지선이 떠다니고 길게 뻗은 수초들이 그의 머리칼 속에 엉켜 있는 광경이 머릿속에 떠오르네. 자네가 알지 모르겠지만 난 그 친구가 더는 좋은 작품을 만들어 내지 못했을 거라고 생각한다네. 지난 10년 동안 그가 그린 그림들이 점점 형편없어지더라고.」

도리언은 한숨을 내쉬었고, 헨리 경은 방을 가로질러 가더니 진기하게 생긴 자바산 앵무새의 머리를 쓰다듬기 시작했다. 분홍색 볏과 꼬리를 지닌 회색 깃털의 몸집 큰 그 앵무새는 대나무 횃대 위에 앉아 있었다. 가늘고 긴 그의 손가락이 머리를 매만지자 앵무새는 허연 비듬같이 생긴 주름진 눈꺼풀을 내려 유리알같이 반짝이는 검은 눈을 덮더니 몸을 앞뒤로 흔들기 시작했다.

「정말 그랬어.」헨리 경은 돌아서더니 주머니에서 손수건을 꺼내며 말을 계속 이었다. 「그 친구 그림이 점점 형편없어졌어. 내가 보기엔 뭔가가 빠진 것 같았지. 이상을 상실한 거야. 자네가 바질과 절교한 이후 그 친구도 위대한 예술가가 못 된 거라고. 그런데 뭣 때문에 관계를 끊은 건가? 그 친구가 자네를 지루하게 만들었던 모양이군. 그렇다면 그가 자네를 용서하지 않았을 테지. 그게 바로 사람을 지겹게 만드는 사람들의 습관이야. 그런데 참, 그 친구가 그린 멋진 자네 초상화는 어떻게 되었나? 그가 그림을 완성하고 난 뒤로는 보지 못한 것 같은데. 아! 이제야 기억이 나는군. 자네가 몇 년 전에 그 초상화를 셀비로 내려보냈는데 도중에 잃어버렸는지 도둑맞았는지 했다고 말했잖아. 다시 못 찾은 건가? 안타깝군! 정말 걸작이었는데 말이야. 내가 그 그림을 사려고 했던 것 같은데. 지금 그 그림을 갖고 있으면 얼마나 좋을까 싶네. 바질의 최전성기 때 작품인데 말이야. 그 이후로 그의 작품은 뭐랄까, 썩 좋지 않은 그림이지만 의도는 좋은, 뭐 그런 기묘한 결합을 보여 줬어. 그랬는데도 그 사람에게 대표적인 영국 화가라는 칭호를 붙여 줬으니. 초상화 찾는 광고는 내지 않았나? 냈어야지.」

「이젠 다 잊었습니다.」도리언이 말했다. 「그랬던 것 같아요. 실은 그 그림을 그리 좋아하지 않았어요. 초상화를 그리는데 앞에 앉아 있었다는 사실이 지금은 후회가 됩니다. 그 그림에 대한 기억조차 혐오스럽거든요. 근데 그 이야기는 왜 하시는 거죠? 그 초상화만 보면 어떤 연극 ─ 〈햄릿〉이었던 같네요 ─ 에 나오는 재미난 구절이 생각나요. 이런 표현이 아닌가 싶은데…….

슬픔이 담긴 그림처럼
심장이 없는 자의 얼굴.[109]

맞아요, 바로 제 초상화가 이런 것이었어요.」

헨리 경은 웃음을 터뜨렸다. 「사람이 인생을 예술적으로 다루다 보면 자기 뇌가 바로 심장이 되는 걸세.」 그는 안락의자에 몸을 깊숙이 누이며 말했다.

도리언 그레이는 고개를 가로젓고는 피아노 건반을 두드려 부드러운 선율을 들려 주었다. 「〈슬픔이 담긴 그림처럼 심장이 없는 자의 얼굴.〉」 도리언은 다시 한 번 되뇌었다.

헨리 경은 등을 바싹 기대고 앉아 반쯤 감긴 눈으로 도리언을 바라보았다. 「그런데 도리언, 이렇게 물어보겠네.」 잠시 말이 없던 그가 말문을 열었다. 「〈사람이 온 세상을 얻는다 해도〉 — 그 다음이 어떻게 되지? 그래 — 〈제 영혼을 잃는 다면 무슨 이익이 있겠느냐?〉」[110]

음악이 헝클어졌고, 도리언은 깜짝 놀라 헨리 경을 바라보았다. 「왜 그런 질문을 던지는 거죠, 해리?」

「이보게.」 헨리 경은 되레 자기가 놀란 듯 눈썹을 추켜올리며 말했다. 「난 자네가 대답을 할 수 있을 것 같아서 물어본 거네. 그뿐이야. 지난 일요일에 하이드파크를 지나 마블 아치 근처까지 갔을 때였네. 그 근방에 남루한 차림의 사람들이 옹기종기 모여 품위 없어 뵈는 거리의 설교자가 하는 말에 귀를 기울이고 있었어. 그냥 지나치려는데 그 설교자가 사람들에게 소리를 빽빽 지르며 그 질문을 던지는 거야. 꽤

109 셰익스피어의 『햄릿』 4막 7장, 108~109행.
110 「마르코의 복음서」 8장 36절과 「마태오의 복음서」 16장 26절에서 예수가 제자들에게 던지는 물음이다. 여기서는 본문에 맞추어 〈영혼〉이라고 옮겼지만 성경에는 〈목숨〉이라고 되어 있다.

나 극적이다 싶었지. 런던은 바로 그런 유의 진기한 일들이 많이 벌어지는 곳이거든. 어느 비 내리는 일요일, 방수 외투를 걸친 촌스러워 보이는 기독교인, 빗물 툭툭 새는 우산 아래 병색 완연한 허연 얼굴로 모여든 사람들, 그리고 날카롭고 신경질적인 목소리를 통해 공중으로 울려 퍼지는 훌륭한 성서 구절. 정말 나름대로는 좋았어. 상당한 암시가 깃들어 있거든. 그런데 난 그 예언자연하는 사람에게 예술엔 영혼이 있지만 인간에게는 영혼이 없다는 말을 해주고 싶었어. 하지만 그 사람이 내 말을 이해할 수나 있을까 싶어 그만뒀다네.」

「그게 아닙니다, 해리. 영혼은 무시무시한 실체예요. 사고 팔 수 있으며 다른 것으로 교환할 수도 있는 것이라고요. 또한 독에 중독될 수도 있고 완벽하게 될 수도 있지요. 우리 각자에게는 그런 영혼이 있습니다. 제가 잘 알아요.」

「자네 정말 그렇다고 확신할 수 있나, 도리언?」

「그럼요.」

「아냐, 그건 환상이야! 사람이 절대 확실하다고 느끼는 것들이 실은 사실이 아니거든. 그게 바로 믿음의 숙명이고 낭만적 사랑이 주는 교훈일세. 자네 너무 심각해! 그렇게 진지할 필요가 없네. 자네나 나나 우리 시대의 미신하고 무슨 상관인가? 아무 상관이 없어. 우린 영혼에 대한 믿음을 포기했잖아. 음악이나 연주해 주게. 도리언, 야상곡 좀 연주해 보게. 그리고 연주하면서 작은 소리로 자네가 어떻게 그 젊음을 유지하는지 알려 줘 보게. 분명히 무슨 비결이 있을 것 같은데 말이야. 내가 자네보다 열 살밖에 많지 않은데 이렇게 주름살도 많고 지치고 누르스름하지 않은가. 근데 도리언, 자네는 진짜 아름답단 말일세. 오늘 밤 자네의 모습이 가장 매력적이야. 자네를 보면 우리가 처음 만났을 때가 생각나. 그때 자네는 좀 건방져 보이긴 했지만 그래도 많이 쑥스러워했고,

더욱이 비범하다 싶을 정도로 아름다웠네. 물론 자네도 세월이 지나면서 변하긴 했지만 외모는 그대로야. 비결이 뭔지 알려 주게. 젊음만 되찾는다면 난 세상에서 못 할 게 하나도 없을 것 같네. 운동하고 일찍 일어나고 존경받는 것만 빼고 말이야. 청춘! 세상에 그만한 것이 어디 있겠나. 젊은이들이 무지하다고 말하는 건 말도 안 되는 소리지. 요즘 내가 존중의 마음으로 귀 기울여 듣는 의견은 오로지 나보다 어린 사람들의 의견일세. 그들이 나보다 앞서 가는 것 같은 느낌이야. 인생이 그들에게 가장 최신의 새로운 경이를 보여 주고 있는 거라고. 나이 든 사람들? 난 늘 그 사람들의 견해를 반박하지. 원칙을 갖고 그런다네. 나이 든 사람들에게 어제 일어난 일에 대해 어떻게 생각하는지 물어보면 아마 그들은 엄숙한 목소리로 1820년대, 그러니까 사람들이 폭넓은 장식깃을 높이 세우던 시절, 사람들이 아무거나 다 믿으면서도 아는 것은 하나도 없던 시절의 생각을, 그것도 견해랍시고 줄줄이 늘어놓을 걸세. 자네가 지금 연주하는 곡이 정말 아름답군! 쇼팽이 그 곡을 마요르카 섬에서 썼던가? 빌라 주변에선 울부짖는 듯한 파도 소리가 들리고, 소금기 품은 물보라가 창틀에 부딪히는 그곳에서 작곡한 것 아닌가? 놀라울 정도로 낭만적인 곡이야. 우리에게 독창적인 예술이 하나라도 남아 있다는 게 얼마나 큰 축복인지! 멈추지 말게. 오늘 밤 난 음악을 원해. 마치 자네는 젊은 아폴론이고 난 자네 음악에 귀를 기울이고 있는 마르시아스[111]가 된 것 같군. 도리언, 나에게도 나만의 슬픔이 있다네. 자네가 알지 못하는 슬픔이 말이야. 나이 든 사람의 비극은 그 사람이 나이가 들었다는 데 있는 것이 아니라 그 사람이 여전히 젊다는 데 있네. 이따

111 그리스 신화에서 아폴론과 음악 실력을 겨루다 패하고 만 프리기아의 플루트 연주자.

332

금 나는 나 자신의 진정성에 놀라기도 해. 아, 도리언, 자네는
얼마나 행복한 사람인가! 자네가 얼마나 아름다운 삶을 누리
고 있는지! 자네는 모든 것을 깊이 들이마셨어. 단즙을 내는
포도송이를 자네는 과감하게 입천장에 대고 깨물어 먹었지.
자네 모르게 감출 수 있는 게 하나도 없었어. 그리고 그 모든
것이 자네한테는 음악 소리와 같았지. 어떤 것도 자네를 더
럽히지 않았네. 자네는 늘 똑같은, 변함없는 존재야.」

「그렇지 않아요, 해리.」

「아냐. 자네는 늘 똑같아. 자네 여생이 어떨지 궁금해. 제
발 단념 같은 것으로 자네 생을 망가뜨리지 말게. 지금 자네
는 완벽한 존재야. 그런 자네를 불완전한 것으로 바꾸지 말
게. 지금 자네에겐 아무런 흠이 없어. 고개 저을 필요가 없네.
그건 자네도 잘 알잖아. 그리고 도리언, 자기 자신을 속이지
말게. 인생은 의지나 의도로 지배할 수 있는 게 아니야. 인생
은 생각이 숨어 있고 열정이 그 꿈을 간직하고 있는 신경 조
직, 섬유 조직, 그리고 서서히 형성되는 세포 조직의 문제야.
자네가 스스로 안전하다고 상상하고 스스로가 강하다고 생
각할 수도 있어. 하지만 어떤 방이나 아침 하늘에서 우연히
보게 된 어느 색조, 자네가 한때 좋아했던 그래서 아련한 기
억을 불러일으키는 어느 향수, 잊고 있다가 우연히 다시 마주
치게 된 어느 시의 한 구절, 자네가 이제는 연주하지 않는 어
떤 음악의 리듬. 도리언, 내가 자네한테 하는 말이지만, 우리
네 삶은 바로 그런 것들에 달려 있는 거야. 브라우닝[112]이 어
딘가에서 그런 내용의 글을 썼다네. 그런데 뭐 브라우닝을
들먹일 필요 없이 우리는 우리 감각만으로도 그런 걸 충분히
상상해 낼 수 있어. 어느 순간 하얀 라일락 향기가 내 곁을 스

112 영국 빅토리아 시대의 시인 로버트 브라우닝.

치고 지나가는 바람에 내가 내 생애에서 가장 기이한 한 달을 다시 살아야 할 때가 있었다네. 도리언, 난 내가 자네였으면 하고 바랄 때가 있어. 세상이 우리 둘 다를 향해 비난의 목소리를 높일 때가 있었지만 그럴 때도 세상은 늘 자네를 숭배했다네. 앞으로도 영원히 그럴 걸세. 자네는 이 시대가 찾고 있는 그런 유형의 존재야. 그리고 찾아낸 것이 오히려 두려운, 그런 존재야. 난 자네가 아무것도 하지 않은 것이, 조각도 안 하고, 그림도 안 그리고, 자네 자신 말고는 그 어떤 것도 만들어 내지 않았다는 것이 얼마나 기쁜지 몰라! 인생이 자네의 예술이었네. 자네는 스스로를 음악에 맞췄어. 자네가 지낸 나날이 자네의 소네트였네.」

피아노 앞에 앉아 있던 도리언은 자리에서 일어나 손으로 머리를 쓸어 올렸다. 「맞아요. 인생이 참 절묘했어요.」 그는 나지막한 목소리로 중얼거렸다. 「하지만 전 똑같은 삶을 살지 않을 겁니다, 해리. 그리고 이제 당신도 저한테는 그런 엉뚱한 말을 안 했으면 좋겠어요. 당신은 저에 대해 아무것도 모르잖아요. 알게 되면 분명 저한테서 등을 돌릴 겁니다. 웃으시는군요. 제발 웃지 마세요.」

「도리언, 왜 피아노를 치지 않는 건가? 다시 앉아 야상곡을 한 번 더 들려주게. 저 어둔 하늘에 걸려 있는 노란 달을 봐. 황홀하게 해달라며 자네를 기다리고 있잖아. 자네가 피아노를 치면 저 달이 더 가까이 다가올 걸세. 그래도 안 하겠나? 그럼 우리 클럽에나 가자고. 아름다운 저녁이니 아름답게 끝내자고. 참, 화이트 클럽에 자네를 알고 싶어 안달이 나 있는 사람이 하나 있어. 본머스의 장남인 젊은 풀 경이야. 그 친구는 벌써부터 자네가 하는 식으로 똑같이 따라 한다고 넥타이도 자네 넥타이와 똑같은 걸 매고 다니면서 나더러 자네를 좀 소개시켜 달라고 조른다네. 재미난 친구야. 그 자를 보면 자네 생각이 난다니까.」

「만나고 싶지 않아요.」 눈가에 슬픈 표정을 그리며 도리언이 말했다. 「해리, 오늘 좀 피곤해요. 클럽에 안 갈래요. 벌써 11시가 다 되었고, 빨리 가서 잠 좀 자야겠어요.」

「좀 더 있게. 자네 오늘처럼 피아노 잘 친 적이 없었어. 연주에 뭔가 근사한 게 있어. 전에 들었던 것보다 더 표현이 풍부하다고.」

「그건 제가 착하게 살려고 마음먹었기 때문일 겁니다.」 도리언이 미소를 지으며 말했다. 「이미 좀 변했거든요.」

「도리언, 나한테 자네는 늘 똑같네.」 헨리 경이 말했다. 「자네와 나는 영원한 친구야.」

「하지만 당신은 예전에 책으로 저를 망친 적이 있어요. 전 결코 그 일을 용서하지 않을 겁니다. 해리, 약속해 주세요. 다시는 그 책을 어느 누구한테도 빌려 주지 않겠다고요. 나쁜 영향을 끼칠 책입니다.」

「자네 드디어 설교를 하려고 하는구먼. 이러다가 자네 좀 있으면 개종한 사람처럼, 부흥 전도사처럼, 사람들한테 자네는 이제 신물이 난 그런 죄를 짓지 말라고 경고하면서 돌아다니는 것 아니야? 물론 자네는 너무 유쾌하고 재미있는 친구라 그렇게는 하지 않겠지만. 그리고 그래 봤자 소용도 없어. 지금의 자네와 나는 바로 지금 모습 그대로고, 미래엔 미래의 우리 모습 그대로일 걸세. 책 때문에 해를 입었다고 했는데, 세상에 그런 책은 없네. 예술이 인간의 행동에 어떤 영향을 끼치는 게 아니야. 오히려 행동하려는 욕망을 없애 주지. 뛰어난 불모성, 바로 그거야. 세상이 부도덕한 책이라고 말하는 책은 사실 세상의 더러움을 보여 주는 책이라고. 그뿐이야. 하지만 이 자리에서 문학을 논하지는 말자고. 내일 다시 들르게. 11시에 말 타고 외출할 생각이니 같이 가자고.

점심엔 브랭크섬 부인과 같이 식사하고 말이야. 그 부인참 매력적인 여자야. 자기가 구입하려고 생각 중인 벽걸이 장식 천이 있는데 자네하고 상의하고 싶은 모양이더군. 꼭 오게. 아니면 공작부인하고 점심을 할까? 그녀 말이 요즘 통 자네를 못 봤다더군. 글레디스에게 싫증이 난 건가? 그럴 만도 하지. 그녀가 똑똑한 척 내뱉는 말이 사람 신경을 거슬리게 하니까. 어쨌든 11시까지 이리 오게.」

「꼭 와야 합니까, 해리?」

「당연하지. 요즘 하이드파크가 정말 아름다워. 자네를 처음 만났던 그해 이후로 라일락이 그렇게 아름다웠던 적이 없었어.」

「좋습니다. 11시까지 오겠습니다.」 도리언이 말했다. 「그럼 안녕히 계십시오, 해리.」 문가로 향하던 도리언이 할 말이 더 남았는지 잠시 멈칫했다. 그러다 그는 한숨을 내쉬고는 그냥 밖으로 나섰다.

제20장

    정말 아름다운 밤이었다. 밤공기가 너무 따뜻해 그는 코트를 벗어 팔에 걸치고 목에 두른 실크 스카프도 풀었다. 그는 담배를 피우며 천천히 집으로 돌아가고 있었다. 도중에 야회복을 입은 두 젊은이가 그를 지나쳤다. 그중 한 사람이 다른 사람에게 이렇게 속삭였다. 「저자가 도리언 그레이야.」예전에 그는 누가 자기를 지목하거나 빤히 쳐다보면, 혹은 자기에 관해 이런저런 말을 하면 얼마나 기뻐했던가. 그러나 이제는 자기 이름이 거론되는 것이 지겨웠다. 최근에 그가 자주 찾아가곤 했던 조그만 시골 마을이 지닌 매력의 하나는 그곳엔 자기를 아는 사람이 한 사람도 없다는 사실이었다. 그는 자신을 사랑하도록 유혹했던 여자에게 자주 자기는 가난한 사람이라고 말했고, 그럼 그녀는 그의 말을 그대로 믿었다. 또 한번은 그녀에게 자기는 참으로 악한 사람이라고 말했는데, 그때 그녀는 늙고 추한 사람이 악한 사람이지 어찌 그가 악한 사람이냐며 웃음을 터뜨렸다. 얼마나 해맑은 웃음이었던지! 지빠귀의 노랫소리 같은 웃음소리였다. 무명옷에 큰 모자를 쓴 그녀의 모습이 얼마나 예뻤는지! 그녀는 아무것도 몰랐다. 그러나 그녀는 그가 잃어버린 것을 모두

지니고 있었다.

도리언이 집에 다다르자 하인이 기다리고 있었다. 그는 하인에게 가서 자라고 이르고는 서재 소파에 털썩 주저앉았다. 그리고 헨리 경이 그에게 했던 말을 다시 생각해 보았다.

사람이 결코 변할 수 없다는 말이 정말 사실인가? 때 묻지 않은 소년의 순수함 — 헨리 경이 한때 말했던 백장미와도 같은 소년의 순수함 — 을 그가 얼마나 원했던가! 그는 자신이 스스로를 더럽히고 부패와 타락으로 마음을 채우고 공포가 머릿속에 깃들게 했다는 사실을 잘 알고 있었다. 다른 사람들에게 나쁜 영향을 미치면서 그가 얼마나 즐거워했는가. 살면서 마주친 사람들 가운데 가장 아름답고 앞날이 가장 창창한 사람들에게 그는 얼마나 많은 치욕을 안겨 줬던가. 이 모든 일을 원래대로 되돌릴 수는 없을까? 그에게 희망이 없단 말인가?

아! 자만과 격정에 휩싸인 그 끔찍했던 순간에 그는 초상화가 세월의 짐을 지고 자신은 영원한 젊음의 순수한 광채를 유지하게 해달라고 기도하지 않았던가! 모든 그의 잘못이 바로 그것 때문이었다. 차라리 그는 죄를 지을 때마다 확실하고 신속한 처벌이 뒤따르게 해달라고 기도했어야 했다. 처벌 속에 정화가 있는 법. 인간이 정의로운 하느님께 드리는 기도가 〈우리의 죄를 용서하옵소서〉가 아니라 〈사악함에 물든 우리를 쳐 죽여 주옵소서〉가 되어야 했다.

오래전에 헨리 경이 그에게 선물했던 기이한 모양의 거울이 테이블 위에 놓여 있었고, 사지가 하얀 큐피드가 전과 다름없이 그 거울 테두리에서 웃고 있었다. 그는 운명의 초상화에서 처음으로 변화를 감지했던 그 공포의 밤에도 그랬던 것처럼 거울을 집어 들었다. 그리고 눈물에 흐려진 눈으로 반들반들 매끄러운 거울 속을 들여다보았다. 한때 그를 열렬히 사랑했던 사람이 그에게 격정의 편지를 보낸 적이 있었다. 그 편지 말미에 다음과 같은 맹목적인 경모의 말이 적혀 있었다. 〈상아와 금으로 만들어진 당신으로 인해 세상이 바뀌었답니다. 그리고 아름다운 곡선의 당신 입술이 역사를 다시 쓰고 있답니다.〉이 구절이 기억 속에 떠올랐고, 그는 그 말을 거듭거듭 되뇌어 보았다. 갑자기 그는 자신의 아름다움이 혐오스럽다고 생각했다. 그는 거울을 바닥에 내던지고 발로 짓밟아 깨버렸다. 은빛 조각이 흩어졌다. 그를 파멸시킨 것이 바로 그의 아름다움이었다. 그가 간절한 기도로 그토록 원했던 젊음과 아름다움이 그를 멸망케 했다. 이 둘만 없었더라면 그의 인생은 오점 없는 깨끗한 인생이 되었을 것이다. 그의 아름다움은 그에게 가면에 불과한 것이었고, 그의 젊음은 조롱거리에 불과한 것이었다. 청춘이라는 게 기껏해야 무엇이란 말인가? 설익은 풋내기 시절, 천박한 기분과 병든 생각으로 점철된 시절이 아니던가? 왜 그 청춘의 제복을 입었단 말인가? 젊음이 그를 망가뜨리지 않았는가?

지난 일은 생각하지 않는 게 나았다. 그 무엇이 지난 일을 바꿀 수 있단 말인가. 그가 생각해야 할 것은 그 자신이었고 그의 미래였다. 제임스 베인은 셀비의 교회 마당에 있는 무명의 무덤 속에 감춰 버렸다. 앨런 캠벨은 어느 날 밤 실험실에서 총으로 자살했다. 그러나 그는 자신이 알게 된 비밀을 폭로하지 않았다. 바질 홀워드의 실종을 둘러싼 소동도 곧 사라질 것이다. 아니, 이미 수그러들고 있었다. 그러면 그는 절대 안전한 것이 아닌가. 그리고 바질 홀워드의 죽음이 그의 마음을 무겁게 내리누르고 있는 것도 아니었다. 그를 괴롭히고 있는 것은 살아 있으면서 죽은 그 자신의 영혼이었다. 바질은 그의 삶을 망쳐 버린 초상화를 그린 사람이었다. 그 점을 그는 도저히 용서할 수가 없었다. 이 모든 일을 행한 것이 바로 그 초상화였다. 바질은 참고 들을 수 없는 말을 그에게 내뱉었다. 하지만 그는 인내하며 견뎌 냈다. 살인은 그저 한순간의 광기였을 뿐이었다. 앨런 캠벨, 그의 자살은 그자신의 행위였다. 그가 선택한 일이었다. 그러니 도리언과는 아무 상관이 없었다.

새로운 삶! 이것이 그가 원한 것이고, 그가 기다리던 것이었다. 이미 그는 새로운 삶을 시작하고 있었다. 어쨌든 그는 순결한 한 여자를 구했다. 이제 다시는 순수한 여자를 유혹하지 않으리라. 선한 사람이 될 것이다.

헤티 머튼을 생각하다가 그는 문득 잠긴 방 안에 있는 초상화가 또 변한 것은 아닌가 궁금해지기 시작했다. 분명히 예전처럼 그렇게 섬뜩한 모습은 아닐 것 같았다. 그의 삶이 깨끗한 삶이 되면 초상화도 그 얼굴에서 사악한 격정의 모든 자취를 다 지워 버리지 않겠는가. 어쩌면 이미 그 사악함의 흔적들이 사라졌을지도 몰랐다. 올라가서 보고 싶었다.

그는 테이블에 놓여 있던 등잔을 들고 조심스러운 발걸음으로 위로 오르기 시작했다. 문의 빗장을 풀 때 그의 젊은 얼굴에 기쁨의 미소가 피어오르더니 잠시 그의 입가에 머물렀다. 그래, 그는 착한 사람이 될 것이고, 그럼 그가 감춰 두었던 그 흉악한 얼굴이 더는 그에게 공포의 대상이 되지 않을 것이다. 그는 벌써 무거운 짐을 벗어 버린 것 같은 느낌이 들었다.

그는 조용히 안으로 들어서서는 늘 하던 대로 문을 잠갔다. 그리고 초상화를 가린 자주색 천을 끌어내렸다. 순간 고통과 분노의 외마디 비명이 그의 입에서 터져 나왔다. 눈에 교활함의 표정이 실려 있고, 입가에 위선의 주름살이 그려진 것을 제외하면 아무런 변화가 없었던 것이다. 초상화는 여전히 역겨웠다. 아니, 전보다 더 역겨워 보였다. 손에 묻어 있는 주홍색 이슬이 더 밝게 반짝이는 것 같았고, 새로 피를 더 흘린 것 같아 보였다. 그는 온몸을 떨었다. 자신이 선한 행동을 하도록 한 것이 그럼 허영에 지나지 않았단 말인가? 헨리 경이 비웃는 웃음과 함께 넌지시 암시했듯이, 또 다른 감흥을 바라는 욕망에 불과했단 말인가? 아니면 때로 우리가 평소하는 행동이 아닌 더 멋진 행동을 하게 되는 그런 역을 맡아 연기를 하고자 하는 열정이었나? 아니면 이 모든 것들을 다합한 것이었나? 그런 것이 아니라면 왜 저 붉은 얼룩이 전보다 더 커져 있단 말인가? 무서운 질병처럼 붉은 점이 저 주름진 손 위로 기어 나온 것 같았다. 위에서 떨어진 것처럼 발에도 피가 묻어 있었다. 칼을 쥐지 않았던 손에도 피가 묻어 있었다. 고백? 그가 죄를 고백해야 한다는 것을 암시하는 것인가? 자수해서 사형을 받으라는 뜻인가? 그는 웃음을 터뜨렸다. 말도 안 되는 생각을 하고 있다는 느낌이 들었다. 설혹 그가 고백을 한다 해도 누가 그의 말을 믿을 것인가? 세상 어디에도 살해된 사람의 흔적이 없지 않은가. 그와 관련된 모든 것이 다 사라지고 없었다. 아래층 계단에 있던 모든 것을 자신이 다 태워 버리지 않았는가. 세상은 그저 그가 미쳤다고만 할 것이다. 그래도 그가 계속 아니라며 말을 하면 세상은 그의 입을 막아 버릴 것이다……. 그러나 고백을 하고, 대중 앞에서 수모를 당하고, 대중에게 죄 값을 갚는 것이 그가 해야 할 의무였다. 인간에게 그들의 죄를 하늘뿐만 아니라 지상에도 다 말하라고 명령했던 신이 있었다. 그가 그의 죄를 말할 때까지는 그가 행하는 그 어떤 행동도 그를 깨끗이 씻어 주지 못할 것이다. 그의 죄? 그는 어깨를 움츠렸다. 바질 홀워드의 죽음은 그에게 중요한 것이 아닌 것 같았다. 그는 헤티 머튼을 생각했다. 왜냐하면 그가 바라보고 있는 자기 영혼의 거울이 잘못된 거울이었기 때문이었다. 허영? 호기심? 위선? 그녀를 단념한 그의 행위에 이런 것들 말고 또 무엇이 있단 말인가? 아니, 또 다른 것이 있었다. 적어도 그는 그렇게 생각했다. 하지만 누가 알겠는가? ……아니, 다른 것은 없었다. 허영심 때문에 그는 그녀를 지켜 준 것이었다. 위선 속에서 그는 선함의 가면을 쓴 것이었다. 호기심을 위해 그는 자신을 부정한 것이었다. 이제야 그는 그렇다는 사실을 깨달았다.

그러나 살인. 평생 그를 쫓아다닐 것이 아닌가? 늘 과거의 무거운 짐을 지고 다녀야 한단 말인가? 그렇다면 진정 고백해야 한단 말인가? 그럴 순 없다. 그에게 불리한 증거가 딱 하나 남았을 뿐이다. 초상화. 그게 증거였다. 없애 버릴 것이다. 그렇게 오랫동안 계속 보관한 이유가 뭐란 말인가? 예전엔 그것이 변하고 늙어 가는 것을 지켜보는 일이 그에게 쾌감을 안겨 주었다. 그러나 최근에는 그런 쾌감을 느끼지 못했다. 이 초상화 때문에 밤에 그는 깨어 있어야 했다. 집을 떠나 있을 때는 혹 누가 보지나 않을까 늘 두려움에 휩싸여 있었다. 초상화가 그의 감정에 우울함을 심어 주었다. 초상화를 기억할 때마다 많은 즐거운 순간이 엉망이 되곤 했다. 초상화가 그에게는 양심과 같은 것이었다. 맞다. 그것이 그의 양심이었다. 그는 그 양심을 파괴할 것이다.

그는 주변을 돌아보았다. 바질 홀워드를 찔러 죽였던 칼이 보였다. 그는 칼에 묻은 더러움이 다 지워질 때까지 그 칼을 여러 차례 깨끗이 씻었다. 그래서 칼은 반짝거렸고 빛이 났다. 그 칼이 화가를 죽였듯이 화가의 작품과 그것이 의미하는 모든 것을 죽일 것이다. 과거도 죽일 것이다. 과거가 죽으면 그는 자유로워질 것이다. 이 끔찍한 영혼의 정물도 죽일 것이다. 영혼의 그 무시무시한 경고만 없다면 그는 평화로울 것이다. 그는 칼을 꽉 쥐었다. 그리고 초상화를 찔렀다.

비명 소리가 들렸고, 뭔가가 부딪히는 요란한 소리가 들렸다. 소름 끼칠 정도로 괴로워하며 내는 비명 소리에 놀란 하인들이 잠에서 깨어나 각자의 방에서 나왔다. 아래쪽 광장을 지나던 두 신사가 발걸음을 멈추고 비명이 들려온 저택을 올려다보았다. 곧 그들은 다시 발걸음을 옮겼지만 도중에 경찰관을 만나자 그를 데리고 다시 도리언의 집으로 돌아왔다. 경찰관이 여러 차례 벨을 울렸지만 아무 응답이 없었다. 위층 창 하나에 불이 켜져 있는 것을 제외하곤 온 집이 어둠에 잠겨 있었다. 잠시 후 경찰관은 문 앞에서 걸어 나와 바로 근처에 있는 주랑에 서서 계속 지켜보았다.

「저 집이 누구 집이죠, 경관님?」 두 신사 가운데 나이가 더 들어 보이는 사람이 물었다.

「도리언 그레이 씨 집입니다.」 경찰관이 대답했다.

그들은 그 자리를 피해 가던 길을 가면서 서로 마주보고는 비웃었다. 그중 한 사람이 헨리 애쉬턴 경의 숙부였다.

집 안의 하인들 숙소에서는 옷을 입다 만 듯한 차림의 하인들이 서로를 바라보며 작은 소리로 수군거렸다. 나이 든 리프 부인이 두 손을 꽉 쥔 채 울고 있었다. 프랜시스는 얼굴이 하얗게 질려 있었다.

한 15분쯤 흘렀을까, 그는 마부와 종복 하나를 데리고 조심스러운 발걸음으로 위층으로 올라갔다. 노크를 했지만 아무 대답이 없었다. 소리쳐 불러 보기도 했지만 사방은 고요했다. 문을 억지로 열어 보려 했지만 뜻대로 되지 않자 마침내 그들은 지붕으로 올라가서 다시 발코니로 내려왔다. 창문이 의외로 쉽게 열렸다. 볼트가 오래된 것이라 그랬다.

방 안으로 들어선 그들의 눈에 벽에 걸려 있는 눈부실 정도로 멋진 초상화 하나가 들어왔다. 그들 주인의 얼굴이 그려진 초상화였다. 더할 나위 없이 아름답고 젊은 주인의 모습을 그대로 그려 놓은 것이었다. 그리고 바닥에는 한 사람이 쓰러져 죽어 있었다. 야회복을 입은 그의 가슴에 칼이 꽂혀 있었다. 찌글찌글 늙고 주름살 늘어진 흉측한 얼굴이었다. 그들은 그가 누군지 몰랐다. 그 사람이 손가락에 끼고 있던 반지를 살펴보고 나서야 비로소 그들은 그가 누군지 알게 되었다.

오스카 와일드의 두 개의 상(像)

1. 와일드 석상의 〈포즈〉, 그리고 부유하는 정체성

아일랜드 더블린 시의 메리온 광장에는 커다란 화강암 바위 위에 비스듬히 앉아 있는 모습의 와일드 상(像)이 하나 있다. 여러 가지 색을 입힌 돌로 만들어진 와일드의 상에 대해 아일랜드 사람들은 〈광장에 앉아 있는 동성애자〉란 의미의 *quare on the square*, 혹은 〈비웃듯 흘겨보는 동성애자〉라는 의미의 *queer with the leer*라는 별칭을 붙여 왔다고 한다. 그런데 오스카 와일드Oscar Wilde를 생각하고, 그가 남긴 유일한 장편소설인 『도리언 그레이의 초상*The Picture of Dorian Gray*』을 생각하면 두 별칭과 관련하여 두 가지 궁금증이 떠오른다. 19세기 말을 풍미했던 한 작가의 상을 보며 왜 아직도 사람들은 〈동성애자〉란 생각을 먼저 떠올리는 것일까? 그리고 와일드의 상은 자신의 모습을 바라보는 구경꾼들을 왜 흘겨보는 것일까?

이 두 질문에 대한 답은 아마 와일드의 성(性) 정체성, 그리고 그가 겪은 시대와의 불화에서 찾을 수 있을 것 같다. 널리 알려진 바와 같이 와일드는 젊은 시절 화려한 차림과 기행(奇行)으로 시선을 끌었던 사람이다. 남자들이 검은색과 회색 옷만을 걸치고 다니던 시절에 그는 화려한 색깔의 옷을 입었으며, 머리는 치렁치렁 길게 기르고 단춧구멍에는 초록색 꽃을 꽂고 다녔다고 한다. 이러한 와일드의 기행 중 압권은 역시 당시로서는 금기에 해당되었던 동성애 사건일 것이다. 그가 살았던 후기 빅토리아 시대는 자못 엄격한 듯 보이는 도덕주의, 위선적인 진지함과 엄숙함이 대중의 삶을 억누르던 시대였다. 그런데 한 집안의 가장인 와일드는 일찍부터 미모의 남자들과 어울려 다닌 것으로 알려졌을 뿐 아니라, 1885년에 발효된 〈수정 형법〉에서 동성애를 엄격히 금했음에도 급기야 젊은 시인인 앨프레드 더글러스 경Lord Alfred Douglas과 동성애 관계에 빠지게 된다. 이 일로 더글러스 경의 부친인 퀸즈베리 후작Marquess of Queensberry의 고소 사건이 발생하고, 결국 와일드는 동성애 사실이 드러나 구속되면서 말년을 비참하게 보낸다. 이런 점에서 보면 사람들이 그를 생각하며 별난 동성애자의 이미지를 떠올리는 것은 당연한지도 모른다. 그러나 한 인물의 진면목을 어떻게 한바탕 일어난 사건이나 어느 한순간에 포착된 이미지로 재단할 수 있을까? 여기서 생각해 볼 수 있는 것은 와일드의 성 정체성 문제가 어떤 면에서는 그의 자기 정체성 문제와 관련이 있다는 사실이다.

영국의 지배를 받던 아일랜드 더블린에서 출생하여 주로 영국에서 활동했던 와일드는 아일랜드 출신의 다른 유명 작가, 동시대의 예이츠나 버나드 쇼 등과 마찬가지로 이를테면 경계인의 삶을 살았다고 할 수 있다. 전형적인 아일랜드인으로 살 수 없으면서 완전한 영국인도 될 수 없었던 와일드가 가톨릭과 무정부주의에 경도되는 아일랜드인의 기질을 갖고 있으면서도 영국 상류 계급과 어울리며 그 주변을 기웃

거리는 이중적 행태를 내보인 것은 어쩌면 당연한 일이었는
지도 모른다. 시대에 대한 순응을 강요하는 당시 영국의 프
로테스탄트 윤리와 부르주아적, 도덕적 엄격함과 억압을 경
멸했던 와일드는 사회적 관습이나 규범에 물들지 않고 사회
적 관습에 휘둘리지 않는 더욱 진정한, 그래서 위선적이지
않은 순수한 개성의 발휘를 통해 자기 정체성을 확립하고자
했다. 이런 과정 속에서 와일드는 내면의 개인주의적인 충동
으로 구성된 자연스러운 본성을 찾고자 했으며, 그의 동성애
적 기질이 바로 그 자연스러운 본성의 한 부분이었던 것이
다. 따라서 당시로는 범죄 행위에 가까운 와일드의 동성애라
는 성적 태도를 자기 정체성의 확립 과정과 연관된 것으로
보아야 하며, 그것을 단순한 성적 일탈로 치부해 버릴 수는
없다.

   그렇다면 와일드는 진정한 자아의 모습을 어떻게 표출할
수 있었을까? 타고난 본성의 자연스러운 발현이 대중의 생각
이나 사회적 규범에 의해 억압된다면 어떻게 할 수 있을까?
표면적으로는 영국의 상류층과 어울리면서 진정한 자아 추
구의 욕망은 내면에 감춰 두어야 했던 와일드에게 어울리는
방식은 〈포즈〉였다. 영국의 저명한 비평가인 테리 이글턴
Terry Eagleton이 언급했듯이,[1] 스타일과 마스크와 외양을
중시하는 와일드의 〈멋〉 혹은 미(美)의 추구가 실패와 주변
성과 침탈이라는 아일랜드의 상황을 명분으로 삼아 빅토리
아 시대 말 영국의 이데올로기적 엄숙함을 조롱하는 것이었
다면, 그것이 바로 체제 안에 거주하면서 체제를 경멸하고
비웃는 눈 흘김의 〈포즈〉라는 것이다. 이런 점에서 와일드가
미를 최고의 선이라 내세우고, 그러는 가운데 영혼의 역할을

   1 이글턴의 서평 모음집 『반대자의 초상 Figures of Dissent』(Verso,
2005) 중 「오스카 와일드」 참조.

무시했다고 하는 것도 그의 편협한 인식에서 비롯된 것이라기보다는 겉으로는 짐짓 그런 것처럼 꾸미면서 사실은 사회적인 규범에 억눌리지 않은 좀 더 진정한 것을 추구하는 과정에서 비롯된 〈포즈〉일 수가 있는 것이다.

이런 와일드의 포즈는 〈글〉보다는 〈말〉을 더 중요시하는 그의 문학적 기질에서도 찾아볼 수 있다. 글이라는 것이 우리의 생각을 정연하게 정리하고 절제하게끔 하는 수단이라면, 말은 어느 한곳에 앉았다가는 어느 순간 달아나는 새처럼 끊임없는 변화와 흐름 속에 있는 우리의 생각을 더 자연스럽게 표출하는 수단이다.[2] 문자나 활자보다는 목소리를 더 선호하는 아일랜드의 전통을 이어받은 와일드가 뛰어난 구술가였다는 사실을 우리는 상기할 필요가 있다(와일드가 뛰어난 언변으로 생계의 일정 부분을 꾸려 나갈 수 있었고, 미국과 영국에서의 강연이 성공을 거둔 예나, 그의 주요 작품들이 드라마였다는 사실, 그리고 그의 유일한 장편소설인 『도리언 그레이의 초상』도 대부분이 등장인물들의 대화로 이루어져 있다는 사실을 떠올려 보라). 어쩌면 와일드는 글보다는 말을 통해 자신의 개성을 더 자연스럽게 표출할 수 있다고 보았을지 모른다. 우리는 명명(命名)이나 개념화를 통해 사고를 논리적으로 규정 짓는 가운데 심리적 안정을 얻을 수 있겠지만 그런 명명이나 개념화가 자연스러운 개성의 발휘를 억압할 수 있다는 사실을 그의 자연스러운 개성의 추구와 연관시키면 와일드가 왜 글보다는 말을 더 중요시했는지 이해할 수 있다. 그가 추구하는 진정한 자아가 사

---

2 미국의 유명한 심리학자인 윌리엄 제임스William James는 우리 사고의 흐름을 새에 비유하여 〈비상과 가지에 내려앉음*flights and perchings*〉이 끊임없이 교차하는 새의 삶에 비유했다. 『심리학의 원칙들*The Principles of Psychology*』, Vol. 1, 243면 참조.

회적인 인습이나 규범에 의해 고착화하지 않는 부유하는 정체성의 자아라고 한다면, 그런 자아의 표출은 상투적인 표현이나 관습화한 문투가 아니라 역설과 아이러니를 통한, 기존의 언어적 관습과 인습적인 사고의 전복과 해체로 가능한 것이 아니겠는가. 더 나아가 와일드의 독특한 전복적 익살과 역설은 약자인 아일랜드인의 위선적인 진지함을 내보이는 영국인에 대한 또 다른 포즈이고 눈 흘김이기도 한 것이다.

2. 도리언의 초상(肖像), 눈 먼 나르키소스

미(美)는 진리요, 진리는 미라. 이것이
세상에 사는 그대들이 알고 있는 전부요, 알아야 할 전부가
아닌가.
　　　　존 키츠의 〈그리스 옛 항아리에 부치는 송가〉 중에서

오스카 와일드에게는 또 하나의 상(像)이 있다. 그의 유일한 장편소설로 출간과 더불어 많은 논란을 불러일으킨 『도리언 그레이의 초상』(이후 『초상』으로 표기함)이 그것이다. 와일드는 1889년 12월 미국 출판사인 리핀코트Lippincott 사의 J. M. 스토다트 J. M. Stoddart의 요청으로 작품을 집필하기 시작하여 1890년 『리핀코츠 먼슬리 매거진』 7월호에 『초상』을 발표하였다. 그러나 작품이 발표되자마자 많은 언론과 비평가들은 폼 잡고 싶은 얼간이가 쓴 도덕적으로 타락한 위험한 작품이라며 내용의 음란성과 퇴폐성을 놓고 혹평을 하기 시작했다. 그런 비난 일색의 반응에 대해 와일드는 자신의 작품을 비난하는 것은 그 작품이 도덕적으로 타락한 작품

임을 보여 주는 것이 아니라 비난하는 자들이 도덕적으로 타락하고 부패했다는 사실을 반영하는 것이라고 맞서기도 했다. 그러면서 그는 내용상의 동성애적 요소를 변호하기보다는 미적 원칙을 기반으로 비난에 대응했지만 결국엔 그런 내용을 누그러뜨리고 작품을 수정하고 새로운 내용을 첨가하여 1891년에 한 권의 소설로 출간하였다(연보 참조). 그리고 새로 낸 소설에 여러 경구와 금언을 섞어 자신의 〈예술을 위한 예술〉 운동의 미적 원칙이랄 수 있는 머리말을 덧붙여 자기 작품에 대해 변호했다.

머리말에서 와일드가 강조하고자 한 것은 예술에 목적이 있다면 그것은 아무 목적을 지니지 않는 데 있다는 것이다. 예술을 교육이나 도덕적 계몽의 도구로 바라보았던 당시의 시대적 요청에 반발하여 〈유미주의〉 운동에 앞장섰던 와일드는 예술을 그런 사회적 책무에서 해방시키고 싶었다. 유미주의 운동의 동기가 상당 부분은 위선적인 부르주아 도덕주의에 대한 경멸에 있다는 사실을 상기시키면서 와일드는 그 머리말에서 예술이 미의 추구 이외에 어떤 다른 목적도 지니고 있지 않음을 천명한 것이라 할 수 있다. 물론 와일드가 자신의 작품에 대한 혹평을 실은 「세인트 제임스 가제트St. James Gazette」지에 보낸 편지에서, 『초상』이 사실은 도덕적 내용을 담은 작품으로, 완전히 포기하는 행위뿐 아니라 너무 지나친 행위 또한 그 대가를 치른다는 메시지가 담겨 있다고 했다. 하지만 그것 역시 하나의 포즈로 그런 메시지를 주요 등장인물인 세 남자(도리언 그레이, 바질 홀워드, 헨리 워튼 경)의 삶을 통해 보여 줌으로써 작품의 극적 요소가 되도록 한 것이지 그것을 자신 작품의 목적으로 삼은 것은 아니었다.

사실 와일드의 예술관에 많은 영향을 끼친 것은 옥스퍼드 대학 시절의 존 러스킨John Ruskin이나 월터 페이터Walter Pater 교수의 사상이었다. 그들의 영향으로 와일드가 유미주의와 데카당스 운동에 적극 참여했다는 것은 잘 알려진 사실이다. 그런데 또 한 가지 중요한 계기가 되었던 것은 1877년 그가 더블린의 트리니티 칼리지에 다닐 때 스승이었던 J. P. 머해피J. P. Mahaffy 교수의 초청으로 그리스를 방문한 일이다. 그리스 방문을 통해 와일드는 헬레니즘의 세계관과 지적 태도와 우정, 동성 간의 사랑, 미의 추구와 같은 플라톤적 사고에 심취하게 되었다. 그러니 『초상』이 그런 헬레니즘의 이상, 즉 육체와 영혼의 이상적인 조화에 대한 추구를 이야기하는 데서 시작하는 것이 전혀 까닭이 없지 않다. 와일드에게 예술적 창조의 과정은 바로 그와 같은 육체와 영혼의 조화가 이루어진 이상적인 자아 혹은 인물을 예술 작품 속에 투영하는 것이었다. 그리고 예술 작품의 아름다움은 창조자가 그런 이상적 자아를 온전히 드러내는 데서 나온다는 것이 그의 생각이었다.

그러나 와일드는 그런 이상적 자아의 드러냄이 얼마나 지난한 일이며 위험한 일인지도 잘 알았다. 인간이 예술 창조의 노력에 전념할 수 있는 사회주의적 비전을 그린 『사회주의하의 인간의 영혼』에서 와일드는 이상적인 유토피아적 사회에서는 예술 작품이 예술가의 독특한 개성이 빚어낸 결과물로 그 안에서 예술가가 본연의 개성을 드러내는 것이 가능하지만, 산업화한 자본주의하에서는 예술적 이상과 현실 사이에 균열이 일어나 예술과 예술가의 분리, 그리고 영혼과 육체의 분리라는 분열 현상이 초래될 수밖에 없다고 생각했다. 그렇기 때문에 실제 현실적 삶에서나 그가 구현한 작품에서나 와일드는 전혀 이상적이지 않은 사회에서 어떻게 자신의 개성을 드러낼 수 있는지, 그것이 얼마나 위험한 일인지를 내보였다고 할 수 있다. 따라서 와일드는 현실을 늘 삐딱한 시선으로 바라보고, 자신의 작품에서 그런 균열을 극화시킨 것인지도 모른다.

와일드의 『초상』은 간단히 말해서 살아 있는 영혼의 복잡성을 무시한 채, 배제한 채, 이상적인 자아를 추구하는 것이 얼마나 위험한 것인지를 극화시킨 작품이다. 전반적인 줄거리는 복잡하지 않다.

화가인 바질 홀워드가 잘생긴 젊은 도리언의 초상화를 그리고, 그 그림을 보고 아름다운 자신의 모습에 스스로가 홀딱 반한 도리언은 초상화처럼 아름다운 모습을 영원히 간직할 수 있다면 영혼이라도 내주겠다는 소원을 말하게 된다. 그 소원대로 자신은 아름다움과 젊음을 그대로 간직한 반면 초상화는 자기 탐닉과 타락에 빠진 사악한 모습으로 바뀌어 간다. 결국 초상화를 그린 바질에게 사악한 모습으로 변한 초상화를 보여 준 도리언은 증오심에 화가인 바질을 죽이고, 결국엔 죄책감에 사로잡혀 초상화를 없애려고 화가를 살해한 칼로 초상화를 찌르지만 초상화는 처음의 모습으로 돌아오고 오히려 그가 늙어 찌그러진 채 가슴에 칼을 맞고 쓰러진 모습으로 남게 된다. 플롯을 극히 단순화시키면 작품의 전반부(제1장에서 제10장까지)는 순진한 도리언의 모습이 그려지고, 후반부(제11장에서 제20장까지)는 타락한 도리언의 삶이 그려진다고도 할 수 있다.

이 작품의 배경이 되는 영원한 젊음과 미를 얻는 대가로 자신의 영혼을 판다는 생각은 서구 문학에서 역사가 오래된 생각으로 그 핵심적인 계보만 따져 봐도 크리스토퍼 말로 Christopher Marlowe의 『파우스투스 박사*Doctor Faustus*』에서 괴테Goethe의 『파우스트*Faust*』, 와일드와 비슷한 시기를 살았던 로버트 루이스 스티븐슨Robert Louis Stevenson 의 『지킬 박사와 하이드 씨Strange Case of Dr. Jekyll and Mr. Hyde』 등, 도플갱어 혹은 은밀한 이중적 삶을 사는 인간 의 이중성을 다룬 작품들을 꼽을 수 있다. 그런데 와일드는 『초상』이 그 오래된 주제를 다루고 있지만 자신은 그 주제에 〈새로운 형태〉를 부여했다고 말한 바 있다. 이 작품을 보면 와일드의 관심은 어떻게 해서 초상화가 변하게 되고 도리언 은 변하지 않는지, 말하자면 그 변화 혹은 변신의 과정에 있 는 것이 아니라, 그 변화의 결과에서 도출되는 예술과 삶과 고통의 관계에 있다고도 볼 수 있다.[3]

그렇다면 우리는 와일드가 말하는 예술과 삶과 고통의 관 계를 어떻게 읽어 낼 수 있을까? 이 이야기의 핵심은 도리언 이 예술 작품과 삶을 동일시한 데서 비롯된 비극이라 할 수 있다. 어떻게 보면 작품 속 초상화에 그려진 도리언의 아름 다움은 세 주요 인물인 도리언, 바질, 헨리 경의 관계가 빚어 낸 이상적 자아라는 환상이기도 하다. 도리언의 비극은 그 환상을 실제로 오독(誤讀)한 데서, 예술(초상에 그려진 모 습)과 삶(영혼)을 동일시하면서 인간성을 상실한 결과로 초 래된 비극이다. 연못에 비친 자신의 모습에 반한 나르키소스 처럼 도리언은 한순간에 포착된 자신의 모습에 취해 상상과 실재, 욕망과 그 욕망 대상의 거리, 자아와 타자의 경계를 인 식하지 못하고 실제 자신의 모습의 변화에는 아예 눈을 감아 버린 눈먼 나르키소스가 되고 말았다. 도리언의 이런 눈멂은 시빌 베인과의 사랑에서도 찾아볼 수 있다. 그는 배우인 시 빌의 연기를 사랑한 것이지, 실제 삶을 사는 한 여인을 사랑 한 것이 아니었다. 또한 이 작품에는 도리언의 삶에 영향을

3 〈워즈워스 클래식Wordsworth Classics〉 시리즈의 『도리언 그레이의 초상』에 붙인 존 드류John Drew의 〈머리말〉 참조.

미친 것으로 바질이 그린 초상화 말고도 헨리 경이 도리언에게 읽으라고 준 노란 소설책[4]이 나오는데, 자신의 초상을 보고 그랬듯이 도리언은 또다시 그 소설에 나온 심미적 퇴폐에 탐닉하는 삶을 사는 주인공을 모방하는 치명적인 오류를 범한다. 달리 말하면, 도리언은 그리스적인 온전함, 즉 육체와 영혼의 조화를 추구하면서도 삶에서는 그렇게 살지 못하는 주인공이다.

이러한 균열은 예술과 실제 삶 사이의 심미적 거리를 유지하지 못한 데서, 그리고 그 거리에 우리가 부여하는 상상의 작용이 부재하기 때문에 발생한다. 그렇기 때문에 초상화가 현실의 삶의 궤적을 보여 주는 양심의 캔버스가 되고, 주인공 자신이 육체성을 상실한 이미지로 도치되는 운명의 전환이 일어났다. 어느 평자가 얘기했듯이,[5] 이 『초상』에서 와일드는 초상과의 동일성을 통해 자기 정체성을 찾고자 하는 욕망과 육체적 욕망의 대립, 다시 말하면 이상적 자아의 추구와 육체를 지닌 인간의 평범성의 대립을 그리고 있다. 〈예술의 도덕성은 불완전한 매개 수단을 어떻게 완벽하게 사용하느냐의 여부에 달려 있다〉는 머리말의 말에서 불완전한 매개물이 바로 인간의 개성이라면, 예술에서 그 개성의 완벽함의

4 와일드가 『리핀코츠 먼슬리 매거진 *Lippincott's Monthly Magazine*』에 보낸 원고에는 그 책의 제목이 카튈 사라쟁 Catulle Sarrazin의 〈라울의 비밀 Le Secret de Raoul〉이라고 명시되었으나 삭제되었고, 1895년 퀸즈베리 후작과의 고소 사건의 반대 심문 중에 와일드 자신이 그 책은 한 귀족 가문의 후계자가 권태로운 나머지 유산으로 물려받은 저택과 토지를 팔아 외딴집을 구입한 다음 그 집에서 심미적 퇴폐에 탐닉한다는 내용의 조리 카를 위스망스 Joris Karl Huysmans의 『퇴행 *À rebours*』이라고 밝힌 바 있다.

5 엘러나 고멜 Elana Gomel의 「오스카 와일드, 〈도리언 그레이의 초상〉, 그리고 저자의 (비)죽음」, 『내러티브』, Vol. 12, No. 1(2004년 1월호) 참고.

추구가 육체와 영혼, 욕망과 그 욕망의 충족, 그리고 예술가와 예술 작품 사이의 간극을 결코 메울 수 없다는 메시지를 와일드가 던지고 있는 것인지도 모른다.

와일드는 도리언 그레이는 자신이 그토록 되고 싶었던 존재이고, 헨리 워튼 경은 사람들이 생각하는 자신의 모습이고, 바질 홀워드는 실제 자신의 모습이라고 말한 바 있다. 도리언이 인간을 무수한 삶과 무수한 감흥으로 이루어진, 낯선 사상과 열정을 유산으로 물려받은, 그리고 그 육신조차 망자의 기이한 질병으로 퇴색된 복합적인 피조물로 생각했다면, 와일드가 바로 자신이 창조한 인물들의 다양한 사람을 통해 자기 자신의 모습을 내보이고 싶었는지도 모른다. 우리의 정체성이란 바로 어느 한순간에 고정된 영원한 이미지가 아니라 역동적인 불안정성 속에서 인지되는 부유하는 정체성인지 모른다. 이런 의미에서 『초상』은 정체성의 위기를 다룬 작품이기도 하다. 퀸즈베리 후작과의 고소 사건에서 와일드는 『초상』이 그의 자전적 작품이 아니냐는 비판에 결코 그렇지 않다고 했지만 개인적으로는 작품의 주제를 자신의 삶에서 취했다고 토로한 바 있다. 이 모든 사실을 염두에 두면, 결국 『초상』은 예술과 삶, 그리고 그 길항 관계에서 빚어진 고통의 문제를 형상화한 작품이다.

3. 덧붙여 본 생각들

매일 아침 어둠을 대신하는 것은 그녀의 얼굴이랍니다.
내 안에서 그녀는 젊은 처녀의 모습으로 익사했답니다. 그리고 내 안에서,
하루하루가 지날 때마다 한 늙은 여인이 무시무시한 물고

기처럼 그녀를 향해 솟아난답니다.
　　　　　　　실비아 플라스의 「거울Mirror」 중에서

　발터 베냐민Walter Benjamin은 『기술 복제 시대의 예술 작품』에서 예술 작품을 아무리 완벽하게 복제한다 해도 원작과 비교하면 복제품에는 한 가지 요소가 결여되어 있다면서 그것은 원작이 지니는 〈오라aura〉, 즉 시간과 공간 속에서 원작이 차지하는 독특한 존재성이라고 한 바 있다. 그러면서 그는 원작 예술 작품의 독특한 존재성이란 그 작품이 실존하는 동안 지니게 되는 역사성을 결정하게 되고, 그 역사성에는 세월 속에서 원작이 겪는 물리적인 조건의 변화와 소유권의 변화가 포함된다고 했다. 이런 베냐민의 말을 도리언과 그의 초상과의 관계에 적용해 보면 어떨까 싶다.

　자크 데리다Jacques Derrida는 「파레르곤The Parergon」이란 글에서 건물의 외관 장식이나 기둥 혹은 그림의 액자처럼 두 영역 사이의 공간이나 경계면, 가장자리, 주변이란 뜻의 〈파레르곤〉이 넓은 의미에서 작품과 그 작품을 둘러싼 주위 환경과 어떤 관계를 갖는지 길게 설명한 바 있다. 〈파레르곤〉의 존재 의미는 그것을 둘러싼 두 토대, 즉 작품과 주위 환경의 길항 관계 속에서 찾을 수 있다고 한 그는 작품이 토대가 될 때는 〈파레르곤〉이 주위 환경 속으로 모습을 감추고, 주위 환경이 토대가 될 때는 그것이 작품 속에 녹아 들어간다고 했다. 어쩌면 예술과 우리 삶의 관계를 그 〈파레르곤〉이란 영역에서 찾을 수 있는 것은 아닌지 모르겠다. 오히려 그 경계 때문에 예술이 가능하고, 우리 삶과의 관계가 제대로 형성되는 것은 아닌지, 두고 생각해 볼 문제가 아닌가 싶다.

이 책이 나오기까지 수고가 많으셨던 〈열린책들〉의 모든 분들께 감사의 말을 전한다.

윤희기

오스카 와일드 연보

1854년 출생 오스카 핑걸 오플라허티 윌스 와일드Oscar Fingal O'Flahertie Wills Wilde는 윌리엄 와일드 경Sir William Wilde과 제인 프란체스카 엘지 와일드Jane Francesca Elgee Wilde 사이의 2남 1녀 가운데 둘째로 더블린의 웨스트랜드 로우 21번가에서 출생. 아버지는 영국 최초의 안과, 이과 전문 병원을 설립한 의사이자 고고학과 민속학에 관한 저서를 낸 박애주의자로 유명했고 어머니는 〈스페란차 Speranza〉(〈희망〉이란 뜻의 이탈리아어)란 필명으로 아일랜드 민족주의를 주창하는 시를 쓰던 유명 작가였음.

1864~1871년 10~17세 북아일랜드 에니스킬린의 포토라 왕립 학교에 다님.

1871~1874년 17~20세 장학금을 받고 더블린 트리니티 칼리지에 진학하여 R. Y. 티럴R. Y. Tyrell, 아서 파머Arthur Palmer 교수 밑에서 고전 문학을 공부함. 특히 지도 교수인 J. P. 머해피J. P. Mahaffy 교수의 영향으로 그리스 문학에 심취. 마지막 학년에 최우등상인 버클리 골드 메달을 받음.

1874~1878년 20~24세 옥스퍼드 대학교 매그덜린 칼리지에서 고전을 공부함. 학업 성적이 뛰어나 장학금을 받았을 뿐 아니라 별난 옷차림과 기벽으로 유명해짐. 이 기간에 와일드는 존 러스킨John Ruskin 교수와 월터 페이터Walter Pater 교수의 영향을 받았는데, 특히 페이터의

『르네상스 역사에 관한 연구들*Studies in the History of Renaissance*』에 깊은 감명을 받아 유미주의와 데카당스 운동에 적극 참여함. 그러나 이 시기는 또한 그에게 미(美)를 도덕과 연계시키려 한 러스킨과 무엇보다도 미적 감수성을 최고로 발휘하여야 한다는 페이터 철학 사이의 갈등과 로마 가톨릭과 프리메이슨(정치, 종교를 초월한 비밀 결사 단체) 사이의 갈등, 이성 간의 사랑과 동성애 사이의 갈등 등을 안긴 시기이기도 함.

1878년 24세 「라벤나Ravenna」라는 시로 〈뉴디게이트 상Newdigate Prize〉 수상. 뛰어난 성적으로 옥스퍼드 졸업. 더블린을 방문하여 어린 시절 사랑했던 플로렌스 발콤비Florence Balcombe를 만나나 그녀는 이미 브램 스토커Bram Stoker(후에 『드라큘라*Dracula*』라는 작품으로 유명해짐)와 약혼을 한 뒤였음. 실망한 와일드는 바로 더블린을 떠나 영국으로 건너가 1879년 런던에 정착.

1880년 26세 첫 희곡 작품으로 러시아를 배경으로 한 멜로드라마적 비극인 「베라, 혹은 폭력 혁명주의자Vera; or, The Nihilist」를 집필. 런던에서 공연에 올리나 실패.

1881년 27세 그동안 써온 시를 수정 보완한 『시편들*Poems*』이 비교적 호평을 받음. 와일드는 그 시집을 여러 유명 인사와 작가들에게 증정하지만 옥스퍼드 대학의 유명한 토론 학회인 〈옥스퍼드 유니언Oxford Union〉이 표절이 의심된다고 비난하며 그 시집을 요청했던 대학 도서관 사서가 증정본을 거절하는 일이 벌어지기도 함. 와일드의 옷차림이나 행동을 풍자하면서 그의 유미주의 운동을 비꼰 길버트W. S. Gilbert와 설리번Arthur Sullivan의 희극 오페라 「인내Patience」가 공연됨.

1882년 28세 미국 순회강연. 4개월 예정이던 강연은 1년 넘게 계속됨. 와일드는 영국의 유미주의를 미국 대중에게 소개하는 한편 헨리 롱펠로Henry Longfellow, 올리버 웬들 홈스Oliver Wendell Holmes, 월트 휘트먼Walt Whitman 등의 미국 문인들과 교류함. 뉴욕에서 그의 첫 희곡 작품인 「베라 혹은, 폭력 혁명주의자」를 무대에 올렸으나 런던 공연처럼 실패로 끝남.

1883년 29세 미국 순회 강연을 마치고 프랑스 파리에서 약 3개월을 지낸 뒤 귀국하여 영국과 아일랜드에서 미국에 대한 개인적인 인상, 현대 사회에서의 예술의 가치, 의상 등을 주제로 순회 강연을 함. 두 번째 희곡인 「파두아 공작부인The Duchess of Padua」 집필.

1884년 30세 더블린의 유명한 법정 변호사의 딸인 콘스탄스 로이드 Constance Lloyd와 5월 29일 런던의 세인트 제임스 영국 국교회 성당에서 결혼하여 첼시에 가정을 꾸림.

1885년 31세 첫째 아들 시릴Cyril 태어남. 「팔 말 가제트Pall Mall Gazette」에 예술과 인생에 관한 평론을 쓰기 시작.

1886년 32세 둘째 아들 비비언Vyvyan 태어남. 미국 시카고에서 발생한 헤이마켓 대학살Haymarket massacre 직후 체포된 무정부주의자들의 사면을 호소하는 조지 버나드 쇼George Bernard Shaw의 탄원서에 문인으로서는 유일하게 서명함.

1887년 33세 1887년 중반 대중 잡지 『숙녀의 세계The Lady's World』의 편집자가 되어 잡지명을 『여성의 세계The Woman's World』로 바꾸고 양육, 문화, 정치 및 패션과 예술 등을 다루는 잡지로 격을 높임. 또한 「캔터빌의 유령The Canterville Ghost」, 「비밀이 없는 스핑크스The Sphinx Without a Secret」, 「아서 새빌 경의 범죄Lord Arthur Savile's Crime」, 「모범적인 백만장자The Model Millionaire」 등 단편 발표.

1888년 34세 창작 동화집 『행복한 왕자와 그 밖의 이야기들The Happy Prince and Other Tales』 출간.

1889년 35세 대화 형식의 산문인 「거짓말의 쇠퇴: 한 편의 대화The Decay of Lying: A Dialogue」, 풍자적 전기인 「펜, 연필, 그리고 독 Pen, Pencil and Poison」, 그리고 동화인 「공주의 생일The Birthday of the Infanta」 발표. 아울러 셰익스피어의 소네트는 〈윌리 휴즈Willie Hughes〉라는 소년 배우를 향한 시인의 사랑에서 쓰인 시편들이라는 생각을 그린 단편 「W. H. 씨의 초상The Portrait of Mr. W. H.」을 『블랙우즈 에딘버러 매거진Blackwood's Edinburgh Magazine』에 발표. 『여성의 세계』지 편집자를 그만둠.

1890년 36세 월간 잡지 『리핀코츠 먼슬리 매거진*Lippincott's Monthly Magazine*』에 13개의 장(章)으로 구성된 「도리언 그레이의 초상*The Picture of Dorian Gray*」 발표.

1891년 37세 자본주의하의 빈곤 문제 분석을 통해 인간이 생존의 노력에서 벗어나 오로지 예술 창조에 노력을 기울이는 사회주의의 비전을 그린 『사회주의하의 인간의 영혼*The Soul of Man Under Socialism*』, 앞서 발표한 「거짓말의 쇠퇴」와 「펜, 연필, 그리고 독」에 두 편의 글을 덧붙여 자신의 예술 철학에 관한 생각을 밝힌 『의향*Intentions*』, 단편 모음집 『아서 새빌 경의 범죄와 그 밖의 이야기들*Lord Arthur Savile's Crime and Other Stories*』, 그리고 전년도에 잡지에 발표한 『도리언 그레이의 초상』에서 지나치게 퇴폐적인 내용이나 동성애적 요소가 들어 있는 부분은 수정, 삭제한 뒤 6개 장(현재의 3장과 5장, 그리고 15장에서 18장까지)을 추가하고 마지막 장은 2개 장으로 나누어 총 20개 장으로 구성된 소설로 크게 확대 수정한 『도리언 그레이의 초상』 출간. 어린 아이들을 위한 이야기 모음집 『석류나무의 집*House of Pomegranates*』 출간. 「파두아 공작부인」을 무대에 올림. 앨프레드 더글러스Lord Alfred Douglas 경과의 우정이 시작됨. 이 우정은 나중에 그에게 비참한 결과를 가져다주는 〈퀸즈베리 사건〉으로 이어짐.

1892년 38세 빅토리아 시대 사회의 도덕성, 특히 상류층의 결혼 생활을 풍자한 4막 희극 「윈더미어 부인의 부채Lady Windermere's Fan」가 2월 20일 처음으로 런던의 세인트 제임스 극장에서 상연되어 큰 성공을 거둠. 프랑스어로 희곡 「살로메Salomé」를 집필했으나 성서의 인물을 극화시킬 수 없다는 법에 의해 상연이 금지됨.

1893년 39세 상류층 계급의 출생의 비밀을 다룬 희극 「하찮은 여인A Woman of No Importance」이 런던의 헤이마켓 극장에서 4월 19일에 첫 상연됨. 『살로메』(프랑스어판)와 『윈더미어 부인의 부채』 출간. 공적 명예와 개인적인 명예를 주제로 상류층 인물들 사이에서 벌어지는 공갈과 정치적 부패의 현상을 다룬 희극 「이상적인 남편An Ideal Husband」 집필.

1894년 40세 『살로메』 영어판 출간. 44쪽짜리 작은 시집인 『스핑크스

The Sphinx』와 희곡『하찮은 여인』출간. 두 주인공의 뒤바뀐 신분을 통해 빅토리아 시대의 사회 제도를 비꼬는 소극(笑劇)인「진지함의 중요성The Importance of Being Earnest」집필 시작.

1895년 [41세] 1월에「이상적인 남편」을 헤이마켓 극장 무대에 올림. 그의 마지막 희곡 작품이자 최고의 작품으로 꼽히는「진지함의 중요성」을 2월 14일 세인트 제임스 극장에서 처음으로 무대에 올림. 앨프레드 더글러스 경과의 친분 관계로 더글러스 경의 부친인 퀸즈베리 후작Marquess of Queenstberry에게 공개적으로 비난을 받자 후작을 명예 훼손으로 고소. 그런데 퀸즈베리 후작은 사면이 되고 심문 과정에서 오히려 와일드의 여러 부적절한 행위의 증거가 드러나고 그의 작품의 도덕성이 문제시되면서 결국 동성애자라는 혐의로 기소되어 2년 중노동형을 선고받음. 펜톤빌Pentonville에 수감된 와일드는 완즈워스Wandsworth 감옥으로 이감된 다음 마지막으로 레딩Reading 교도소에서 옥고를 치름. 11월 파산 선고를 받음.

1896년 [42세] 어머니 와일드 부인 세상을 떠남.「살로메」가 프랑스에서 상연됨.

1897년 [43세] 레딩 교도소에서 종교적 통찰로 향한 자신의 영적인 역정을 감동적으로 묘사한 옥중기라 할 수 있는『심연에서De Profundis』집필(이 옥중기는 1905년에 일부가 발췌되어 출간되었다가 1962년 전문이 출간됨). 감옥에서 출감한 뒤 대륙으로 건너간 그는 세바스천 멜모스Sebastian Melmoth라는 가명으로 프랑스 베르느발에 정착. 이후 이탈리아, 스위스 등지를 다닌 와일드는 이탈리아 나폴리에서 더글러스 경을 다시 만남.

1898년 [44세] 프랑스 파리에 정착. 그의 마지막 작품으로 교도소 생활의 비참함을 노래한 장시(長詩)인『레딩 감옥에서 부르는 발라드*The Ballad of Reading Gaol*』출간. 또한 교도소 개혁에 관한 내용을 담은 두 장의 편지 발표. 아내 콘스탄스 세상 떠남.

1899년 [45세] 『진지함의 중요성』과『이상적인 남편』출간. 파리에 있는 알자스 호텔로 거처를 옮김.

1900년 ^{46세} 호텔 방에서 귀 수술 받음. 세례를 받고 로마 가톨릭교도가 됨. 11월 30일 알자스 호텔 방에서 뇌막염으로 세상을 떠 파리 외곽의 바뇌 공동 묘지Cimetière de Bagneux에 묻힘.

1906년 와일드의 재산이 파산 선고에서 면해짐.

1909년 유해가 바뇌 공동 묘지에서 파리 시내의 페르 라셰즈 공동 묘지Cimetière du Père-Lachaise로 이관됨. 1912년에 그의 무덤 위에 제이컵 엡스타인 경Sir Jacob Epstein이 제작한 추모비가 세워짐.

열린책들 세계문학 152 도리언 그레이의 초상

옮긴이 윤희기 1958년 부산에서 태어났다. 고려대학교 영어영문학과를 졸업하고 동대학원에서 『삶의 부정확한 번역자: 존 애쉬베리 시의 아포리아』로 박사 학위를 받았다. 고려대학교, 숙명여자대학교, 강원대학교 등에서 강의했으며 현재 고려대학교 국제어학원 연구 교수로 있다. 옮긴 책으로는 테리 이글턴의 『비평과 이데올로기』, 존 스타인벡의 『의심스러운 싸움』, 제임스 미치너의 『소설』, 노아 고든의 『샤먼』, A. S. 바이어트의 『소유』, 지크문트 프로이트의 『무의식에 관하여』, 폴 오스터의 『동행』, 『폐허의 도시』, 『나는 아버지가 하느님인 줄 알았다』(폴 오스터 엮음), 켄트 너번의 『일상의 작은 은총』, 마크 털리의 『예수의 생애』, 스티븐 비진체이의 『연상의 여인에 대한 찬양』, R. W. B. 루이스의 『단테』, 윌리엄 B. 어빈의 『욕망의 발견』, 앤드루 숀 그리어의 『막스 티볼리의 고백』 등 다수가 있다.

지은이 오스카 와일드 **옮긴이** 윤희기 **발행인** 홍예빈
발행처 주식회사 열린책들 **주소** 경기도 파주시 문발로 253 파주출판도시
전화 031-955-4000 **팩스** 031-955-4004
홈페이지 www.openbooks.co.kr 이메일 literature@openbooks.co.kr
Copyright (C) 주식회사 열린책들, 2010, *Printed in Korea.*
ISBN 978-89-329-1152-6 04840 **ISBN** 978-89-329-1499-2 (세트)
발행일 2010년 12월 20일 세계문학판 1쇄 2025년 2월 15일 세계문학판 24쇄

이 도서의 국립중앙도서관 출판예정도서목록(CIP)은 서지정보유통지원시스템 홈페이지(http://seoji.nl.go.kr)와 국가자료공동목록시스템(http://www.nl.go.kr/kolisnet)에서 이용하실 수 있습니다.(CIP제어번호 : CIP2010004424)

열린책들 세계문학
Open Books World Literature